유
괴

이　　규　　원

한국외국어대학교에서 일본어를 전공했다. 과학, 인문, 역사 등 여러 분야의 책을 기획했고, 현재 전문
번역가로 활동하고 있다. 옮긴 책으로 『이유』, 『마쓰모토 세이초 걸작 단편 컬렉션』, 『건축을 꿈꾸다』,
『나, 건축가 안도 다다오』 등을 비롯해 60여 권이 있다.

YUUKAI
by TAKAGI Akimitsu

Copyright ⓒ 1961, 2005 TAKAGI Akiko
All rights reserved.
Originally published in Japan by Kobunsha Co., Ltd., Tokyo.
Korean translation rights arranged with TAKAGI Akiko, Japan.
through THE SAKAI AGENCY and SHINWON AGENCY CO.

이 책의 한국어판 저작권은 신원 에이전시를 통해
TAKAGI Akiko와 독점 계약한 '엘릭시르, (주)문학동네'에 있습니다.
저작권법에 의하여 한국 내에서 보호를 받는 저작물이므로 무단 전재와 무단 복제를 금합니다.

이 도서의 국립중앙도서관 출판시도서목록(CIP)은 e-CIP 홈페이지(http://www.nl.go.kr/ecip)와
국가자료공동목록시스템(http://www.nl.go.kr/kolisnet)에서 이용하실 수 있습니다.
(CIP제어번호 : CIP2014019296)

誘拐

유괴

다카기 아키미쓰

이규원 옮김

논픽션과 본격의 경계

엘릭시르

차
례

誘拐

誘　拐　　　　　　　　　　　　　　　　　　　高　木　彬　光

그의 애독서는 주로 전쟁사와 전쟁 기록물이었다.

종전 후 일본에서 간행된 해당 분야의 서적이라면 한 권도 놓치지 않고 구해다가 표지가 해지도록 탐독했다.

뿐만 아니라 일본에서는 발간 당초에 전문가들 말고는 그다지 주목하지 않았던 총서, 이를테면 윈스턴 처칠의 『제2차 대전 회고록』이나 모리슨의 『태평양 해전사』 같은 책은 영어 원서까지 구해다가 샅샅이 독파했다.

보통 사람은 감히 엄두도 내기 힘든 노력이었다. 하물며 그는 군사 연구가도 아니고 호전적인 직업 군인 출신도 아니었다.

'전쟁의 교훈, 그것을 완전하게 익히는 데는 이런 책들이 제일

이지.'

그는 그렇게 몇 번이고 자신을 타일렀다.

어떤 전쟁 기록에나 어떤 형태로든 교훈이 숨어 있다.

전쟁의 교훈은 승자에게나 패자에게나 공평하게 주어지는데 그것을 어떻게 활용하느냐에 따라 다음 전쟁의 승패가 결정된다.

지난 제2차 세계 대전의 사례를 보더라도 대서양에 출격한 독일 전함 비스마르크가 치명상을 입은 것은 영국 항공모함 아크 로열에서 출격한 항공기의 어뢰 공격 때문이었다. 결국 비스마르크는 그 직후에 급히 출동한 영국 함대의 포격과 어뢰 공격으로 해저의 폐기물로 화했지만, 일본 해군의 항공 부대는 이른바 말레이 해전에서 이 교훈을 더욱 극명하게 증명했다고 해도 좋을 것이다.

영국이 자랑하는 양대 전함 프린스 오브 웨일스와 리펄스가 항공기의 공격만으로 몇 시간 만에 침몰한 것은 일찍이 세계의 해전 이론을 지배하던 전함 지상주의에 종언을 고하는 사건이었다.

"공군의 지원이 없는 전함 출격은 적 공군의 공격에 무기력할 수밖에 없다."

이 위대한 교훈이 일본 해군에 의해 역사적으로 실증된 것이다.

바로 그 제국 해군이 불과 몇 년 뒤 거함 야마토에 무모하기 짝이 없는 출격 명령을 내려서 이렇다 할 전과도 없이 승조원 수천 명과 함께 바다 밑으로 가라앉혀 버렸다. 어리석다는 말로도 부족한, 뭐라 형용하기 힘들 정도로 어처구니없는 작전이었다…….

그러나 이런 교훈이 꼭 전쟁에만 유용한 것은 아니다. 전사戰史에 눈을 떴다면 무수한 교훈을 그대로 인생의 투쟁에도 적용할 수 있다고 그는 생각했다.

연애에도, 사업에도, 범죄에도.

그는 범죄 하나를 계획하고 있었다. 실제로 최근에 있었던 한 사건이 그의 계획과 매우 흡사했다. 다만 그 사건은 범인의 처지에서 보자면 참담한 실패로 끝났다.

그는 신문, 주간지 등 구할 수 있는 자료를 전부 구해서 사건이 주는 교훈을 찾아보았다. 그러나 전모를 파악하기는 불가능에 가까웠다.

그래도 범죄를 계획하는 처지인지라 경찰 관계자나 신문 기자를 붙들고 속사정을 캐물을 수는 없었다.

그 사건의 전모를 최대한 파악하고 숨겨진 속사정을 알아내려면 방법은 한 가지밖에 없었다.

재판을 방청하는 것이다.

기무라 사건은 세상을 뒤흔든 중대한 사건인 만큼 평범한 재판과는 달리 방청인이 몰려들 게 틀림없다는 것은 쉽게 예상할 수 있었다. 아마 방청권을 발행해서 인원을 제한하겠지만, 이른 아침부터 대기 행렬에 가세할 각오만 되어 있다면 방청권 구하기도 그리 어려운 일은 아닐 것이다.

그는 이 재판을 첫 회부터 마지막 회까지 방청하기로 결심했다.

木村繁房に対する第一審の裁判は、九月十四日の
十時から、築地の東京地方裁判所で開始された。
この建物は、もと海軍経理学校の校舎だった。終戦後
は、アメリカ軍に接収され、病院として使用されてい
だが、現在、日比谷に建築中のビルディングが完成
まで、臨時に裁判所として利用されているのである。
ら、最大の法廷といっても、傍聴人は百人を収容す
谷しかない。
彼の手に入れた傍聴券の番号は八十六番だった。
三階、第三十号法廷の入口には、この裁判の目次と
いうような、こんな掲示板が下がっている。
そして、裁判所の前庭には、新聞社の社旗をひるが
た自動車が、十数台もならんでいた。廊下には、傍聴
を手に入れられなかった人々が、せめてこの被告人の
を一目でも見ようとしているのだろう、通行の余地もな
ほどひしめきあって、木村繁房がひかれてくるのを待
けていたのである。
彼はこういう人々に、冷たい一瞥を与えると、傍聴人
口から法廷にはいって、隅の人目にかからないよう
の椅子に腰をおろした。
暑い日だった。
そして、この風通しのよくない法廷は、百人の傍聴人
数人の新聞記者、数人の書記たちの人いきれで、む
ろような雰囲気だった。

재판、
裁判

第一部

공판 첫날

기무라 시계후사에 대한 1심 재판은 9월 14일 오전 10시부터 쓰키지의 도쿄 지방 재판소에서 시작되었다.

이 건물은 본래 해군 경리 학교였다. 종전 뒤 미군에 접수되어 병원으로 사용되었고, 지금은 히비야에 건축중인 빌딩이 완공될 때까지 임시 재판소로 이용되고 있다. 그러므로 가장 큰 법정이라야 방청인을 백 명밖에 수용할 수 없었다.

그가 구한 방청권의 일련번호는 86번이었다.

영리 유괴, 살인, 사체 유기, 공갈 미수

피고인   야마모토 고로(기무라 시계후사)

재판관	아라마키 류사부로
	고이즈미 조세이
	나카다 가쓰미
검사	다카오카 요시모토

3층 제30호 법정의 출입문에는 재판의 목차라도 되는 양 이런 내용이 게시판에 걸려 있었다.

그리고 재판소 앞마당에는 신문사 깃발을 펄럭이는 자동차가 십여 대나 나란히 서 있었다. 복도에는 방청권을 구하지 못한 사람들이 그래도 피고인 얼굴이나 한번 보려고 사람 하나 지나가기도 힘들 만큼 밀치락달치락하며 기무라 시게후사의 등장을 기다리고 있었다.

그는 이 사람들에게 차가운 시선을 힐끔 던지고는 방청인 출입문을 통해 법정에 들어가 눈에 잘 안 띄는 구석 자리 나무 의자에 앉았다.

더운 날이었다. 게다가 통풍이 안 좋은 법정은 백 명의 방청인, 십여 명의 신문 기자, 몇 명의 서기 들이 내뿜는 열기로 후텁지근했다.

10시 정각에 왼쪽 출입문으로 입정한 검사와 변호사가 좌우로 갈라져, 마주 보게 배치된 각자의 자리에 앉아 가벼운 목례를 나누었다.

그가 신문에서 얻은 사전 지식에 따르면 변호사는 에지마 센조라는 인물로 야마나시 변호사회의 장로라고 한다.

이미 환갑이 지난 듯한 인상에 살집이 좋고 이마가 벗어져서 회사 중역 같은 분위기를 풍기지만, 지금까지 살인 사건을 오십 건 넘게 변호해 왔다고 하므로 노련한 변호사라고 봐야 할 터였다.

다만 그의 얼굴은 처음부터 체념한 듯 무거운 인상이었다. 사건의 성격에 비춰 보면 당연한지도 모른다.

사형 폐지론자로 유명한 마사키 아키라 변호사조차 이 사건이 알려지고 범인이 도주하고 있을 때부터,

"누가 아무리 애원하더라도 기무라 변호만은 맡을 수 없다."

라고 공언했을 정도이다. 이를 다른 말로 바꿔 보면 피고인의 죄는 하늘이 두 쪽 나더라도 사형 이외의 형벌을 기대할 수 없다는 것이다. 그 역시 이 피고인을 변호하겠다고 나설 기특한 변호사가 전국을 통틀어 한 명이나 있을까 의심했을 정도이다.

그래도 사형 판결이 예상될 정도로 심각한 범죄인 만큼 변호사 없는 재판은 허용되지 않는다. 아무도 변호를 맡으려 하지 않으면 국선 변호인이 임명된다. 국가 예산으로 체포하고 국가의 권력인 검사가 기소한 피고인에게 국가 예산으로 변호사를 임명한다는 것은 생각해 보면 커다란 모순이지만, 이것도 법률이라는 것의 숙명적인 자승자박인지 모른다. 그런 생각을 염두에 둔 탓은 아니겠지만 국선 변호인이라는 사람이 검사 같은 태도를 취할 때가 있다.

최근만 해도 검사의 사형 구형에 대하여 아무런 변호도 하지

않고,

"논고 구형은 매우 지당하며 피고인의 행동은 동정의 여지가 전혀 없습니다. 따라서 극형이 지당하다고 봅니다."

라고 발언한 것이 변호사회에서 문제가 된 예가 두 건이나 된다. 이를 비난하는 사람들은,

"아무리 흉악한 범죄라도 증거나 서류를 꼼꼼히 검토해 보면 변호의 여지는 반드시 있게 마련이다."

라고 주장하지만, 아마 이 기무라 사건에서도 국선 변호인이 임명되었다면 앞의 두 사례에 하나를 더 보태는 결과밖에 나오지 않았을 것이다.

에지마 변호사는 기무라의 죽은 부친의 죽마고우였다고 한다. 그래서,

"어차피 누구든 맡아야 한다면 내가 온 힘을 다해서 변호하는 게 낫다. 그럼에도 불구하고 최악의 형벌이 선고될 수 있지만, 그래도 내가 나서야 기무라도 선고를 납득할 것이다."

라고 하며 이 변호를 맡았다는 것이다.

'내 경우는 그럴 필요가 없다. 변호사라는 인종과 상종할 일이 아예 없을 테니까.'

그는 손수건으로 두꺼운 안경을 닦고 있는 변호사의 통통한 옆얼굴을 응시하며 자신에게 타일렀다.

10시 2분.

법정이 미묘하게 수런거리기 시작했다. 복도에서 일어난 소란이 정숙이 요구되는 법정 안으로 자연스레 전염된 듯했다.

앞에 한 명, 뒤에 네 명. 모두 다섯 명의 호위에게 엄중한 경호를 받는 피고인이 수갑과 포승을 차고 입정한 것이다.

'잘 봐 둬라. 만에 하나라도 내가 실수해서 체포되어 버리면 저런 비참한 꼴이 되는 거다.'

그는 자기 자신에게 훈계했다.

기무라가 체포된 직후의 사진이 각 신문에 크게 실렸다. 러닝셔츠 차림의 모습은 누가 봐도 가련해 보였지만, 입가에는 희미한 미소가 감도는 듯했다.

오늘은 새 양복에 초록색 와이셔츠 차림이지만 짧게 친 머리는 목에 투명한 차꼬라도 차고 있는 양 살짝 숙인 채 미동도 하지 않았다.

정면을 향해 오른쪽에 있는 변호사석 앞 의자에 피고인이 앉자 포승은 즉시 풀어 주었지만 수갑은 그대로 두었다.

그 직후 판사석 뒤쪽 문이 열리고 검은 법의를 입은 판사 세 명이 입정했다. 전원 기립하여 그들을 맞았다.

그리고 재판장이 착석하고 나자 비로소 피고인의 수갑을 풀어 주었다.

"지금부터 피고인 기무라 시계후사에 대한 영리 유괴, 살인, 사체 유기, 공갈 미수 사건에 대한 심리를 시작합니다."

세 명의 판사 가운데 중앙에 앉은 아라마키 재판장이 묵직하면서도 또렷하게 울리는 목소리로 말했다.

쉰 살 전후의 머리가 벗어진 원만한 인상은 민사 재판에 더 어울리는 것처럼 보였다.

"아라마키 판사는 부처님 소리를 들을 만큼 형량을 가볍게 선고하는 것으로 유명하지. 하지만 아무리 너그러운 판사라도 기무라만은 살려 둘 수 없을걸."

"일본 법률에 엄연히 사형이 있는데, 기무라를 사형에 처하지 않으면 누굴 사형에 처하겠나."

그는 입정 직전에 복도에서 이런 이야기를 들었을 정도였다.

자신이 계획하고 있는 범죄도 만에 하나 발각되면 이런 상황을 면치 못할 것이다. 하지만 성공한다면 막대한 부가 보장된다…….

"피고인은 앞으로."

재판장의 지시에 따라 기무라 시게후사는 중앙의 증언대에 서서 부동자세를 취하고 가볍게 목례했다.

"피고인의 성명은?"

"기무라 시게후사입니다."

"야마모토 고로라는 이름을 쓴 적이 있지요?"

"예."

"나이는?"

"서른 살입니다."

"본적은?"

"고후 시 아오야기 정 68번지입니다."

"현주소는?"

"오사카 부 후세 시 만넨 정 3의 178, 고지마가타."

"직업은?"

"직공입니다. 원래는 치과 의사였습니다."

어느 재판에서나 시작할 때 반드시 하는 인정 신문인데, 피고인의 대답에는 왠지 개운치 않은 점이 있었다.

그는 이 문답을 들으며 기무라 시게후사의 수수께끼 같은 사진 속의 미소를 떠올렸다.

범인이 왜 오야마가의 아들을 유괴했는지, 게다가 저항도 못하는 소년을 어째서 죽이기까지 했는지는 여전히 커다란 수수께끼에 싸여 있다.

오사카에서 도쿄로 호송되는 차량 안에서 기자들이 그 점을 묻자 체포된 기무라는,

"법정에서 말하겠습니다."

라고 하며 대답을 피했다. 그리고 에지마 변호사 역시,

"기무라와 오야마가는 아무 관계도 없다고 보지만, 확신하지는 못하겠다."

하고 몹시 곤혹스러워하는 듯한 의견을 신문에 발표했을 정도였다.

범인과 오야마가의 관계. 이것은 그가 반드시 확인해 두어야 할 하나의 교훈이었다.

"검사는 기소장을 읽어 주세요."

인정 신문을 마치고 피고인이 제자리로 돌아가자 재판장은 검사를 쳐다보며 말했다.

다카오카 검사가 자리에서 일어섰다. 그의 어조는 평소보다 조금 높았다. 한 마디 한 마디에 검사의 분노가, 그리고 한 인간의 분노가 흘러넘치는 듯했다.

딱딱한 법률 용어로 작성된 기소장에 새로운 사실은 전혀 없었다. 그는 자신이 저지른 범죄라도 되는 양 이 사건을 세세하게 알고 있었던 것이다…….

기무라 시게하루는 도쿄 치과 의대를 졸업하고 시모이구사 근처에서 개업한 치과 의사였다.

환자도 꽤 많아서 진료만 부지런히 하면 생활하는 데 아무 문제도 없었을 텐데, 개업 자금과 그 밖의 백팔십만 엔이라는 빚으로 고민하다가 아동 유괴를 저지른 것이다.

당시 본처와 별거하고 내연녀와 그녀를 통해 얻은 자녀 하나와 살고 있던 기무라는 5월 14일, 후쿠시마에서 숙부가 상경한다고 둘러대 내연녀를 그녀의 여동생 집으로 보내 놓고 K대 부속 초등학교를 찾았다.

그러나 마침 그날은 운동회가 있어서 자가용이 많이 주차되어 있었고 학부모도 꽤 많아서 도저히 그런 범죄를 시도할 상황이 아니었다.

그래서 그날은 부근 지리만 익혀 두고 돌아왔고, 대체 휴일인 이튿날 15일 역시 아무 일 없이 보냈다. 그리고 마침내 16일, 이 무모할 만큼 대담한 범죄를 단숨에 저질렀다.

그날 아침 기무라 시계후사는 메구로 역 근처에서 등교중이던 오야마 기이치라는 2학년 소년을 불러 세웠다.

그러고는 아빠가 병으로 병원에 입원해서 대신 데리러 왔다고 거짓말을 해서 자신의 닷선 승용차에 소년을 태워 자택으로 데려갔다.

그는 소년에게 우유와 함께 상당량의 수면제를 먹였다. 이윽고 아이가 잠든 것을 확인하자 즉시 오야마가에 전화해서 협박을 했다.

가정부에게 현금 이백만 엔을 들려서 오후 2시 시나노마치 역에 하차하여 가이엔 공원을 한 바퀴 돈 다음, 센다가야 역에서 승차하여 이케부쿠로 역으로 가게 해라. 거기에서 다시 세이부이케부쿠로선을 타고 오이즈미가쿠엔 역에 하차하여 버스를 타고 가다가 도민농원에 하차하여 가와고에 가도까지 왕복하라고 해라, 라는 복잡한 경로를 지정했다.

물론 오야마가로서는 엄청난 충격이었다. 즉시 학교에 전화하여 아이가 등교하지 않았다는 것을 확인했다. 경찰에 신고하면 아이는 죽는다, 라는 경고가 있었지만, 바로 시부야 서에 신고했고 사

닷선 승용차
1960년 일본 닷선 블루버드 사에서 출시된 자동차.

복형사와 여성 경관이 가정부를 미행하기 시작했다.

그러나 이때 범인은 나타나지 않았다. 두 번째 협박은 이튿날인 17일 아침에 왔다. 이번에는 신주쿠 가시와기 우체국에서 전보를 쳐서 현금 삼백만 엔을 식모에게 들려 신주쿠 지큐자 극장 앞에서 기다리게 하라고 지정했다.

이 지시도 그대로 실행되었다. 하지만 약속한 1시에서 세 시간이 지나도록 범인은 나타나지 않았다.

세 번째 협박은 그날 6시경 전화로 왔다.

저녁 8시 반 오이즈미가쿠엔에서 버스를 타고 오이즈미 풍치 지구風致地區에서 하차하여 막다른 지점까지 도보로 왕복하라는 것이었다.

이 역시 그대로 실행되었지만 이때도 예상대로 범인은 나타나지 않았다.

네 번째 협박은 그날 심야에 전화로 왔다. 이렇게 계속 경찰에 알리면 도저히 거래할 수 없다, 나중에 다시 연락하겠다, 라는 것이었다.

죄 없는 불쌍한 소년은 그때까지 네 번이나 투여된 수면제 때문에 죽은 듯이 잠들어 있었다.

그리고 18일 아침, 기무라 시게후사는 집에 배달된 조간신문을 보고 사건이 공개된 것을 알았다.

그는 곧바로 가스를 이용하여 살인을 저질렀고 사체는 잠시 마루 밑에 숨겼다. 그러나 신문 보도가 위력을 발휘하여 경찰의 손길이 바로 그날 기무라 시계후사의 신변으로 차츰차츰 뻗어 오기 시작했다.

이때 기무라가 경찰의 추적을 뿌리치고 도주할 수 있었던 것을 기적이라고 해야 할지 모르겠지만, 여하튼 범인은 소년의 사체를 차에 싣고 어딘가에 유기하기 위해 집을 나섰다.

그런데 다카이도 부근에서 무면허 운전을 의심한 순찰차에게 쫓기는 처지에 몰렸다. 그는 가까운 골목으로 도망쳐 들어가 가까스로 검문을 면했지만, 더 이상 차량을 운전할 엄두가 나지 않았을 것이다. 사체를 담은 쌀부대가 실린 차량은 그 자리에 버렸다. 범인은 근처에 있던 자전거를 훔쳐 타고 요코하마까지 도주했다.

기무라는 호도가야 역 근처 언덕 위에서 하룻밤을 보냈다. 그리고 이튿날 새벽, 전차를 타고 미시마까지 갔다가 그곳에서 이발을 한 뒤 오사카행 열차를 타고 오사카까지 무사히 도주했다.

방치된 차량과 그 안에서 발견된 사체로 기무라의 혐의는 결정적인 것이 되었다. 즉시 전국에 지명 수배가 떨어졌지만, 체포되기까지는 이 개월 가까운 시일이 걸렸다.

기무라는 사람들의 예상과 달리 처음 며칠은 항만 노동자로 고된 육체노동을 했고, 그 뒤 후세 시의 가방용 금속구 제조업자의 집에 기숙하며 직공으로 일했다.

체포된 계기는 얼마 후부터 기무라와 같은 방에 기숙하게 된 동료 직공이 수배 전단 사진을 보고 야마모토 고로, 즉 기무라 시계후사가 아닐까, 하고 의심을 품은 것이다. 경찰에 밀고한 뒤 맹장 수술 자국을 확인하고 수첩을 훔쳐보는 등 아마추어 탐정의 수고가 결실을 맺어, 마침내 7월 19일 오후 6시, 범인이 경찰에 체포된 것이다……

검사가 기소장 낭독을 마치자 기무라는 다시 재판장 앞으로 불려 나갔다.

"피고인은 지금 낭독한 이유로 기소되었는데, 그것에 대하여 어떻게 생각합니까? 피고인이 원하면 발언을 거부할 수 있습니다. 다만 이 법정에서 피고인이 한 발언은 모두 피고인에게 불리 혹은 유리한 증거로 채택됩니다."

재판장은 엄숙한 말투로 고했다.

피고인은 스스로 유죄라 생각하는가 무죄라 생각하는가. 영미 형사 소송법 정신에 입각한 죄상 인정 여부와 함께 묵비권 행사가 가능함을 고하는 질문이었다.

기무라 시계후사는 직립 부동자세 그대로 낮은 목소리로 대답했다.

"기소장의 내용은 대체로 사실입니다. 다만 한 가지, 프랑스 자동차왕 푸조의 아들을 유괴한 사건을 신문에서 보고 흉내 냈다는 것은 사실과 다릅니다."

법정 안이 술렁였다. 기자석의 기자들은 메모지를 쥐고 복도로 뛰어나갔다.

'멍청이 같으니! 사건의 본줄기를 인정해 놓고 지엽 말단만 부정해서 어쩌겠다는 거야. 독창적인 계획이든 남을 흉내 낸 것이든 상관없다. 중요한 것은 성공하는 것이다. 소견머리가 그 모양이니까 실패한 거다.'

그는 속으로 중얼거렸다.

검사의 모두 진술冒頭陳述은 간단했다. 그에 대하여 변호사는 이 범죄가 일반적으로 생각하는 것처럼 계획적인 것이 아님을 강조하는 작전으로 나왔다.

"계획적인 범죄라면 성공할 가능성이 높아야 하고, 실패할 때를 대비한 대책도 고려되어야 합니다. 그런데 이 사건에는 그런 점이 전혀 보이지 않습니다. 기소의 첫 번째 원인인 유괴죄에 대해서는 심신 쇠약 상태에서 이루어진 것이고, 두 번째 요소인 살인죄에 대해서는 중증의 심신 쇠약 상태에서 이루어진 것으로 추정됩니다."

변호사로서는 당연한 작전이라고 그는 생각했다. 피고인이 완강하게 범죄를 부인하는 경우라면, 변호사도 변론의 성패는 차치하고라도 어떻게든 변호할 여지가 있을 것이다. 그러나 당사자가 처음부터 이렇게 항복해 버리면 사실 인정을 놓고 다툴 여지가 없다. 정상 참작의 여지도 없다. 이렇게 된 이상 정신 이상자라고까지는 주장할 수 없다고 해도 일시적인 정신 이상의 결과였다고 변론해서 형의 경감을 노리는 작전 말고는 달리 생각해 볼 여지가 없다.

'그러나 그것을 어떻게 증명하지? 그것이 이 변호사의 실력을 가늠하는 핵심이 되겠군.'

그는 속으로 중얼거렸다.

이어서 재판은 검사 측이 증거를 제시하는 단계로 들어갔다.

증거는 백 가지가 훨씬 넘었다. 범행을 이미 인정한 피고인을 단죄하는 데 이렇게 많은 증거가 필요할까 싶을 정도였다.

증거 중에는 당일 기무라의 자택에 분명히 가스를 판매했다는 것을 보여 주는 가스 회사의 증명서도 있었다. 자기 가게에서는 빈 쌀부대가 하루에 스무 장 정도 팔리고 있으므로 용의자에게 판 기억은 나지 않지만, 용의자 본인이 우리 가게에서 샀다고 말한다면 아마 사실일 거라는 쌀가게 주인의 조서도 있었다. 이어 새것으로 보이는 쌀부대가 증언대 위에 올려졌다.

'저런 단순한 방법으로 사체를 숨겨 둘 수 있다고 생각했단 말인가? 저자가 저래 놓고도 인텔리란 말인가?'

그는 다시 속으로 중얼거렸다.

검사가 피고인의 필적 감정서를 낭독했다. 필적 감정서는 두 번째 협박에 이용된 전보를 칠 때 피고인이 작성한 의뢰용 원문을 감정한 것으로, 살인 당일 경찰의 손길이 기무라의 코앞까지 접근하게 된 계기를 제공한 문서다. 검사가 그것을 낭독하는 동안 그는 머릿속에서 자기 나름대로 비판을 하고 있었다.

'조심해야겠군. 필적을 드러내는 짓을 해서는…… 그야말로 꼼

짝 못할 증거가 된다. 저런 짓은 어떻게든 피해야······.'

시간은 12시가 가까워져 있었다. 검사는 오전 중으로 최후의 결정타를 날리려는 듯 법정에 녹음기를 내놓고 세 번째 협박이었던 전화 통화의 녹음테이프를 재생했다.

법정에 귀기가 흘러넘쳤다. 그조차 그 순간에는 저도 모르게 온몸을 긴장시켰을 정도였다.

—아이는 무사합니까? 정말이에요? 정말이냐고요! 진짜 약속할 수 있습니까? 목소리라도 듣게 해 주세요!

어머니의 피를 토하는 듯한 절규였다. 못 믿을 상대방의 말을 애써 믿으려고 하는 절망적인 호소였다.

—무사합니다. 살아 있어요. 하지만 전화 통화는 곤란합니다.

이것이 바로 여기 법정에서 잔뜩 움츠러든 피고인의 입에서 나온 말인가 싶을 만큼 차갑고 표독한 목소리였다.

—그럼, 어떻게 하면 됩니까. 왜 돈을 받지 않는 겁니까!

—나도 돈을 받고 싶어요. 하지만 경찰이 그렇게 따라붙으니 도저히 거래할 수가 없잖습니까.

—경찰은 스스로 알아서 따라다니는 겁니다. 가정부 혼자 내보내도 집 앞에서부터 따라간다고요. 나로서는 방법이 없습니다!

—당신이 처음에 내 경고를 무시하고 경찰에 신고해서 일이 이렇게 된 겁니다. 그건 아주머니의 자업자득이야.

—뭐라고요! 당신은 귀신이에요? 악마입니까! 나한테 어떻게

그런 말을…….

—거래 방법은 곧 다시 연락하겠습니다.

수화기를 딸깍 내려놓는 소리까지 테이프에 똑똑히 녹음되어 있었다.

'이것도 조심해야겠군……. 전화 연락은 반드시 녹음될 거라는 생각을 하지 못했단 말인가? 전에도 여고생을 죽이고 신문사에 전화했다가 공중전화의 위치를 추적당한 바보가 있었지. 전보, 전화, 편리한 방법일수록 위험한 것인데…….'

그는 또 속으로 중얼거렸다.

잠시 쉬는 시간도 없이 네 번째 협박 전화를 녹음한 테이프가 재생되었다.

두 협박 사이의 시간은 불과 몇 시간에 불과한데도 말투는 전혀 달랐다. 부인의 목소리는 메마르고 갈라져서 사람의 목소리인가 의심이 들 정도였고 범인의 목소리는 분노와 살기로 가득 차 있었다.

'범인이 이때 도로 옆 밭에서 몰래 가정부를 따라가다가 거름 구덩이에 빠졌던 게로군……. 그 분노와 짜증이 말투로 드러난 건가.'

그는 다시 그다운 비판을 하고 있었다.

—도대체 우리 보고 뭘 어쩌라는 겁니까. 그쪽이 하라는 대로 순순히 따르고 있잖아요. 돈도 시키는 대로 준비했고, 나오라는 곳으로 분명히 나갔어요. 그런데, 그런데도…….

—나도 돈을 받고 싶어. 하지만 뒤통수 맞는 게 싫은 것뿐이야.

내가 돈 욕심에 모가지를 올가미에 들이밀 만큼 멍청한 줄 알아?

—나는, 나는 이제 어떻게 해야 좋을지 모르겠어요. 남편을 바꿀게요. 남편과 남자들끼리 얘기해 주세요!

울음소리와 함께 전화를 바꾸는 듯한 소리가 들리더니 곧 목소리가 한껏 고조된 남자의 목소리가 이어졌다.

—여보세요, 여보세요…….

—남편입니까? 당신은 아들이 귀하지도 않습니까?

—귀하니까 이러고 있는 거죠! 급전까지 끌어다가 힘들게 돈을 마련했습니다. 어서 그 돈을 받고 아이를 돌려주세요!

—나도 그렇게 하고 싶소. 하지만 위험한 모험을 하고 싶진 않아. 돈을 받아도 안전하다는 것이 확실하지 않으면…….

—내가, 내가 직접 어디든 가겠습니다. 지금 당장 뒷문으로 나가서 경찰 모르게 어디든 가겠습니다. 맹세합니다. 반드시 나 혼자 갑니다. 오늘 밤 안으로 돈을 받아 주세요!

—거래 방법과 장소는 곧 다시 연락하겠소.

녹음테이프 재생이 끝났다. 오전 심리도 그것으로 끝났다.

다시 수갑과 포승이 채워져 끌려가는 기무라의 옆얼굴에는 분노와 증오로 가득 찬 시선들이 집중되고 있었다.

'나도 일을 그르치면 저런 꼴이 되려나.'

그는 복도로 걸음을 옮기며 그렇게 생각했다.

'하지만 나는 절대로 실수하지 않는다. 내가 저런 험한 꼴을 보일 수는 없지……. 물론 변호사 말대로 놈의 계획은 성공 확률이 일할도 안 되었다. 하지만 나라면, 나라면…….'

그날 오후 재판은 오전 심리보다 훨씬 지루했다.

적어도 그로서는 아무런 교훈도 얻을 수 없는 내용이었다.

검사 측 증인으로 출정한 세 사람은 피해자의 교사, 기무라의 본처, 그리고 기무라의 집에 출퇴근하는 가정부였다.

이 가정부가 기무라의 집에 잠들어 있던 아이를 보았다가 나중에 신문 기사를 보고 가까운 파출소에 신고했던 것이다.

그러나 신고를 받은 고노헤라는 순경도 처음에는,

"번듯한 치과 의사 선생이 설마…….."

하고 웃어넘겼다고 한다. 하지만 그 설마는 성급했다.

'아이의 모습은 아무에게도 목격되어서는 안 된다……. 기무라도 설마 자기 집에 드나드는 가정부에게 결정타를 맞을 줄은 몰랐겠지. 하지만 전쟁에서는 아군의 작은 실수가 그대로 패전으로 직결될 수 있다…….'

그의 상상은 종횡으로 치달았다.

'설마 그런 일은 없겠지만 나한테 혐의가 걸리면 우리 동네 순경은 어떤 반응을 보일까. 그럴 줄 알았다고 말할지도 모르겠군.'

그는 소리 내어 웃고 싶어졌다. 아니, 여기가 법정만 아니라면 주변에 개의치 않고 마음껏 폭소를 터뜨렸을지 모른다.

재판은 흔히 연극에 비유된다.

피고인이, 검사가, 변호사가, 재판장 이하 판사들이, 잇달아 출정하는 증인들이 배우나 마찬가지다.

그러나 현재 진행중인 이 연극과 아무 관계도 없는 관객 중에는 그와 같은 미래의 주역이 어느 누구의 주목도 받지 않은 채 이렇게 섞여 앉아 있었던 것이다.

재판은 이튿날 오전 10시에 속행되었다. 어제에 이어 검사 측 증인이 잇달아 증언대에 서서 처음에는 검사의 직접 신문, 이어서 변호인의 반대 신문에 대답했다.

"양심에 맹세코 진실을 말하겠습니다. 알고 있는 사실을 감추거 나 거짓을 말하지 않겠습니다."

증인이 선서서에 인쇄된 정해진 문장을 읽자 재판장도 앵무새 처럼 정해진 말을 반복했다.

"증인은 거짓 증언을 하면 위증죄로 처벌받을 수 있습니다. 다 만 증인 자신이 형사 소추를 당할 수 있는 내용에 대해서는 증언을 거부할 수 있습니다."

무의미하고 형식적인 선언이라고 그는 생각했다. 사실 그는 법률 자체가 무의미한 형식의 집적이라고 생각하고 있었다. 그러므로 법망에 걸려드는 것은 기무라 같은 비상식적인 피라미들뿐이며 자기 같은 거물은 법망을 유유히 빠져나갈 거라고 믿었다.

형식적인 법률을 경멸하는 것이 그만은 아니었다.

이날의 첫 증인인 오야마가의 가정부의 발언에는 특별한 내용이 없었지만 두 번째 증인으로 증언대에 선 피해자의 할머니 오야마 다카는 사랑하는 첫 손주를 빼앗긴 원한과 분노를 불덩이 같은 한 마디 한 마디에 실어서 피고인에게 쏟아부었다.

"증인이 첫 번째 전화를 받았죠. 그건 어떤 내용이었습니까?"

검사의 신문에 증인은 격렬한 분노가 담긴 목소리로 명확하게 대답했다.

"가장은 없나? 없다면 안주인을 바꿔라 하고 말하는데, 아주 오만하고 서슬 퍼런 낮은 목소리였습니다. 누구세요 하고 물어도 대답을 하지 않았습니다. 하는 수 없이 며느리를 바꿔 주었는데, 며느리는 넋이 나간 모습으로 메모지에 뭐라고 적었습니다. 손주가 납치된 것을 안 것은 그때였습니다."

'보통 가정에서는 모든 전화 통화를 테이프에 녹음하지는 않는다. 그러므로 처음 한 번은 전화를 이용하는 것도 괜찮겠군. 다만 아주 신중하게 이용하지 않으면…….'

그는 곧 자신의 계획에 이 방법을 이용할 수 있을지를 검토하기 시작했다.

"18일 밤 늦은 시간에도 전화가 왔죠. 그걸 받은 것도 증인입니까?"

"네, 제가 받아서 바로 며느리를 바꿔 주었는데, 며느리가 곧 수화기를 던지며 울기 시작했습니다. 이제 돈도 필요 없다. 아이는 죽었다, 라는 전화였습니다."

"그 목소리는 범인의 목소리가 틀림없었습니까?"

"절대 틀림없습니다."

"하지만 피고인은 그런 전화를 한 기억이 절대로 없다고 부인하고 있습니다만."

"절대로, 저 남자의 목소리가 틀림없습니다."

증인은 완강하기 그지없었다.

18일 밤이라면 살인 행위가 끝나고 범인이 필사적으로 도주하고 있을 단계였다.

죄의식에 짓눌려 모든 희망을 잃어버린 기무라 시게후사가 자신의 악행은 제쳐 두고 그런 일방적인 통고를 남긴 것도 이해하지 못할 바는 아니지만, 왜 이제 와서 그 행위 하나만을 부인하는 것일까, 하고 그는 의아하게 생각했다.

물론 증인의 주장이 사실이라면 이 잔인한 범죄는 냉혹함의 정도가 더욱 높아진다. 그러나 기무라가 가령 그런 전화를 한 적이 없다고 해도 살인했다는 사실, 그리고 그 행위에 주어지는 형량에는 아무런 변화가 없을 것이다.

'허영심인가? 범죄자에게 흔히 있음 직한…… 아니면 개전改悛의 정을 조금이나마 보여 주려는 것일까?'

그가 그런 생각을 하는 동안 몇 가지 문답이 이루어졌고, 검사는 한층 소리 높여 물었다.

"그럼 현재 증인은 피고인에게 어떤 감정을 품고 있습니까?"

"허락만 된다면 당장이라도 달려들고 싶습니다. 당장 사형시켜 주세요!"

법정 안이 정적에 휩싸였다. 피고인의 몸도 떨리고 있었다. 그조차 이 순간에는 자신의 목이 증인의 손에 옥죄이는 듯한 망상에 사로잡혀 모골이 송연할 정도였다.

"신문을 마칩니다."

검사는 큰 도끼를 내리치는 듯한 말투로 그렇게 선언하고 자리에 앉았다.

이어서 증언대에 선 것은 피해자의 아버지 오야마 도시유키였다.

긴자에서 보석과 귀금속을 취급하는 고교쿠도라는 가게를 운영하고 지유가오카에 집을 가지고 있는 오야마 도시유키는, 그가 상상하던 것보다 훨씬 젊어서, 아직 온전한 사장으로 홀로서기를 하지 못한 경영자 2세 같은 소극적인 인상을 풍겼다.

분노라기보다 깊은 쓸쓸함을 풍기는 그늘이 하얀 얼굴에 드리워져 있었다.

검사는 먼저 사건 발생 당시의 상황에 대하여 신문하기 시작했다.

그는 거래처 사람을 초대하여 사건 전날부터 휴양지 아타미에 가 있었다. 그리고 사건 발생일 정오쯤에 도쿄에서 걸려 온 장거리 전화로 유괴 사실을 전해 들었다.

모든 일정을 중단한 그는 급히 도쿄로 돌아왔다. 그러나 가정부는 그가 도착하기 전에 이미 집을 출발한 상태였다.

그는 거의 실성한 상태인 아내를 달래며 한없이 초조한 심정으로 사태 추이를 지켜보고 있었다.

그날 가정부가 가지고 나간 것은 현금 이백만 엔이 아니었다. 천 엔권과 똑같은 크기로 자른 신문지 이천 매. 아무 가치도 없는 종이 다발이었다.

그리고 첫 번째 접촉 시도에서 범인을 만나지 못한 것을 알자 그는 그 기만극을 후회했다.

어쩌면 범인은 보자기 꾸러미의 내용물이 현금이 아니라는 것을 간파했는지 모른다. 때문에 위험이 따르는 접촉을 단념해 버렸는지도 모른다.

어떤 희생을 치러서라도 아들만은 무사히 찾고 말겠다!

이것이 아버지의 슬픈 첫 번째 결심이었다.

그러나 그가 당장 가진 예금은 칠십만 엔이 전부였다.

"저는 어떤 대가라도 치를 작정이었습니다. 하지만 주식을 팔아도 그것이 현금이 되기까지는 꼬박 나흘이 걸립니다. 어쩌면 시간을 조금 단축할 수 있을지 모르지만, 그래도 이런 긴급한 상황에서는 도움이 안 됩니다. 상품과 부동산은 더 말할 것도 없습니다. 그래서 저는 거래 은행의 지점장에게 사정을 설명하고 돈을 빌렸습니다. 제 예금과 합쳐서 마련한 돈이 백삼십만 엔, 나머지 칠십만 엔은 아내와 어머니, 숙부의 돈을 긁어모아 이튿날 오전 중에 겨우 이백만 엔을 맞춘 겁니다."

"그런 거액을 그 짧은 시간에 마련하는 것은 증인으로서도 정말 힘든 일이었던 거군요."

검사는 냉큼 호응했다.

"예……."

"그런데 범인은 이튿날 다시 백만 엔을 늘려 총 삼백만 엔을 요구했지요? 그 요구에 어떻게 대응했습니까?"

"시간 여유가 더 있다면 몰라도 오후 1시까지라는 시한을 제시하니 더 이상 돈을 마련하는 것이 불가능했습니다. 저는 눈물을 흘리며 편지를 썼습니다. '일단 이것만이라도 받고 아이를 살려 놔 달라. 나머지 돈은 금방 마련해서 주겠다'라는 내용의 편지였습니다. 저로서는 그 편지를 현금 이백만 엔과 함께 들려 보내는 수밖에 없었습니다."

법정에서는 희미하게 흐느끼는 소리도 들려오고 있었다. 이 사람이 아버지로서, 남자로서, 당시 최선을 다하고 있었다는 것은 아무도 의심할 수 없었다. 하지만 그때 그는 다른 사람들과 전혀 다른 생각을 하고 있었다.

'아무리 재산이 많은 집안이라도 당장 쓸 수 있는 현금은 의외로 적은 법이다. 시간 여유를 충분히 주지 않으면 원하는 만큼 받아 낼 수 없을 것이다.'

그가 이런 궁리에 잠겨 있는 동안에도 신문은 계속되었다.

"증인은 이런 생각은 해 보지 않았습니까? 범인이 이미 두 번이나 나타나지 않은 것은 경찰의 감시 때문이므로 세 번째 접촉을 위해 한밤중에 오이즈미로 나갈 때는 가정부 혼자 보내야겠다는."

"그런 생각은 전혀 하지 않았습니다. 일반적인 경우라도 여자 혼자 밤중에 돌아다니는 것은 위험합니다. 돈은 제쳐 놓고라도 만약 범인이 나타난다면 가정부는 당연히 인상착의를 목격하게 됩니다. 이런 잔혹한 범인이라면 가정부에게 무슨 짓을 저지를지 알 수 없었습니다. 가정부가 살해될 수도 있었습니다. 저는 자식에 대한 사랑이라면 남들에 뒤지지 않는다고 생각하지만, 내 자식을 살리려고 남의 자식을 위험에 빠뜨리는 짓은 도저히 할 수 없었습니다."

이것이 아버지의 슬픈 두 번째 결심이었다.

검사도 잠시 뜸을 두고 눈을 껌뻑거리고 나서야 다음 신문으로 들어갔다.

"증인은 피고인에게 지금 어떤 마음을 가지고 있습니까?"

대답은 잘 들리지 않았다. 솟구치는 눈물을 안간힘으로 참고 있는지 말이 띄엄띄엄 끊겼다.

"저는, 남자니까, 체념할 수도 있습니다……. 하지만 아내의 심정을 생각하면…… 아내는 당시 임신중이었습니다. 정말로 자살까지 생각했던 것 같습니다. 유서마저 썼습니다. 지금은…… 딸도 태어났지만, 저희 가족이 받은 마음의 상처는 영원히 치유되지 않겠지요. 이런 사건이 두 번 다시 일어나지 않도록, 이런 범죄를 꾀하는 인간이 다시는 나타나지 않도록, 피고인을 극형에 처해 주시기 바랍니다."

자식을 빼앗긴 아버지로서 너무나 당연한 말이었다. 오히려 격정을 억제한 담담한 태도로 용케 증언해 주었다고 해야 할지도 모른다.

그러나 이런 비통한 호소를 듣고도 그의 결심은 미동도 하지 않았다.

할머니와 아버지에 대해서는 변호사도 반대 신문을 전혀 하지 않았다. 공연한 자극이 불러올 역효과를 극도로 저어하는 듯했다.

이어서 증언대에 선 것은 경시청 수사1과의 에노모토 경위였다. 이 사건에서 수사 전반을 지시하고 사흘 동안 범인을 절망적인 궁지로까지 몰아넣은 이 인물의 증언은 범죄의 교훈을 구하는 그에게는 절대로 흘려들을 수 없는 것이었다.

검사는 먼저 증인의 신분, 경력, 직책 등을 묻고 나서 바로 본 내용으로 들어갔다.

"증인이 본 사건을 수사하기 시작한 것은 언제입니까?"

"사건 발생 당일, 즉 5월 16일 1시쯤, 수사1과장의 명령으로 시부야 서에 들어간 뒤부터 본 사건에 대한 수사를 제가 책임지게 되었습니다."

"그 명령을 받았을 때, 증인은 어떤 생각이 들었습니까?"

"물론 그때는 지극히 간단한 상황밖에 알려지지 않았지만, 저는 상황이 어렵다고 판단했습니다. 소아 유괴 사건은 자칫 곧장 흉악한 살인 사건으로 악화되기가 쉽습니다. 따라서 범인 체포에 노력하는 것은 당연한 일이지만, 그것보다 먼저 유의해야 할 것은 어떻게 하면 유괴당한 아이를 무사히 구해 낼 것인가, 거기에 주안점을 두어야 한다고 생각했습니다."

"그래서 제일 처음 취한 수단은 어떤 것입니까?"

"처음에는 시간 여유가 한 시간도 채 안 되었습니다. 그때 제가 지휘할 수 있던 인원은 여자 경관을 포함해서 여덟 개 반의 열여섯 명이었습니다. 먼저 여자 경관을 가정부로 변장시켜 범인이 지정한 경로를 지나가게 하는 방법을 시부야 서에 들어가기 전부터 생각하고 있었는데, 이 방안은 시부야 서에 들어가 전화 내용을 전해 듣고 포기하지 않을 수 없었습니다. 범인이 '가정부 얼굴을 알고 있다. 가정부에게 돈을 들려서 내보내라'라고 말했다고 합니다."

"그래서 실제로는 어떤 방법을 취했습니까?"

"먼저 동원 가능한 인원을 세 개 조로 나누어 여섯 명은 진구가 이엔으로 보내고 여섯 명은 오이즈미로 보냈습니다. 오이즈미 부근의 지리는 잘 알지 못했지만, 이것은 돌발 사건이었기 때문에 어쩔 수 없었습니다. 다행히 오야마가에서 자동차를 두 대 제공해서 그걸 이용했습니다. 나머지 네 명은 일단 시부야 서에 대기시키고 사건이 만에 하나 돌발적으로 변하는 경우에 출동시키려고 했습니다."

"이백만 엔 꾸러미에 진짜 현금이 들어 있지 않다는 것은 알고 있었겠군요?"

"이야기는 들었지만, 그것은 제 능력과 직책을 넘어선 문제였습니다. 다만 저에게 의견을 물었을 때는 그렇게 하는 수밖에 없지 않겠느냐고 대답했습니다."

"진구가이엔에서는 어떻게 잠복했습니까?"

"사복형사와 여자 경관 한 명씩을 일 개 조로 하여 커플 행세를 하게 했습니다. 한 조는 가정부와 오십 미터 정도 거리를 두고, 또 한 조는 앞 조와 다시 오십 미터 정도 거리를 두고 따라가라고 지시해 두었습니다."

"그 배치는 어떤 근거에 따른 것입니까?"

"만에 하나 범인이 가정부에게 폭력을 휘두르는 사태가 발생하더라도 몇 초 안에 앞 조의 두 사람이 현장에 도착할 수 있도록 하려는 것이었습니다."

"그러면 증인은 가정부한테도 위해가 미칠지 모른다고 걱정했던 거군요?"

"그렇습니다. 한낮이므로 아무리 무모한 범인이라도 상식적으로는 그렇게까지 못 할 거라고 판단하고 있었지만, 이튿날 밤 오이즈미로 나갈 때는 그럴 공산이 대단히 높아 보여서 고민했던 것입니다."

"그럼 진구가이엔 잠복은 아무 성과 없이 끝난 겁니까?"

"나중에 들은 바에 따르면 이것은 범인의 양동 작전이어서 범인은 처음부터 진구가이엔에 나올 생각이 없었다고 합니다만, 여하튼 실제로 어떤 일도 일어나지 않았습니다. 가정부가 센다가야 역에 도착한 것을 확인한 뒤, 경관 네 명은 전화 보고를 하고 시부야 서로 돌아갔고 두 명만이 같은 전차를 타고 오이즈미까지 동행한 것입니다."

"그러고 나서는요?"

"오이즈미로 먼저 출발한 여섯 명은 도민 농원 버스 정류장 부근에 대기하고 있었습니다. 거기에서 두 번째 잠복에 들어갔는데 이때도 범인이 나타나지 않아 아무 성과 없이 끝났습니다. 범인이 나타나지 않는 이상 저희로서도 손쓸 방법이 없었습니다."

"그러고 나서는 어떤 작전을 취했습니까?"

"저는 그동안 시부야 서에 남아서 오야마가의 주변을 자세히 조사하고 있었습니다. 이렇게 몸값을 요구받은 만큼 일단 영리 유괴라고 판단하기는 했지만, 만에 하나 원한이나 다른 동기가 있을지도 모른다, 또 범인이 오야마가와 어떤 관계가 있는 자라면 이 집안의 사정을 조사함으로써 의외로 빨리 용의자를 지목할 수 있을지 모른다고 생각한 겁니다. 그리고 녹음기를 이용하여 다음 협박 전화를 녹음할 생각이었지만, 공교롭게도 시부야 서에 있던 기기가 수리중이라 이용할 수 없었습니다. 하는 수 없이 오야마 씨가 자비로 녹음기를 구입해서 자택 전화기에 연결했습니다."

"그리고 이틀째를 맞았는데 경찰 측은 그때 어떤 방법을 쓰고 있었습니까?"

"형사 두 사람을 오야마가에 묵게 하고 남은 인원은 시부야 서에 대기하게 했습니다. 저도 다섯 시간 정도 선잠을 잤습니다."

"전보를 이용한 두 번째 협박에는 어떻게 대처했습니까?"

"즉시 전보국에 사람을 보내서 발신 의뢰 용지를 확보했습니다. 물론 기재된 주소와 성명은 허위였지만, 이것이 나중에 필적 감정의 결정적인 재료가 되었습니다."

"지큐자 극장 앞으로 불러냈을 때는 어떻게 대처했습니까?"

"그 근방은 코마 극장을 비롯해서 극장이 여러 개 모여 있어서 혼잡이 심하고 시야가 좋지 않지만, 형사 여덟 명을 이십 미터에서 삼십 미터 거리에 배치하여 오후 1시부터 세 시간 동안 멀리서 지켜보는 방식을 취했습니다. 한번은 어떤 불량배가 말을 거는 것을 보고 긴장한 적도 있었는데, 그자를 즉시 근처 파출소로 연행하여 조사했지만 사건과 무관하다는 것이 밝혀져서 곧 훈방했습니다. 그 밖에 그 시간대에 접촉을 시도한 사람은 한 명도 없었습니다."

"그날 밤 두 번째 시도였던 오이즈미행에는 어떤 수단을 취했습니까?"

"가정부 신도 씨도 이때는 심신이 지칠 대로 지쳐서 또 내보내는 것이 너무 딱했지만, 상황이 연기를 허락하지 않았습니다. 오야마 씨는 신도 씨를 많이 걱정하셔서 위험하지 않은지 정말로 괜찮을지 몇 번이고 확인했지만, 저도 그 점은 경찰이 책임지겠다고 단언하고 출발하게 했습니다. 오이즈미까지는 자동차를 이용했지만, 동승한 형사 두 사람을 차량 바닥에 앉게 해서 밖에서 보면 한 명만 탄 것처럼 꾸몄습니다."

"그때는 미행 상황이 어땠습니까?"

"오이즈미 풍치 지구에 도착했을 때는 9시 가까이 되어 있었습니다. 밤이라 시야도 좋지 않고 현장의 부하들도 고생이 많은 것 같았습니다. 결국 여섯 명이 조금씩 간격을 두고 신도 씨를 이십 미터쯤 뒤에서 따라갔습니다. 그러나 이때도 범인은 나타나지 않고 별다른 일도 일어나지 않았습니다. 실은 이때 범인은 옆에 있는 밭에서 신도 씨를 따라가며 접촉할 기회를 노리다가 거름 구덩이에 빠졌지만, 그 소리는 아무도 듣지 못했습니다."

"그럼 이 사건이 공표된 것은 언제쯤입니까?"

"첫날에는 다행히 저희 움직임을 눈치챈 기자가 아무도 없어서 수사를 비밀리에 진행할 수 있었습니다. 그러나 신문 기자, 특히 사건기자들은 감이 아주 날카롭습니다. 어디서 어떻게 눈치를 챘는지 몰라도 이틀째 되는 날 오전 11시경 시부야 서로 기자들이 몰려와 도저히 어쩔 수가 없게 되었습니다. 그래서 시부야 서 서장님이 본청과 상의하고 더 이상 감출 수 없다고 판단하여 그날 오후 3시 사건 개요만 발표하고 공개수사로 들어갔습니다. 그래서 당일 석간은 판에 따라 사건을 보도한 신문도 있고 그렇지 않은 신문도 있었던 것입니다."

"3시까지 발표를 미룬 것은 경찰이 지큐자 극장 앞 접촉에 어느 정도 기대를 품고 그 결과를 확인하려고 한 것이군요?"

"그렇습니다. 두 시간을 기다려도 범인이 나타나지 않았다는 보고를 듣고 저희는 마침내 범인과 접촉할 희망을 버렸습니다. 그래도 현장을 한 시간이나 더 경계하게 한 것은 말하자면 마지막 확인 같은 것이었습니다."

"사건 사흘째인 18일에는 모든 신문이 사건을 보도했습니다. 그 결과 어떤 반응이 나타났습니까?"

"당연히 예상한 반응이기는 했지만, 그런 아이를 보았다는 제보가 수사본부에 쇄도했습니다. 오전 중에 마흔여덟 건, 오후에도 거의 비슷한 건수의 제보가 있었습니다. 그러나 진위를 판단하느라 많은 인력을 투입해야 했습니다. 제보된 인물의 소재나 현주소가 판명된 경우에는 먼저 근처 파출소에 연락해서 알아보게 하고, 조금이라도 수상한 점이 있다는 보고가 올라오면 형사 두 명을 급파하여 더 자세히 조사하게 했습니다. 다만 대부분의 제보는 착오로 판명되었습니다. 저녁때가 가까이 되었을 때 남아 있던 제보는 피고인에 대한 제보를 포함하여 몇 건에 지나지 않았습니다."

"기무라를 범인으로 단정한 것은 언제쯤입니까?"

"오후 5시에서 6시경이었던 것 같습니다. 형사가 기무라의 필적을 입수해서 본부로 돌아온 것입니다. 그날 피고인의 집에는 아무도 없었고 내연녀는 동생 집에 묵고 있었기 때문에 어쩔 수 없이 지연이 되고 있었는데, 본부에서는 과학적 감정은 나중으로 돌리고 급한 대로 육안으로 감정하여 십중팔구 동일인의 필적이라고 판단했던 것입니다. 6시 30분에 우선 체포 영장을 청구하고, 그와 동시에 각 방면에 흩어져 있던 형사들에게 피고인의 집 근처로 집결하도록 지시했습니다. 인력 배치가 완료되고 피고인의 집에 대한 가택 수사가 이루어진 것은 오후 8시경인데, 범인은 그 직전에 위험을 눈치채고 도망쳤습니다. 참고로 말씀드리자면 당일은 안보 조약 관련 시위 때문에 도쿄 도의 경찰력이 거의 다 국회 주변에 집결되어 있었습니다. 때문에 저희도 수사에 만전을 기했지만 미진한 점이 많아서 범인을 체포할 호기를 놓쳤고, 게다가 그 후 약 육십 일 동안이나 범인을 체포하지 못한 것은 참으로 유감스럽습니다."

"증인은 이 피고인에게 지금 어떤 감정을 품고 있습니까?"

"직책상 제가 담당하는 사건은 전부 살인이나 강도 같은 강력 범죄입니다. 그런데 감정을 못 이기고 저지른 살인이라도 범인의 심정에 동정의 여지가 있는 경우가 드물지 않습니다. 그럴 때는 저희 경관도 죄는 미워하되 사람은 미워하지 말자는 생각을 하곤 합니다만, 이번 사건은 경우가 다릅니다. 과거 이십 년 동안 제가 다룬 사건들 가운데 가장 잔인하고 냉혹하고 비정한, 무엇보다 가증스러운 사건이라고 저는 지금도 단언할 수 있습니다."

"신문을 마칩니다."

검사는 이렇게 말하고 자리에 앉았다.

"변호인은 질문이 있습니까?"

재판장의 물음에 변호사는 자리에서 일어나,

"없습니다."

라고 한마디만 하고 다시 앉았다.

"그럼, 증인에게 두어 가지 묻고 싶은 게 있습니다."

아라마키 재판장은 다시 정면을 바라보며 물었다.

"첫 번째 접촉 장소로 지정된 오이즈미에서 실시했던 미행은 증인이 현장에서 직접 지휘한 것은 아니군요?"

"그렇습니다. 앞서 말씀드렸지만 저는 그 시간에 시부야 서에서 수사를 진행하고 있었습니다."

"그럼 오이즈미에 파견된 형사 여섯 명은 가정부를 도보로 미행한 겁니까?"

"그 점에서는 솔직하게 말씀드려서 저희에게 실수가 있었습니다. 물론 제일선에서 이루어지는 활동에 대해서는 어느 정도까지 현장의 결정을 존중하게 마련이지만, 먼저 파견된 형사들은 범인이 기동력을 갖추고 있지 않을까 걱정한 나머지 자동차를 타고 신도 씨를 미행했습니다. 나중에 체포된 범인의 진술에 따르면, 범인은 이때 이 도로를 지나가는 버스를 타고 차창 밖을 관찰하다가 유난히 느리게 움직이는 자동차를 발견하고 접촉을 단념했다고 합니다. 이것은 저희 수사진도 가슴을 치며 후회할 만큼 뼈아픈 실수였습니다."

"이것으로 신문을 마칩니다."

오전 심리는 이것으로 끝났다. 그는 저도 모르게 웃음을 흘리고 있었다.

'경찰도 전능한 것은 아니군. 경찰의 행동에도 어딘가에는 반드시 허점이 있다⋯⋯. 재판장이 그 점을 잘 지적했군⋯⋯.'

그날 오후 증언대에 선 것은 피고인과 관계가 있는 두 여성이었다.

아내와 내연녀. 그는 신문이나 주간지 등을 읽고 두 여성의 처지를 그렇게 파악하고 있었다.

일반적인 경우라도 이것은 파란과 투쟁을 떠올리게 하는 관계이다. 하물며 남자가 살인 사건의 피고인으로서 법정에 끌려 나온 이번 경우, 이 두 여성은 대체 어떤 심정으로 법정에 나왔을까?

그는 자신의 애초의 목적도 잊고 앞으로 전개될 장면에 커다란 흥미를 느꼈다.

그런데 피고인에게는 표면에 드러나지 않은 제3의 여성이 또 있었다.

이 사실을 보도한 것은 S신문 외에 주간지 하나뿐이었지만, 주간지도 그 신문에서 정보를 얻은 게 아닌가 생각되었다.

제3의 여성은 유부녀였다. 이름도 주소도 공표되지 않았지만, 이는 인권 존중의 차원에서 당연한 일이었다.

그 기사에 따르면 그녀의 남편은 중소기업 정도 되는 기업의 사장으로 부부 사이에 자녀가 셋 있었다. 그녀가 기무라와 언제 어디서 어떻게 관계를 맺었는지는 분명하지 않지만, 기무라가 도주한 직후부터 부인의 주변에서 경찰의 눈이 번뜩이기 시작했다고 하므로 아마도 두 사람의 관계를 암시하는 편지나 주소록 따위가 남아 있었을 것이다.

그리고 이 사건이 벌어진 후 그녀가 취한 행동은 매우 이상했다고 한다. 형사의 미행도 눈치채지 못한 채 그녀는 매일 아침 남편과 자식을 일터와 학교로 보낸 뒤 어느 극장으로 갔다고 한다. 그리고 극장에 한 시간 정도만 앉아 있다가 그냥 귀가했던 것이다.

물론 개중에는 똑같은 영화를 이삼일 연거푸 보러 가는 사람도 있을 것이다. 그러나 영화를 봐도 매일 아침마다 전반부만 보다 나가는 것은 예사로운 일이 아니다.

수사본부는 이 극장을 그녀와 기무라의 밀회 장소라고 판단했다.

기무라는 모처럼 내원객이 늘고 있던 진료소를 이월 중순에 스스로 문 닫고 무위도식중이었다. 아마 그는 매주 무슨 요일의 아침마다 이 극장에서 그녀를 만나 어딘가로 자리를 옮겨 정사를 가져왔을 것이다.

그녀는 내연남이 흉악무도한 범죄를 저지르고 이 나라 어디에도 숨을 곳이 없는 도망자 신세가 되었어도 여전히 그를 잊지 못하고 있었을 것이다. 잠깐이라도 자유로운 처지의 연인을 만나고 싶어서, 그리고 한편으로는 설마, 설마, 하면서도 혹시라도 오늘 그가 극장에 오지 않을까, 온 세상 사람들에게 버림을 받은 지금이야말로 자신의 도움이 절실하지 않을까, 하는 생각으로 극장 내 추억의 좌석에 앉아 멍한 눈길로 똑같은 영화의 똑같은 줄거리를 좇고 있었을 것이다.

여기까지는 누구라도 상상할 수 있는 이야기였다. 이 극장에는 연일 네 명의 형사가 잠복했다. 그녀를 미행하는 것이 두 명의 일이고, 나머지 두 명은 개관부터 폐관까지 같은 영화를 열 몇 번씩 반복해서 보면서 관객 중에서 기무라 시게후사 모습을 찾고 있었다.

하지만 이 미행은 닷새째 되는 날 마침내 그녀에게 인지된 듯했다. 안색이 변한 그녀는 극장에서 곧장 병원으로 달려가 치질 수술을 받고 그대로 입원해 버렸다고 한다.

급성 맹장염으로 인한 발작이라도 일어났다면 장소가 어디든 당장 병원으로 달려가 분초를 다투며 수술하는 것이 타당할 것이다. 그러나 치질 수술은 대개 그렇게 촌분을 다투어야 하는 병이 아니다.

수사진도 그녀의 도피책에 쓴웃음을 지으며 결국 그녀에 대한 미행을 접지 않을 수 없었다는 것이다.

'그 여자도 오늘 법정에 와 있을까?'

개정 직전에 만장한 방청인들을 둘러보며 그는 생각했다.

'와 있을 것이다. 지난 나흘 중에 적어도 한 번쯤은. 여심이란 그런 것이지.'

물론 방청인의 태반은 남성이었다. 그러나 곳곳에 섞여 있는 여성들이 그의 눈에는 다 제3의 여인처럼 보였다.

'저 여자일까? 이쪽 여자일까? 아니면 저쪽 여자일까?'

그의 망상은 피고인의 입정으로 중단되었다. 예의 술렁거림이 일어났던 것이다.

그는 피고인의 시선을 살펴서 그 여성의 위치를 알아낼 수는 없을까, 하고 기대했다. 그러나 기무라 시게후사는 방청석에 앉아 있는 오야마가 사람들의 시선이 두려운지 이쪽으로는 한 번도 눈길을 돌리지 않았다.

곧이어 판사 세 명이 입정했다. 오후 심리가 시작된 것이다.

그는 예전에 어느 판사와 술을 마실 때 이런 이야기를 들은 적이 있다.

사형 판결을 언도하는 것은 정말 싫지요. 물론 오랫동안 형사 재판의 판사를 맡다 보면 아무래도 몇 번은 그런 경우를 만날 수밖에 없습니다. 다만 한 사람, 내 선배 중에 그런 경험이 전혀 없다는 사람이 있어요. 이번에는 사형을 언도할 수밖에 없겠구나 하고 각오하고 있으면 언제나 운 좋게 전근을 가거나 피고인이 자살하거나 정신 착란을 일으켜서 결국은 그런 상황을 번번이 피하며 이십 년을 보낼 수 있었다는 겁니다. 잘 알지요, 나도 그런 심정을 잘 압니다.

그때 그 판사는 마음을 진정시키려는지 한 홉에 가까운 술을 거의 단숨에 들이켜고 나서 말을 이었다.

나한테도 언짢은 기억이 있어요. 사람 둘을 죽여서 자기 집 마루 밑에 묻고 시멘트로 발라 버리고 나서 그 집에서 태연하게 생활하던 남자를 심리한 적이 있어요. 동기, 방법, 개전의 정 등 어느 모로 보나 정상 참작의 여지가 없었습니다. 사형 언도를 피할 수 없었는데, 언도하던 순간의 피고인 얼굴은 젖혀 놓고라도 피고인 부인의 눈빛이 잊히지가 않아요. 아마 죽을 때까지 잊지 못하겠지요.

지금 아라마키 재판장을 비롯한 판사 세 사람도 똑같은 생각을 하고 있지 않을까, 하고 그는 생각했다.

기무라 시게후사의 처 요시코가 지금 검사와 변호사 쌍방의 증인으로 증언대에 선 것이다. 그녀의 얼굴은 분노로 타오르는 것처럼 보였다. 오야마가 사람들조차 증언대에 서기 전에 이런 무서운 얼굴은 보이지 않았다.

검사는 자리에서 일어나 서류에 적혀 있는 사실을 재확인하기 시작했다.

그녀는 결혼 전에 어느 무용 학원에서 조교로 일했다고 한다. 기무라는 대학 2학년 시절에 무슨 일을 계기로 이 학원을 드나들다가 그녀를 알게 되었다.

숙명으로 묶인 남녀가 처음 만났을 때, 어느 쪽이 먼저 애정을 느끼고 어느 쪽이 먼저 행동에 옮기는지는 때와 장소에 따라 달라질 것이다.

그러나 이 부인은 기무라가 거의 매일 열정적인 편지를 주었다고 주장했다. 기무라의 마음에 애정이 없었다고는 할 수 없었다.

그리하여 1953년 오월 대학 재학 시절부터 동거에 들어가게 되었다. 그 결과, 그리 놀라운 일도 아니지만 그해 시월에 아들이 태어났는데, 이는 두 사람의 육체관계가 결혼 한참 전부터 계속되고 있었다는 것을 보여 주는 엄연한 증거였다.

1955년에는 딸도 태어났다. 아내와 두 자녀를 부양하게 된 기무라 시게후사도 이제는 진지하게 생계를 고민하지 않을 수 없었을 것이다. 주변에서 개업 자금으로 백팔십만 엔을 빌려 시모이구사에 의원을 열었는데, 그 돈의 절반인 구십만 엔은 아내가 친정아버지의 퇴직금에서 빌려 온 돈이었다.

행복한 인생의 시작처럼 보였던 이 기간에 이미 파국의 징조가 있었다. 1955년 가을경부터 기무라는 후카노 도키코라는 여성과 사랑에 빠졌고, 일 년 뒤에는 집과 처자식을 버리고 그녀와 동거하기 시작했다. 그리고 둘 사이에 아들이 태어났고 그 관계는 사건이 일어날 때까지 이어졌다.

기무라 자신도 이 변칙적인 부부 관계를 견뎌 내지 못하게 된 듯하다. 1959년 오월에는 재판소에 이혼 소송을 제기했지만 부인은 완강하게 응하지 않았다. 결국 이 소송은 아무런 결론도 보지 못한 채 기무라 측에 의해 취소되었다.

조서에 적힌 이러한 사실을 재확인하고 나서 검사는 본격적인 신문에 들어갔다.

"증인의 결혼은 부모에게 인정을 받았습니까?"

"저희 부모는 인정했습니다. 피고의 부모는 모르겠습니다."

시작부터 냉랭한 분노와 모멸을 노골적으로 드러낸 말이었다. 법정은 다시 술렁거렸다.

'허어, 대단한 여자로군.'

그도 이때는 혀를 내둘렀다.

'아내라면, 기무라에게 그래도 일말의 애정이 남아 있다면, 이런 자리에서 기무라를 피고라고 부를 수는 없지. 법률적으로는 부부라도 이 여자는 이미 아내가 아니다. 한 사람의 버림받은 여인에 불과한 거다.'

검사도 눈을 동그렇게 뜨고 있었다. 어지간해서는 감정을 드러내지 않는 판사들도 이때는 역시 동요하는 것처럼 보였다.

하지만 잠시 뒤 검사는 침착함을 되찾고 다음 신문을 했다.

"그러나 그 뒤 증인은 피고인의 부모를 만났지요?"

"예, 시아버지는 이미 돌아가신 뒤여서 시어머니를 만났습니다. 그때는 이미 아이도 가진 상태였고, 혼인 신고도 아이가 태어난 뒤에야 겨우 할 수 있었습니다."

"그럼, 피고인의 어머니는 증인을 처음 만났을 때 피고인의 성격이나 기타에 대하여 증인에게 뭐라고 말하지는 않았습니까?"

"시게후사는 이상한 아이다, 라고 했습니다. 아무 불편함 없이 자란 아이라서 가난을 견뎌 내기 힘들 것이다. 돈 떨어지면 무슨 짓을 벌일지 모르니 너도 그걸 명심해 두어라, 하고 부탁했습니다."

변호사의 눈이 두꺼운 안경 너머에서 번쩍 빛난 것 같았다. 비정한 증언이 틀림없지만, 기무라의 이상한 성격이 드러날수록 변호에 유리한 발판이 생긴다. 그는 부인의 복수나 다름없는 폭로에서 도리어 희망을 발견하기 시작했는지도 모른다.

"그럼 증인은 피고인과 결혼 생활을 계속하는 동안 그 말이 사실이라고 생각할 만큼 이상한 모습을 본 적이 있습니까?"

검사는 평소의 말투로 돌아가서 물었다.

"있습니다."

"그건, 예를 들면 어떤 겁니까?"

"애완견 문제를 예로 들 수 있습니다. 개를 아낄 때는 입으로 먹이를 옮겨 줄 정도로 끔찍하게 아끼다가도 일단 기분이 상하면 개가 조금만 끙끙거려도 모가지를 잡고 툇마루에 머리를 짓찧었습니다. 저도 처음에는 저러다 물리면 어쩌나 걱정돼서 조마조마했지만, 그런 일이 자꾸 반복되다 보니 어느새 체념하게 되었습니다. 그럴 때의 표정은 도저히 사람 같지가 않았습니다. 무슨 말을 해도 들을 것 같지 않았으니까요."

"그럼 자녀에게는 어땠습니까?"

"개를 대할 때나 크게 다르지 않았습니다. 귀여워할 때는 품에 안고 세수를 시킬 정도였지만 조금이라도 짜증 나게 징징거린다 싶으면 이불에 둘둘 말아서 벽장에 집어넣어 버렸습니다. 제가 보다 못해 몇 번이나 뜯어말렸지만, 그때마다 안면이 부어오를 정도로 얻어맞고 물러나곤 했습니다."

"그럼 피고인이 다른 집 아이에게 애정을 보인 적은 있습니까?"

"피를 나눈 제 자식도 아무렇지도 않게 차 버리는 사람인데 어떻게 다른 집 아이에게 애정을 보일 수 있겠어요."

"피고인에게 다른 여자가 있다는 것은 언제 알았습니까?"

"1957년 오월경이었던 것 같습니다. 그 전에도 이상하다고 생각했는데, 결국 너무 수상해서 사립 탐정에게 뒷조사를 부탁했습니다. 그러자 일주일도 안 돼서 오기쿠보의 진에이소라는 아파트에 후카노 도키코라는 여자를 숨겨 놓았다는 것을 알았습니다."

"그래서 증인은 어떻게 했습니까?"

"탐정에게 보고받은 거니까 틀림없을 거라고 생각했지만, 그래도 혹시나 싶어 제 눈으로 확인하려고 그 아파트 앞을 지키고 있었습니다. 우리 자가용이 주차되어 있어서 거기 들어가 있다는 것은 알 수 있었습니다. 한 시간쯤 지나자 두 사람이 다정하게 어깨를 붙이고 나오더군요. 그때는 정말 속이 뒤집히는 것 같았습니다."

"증인은 그때 피고인들을 가로막고 다투기라도 했습니까?"

"그건 제 자존심이 허락하지 않았습니다. 하지만 상대방도 안색이 변했으니 제가 지켜보고 있는 줄 알았을 겁니다. 그날 저녁 그는 무서운 얼굴로 집에 돌아왔고, 그것이 사실상 저희 결혼 생활의 끝이었습니다."

"그때 어떤 일이 있었습니까?"

"제가 막 따졌습니다. '계집질도 좋지만 우리 아버지한테 빌린 돈이나 갚고 나서 놀든지 말든지 해라.' 그런 말을 했던 것 같습니다. 그러자 그 사람이 코피가 나도록 저를 때렸습니다. 그리고 말한 마디 없이 자기 물건만 몇 가지 싸들고 나가 버렸습니다. 그것으로 끝이었습니다."

"그리고 올해 오월까지 내내 별거 생활을 계속해 왔군요. 그동안 생활비는 어떻게 해결해 왔습니까?"

"그래도 조금은 양심에 찔렸는지 매월 이만 엔을 부쳐 주었지만, 그것도 올해 이월부로 끊기고 말았습니다."

"그럼 증인은 피고인이 이혼 소송을 제기했을 때 무슨 생각을 했습니까?"

"저는 이미 만정이 떨어진 상태였습니다. 친정아버지한테 빌린 돈을 다 갚을 수만 있다면 이혼해도 좋다고 대답했습니다. 하지만 공정 증서만 작성해 주고 돈은 전혀 갚지 않았습니다. 그러다가 아이들 생각에 제 결심이 흔들리기 시작했습니다. 결국 그의 이혼 요구를 거부한 것은 어느 정도는 오기 때문이었던 것 같습니다."

"자녀들은 피고인을 어떻게 생각하고 있습니까?"

"죽은 셈 치고 있습니다……. 그편이, 그편이…….'"

"증인은 피고인에게 지금 어떤 감정을 품고 있습니까?"

대답은 금방 나오지 않았다. 그리고 마침내 들릴 듯 말 듯한 목소리가 흘러나왔다.

"다 잊으려고 합니다. 그럴 수만 있다면요…….'"

검사의 신문이 끝나자 변호사의 신문이 시작되었지만, 그에게는 아무런 도움도 안 되는 내용이었다. 질문은 대부분 기무라의 성격이나 부부 생활의 세세한 속사정에 관한 것이었다. 그것은 피고인의 이상 심리를 증명하고 싶은 변호사에게는 필요할지 몰라도 범죄의 교훈을 얻으려고 하는 그에게는 아무 도움도 안 될 것 같았다.

이를테면 이런 질문도 있었다.

"증인과 피고인의 결혼 생활은 행복했습니까?"

"가난할 때는 행복하다고 느낀 적도 있습니다. 그 시절에는 꽁치 한 마리만 구워 올려도 맛있다, 맛있다 하며 먹어 주었는데, 돈이 조금 들어오자 그런 것은 거들떠보지도 않게 되었습니다."

"이렇게 말하면 뭣하지만, 사람은 지위가 오르고 수입이 늘면 좋은 걸 원하게 되는 것이 인지상정 아닙니까? 돈이 없을 때는 꽁치구이도 호사스러운 반찬이지만 수입이 늘면 쇠고기구이나 튀김 요리를 먹고 싶게 마련입니다. 증인은 그렇게 향상되는 생활에 자신을 맞추려고 해 본 적은 없습니까?"

이 질문, 그러니까 살인 사건 변호와 아무 관계도 없는 질문은 그녀의 마음속 상처를 더 헤집어 놓았는지도 모른다. 요시코는 그 질문에 대답하지 않았고, 그 이후의 질문에도 무겁고 짤막한 대답만 내놓았다.

"앞으로 증인은 어떻게 생계를 꾸려 나갈 생각입니까?"

변호사는 마지막으로 약간 초조한 듯한 말투로 물었다. 지금까지 계속해 온 신문이 어떤 의도에서 나온 것인지 그는 잘 알 수 없었지만, 변호사의 표정만 보아서는 기대하던 결과를 끌어내지 못해서 전전긍긍한다는 느낌이었다.

"그것은 아직 생각도 해 보지 않았습니다. 어떻게 해야 할지 저도 모르겠습니다."

물론 이것은 그녀의 거짓 없는 고백이었을 것이다. 기무라를 감히 피고라 부른 언동을 책망하는 사람은 있을지 몰라도 그녀가 지금 연옥과 같은 고통을 겪고 있다는 것을 부정할 사람은 아무도 없을 터였다.

"그러나 피고인의 진료소나 집에 있는 의료 기구, 기계, 전자 제품 등은 경찰의 입회 아래 전부 매각됐죠. 그 대금은 연체된 월세나 그 밖의 자잘한 지불에 지출하고 나머지는 전부 증인에게 넘어가지 않았습니까?"

"그것만으로는 택도 없습니다."

변호사는 깊은 한숨을 지었다. 그리고 고개를 두어 번 가로젓고 나서,

"신문을 마칩니다."

하고 자리에 앉았다.

"피고인은 증인에게 하고 싶은 말이 없습니까? 있다면 발언해도 좋습니다."

그때 아라마키 재판장은 아무도 예상하지 못한 말을 내놓았다.

'분위기를 보니 본처가 면회를 한 번도 오지 않은 게로군. 이 법정에서 얼굴을 본 것이 처음일 것이다. 그래서 재판장이 배려해 준 거로군.'

하고 그는 생각했다.

'하지만 기무라는 아무 말도 하지 않겠지. 여기에서 무슨 염치로 입을 열겠나.'

그의 예상은 적중했다. 기무라는 재판장을 향해 가볍게 고개를 숙였지만, 입술은 끝내 굳게 닫혀 있었다.

증인은 고개를 숙인 채 나갔다. 그리고 다음 증인 후카노 도키코가 들어오기까지는 꽤 시간이 걸렸다.

'법원 경위들이 고심하고 있는 게로군. 두 여인이 복도에게 마주치지 않게 하려고……. 법정 복도에서 머리끄덩이라도 잡는 날에는 재판소 위신이 말이 아닐 테니까.'

그의 상상을 꼭 기우라고 할 수는 없었다. 후카노 도키코가 들어와 증언대에 서기 무섭게 기무라 요시코가 다시 법정으로 들어왔다. 그녀는 방청석 한쪽 구석에서 피고인과 새로 나온 증인에게 무서운 시선을 쏘아 대고 있었다.

이미 방청인들이 자신을 쳐다보고 있다는 의식도 없고 감정을 추스르려고 애쓸 필요도 없어진 탓인지 표정은 여자의 얼굴이라고 생각할 수 없을 정도였다. 만약 사람의 생각이나 시선이 방사능처럼 살상력을 가지고 있다면 기무라와 도키코는 이 순간 피를 토하고 고통스럽게 죽었을 거라고 그는 생각했다.

여하튼 후카노 도키코라는 여성의 등장도 참으로 미묘한 것임이 틀림없었다. 신문이나 주간지에서는 '애인'이라고 일컬었지만, 기무라가 부인에게 이혼 소송을 제기할 정도로 마음을 정리한데다 도키코와 몇 년이나 동거해 왔으니 세간에서 말하는 '애인'이니 '정부'니 하는 개념하고는 사뭇 다른 존재라고 봐야 할 것이다.

법률적으로는 '내연의 처'이고 현실적으로는 '새 부인'이라 불러도 좋은 관계이며, 실제로 도키코의 태도가 훨씬 여성스럽고 아내답게 느껴졌다.

요시코보다 훨씬 미인이고, 이런 지경에도 기무라에 대한 애정은 여전히 절대적이라는 것이 그녀의 증언으로 분명해졌다.

"증인과 피고인의 관계는?"

검사는 신문을 시작할 때 꼭 이런 형식적인 질문을 던지는데 도키코는 주저하거나 주눅 든 기색도 없이,

"기무라는 제 남편입니다."

하고 분명하게 말했다.

"증인은 전에 결혼을 한 적이 있지요?"

"예."

"그 결혼에서 아이를 하나 낳았지요? 그 아이는 어떻게 되었습니까?"

"이혼할 때 전남편이 맡아서 양육하기로 했습니다."

"이혼한 이유는 무엇입니까?"

"성격 차이입니다."

"그 뒤 증인은 오기쿠보의 오코로라는 중국요리점에 기숙하며 일했지요?"

"예."

"증인처럼 기숙하며 일하는 종업원이 몇 명이었습니까?"

"때에 따라 늘기도 하고 줄기도 하지만 평균적으로 열 명 정도였습니다."

"그럼 증인이 피고인과 처음 만난 것은 언제였습니까?"

"1955년 가을이었던 것 같습니다. 대여섯 분의 연회가 있어서

저도 서빙을 했는데 그 자리에서는 특별한 일은 없었습니다."

"그 뒤 어떻게 관계가 진척된 겁니까?"

"식당에서 손님이 종업원의 이름을 묻는 것은 그리 특별한 일은 아닙니다. 그런데 이튿날 식당에 전화를 해서 가까운 찻집으로 불러냈을 때는 저도 많이 놀랐습니다. 그것도 한두 번이 아니라 매일처럼 전화를 했습니다."

"그러다가 증인이 점차 피고인에게 애정을 느끼게 되었나요?"

"저는 첫 결혼에 실패한 뒤 남성 공포증 같은 것이 있었습니다. 그것이 점차 옅어지고 애정이 싹트게 된 것은 상대방이 워낙 끈기 있게 다가왔기 때문일 겁니다."

"처음으로 육체관계를 맺은 것이 1955년 십이월 이즈나가오카 온천이었다고 조서에 나오는데, 맞습니까?"

"예."

"증인은 그때까지 피고인에게 처자식이 있다는 사실을 몰랐습니까?"

"언젠가 들은 적이 있습니다. 그러나 남편이 그쪽은 곧 청산하겠다고 약속했습니다. 실제로도 이혼 소송을 제기했고요. 그 결과가 어떻든 저는 남편의 성의를 믿고 있습니다."

"그리고 증인과 피고인은 내내 관계를 지속해 온 거군요. 센다가야의 고요소라는 여관에서 토요일마다 **상봉 및 투숙**을 했습니까?"

상봉 및 투숙, 그는 검사가 한 말을 얼른 알아듣지 못했다.

'남녀가 소위 러브호텔에서 잠시 쉬었다 간다는 것을 법률적으로는 이렇게 말하나 보군.'

이렇게 해석했을 때는 자연스레 쓴웃음이 나왔다.

"그래서 증인은 피고인을 남편으로서 어떻게 생각하나요."

검사로서는 당연한 질문이라도 인간적으로는 고약한 질문이라고 할 수 있었다. 역시 이 여인도 이때는 양손으로 얼굴을 가리고 있었다. 그러나 대답에는 흔들림이 없었다.

"세상에 이렇게 좋은 남편은 없다고 지금도 생각하고 있습니다."

이렇게 단언하고 도키코는 증언대 위에 와락 엎드렸다. 법정 안이 술렁였다.

전처의 증언과는 너무나 대조적인 한마디였다. 물론 이런 증언은 법률적으로는 전혀 유용하지 않지만 정신적으로는 이 재판이 시작되고 나서 피고인에게 처음으로 내밀어진 구원의 손길임이 틀림없었다.

'좋은 여자다. 행복하냐 불행하냐는 제쳐 두고라도 이런 순간에 저런 말을 꿋꿋하게 할 수 있다니, 정말 대단한 애정이로군.'

그는 자신이 앞으로 지으려고 하는 죄도 잊고 이렇게 생각했다. 기무라가 처음부터 이 여자를 만나 결혼했다면 이런 범죄도 피해 갈 수 있지 않았을까 하는 생각이 들 정도였다.

그리고 자신을 이토록 사랑해 주는 여성이 하나라도 있나, 하며 주변을 돌아보고 마음이 스산해졌다.

검사도 이런 여성에게는 매섭게 몰아붙일 수 없었는지 간단한 사실만 몇 가지 묻고 신문을 마쳤다.

변호사의 신문도 특별한 것은 없었다. 기무라는 이 여인에게 얻은 자녀에게도 종종 돌발적으로 행동한 듯하다. 하지만 도키코는 깊은 애정으로 그를 포용하고 관용을 베풀었던 듯하다.

"별나다고 생각하기는 했습니다. 그러나 제가 아는 남자들은 누구나 별난 구석을 갖고 있었습니다. 물론 이번 사건 같은 짓은 제쳐 두고 하는 말이지만, 어지간하면 내가 먼저 양보해서 남자의 위신을 세워 주는 것이 여자의 도리라고 생각합니다."

"증인은 지금 피고인을 어떻게 생각하고 있습니까?"

"저는 기다릴 겁니다. 때가 올 때까지는 기다리고 있을 거예요. 최후의 시간이 오면 보내 줄 겁니다. 그러고 나면 저에게는 더 이상 인생이란 것이 없을 겁니다."

변호사는 눈을 껌뻑이고 있었다. 자신의 보답받지 못할 노력을 이해해 줄 사람이 여기 한 명은 있구나, 라고 말하고 싶은 듯한 표정이었다.

"신문을 마칩니다."

이틀째 심리도 이것으로 끝났다.

공판 사흘째

사흘째 공판은 이튿날 오전 10시에 시작되었다. 피고인 기무라 시게후사에 대한 검사의 직접 신문이 있었다. 그로서는 결코 놓칠 수 없는 장면이었다.

검사는 조서에 적혀 있는 사실을 간단히 확인하고 뜻밖의 방향에서 공격을 시작했다.

"피고인은 체포될 당시, 요시자와 아무개라는 남자가 주범이고 자신은 그의 협박에 못 이겨 집을 빌려 주고 사체 처분을 도왔을 뿐이라고 진술했습니다. 이렇게 진술한 사실이 있습니까?"

"예, 있습니다."

"요시자와 아무개라는 사람은 신주쿠의 파친코에서 우연히 알게 되었다고 진술했는데, 그런 사람은 존재하지 않죠?"

"예, 제가 지어낸 겁니다."

"창작에도 상식이라는 게 있어야지요. 예를 들면 그는 방이 불과 두 칸, 즉 세 평 방과 두 평 남짓한 방밖에 없는 피고인의 집을 '좋지 못한 목적을 위해' 하루 십만 엔에 빌려 달라고 피고인에게 부탁했다고 하는데, 방이 여러 개 딸린 일류 호텔의 최고급 객실이라도 그 절반도 안 되는 요금으로 얻을 수 있습니다. 피고인은 그런 사실도 몰랐습니까?"

"몰랐습니다."

"이것은 일반 상식이에요. 상식에 터무니없이 어긋나는 그런 진술을 경관이나 검찰이 믿어 줄 거라고 생각했습니까?"

"믿지 않는 게 당연한지도 모릅니다. 그러나 저는 그때 지푸라기라도 잡고 싶은 심정이었습니다."

"그럼, 요시자와라는 인물은 전혀 존재하지 않는다, 피고인의 상상의 산물일 뿐이다, 사건을 계획하고 실행한 것은 전부 피고인 한 사람의 책임이다. 이 사실은 틀림없지요?"

"예, 그렇습니다."

"그럼, 피고인이 요시자와 공범설을 꾸며 낸 것은 언제였습니까?"

"도주하던 중에 호도가야 역 근처에 있는 언덕 위에서 자살을 할까 자수할까 고민하면서 시간을 보내다가 생각해 낸 겁니다. 그때는 자살을 하더라도 나 혼자 죄를 지고 죽는 것은 어리석다고 생각했습니다. 그래서 문득 착상이 떠올라 달빛에 의지해서 수첩에 줄거리를 적어 놓은 것입니다."

"피고인이 체포될 때까지 소지하고 있던 그 까만 수첩에?"

"예."

"그때 자살을 망설인 이유는?"

"언덕 아래 철로가 있어서 화물 열차가 자주 지나갔습니다. 처음에는 거기에 몸을 던질까 했지만 무서웠습니다. 그러다가 기왕 죽을 거면 도키코의 추억이 있는 나가오카에서 죽자는 생각이 들었습니다. 그래서 새벽에 전차를 타고 미시마까지 가서 마지막 몸단장이라 생각하고 이발을 했습니다."

"이발소에서 점원이 신문을 보고 자신의 범행에 대해서 이야기하는 것을 듣고 새삼 두려워졌다, 라고 조서에 적혀 있는데, 사실입니까?"

"예, 그 신문이 지방판이라 아직 내 사진이 실리지 않았구나 하고 생각했습니다. 만약 거기가 도쿄였다면 하는 생각에 몸이 후들후들 떨렸던 기억이 납니다."

"그래서 나가오카에는 가지 않았군요?"

"예, 나가오카에 가더라도 어떻게 죽어야 좋을지 방법이 생각나지 않았습니다. 수면제를 갖고 나올걸 하고 후회했지만, 이미 소용없었습니다."

"피고인은 치과 의원을 운영했으므로 수면제에 대해서도 일반인보다 깊은 지식을 갖고 있겠군요."

"예."

"피고인은 적어도 오사카행 차표를 구입할 돈은 가지고 있었습니다. 그래서 나가오카행 차표와 충분한 양의 수면제를 구입하는 것도 그럴 마음만 있었다면 어렵지 않았겠군요."

"예……."

"그런데도 피고인은 그렇게 하지 않았습니다. 그렇다면 자살할 생각이 애초부터 없었던 것 아닙니까?"

"오사카에 도착했을 때는 자살하려는 생각이 사라진 뒤였습니다."

"그 대신 여관방에서 요시자와 공범설의 후속 부분을 수첩에 써 나갔군요. 자살을 포기했다면 그것은 과연 무엇을 위해서였습니까?"

"그때 무슨 생각을 했는지 지금은 잘 모르겠습니다. 다만 저도 그런 상상을 믿고 싶었던 것이 아닐까 하고 생각합니다. 그런 상상을 글로 써 보면서 나한테는 죄가 없는 거라는 생각을 스스로 믿으려고 애썼던 것은 아닐까 생각합니다."

그는 한숨을 지었다. 물론 지검 공판부에서 선발하여 이렇게 중대한 사건을 맡긴 검사인 만큼 그의 논리는 무서울 정도로 날카로웠다. 당연한 일이지만 피고인은 검사의 의도대로 요리되고 있다는 인상이었다. 검사라는 인종이 전부 이런 자들이라면 정말이지 정신 똑바로 차리지 않으면 큰일 나겠다, 하는 생각에 그도 배에 힘을 주며 경계했을 정도였다.

"그럼 피고인은 무엇 때문에 이 범죄를 기도한 겁니까?"

검사는 논지를 크게 바꾸어 사건의 본줄기로 들어갔다.

"돈 때문입니다."

"빚을 갚고 홀가분해지고 싶었나요?"

"예."

"빚이 모두 얼마나 됩니까?"

"처 요시코의 친정에 구십만 엔, 나고야 숙부에게 삼십만 엔, 고리야마 숙부한테 이십오만 엔, 그 밖의 것들을 다 합쳐서 백팔십만 엔입니다."

"빚이라고 해도 급하게 갚아야 할 것과 한동안 미루어도 좋은 것이 있을 텐데, 백팔십만 엔 가운데 급하게 갚아야 하는 빚은 어느 정도였습니까?"

"사이토라는 사채업자한테 빌린 돈이 삼만 엔, 구민세가 이만 육천 엔, 합쳐서 육만 엔이 채 안 되었던 것 같습니다."

"그럼 그때 육만 엔만 있었으면 급한 불은 끌 수 있었던 거군요?"

"예."

"개업 당시 피고인의 수입은?"

"매월 십오륙만 엔에서 이십만 엔은 되었습니다."

"그 가운데 제 경비를 제하고 피고인 수중에 들어오는 실수입은 어느 정도입니까?"

"제 경비를 어디까지 포함시킬지는 사람에 따라 계산에 따라 달라지겠지만, 절반 정도는 제 뜻대로 쓸 수 있었던 것 같습니다."

"그럼 월 칠만에서 십만 엔 정도의 생활이 가능했다는 말인데 그 정도면 현재 일본에서 결코 낮은 수준이 아닙니다. 그렇다면 육만 엔 정도를 마련하고자 했다면 어떻게든 마련할 수 있었던 거 아닌가요?"

"지금 생각하면 어떻게든 마련할 수 있었을 것 같습니다. 그러나 그때는 빚 독촉이 고통스러워 다른 생각을 할 여유가 없었습니다."

"진료소 문을 닫은 것은 언제였나요?"

"구민세 납부 기한 하루 전이었습니다."

그도 이 답변에는 어이가 없었다. 구민세라면 빚이라고 하기도 애매하지 않은가. 오 년 이상 연체해도 여전히 차압당하지 않고 사는 사람을 그는 여러 명이나 알고 있었다.

'대체 어떻게 생겨 먹은 작자란 말인가. 저래 놓고도 대학을 나온 인텔리란 말인가.'

그는 속으로 그렇게 중얼거렸다. 그러나 검사의 추궁은 점점 예리함을 더해 갔다.

"그렇게 빚 독촉에 고통스러웠다면서 진료소 문을 닫음으로써 현금이 들어오는 선을 끊어 버리는 것은 커다란 모순 아닙니까?"

"예. 저는 당시 치질이 악화되어 휴진이 잦았습니다. 그때만 해도 건강 보험 쪽에서 들어오는 돈도 있고 해서 한동안 휴진하는 것이 심신에 좋을 것 같았습니다."

"의사라고 해도, 치과 의사라고 해도, 살다 보면 병에 걸릴 수도 있을 텐데, 치질이라면 수술을 하든지 전문의의 진찰을 받든지 여러 가지 대책이 있을 겁니다. 피고인은 어떤 방법을 취했습니까?"

"치질 수술은 꽤 아프다고 들었습니다. 의사가 수술을 권할까 봐 두려워서 병원에 가지 않고 약국에서 파는 약으로 대신하고 있었습니다."

"그 탓에 증상이 개선되지 않았던 거군요?"

"예."

"피고인은 대지주 집안의 자손으로, 농지 개혁 이전에는 연간 천육백 가마니가 넘는 소작료를 거둬들이던 집안이었다고 조서에 나오는데, 사실입니까?"

"예."

"소작료를 천 가마니 이상 거둬들이는 지주를 두고 흔히 시골에서는 남의 땅을 밟지 않고 사는 사람이라고들 말합니다. 물론 농지 개혁으로 토지는 대부분 몰수되었겠지만, 그래도 피고인 본인의 명의, 누이 명의, 조부 명의, 모친 명의로 상당량의 전답, 산림, 택지 등이 남아 있었다는 것은 변호인 측에서 제출한 자산 증명서에도 분명히 기재되어 있습니다. 이 가운데 피고인 명의의 땅만 처분해도 빚 백팔십만 엔은 거의 다 갚을 수 있었던 것 아닙니까?"

"그런 방법은 전혀 생각하지 않았습니다."

"가령 산에 자라는 나무만 처분하더라도 급한 빚 육만 엔 정도는 해결할 수 있었던 것 아닙니까?"

"지금은 그렇게 생각합니다만 그때는 거기까지 생각하지 못했습니다."

"만에 하나 그 계획이 성공해서 현금 이백만 엔이 들어왔다면 그걸 어떻게 할 생각이었습니까?"

"그 가운데 이십만 엔은 제 경비에 쓰고 백팔십만 엔으로 빚을 갚고 병원 문을 다시 열 생각이었습니다."

"그런데 범행 이틀째 되는 날 갑자기 백만 엔을 늘려서 총 삼백만 엔을 요구한 것은 어떤 의도였습니까?"

"저로서도 큰 위험을 무릅쓰는 것이고 딱 한 번밖에 받아 낼 수 없는 성질의 돈이니까 빚만 갚고 끝내는 것은 어리석다고 생각했습니다. 그래서 나머지 백만 엔은 투자 신탁이든 뭐든 재테크라도 해 볼까 생각했습니다."

방청석에서 실소가 새어 나왔다. 적어도 이런 범죄와 재테크라는 말은 그다지 어울리지 않았던 것이다.

"그럼 피고인이 그 초등학교의 학생을 택한 이유는?"

"그 학교는 도에서도 손꼽히는 우수한 학교이고 학생들도 대개 자가용을 굴릴 만한 부유층 자제라고 들었습니다. 그래서 그 학교 학생을 유괴하면 이백만 엔을 받아 내는 것도 그리 어렵지 않겠다고 생각했습니다."

"극단적으로 말해서 아이는 누구라도 좋았던 건가요?"

"예⋯⋯."

"오야마가의 자녀였던 것은 순전히 우연이었을 뿐이라는 건가요?"

"예. 그렇습니다."

"그렇다면 피고인은 예전에 오야마가와 접촉하거나 교류한 적이 전혀 없습니까?"

"예, 전혀 무관합니다."

"물론 이 유괴나 살인은 피고인에게 전적으로 책임이 있지만, 피고인과 오야마가의 관계를 놓고 치정의 결과라느니 묵은 원한의 결과라느니, 세간에는 온갖 무책임한 소문이 떠돌고 있습니다. 피고인도 알고 있습니까?"

"예, 오사카에 있을 때 어느 주간지를 읽고 기사 내용이 너무도 황당하여 화를 낸 적이 있습니다."

"그 원인을 제공한 것은 바로 피고인 아닙니까? 피고인은 오야마가에 잔인하기 짝이 없는 짓을 저질러서 치유 불가능한 슬픔을 주었을 뿐 아니라 부당하고 불명예스러운 소문까지 덮어씌운 것입니다. 실제로 피고인은 도쿄로 호송되는 차량 안에서도 자신이 마치 과거에 오야마가와 어떤 관계가 있었던 것처럼 말하지 않았습니까? 이것에 대해서는 어떻게 생각합니까?"

"그것은…… 방금 전에도 말씀드렸다시피 언론의 무책임한 보도에 화가 난 나머지 반발심 때문에 그런 말을 했던 것 같습니다."

"공판정에서 하는 발언은 전부 정식으로 기록되고 세상에 널리 공개되어도 무방한 사실로 간주됩니다. 만약 피고인이 정말로 오야마가와 아무 관계도 없고 또 자신의 범행을 조금이라도 후회하고 있다면, 과거에 그 집안과 아무 교류도 없었다는 것을 지금 이 자리에서 확실히 증언하는 것이 어떻습니까?"

"예. 정말 아무 관계도 없습니다. 오야마가의 노부인과 아이의 부모님, 그 밖의 가족분들께 진심으로 사죄드립니다."

그는 다시 한숨을 지었다. 사실 이 사건이 공개된 뒤로 세간에서는 기무라와 오야마가의 관계에 대하여 자못 그럴듯한 소문이 나돌고 있었다. 그런 이야기에는 점차 꽃이 피고 지느러미가 생겨나서 마치 사실처럼 믿어지고 있었다.

물론 지금 생각해 보면 그 소문은 그럴듯한 추측에서 출발했을 것이다. 즉 몸값 요구는 핑계일 뿐, 기무라 같은 인텔리가 돈 때문에 이렇게 냉혹하고 잔인한 범죄를 저지를 리가 없다, 이면에는 더 깊은 동기와 비밀이 숨어 있을 것이라는 추측 말이다.

실은 그도 그렇게 믿고 있었다. 하지만 그 예측은 이 순간 완전히 무너져 버렸다.

'정말 이상한 놈이군. 바보로군, 이놈은.'

그는 이쪽에 등을 보인 채 희미하게 떨고 있는 기무라 시계후사에게 속으로 야유를 퍼부었다.

"그럼 피고인은 피해자의 이름을 언제 알았습니까?"

"메구로 역 앞에서 혼자 걷고 있는 아이를 발견하고 이름을 물어보았을 때였습니다."

"피고인은 '아빠가 아파서 병원에 입원하셨다. 어머니 부탁으로 내가 대신 너를 데리러 왔으니 아저씨랑 같이 가자'라고 속이고 판단력이 약한 어린이를 근처에 세워 둔 자신의 승용차에 태웠지요. 피해자가 특별히 의심을 품지는 않았습니까?"

"예, 얌전히 따라와서 참 순한 아이로구나, 하고 생각했던 기억이 납니다."

"오야마가의 가정 사정을 알게 된 것은 차 안에서였습니까?"

"예."

"조서에 따르면 집으로 가던 승용차가 오야마가가 보이는 지역을 통과했다고 하는데 그때는 피해자도 뭔가 특별한 반응을 보이지 않았습니까?"

"저도 처음에는 그 사실을 몰랐는데, 아이가 앞쪽을 가리키며 '저기가 우리 집이에요'라고 말하는 바람에 제가 당황해서 핸들을 돌려 다른 길로 들어섰습니다."

"병원에 간다고 해 놓고 엉뚱한 집으로 데리고 갔는데도 아이가 이상하게 생각하지 않았습니까?"

"이 아저씨가 잠깐 집에 들러야 할 일이 있다고 하니까 이해하는 모습이었습니다. 그리고 배가 고플 것 같아 빵, 사과, 소시지, 우유 등을 내주었지만, 아이는 소시지와 우유만 먹었습니다."

"수면제는 그 직후에 먹였지요? 브로발린 열 정이 틀림없습니까?"

"예."

"그 결과는?"

"십 분쯤 지나자 약기운이 도는 게 보이고 끄덕끄덕 졸기 시작했습니다. 그래서 이부자리를 펴서 아이를 재우고 오야마가에 전화를 걸러 나갔습니다."

"그것이 첫 번째 협박인가요?"

"그렇습니다."

"그때 현관문을 잠그지 않았나요?"

"잠근 것으로 기억합니다."

"하지만 그때 피고인의 집을 방문한 가정부는 현관문이 잠겨 있지 않고 불러도 대답이 없자 이상한 생각이 들어서 집주인 입회 아래 집 안으로 들어갔다던데요. 잠들어 있는 아이를 목격하고, 사람이 있으니 걱정할 일은 아니라고 판단하고 돌아갔습니다. 이것이 나중에 피고인의 죄가 드러나게 된 계기였는데, 이 사실에 대해서는 어떻게 생각합니까?"

"저는 분명히 문을 잠근 줄 알았는데, 어쩌면 당황한 탓에 문단속을 잊었는지도 모릅니다."

"오후 1시 반 지나서 피고인은 깊이 잠든 아이를 흔들어 깨워서 자신의 승용차로 이노카시라선의 미타카다이 역까지 데려갔다고 조서에 적혀 있는데, 그것이 사실입니까?"

"사실입니다. 이 전차를 타면 시부야까지 곧장 갈 수 있는데, 전차를 태워 주면 혼자서 집에 갈 수 있느냐고 물어보니 못 갈 것 같다고 해서, 그럼 나중에 아저씨가 데려다 주겠다고 하고 다시 집으로 데리고 돌아왔습니다."

"정말로 아이를 돌려보낼 생각이 있었습니까?"

"예……."

"피고인이 미타카다이 역으로 가는 것을 목격한 증인이 있나요?"

"이목을 피하려고 애썼으니까 그런 증인은 없을 것 같습니다."

"그 단계에서 아이를 집으로 돌려보내면 애초에 계획한 몸값을 받아 낼 수 없게 되지 않습니까? 인질이 돌아왔는데 그런 거액을 내놓을 사람은 아마 세상에 한 명도 없을 겁니다."

"미타카다이 역에 도착했을 때는 이미 2시가 지나 있었습니다. 가정부는 이미 돈을 들고 출발했을 것이고, 아이가 집에 도착할 때는 제가 돈을 전달받은 뒤일 거라고 생각했습니다."

"그 거액을 그렇게 짧은 시간에 마련할 수 있을 거라고 생각했습니까?"

"그 정도는 은행에 예치되어 있을 것이고, 그걸 인출하기만 하면 될 거라고 생각했습니다."

"그래서 피고인은 가이엔으로 가지 않았던 거군요?"

"예, 그쪽은 양동 작전으로 지정한 것입니다. 그래서 곧장 오이즈미로 갔습니다. 아이는 집에 재워 두었습니다."

"가정부 얼굴을 알고 있었습니까?"

"몰랐지만 대체로 차림을 보면 알 수 있을 거라고 생각했습니다. 얼굴을 알고 있다고 말한 것은 여자 경관이 변장하고 나올까 봐 그랬던 겁니다."

"그때 접촉을 단념한 이유는?"

"버스 정류장에서 가정부로 짐작되는 사람을 발견했습니다. 하지만 가정부가 걷기 시작하자 그 뒤를 건장한 남자 대여섯 명이 자동차를 타고 천천히 따라오는 것을 보고 위험하다는 생각에 접촉을 단념했습니다."

"그때 경찰이 움직이고 있다는 것을 못 느꼈습니까?"

"형사일지도 모른다고 생각했지만 한편으로는 그렇게 경고를 했는데 설마 경찰에 신고했을까 하는 생각도 했습니다. 누가 경호하러 따라 나왔는지도 모른다고, 요컨대 반신반의하는 상태였습니다."

"그러면 그날은 접촉을 단념하고 돌아왔다는 거군요. 집에 돌아오고 나서 아이에게 두 번째로 수면제를 먹인 것은 언제쯤입니까?"

"예, 10시 지나서였던 것 같습니다. 도키코가 집 안 상황을 살펴보러 왔기에 고리야마의 숙부님이 피곤하셔서 지금 주무시고 있다고 둘러대서 다시 여동생 집으로 보내고 아이에게 수면제 열 알을 먹였습니다."

"그 이튿날은?"

"잠도 거의 자지 않고 밤을 새다시피 하며 작전을 세웠지만, 언젠가 고마쓰가와 여고생 살해 사건의 범인이 전화 때문에 체포되었던 것이 생각나서 더 이상 전화 연락은 위험하다고 생각했습니다. 그래서 두 번째 연락은 전보를 이용했습니다."

"그날 아침도 아이에게 수면제를 먹였나요?"

"예, 열이 있는 것 같아서 이번에는 해열제와 함께 같은 양을 먹였습니다."

"그럼 지큐자 극장 앞에는?"

"감시가 있는지 없는지 쉽게 파악할 수가 없어서 일단 건너편에 있는 그랜드오데온자 극장에 들어가 2층 창문으로 주변을 살펴보았는데 형사로 보이는 남자가 여러 명 보여서 이때도 역시 접촉을 단념했습니다."

"그때 심경이 어땠습니까? 범죄가 성공할 가능성이 희박하다는 생각은 하지 않았습니까?"

"화가 많이 났지만 그래도 성공에 대한 희망을 버리지는 않았습니다."

"왜 화가 났습니까?"

"자식이 귀할 터이니 순순히 돈을 내줄 줄 알았습니다. 아무래도 경찰에 신고한 것 같아서 그 점에도 화가 났지만, 다시 한번 아이 목숨이 달렸다고 협박하면 이번에는 가정부 혼자 나올 거라고 판단했습니다."

"그때는 아이를 죽일 생각이었나요?"

"그때도 죽일 생각은 하지 않았습니다. 아니, 마지막 순간까지도 그런 생각은 없었습니다."

"그날 밤에는 정말 돈을 받을 생각이었군요?"

"예, 옆에 있는 밭에서 도로 상황을 살피다가 발치를 살피지 못해서 그만 거름 구덩이에 빠지고 말았습니다."

"분뇨로 더러워진 옷은 어떻게 했습니까?"

"바로 집으로 돌아와 몸을 닦고 옷은 주방 바닥의 수납공간에 숨겼습니다. 나중에 처분할 생각이었습니다."

"그날 밤 전화를 건 뒤에는 무엇을 했습니까?"

"위스키를 마시고 일단 잠을 잤습니다. 전날 밤에 거의 한숨도 못 자서 정말 중요한 때 머리가 돌아가지 않으면 곤란하다고 생각했기 때문입니다."

"얼마나 마셨습니까?"

"평소 술을 거의 마시지 않아서 한두 잔에 취해 버렸는지 기억이 나지 않습니다."

"그 이튿날 눈을 뜬 시간은?"

"오전 7시 직전이었던 것 같습니다. 연료를 사느라 전당포에 시계를 사천 엔에 잡힌 탓에 정확한 시간은 몰랐습니다만."

"신문을 보고 이 사건이 공개된 것을 알았을 때는?"

"화가 치밀어서 저도 제 기분을 알 수 없었습니다."

"그때도 자수는 생각하지 않았습니까?"

"예……."

"그리고 바로 살인을 저지른 거군요?"

"예……."

"고무 튜브는?"

"고기를 구울 때 쓰는 버너에 연결하는 고무 튜브를 주방 가스 밸브에 연결하고 아이가 잠들어 있는 아홉 평짜리 방으로 끌어들였습니다."

"튜브 끝을 입에 물렸나요?"

"아닙니다. 이불 구석에 놓고 주방의 가스 밸브를 틀어 놓았습니다."

"그 시간은?"

"십오 분 정도였던 것 같습니다."

"그동안 피고인은 무엇을 하고 있었죠?"

"옆방에서 이불을 뒤집어쓰고 덜덜 떨고 있었습니다……."

그도 이 대답에는 어이가 없었다. 지금까지 꽤 많은 추리 소설을 읽었지만 이런 겁 많은 범인이 이렇게 겁에 질린 채 살인하는 장면은 한 번도 본 적이 없었다.

"그다음은 무엇을 했나요?"

"밸브를 잠가 가스를 끊고 방에 들어가 창문을 열었습니다. 그리고 맥을 짚어 보고 볼을 만져 보고 울음을 터뜨리고 말았습니다."

"왜 울었습니까? 아무리 그래도 후회가 되던가요?"

"그랬던 것 같습니다. 저도 그때의 기분은 뭐라고 설명할 수가 없습니다만."

"어째서 죽일 생각을 했습니까?"

"어떻게 해야 좋을지 알 수 없었기 때문입니다. 그 전에 맥을 짚어 보았을 때 많이 쇠약해져 있었고 열도 있는 것 같았습니다. 병원에 데려갈 수도 없고 처치 곤란이라고 생각했던 것은 사실입니다."

"죄 없는 어린이를 유괴해 놓고 처치 곤란이라는 겁니까. 뒤처리가 귀찮아진 겁니까?"

"……."

"사체를 한때 주방 바닥의 수납공간에 숨겼지요. 그 뒤 가정부가 찾아왔을 때는 태연하게 행동했고요."

"태연했던 것은 아니지만, 애써 태연한 척했습니다."

"그 뒤 란도셀이나 양복, 모자 등을 처분하면서 하루를 보냈다고 조서에 나와 있는데, 그것 말고는 아무것도 하지 않았습니까?"

"편지를 써 두었습니다."

"나중에 사체와 함께 자동차 안에서 발견된 편지 말이죠?"

"그렇습니다."

"그 편지에 다음 거래 장소를 고리야마로 지정하는 내용이 있습니다. 즉 피고인은 살인을 해서 이미 인질을 돌려보낼 수 없게 되었는데도 몸값을 받아 내려는 의도를 계속 품고 있었다는 것이죠?"

"예……."

"그래서 사체를 쌀부대에 담은 것은?"

"그날 점심때였습니다. 한낮에는 도저히 어떻게 할 수가 없어서 다시 한번 쌀부대를 주방 바닥 밑에 숨기고 일단 옷가지나 란도셀 따위를 버리러 차를 타고 나갔습니다."

"그곳이 도다바시 근처였던 것은 분명합니까?"

"예."

"귀가한 것은 몇 시쯤이었습니까?"

"강에 그 물건들을 던져 버릴 시간을 해 질 무렵으로 택했기 때문에 집에 도착한 것은 7시 지나서가 아니었나 생각됩니다."

"그때 피고인은 내연녀의 여동생을 만났지요. 그때 무슨 이야기를 했습니까?"

"처제가 걱정스러운 얼굴로 '경찰에서 형부를 조사하러 왔었어요' 하고 말했습니다. 저도 크게 놀랐지만 '뭔가 오해가 있겠지. 걱

란도셀 ランドセル

초등학생 통학용 책가방.
네덜란드어 ransel이 변형되어 란도셀이 되었다.

정할 거 없어' 하고 대답하고 처제를 즉시 택시에 태워 돌려보냈습니다. 더 이상 머뭇거릴 수 없다고 생각했습니다."

"왜 경찰이 피고인을 주목하게 되었는지 이유를 몰랐습니까?"

"그때는 몰랐습니다."

"그리고 피고인은 사체를 차량에 실어서 운반했죠. 어디에 유기할 생각이었습니까?"

"사체와 옷가지, 그 밖의 물건들은 최대한 먼 곳에 따로따로 버려야 발각될 위험이 적을 것 같았습니다. 그래서 다마가와조스이 천 어딘가에 버리려고 했습니다.

"피고인은 도중에 순찰차에 쫓기게 되는데, 경찰이 무면허 운전을 의심한 탓이었다는 것은 알고 있었나요?"

"전혀 생각 못 했습니다. 벌써 경찰이 추적해 왔나, 정말 빠르구나, 하고 생각했던 기억은 납니다."

"피고인은 왜 자동차를 버리고 갔습니까?"

"일단 추적은 뿌리쳤지만 이렇게까지 수배되어 있다면 더 이상 차량으로 도망 다니기는 틀렸다고 생각했고, 또 이제는 차를 운전할 기력을 잃었기 때문입니다."

"그러나 차를 버리면 사체와 차량 때문에 자신의 범행이라는 것은 더 이상 숨길 수 없게 된다는 생각은 안 해 봤습니까?"

"그때는 너무 경황이 없어서 모든 것을 잊고 있었습니다. 그저 한 발이라도, 백 미터라도 멀리 도망치자는 생각 말고는 아무 생각이 없었습니다."

"차 안에 편지가 있다는 것도 전혀 염두에 없었나요?"

"예."

"그 뒤 피고인은 자전거를 훔쳐 타고 도주하다가 오야마가에 전화를 걸었습니까?"

"걸지 않았습니다."

"다카이도에서 요코하마까지는 자전거로 다섯 시간 가까이 걸릴 겁니다. 중간에 공중전화 박스가 얼마든지 있었을 텐데요."

"저는 전화를 건 기억이 없습니다."

"증인은 피고인 목소리라고 했습니다!"

"절대로 기억이 없습니다."

피고인이 범행은 인정해 놓고 왜 지엽적인 문제라고 해도 좋은 이런 사소한 사실을 부인하는지 그로서는 그것이 이상하기만 했다. 물론 이 사실을 인정하면 사건의 잔인성은 정도가 더 심해진다. 그러나 이 사실 하나만 부정해 본들 죄가 가벼워질 가능성은 전혀 없는데…….

'편집증이로군. 이자는 일단 어떤 생각에 사로잡히면 스스로도 자신을 제어하지 못하게 되는 거야. 사소한 일에 집착해서 큰 줄기를 잊어버렸어. 이런 바보스러운 모습은 절대로 흉내 내서는 안 된다.'

그는 속으로 중얼거렸다.

"그럼 피고인은 피해자에게 모두 네 번에 걸쳐 수면제 마흔 정을 먹인 셈이군요."

"예."

"그 밖에 주먹으로 때리거나 발로 차거나 폭행을 가하지는 않았습니까?"

"그런 짓은 하지 않았습니다."

"감정서에 의하면 사체에서 발견된 외상 가운데 몇 군데는 운반 중에 돌에 부딪혀서 생긴 것이 아니라 생전에 주먹에 맞아 생긴 거라고 하는데?"

"하지만 저는 그런 기억이 없습니다."

"피고인도 세 자녀를 둔 부모인데 다른 부모의 심정을 생각해본 적이 없습니까? 피고인 자녀와 이 아이의 이름에는 모두 '의義' 한 글자가 들어 있는데, 피고인은 범행중에 만약 내 아이가 이런 일을 당한다면 어땠을까 하고 생각해 본 적은 한 번도 없나요?"

"없었던 것 같습니다."

"그럼, 피고인은 자수를 생각해 보지 않았습니까?"

"생각했습니다. 다만 오사카에서는 자수하지 않을 생각이었습니다. 파문이 어느 정도 가라앉으면 나중에 돈을 마련해서 도쿄에 돌아가 아이 얼굴을 한 번 보고 나서 자수할 생각으로 지냈습니다."

방청인들은 실소를 하고 있었다. 제 자식에게도 애정을 거의 보여 주지 않았다는 이자에게, 남의 자식을 그토록 냉혹하게 죽인 피고인에게, 아직도 그런 부모의 마음이 남아 있었단 말인가 하는 생각이 동정이나 공감이 아니라 쓴웃음이나 비웃음이 되어 폭발했을 것이다.

"신문을 마칩니다."

웅성거림 속에서 검사가 단호하게 말하고 자리에 앉았다.

피고인석으로 돌아가는 기무라 시게후사의 얼굴에 비지땀이 배어 있었다. 이 개월간의 미결수 생활이 상당히 고통스러웠을 텐데도 그리 야위어 보이지 않는 얼굴은 초췌함과 붓기가 상쇄하고 있는 탓인지도 모른다고 그는 생각했다.

'패장이 구차하게 변명하나……. 이렇게 어설픈 계획이니 실패하는 게 당연하지. 이놈은 그냥 정신 이상자일 뿐이다. 이런 자는 완전 범죄를 실행하지 못한다.'

그는 내심 자신에게 타이르듯이 말했다.

기무라의 눈초리 근처는 묘하게 붉은 기운을 띠었지만, 그 밖의 부위에는 초록빛 그림자가 희미하게 드리워져 있었다.

'사상死相이로군. 내 얼굴에는…… 아직 저런 기운은 나타나지 않았다.'

그는 그것이 자신의 범죄 계획이 성공할 것을 암시하는 것처럼 느껴졌다.

사흘째 심리는 이렇게 오전 중에 끝났다. 변호사가 피고인 심문을 증인 조사가 끝날 때까지 유보했기 때문이다.

공판 나흘째, 닷새째

이튿날인 공판 나흘째에는 변호인 측 증인이 모두 일곱 명 출정했지만, 재판은 이미 고비를 넘긴 분위기였다.

피고인이 자기 죄를 이렇게 완전하게 인정한 만큼 변호사로서도 사실을 놓고 다툴 여지는 없었다. 그가 할 수 있는 유일한 일은 피고인의 성격 분석을 통해 심신 미약의 증거를 찾아내고 형법 제39조 규정에 따라 사형에서 죄 1등을 감하여 무기 징역으로 가져가는 것뿐이었다.

이날 법정에 나타난 일곱 명의 증인은 피고인의 동창, 대학교수, 피고인 밑에서 수습으로 일하던 치과의 등 지난 십 년간의 피고인의 성격과 행실을 잘 아는 사람들이었지만, 그들의 증언은 대체로 냉담했다.

게다가 사실을 증언하기는 비교적 쉬워도 성격을 증언하기는 어렵다. 검사는 끊임없이 반대 신문으로 급소를 찔렀다.

예를 들면 한 동창이 고심 끝에 힘겹게, 피고인이 편집적이고 고독한 사람이었다는 인간상을 증언하고 나면 검사가 나서서,

"그걸 간단히 요약하자면 에고이스트, 이기주의자라는 말 아닙니까?"

라는 식으로 간결하게 쐐기를 박아 버리는 것이다. 이리하여 변호인 측의 반격은 난항을 겪었고 그도 아무런 교훈을 얻을 수 없었다.

다만 한 가지, 이날 증언 가운데 그의 기억에 남은 것이 있었다. 피고인의 친구이며 모교에서 강사로 일하는 다카노 마사유키의 발언이었다.

"기무라와 저는 학창 시절부터 오늘에 이르기까지 친구입니다. 저지른 죄에 대해서는 대가를 치러야겠지만, 저는 기무라가 한 가지 깨달음에 이를 수 있도록 마지막까지 최선을 다할 생각입니다."

그렇게 말하는 목소리도 떨리고 피고인의 몸도 떨리고 있었다. 적어도 이것은 후카노 도키코의 말과 함께 피고인에게 건네어진 하나의 정신적 구원임이 틀림없었다.

'그러나 나에게는 저런 게 필요 없다. 우정도 필요 없고 여자의 애정도 필요 없다. 깨달음도 구원도 필요 없다. 다만 성공하는 것.

그리고 막대한 돈을 차지하는 것. 나에게 필요한 것은 오직 그것뿐이다.'

그는 자기 자신에게 타일렀다.

나흘간 계속된 공판은 이것으로 끝나고, 구월 하순에 판사, 검사, 변호사들이 기무라의 고향인 고부 시에서 아홉 명의 증인을 심리하기 위해 출장을 가게 되었다.

그는 비공개로 실시되는 이 심리에는 물론 동행할 수 없었지만, 그동안 린드버그 사건을 비롯하여 해외에서 작성된 유괴 사건 기록들을 전부 찾아서 이 사건과 대조함으로써 가까운 장래에 자신이 치를 전투를 준비하고 있었다.

다섯 번째 공판은 10월 4일에 열렸다.

변호인 측이 요청한 피고인에 대한 정신 감정은 여전히 판사들에 의해 유보된 상태였지만, 만약 이 요청이 기각되면 재판은 결심을 향해 일사천리로 진행되리라는 것은 누구나 예상할 수 있었다.

이날 재판장은 우선 두터운 조서를 펼쳐 놓고 출장지에서 실시한 증인 신문의 요지를 낭독했지만, 방청석에 앉아 있는 그가 주목할 만한 정보는 거의 없었다.

다만 한 가지, 피고인 모친의 증언이 주의를 끌었다.

처 요시코의 증언에 따르면 모친은 며느리에게,

"시게후사는 이상한 아이다."

라고 말했다고 하는데, 모친은 조서에서,

"그렇게 말한 기억이 없다."

라고 분명하게 부정했던 것이다.

모친의 진술은 아들의 목을 조이는 거나 다름없다고 그는 생각했다. 변호사 처지에서는 모친이 조서 내용을 긍정해 주는 것이 변론에 훨씬 유리했을 게 틀림없었다.

'어느 쪽이 거짓말을 하는 걸까?'

그는 그렇게 자문해 보았다.

'물론 부인이다. 배반당하고 버림받은 여자인 만큼 시어머니 말을 빌려서 남편에게 분노와 증오를 퍼부은 것이다. 그리고 이 모친도 명문가의 자존심이 있는 만큼 아들이 정신병자로 목숨을 연명하느니 차라리 보통 인간으로서 사형당하기를 바랐는지도 모른다.'

그러나 그는 이런 상상에 오래 빠져 있을 틈이 없었다. 변호사의 신문에 답하기 위해 피고인 기무라 시게후사가 네 번째로 증언대에 선 것이다.

사실을 놓고 다툴 여지는 사라졌지만 변호인은 사건 자체에 대해서는 많은 것을 물으려고 하지 않았다. 그의 질문은 소년 시절 이후의 상황과 환경 등에 관한 것이 태반이었다.

그는 그런 이야기에도 그다지 흥미가 없었다. 전혀 참고가 될 것 같지 않았기 때문이다.

다만 그의 주의를 끈 한 가지는 처의 잔인한 증언에 대한 피고인의 소소한 반격이었다.

"피고인은 첫 결혼에 적극적이었습니까?"

"솔직히 말해서 저는 요시코와 결혼하는 것이 그다지 내키지 않았습니다. 임신했다고 했을 때는 아기를 지우라고 요구했습니다. 그러나 요시코는 아기를 지우느니 미하라야마 산* 분화구에 몸을 던지겠다고 해서 어쩔 수 없이 결혼 생활로 끌려 들어갔던 겁니다."

"하지만 처음 육체관계를 맺을 때는 피고인이 더 적극적이지 않았습니까?"

"아닙니다. 1952년 십이월에 요시코가 제 하숙방을 찾아와서 어떻게 좀 해 보라고 유혹을 했습니다. 그게 시작이었습니다."

"그때 방에 고타쓰가 있었나요?"

"있었습니다."

미묘한 질문이고 미묘한 답변이었지만, 파국에 돌입한 두 사람의 결혼 생활은 애초에 이렇게 시작되었던 것이다.

기무라가 병원 개업을 위해 처가의 돈을 끌어다 쓴 것은 분명하지만, 여자도 처음에 유혹할 때는 애정 외에 뭔가 계산이 있었는지도 모른다.

'이 부부는 피차 상대방을 탓할 자격이 없다. 물론 나한테도 저들을 비난할 자격은 없지. 그저 어리석음을 비웃을 뿐이다.'

그는 다시 속으로 가만히 중얼거렸다.

변호사의 신문은 그다지 날카롭지 못했지만 그래도 피고인의

● **미하라야마 산** _ 도쿄 도에 있는 활화산으로 자살의 명소로 유명하다.

고타쓰 こたつ

일본 전통 난방 기구.
열원이 부착되어 있는 테이블을 이불 등으로
덮어 따뜻하게 유지시킨다.
현재는 열원이 대부분 전기 제품이다.

어리석음은 도처에서 폭로되었다.

기무라는 병원의 의료 기기가 차압의 대상이 되지 않는다는 간단한 상식조차 몰랐다. 휴진중에 그는 돈을 벌 유일한 수단으로 자가용 택시 운전을 시작하여 자기 승용차로 온 도쿄를 돌아다녔다. 친척한테 돈을 꿔 달라고 부탁할 때도,

'이 돈을 구하지 못하면 어떤 사태가 일어날지 모른다.'

라는 자못 의미심장한 편지를 보내기도 했다. 그리고 유괴한 아이를 재우려고 없는 돈을 탈탈 털어 침구까지 준비했다고 했다. 이런 것들도 아마 피고인이 말한 제 경비 이십만 엔에 포함되는 지출일 것이다.

모든 것이 바보 같은 짓의 연속이었다. 그는 이제 이 피고인에게는 소극적인 관심밖에 느끼지 않게 되었다.

'어차피 이런 짓을 할 거면 애초에 치밀한 계획을 세워서 더 거물을 노리든지. 이백만이니 삼백만이니 하는 정도가 아니라 더 막대한 돈을 확실하게 거머쥘 수 있었을 텐데. 바보! 얼간이 같은 놈!'

그는 큰 소리로 외치고 싶었다. 물론 여기 방청인의 구십구 퍼센트는 피고인을 바보 중의 바보라고 느끼고 있을 것이다. 그러나 그가 생각하는 이유로 기무라 시계후사를 바보라고 비웃는 사람은 한 명도 없을 것이 틀림없었다…….

"그럼, 피고인은 지금 심경이 어떻습니까?"

변호사의 마지막 질문에 기무라는 들릴 듯 말 듯한 목소리로 대

답했다.

"제가 저지른 일에 대해 피해자의 가족분들과 사회에 이루 말할 수 없이 죄송합니다. 그 말 말고는……."

울고 있는지 다음 말이 들리지 않았다.

당연한 일이었지만, 그 직후에 정신 감정에 대한 의견을 요구받은 검사는 날카롭게 반발했다.

"엄연히 대학 교육까지 마친 피고인이 그토록 냉혹하고 잔인한 행동에 나선 배경에는 물론 이상 심리도 있을 것입니다. 다만 그것이 형법 제39조가 정한 형의 경감을 고려할 만한 정도냐 하는 것은 또 다른 문제입니다. 피고인의 집안 내력을 보면 방화 혐의로 체포되어 옥사한 사람도 있었지만, 피고인 본인의 과거 이력에는 아무 이상도 없습니다. 시계후사가 정신병자라고 모친이 말했다는 부인의 증언도 모친 본인에 의해 부정되었습니다."

검사는 잠깐 이야기를 멈추고 손수건으로 얼굴을 훔치고 나서 하던 말을 계속했다.

"경찰에서, 검찰청에서, 그리고 여기 법정에서 피고인의 태도는 매우 자연스러웠습니다. 범행은 계획적인 것이었습니다. 범행 당시 채록된 녹음테이프를 들어 봐도 낮은 목소리로 협박하는 내용은 어휘를 치밀하게 구사하고 있으며 아무런 이상도 발견할 수 없었습니다. 또 두 달간 도주하면서 취한 행동도 매우 용의주도했으며 전국 지명 수배를 교묘하게 피해 다녔습니다. 초등학교, 대학교 시절의 성적은 우수했고, 국가시험에도 합격했으며, 오 년 무사고 운전인 피고인인데, 어디에서 심신 쇠약의 증세를 볼 수 있다는 겁니까? 이 단계에서 의사를 개입시켜 피고인의 정신 감정을 실시하는 것은 불필요한 일로 사료됩니다."

그러나 재판관들은 합의를 거쳐 정신 감정을 실시하기로 결정했다. 감정인으로 출정한 도호 의대 정신과 교수 시마다 가즈히코 박사가 이 개월의 시간을 요구한 탓에 다음 공판은 12월 13일로 결정되었다.

'그때쯤이면 나도 준비를 마칠 것이다. 다음 재판 때는 아마 웃는 얼굴로 방청하겠지. 야마시타 재판 법정에 얼굴을 비친 퍼시벌 장군의 심정 같겠지?'

그의 상상은 종횡으로 치달았고, 마침내 이렇게 엉뚱한 비교까지 떠올렸다.

이런 생각을 하며 법정을 나선 그는 복도 구석에서 기자단에 에워싸인 시마다 박사를 보고 그쪽으로 다가갔다.

"이런 경우 모든 인간은 세 가지로 분류할 수 있어요. 법률적 무책임자인 이상자, 법률적 책임자인 일반인, 그 중간의 심신 쇠약자가 그겁니다. 일단 기무라를 정신병자라고 볼 수는 없을 겁니다. 문제는 그의 정신을 과학적으로 검토하여 건전한지의 여부를 규명하는 것입니다."

박사는 마치 강의라도 하는 듯한 말투로 담담하게 설명하고 있었다.

"선생은 기무라를 몇 번 정도나 면회하실 예정입니까?"

"한두 번으로는 부족합니다. 의학과 심리학이란 양방향에서 다양한 테스트를 거듭해서 뭔가 결론을 내게 되겠지요."

"선생은 어떻게 예상하시나요?"

"지금 단계에서는 아무것도 말할 수 없습니다. 그래도 여러분은 소위 감에 따라 이미 어떤 결론을 내리고 있겠지요. 감이라는 것은 사람마다 다르고 다른 사람의 인정을 받을 만한 근거가 없습니다. 그런 개인적인 주관에 만인이 수긍할 만한 근거를 주는 것이 과학이고 제 역할이 아니겠습니까."

그는 발소리를 죽여 그곳을 떠났다. 이 학자가 기무라 시계후사에 대하여 어떤 감정 결과를 내놓을지 큰 흥미를 느꼈지만 그 결과는 이 개월 후에 있을 법정 증언에서나 알 수 있을 것이다.

'대단히 높은 확률로 성공할 개연성, 그리고 만일 실패할 경우의 수습책. 변호사가 좋은 말을 해 주었군.'

3층에서 계단을 내려가면서 그는 다시 속으로 중얼거렸다.

'완전 범죄에 성공하면 일석이조가 아니라 일석삼조도 기대할 수 있다……'

그는 문득 화장실에 가고 싶어졌다. 계단 옆 2층 화장실의 문을 밀 때, 그는 안에서 나오던 한 청년과 정면으로 부딪힐 뻔했다.

"죄송합니다."

"아, 저야말로."

그는 웃으며 청년에게 길을 비켜 주었다. 얼굴에 총기와 용기가
엿보이는 서른 전후의 청년이었다. 그의 옷깃에 변호사 배지가 반
짝이고 있었지만, 이때만 해도 그는 햐쿠타니 센이치로라는 상대방
의 이름은 알지 못했다.

黒区駒場町といえば、渋谷から電車で二駅め、歩い

三十分ぐらいの距離である。

かし、渋谷は名前の示すように、湿潤な低地帯だっ

江戸時代に代官山の土をとって、埋めたてたという

記録に残っているが、そのころは、この駒場も、名前

り、江戸幕府の調練場にすぎなかった。明治時代に

ここでは陸軍の訓練などが行なわれ、明治天皇御野

碑が、東大教養学部前の一角に当時の名残りをとど

いる。

れがいまでは、南平台、松濤、常磐松とならんで、

周辺では指折りの高級住宅街となってしまった。

だ、それもそう広範囲というわけではない。旧前田侯

をかこむ、百軒近くの同番地だけが、不動産業者に

せれば、一等住宅地なのである。

の前田邸も、ある意味で、歴史の跡ははっきりとどめ

る。戦争中に、ここは中島飛行機株式会社の本社

ていた。戦後、軍需会社の解体、財産税の徴収のた

に、これは国有財産となり、マックアーサーについで

カ軍を指揮することになったリッジウェイがしばらく公

して使用していた。

在では、それも空家となっている。首相公邸として、

将来、使用されるという説もあるが、それも地価の値

りを望んでいるこの辺の住人たちの希望的観測か

범죄、
犯罪

第二部

사건 첫째 날

　메구로 구 고마바 정은 시부야에서 전차로 세 정류장이고 도보로는 삼십 분쯤 걸리는 곳이다.

　시부야渋谷는 이름에도 나타나듯이 옛날에는 습기가 많은 저지대였다. 에도 시대에 다이칸야마의 흙을 받아서 매립했다는 기록이 남아 있지만, 당시는 이곳 고마바駒場도 이름 그대로 에도 막부의 군마 조련장에 지나지 않았다. 메이지 시대에는 이곳에서 육군이 훈련을 하기도 했는데, 메이지 천황의 행차 기념비가 도쿄대 교양학부 앞 한쪽에 당시의 흔적으로 남아 있다.

　그러던 곳이 지금은 난페이다이, 쇼토, 도키와마쓰와 나란히 시부야 주변에서는 손꼽히는 고급 주택가로 변했다.

하지만 그 주택가는 그리 넓지 않다. 구﹦ 마에다 후작 저택을 중심으로 백 채에 가까운 집들이 들어선 동일 번지만이 부동산업자 말을 빌리면 최고 주택가라는 것이다.

마에다 저택도 알고 보면 역사의 흔적을 뚜렷이 간직하고 있다. 전시에 이곳은 나카지마 비행기 주식회사의 본사였다. 종전 후 군수 회사의 해체와 재산세 징수로 인해 국유 재산이 되었고, 맥아더에 이어서 미군을 지휘하게 된 리지웨이가 잠시 관저로 사용했다.

지금은 그 저택도 빈집으로 남아 있다. 가까운 장래에 수상 관저로 사용될 거라는 설도 있지만, 이것은 지가 상승을 바라는 주변 주민들의 희망적 관측인지도 모른다.

마에다 저택 후문 근처에 작은 주재소가 있다. 곤도 쇼이치는 지난 십오 년간 가족과 함께 이 주재소에서 살아온 순경이었다. 나이는 벌써 사십육 세이며 출세 욕심도 사라진 지 오래였다. 그가 바라는 것은 그저 평온한 생활이었다.

그러므로 이런 지역에 근무하는 것이 그에게는 이상적이었는지 모른다. 리지웨이가 떠난 뒤에는 후문에 대한 엄중한 경비도 해제되었다. 도쿄대 전학련이 데모를 하지 않는 한 이 주변에는 경찰의 주의를 끌 만한 사건이 거의 없었다. 가끔 누군가 전차에 뛰어들어 자살하거나 도쿄대 교양학부 기숙사 안에서 수험생의 사체가 발견돼서 정신없이 바빠지기도 하고 언짢은 일을 처리해야 할 때도 있지만, 그거야 순경이라는 직무상 피할 수 없는 일이었다.

12월 20일 점심시간을 앞두고 그는 평소처럼 담당 구역을 순찰하고 있었다. 큰 사건이 터질지도 모른다는 생각은 하지 않았지만, 이 시각이면 가끔 좀도둑이 출몰한다. 피해 신고가 매월 두세 건은 들어오는 만큼 최소한의 경계는 게을리할 수 없었다.

"순경 아저씨."

응회석으로 마감한 일본 민예관 근처까지 왔을 때 뒤에서 누가 그를 불렀다. 돌아보니 근처 다와라야라는 주점의 점원이었다. 단골 고객의 집을 돌아다니며 술 주문을 받는 스무 살이 채 안 된 청년인데, 목소리만이 아니라 몸까지 가늘게 떨고 있었다.

"왜 그래? 무슨 일 있어?"

"손님 댁에 찾아갔다가 본의 아니게 들은 건데요, 이노우에 씨 아들이 유괴당한 것 같아요. 어떡하면 좋죠?"

곤도 쇼이치는 흠칫 놀랐다. 이 지역의 터줏대감 같은 존재인 그는 근처 주민의 가족 구성까지 다 알고 있는데, 오랜 경관 생활의 경험에 비추어 이번 일은 아무래도 중대한 사건이 될지도 모르겠다는 직감이 스쳤다.

이노우에 라이조라는 인물은 소위 대부업자, 쉽게 말하면 사채업자였다. 나이는 육십칠 세로 알려졌는데, 재산이 십 수억 엔은 될 거라고들 했다. 그의 부인 다에코는 삼십삼 세로, 부녀지간만큼이나 나이 차이가 나는 후처였다. 올해 여덟 살 난 아들 세쓰오는 외아들로 알고 있었다.

그 밖에 다에코의 여동생 시마자키 미쓰코라는 여성과 가정부가 하나 있는데, 오늘 아침도 그는 라이조가 크라이슬러를 타고 출근하는 것을 보았으므로 지금 그 집에는 여자들밖에 없을 터였다.

그는 마른침을 꿀꺽 삼켰다.

"이봐, 자네, 그런 얘기를 어디서 들었지?"

"방금 그 집에서 술 주문을 받고 있는데 전화가 걸려 왔어요. 전화를 받은 가정부가 잔뜩 흥분해서 '아주머니, 도련님이 유괴를 당했대요. 어떡해요!' 하고 소리쳤거든요. 들을 생각은 아니었지만 본의 아니게 듣고 말았어요. 근데 이거 정말 어떡하면 좋죠?"

듣고 보니 우연히 들은 것이 맞지만, 상황이 아주 미묘했다. 이런 정보를 접한 이상 경관으로서 모른 척할 수는 없었다.

"수고했네, 자넨 하던 일이나 해. 내가 가서 상황을 살펴볼 테니까."

곤도 쇼이치는 그렇게 말하고 두세 집 너머에 있는 이노우에가의 초인종을 눌렀다.

"누구세요?"

스피커에서 여자 목소리가 흘러나왔다.

"주재소의 곤도입니다. 잠깐 묻고 싶은 게 있어서요."

"지금 너무 바빠서 그러는데, 나중에 다시 들러 주실 수는 없나요?"

마이크와 스피커를 거쳐서 나오는 음성이지만 떨고 있다는 것은 금방 알 수 있었다.

그는 뒤를 돌아다보았다. 점원 청년이 움찔하며 얼른 뒤로 물러났다. 그의 눈에 호기심과 불안과 안타까움이 뒤섞인 빛이 어른거렸다.

"저도 무척 급한 일입니다. 잠깐 문 좀 열어 주시죠."

"예……."

잠시 뒤 문이 열렸다. 눈물에 젖은 가정부의 눈에는 공포와 동요의 기색이 역력했다. 그는 그제야 정말로 긴장했다.

"부인은 계세요?"

"지금 외출중이세요."

"동생분은?"

"계시기는 하지만……."

"지금 당장 만나 봐야겠습니다."

"그럼, 들어오세요."

곤도 쇼이치는 가정부의 안내로 현관으로 걸어갔다.

시마자키 미쓰코는 바로 나왔다. 동그란 얼굴에 살집이 좋고 사내처럼 명랑한 여성이지만, 안색은 평소와 전혀 달랐다. 안경 너머 이쪽을 두려움에 질린 눈빛으로 쳐다보다가 이내 고개를 숙이고,

"무슨 일이시죠?"

하고 힘없는 목소리로 말했다.

"이상한 전화가 왔다고 들었는데, 장난 전화라면 다행이지만,

기무라 사건 같은 사례도 있고 해서 이렇게 찾아왔습니다만."

"세쓰오가 학교에 오지 않았대요."

벽에 기대며 미쓰코가 맥없이 중얼거렸다.

"그럼, 사장님은?"

"지금 사무실에 안 계시대요. 연락이 닿는 대로 집에 전화해 달라고 전해 두었습니다만……."

"부인은요?"

"언니도 외출중이에요. 장 보러…… 어느 백화점에 가 있을 텐데, 분명하지는 않아요."

"그럼 그 전화는 무슨 전화였습니까?"

"제가 받지는 않았지만 '그 집 아이를 데리고 있다. 목숨을 살리고 싶으면 천 엔권으로 삼천만 엔을 준비해 둬'라고 했다고 합니다."

"삼천만 엔……."

곤도 쇼이치도 한숨을 지었다. 기무라 사건에서 범인이 요구한 액수보다 한 자릿수나 많은 거액이다. 물론 재산이 십 수억이나 된다는 이 집에는 대단한 금액이 아닐지 모른다. 그러나 일개 순경에 불과한 그는 천 엔권으로 얼마나 높이 쌓아야 그 금액이 될지 짐작도 되지 않았다. 아니, 얼마나 많은 물건을 살 수 있는 돈인지조차 실감이 나지 않았다.

"그래서요? 그 돈을 언제 어디로 가지고 나오라고 하던가요?"

"곧 다시 연락하겠다고만 했어요. 그래서 제가 바로 학교에 전화해서 확인해 보았어요. 그리고 형부 회사에…… 뭘 어떻게 해야 좋을지 모르겠어요!"

"학교는 어디죠?"

"요쓰야에 있는 분카 대학 부속 초등학교 2학년이에요. 여기서 버스로 신주쿠로 가서 거기서 버스를 갈아타고 요쓰야까지 갑니다. 아침에는 전차가 만원이라……. 고마바 초등학교가 엎드리면 코 닿을 데 있는데, 그 학교에 보냈으면 이런 일도 없었을 텐데……."

그는 기무라 사건과 동일한 수법이라고 판단했다. 고마바나 요쓰야의 버스 정류장에서 어린이를 유괴하기는 어려울 것이다.

신주쿠, 특히 니시구치 광장 근처가 이 범죄의 현장이었을 거라고 그는 잠깐 상상해 보았다.

"순경 아저씨, 이걸 상부에 보고하실 건가요?"

미쓰코가 퍼뜩 고개를 쳐들고 물었다.

"예……."

"제발 그러지 마세요. 최소한 언니나 형부와 연락이 닿기 전에는…… 기무라 사건도 있었잖아요. 그 아이는, 그 아이는, 죽게 할 수 없어요!"

이번에는 곤도 쇼이치가 고개를 숙일 차례였다. 확실히 이 말은 그의 가슴을 쳤다.

현직 경관인 만큼 의견을 함부로 내놓을 수는 없지만, 개인적으로는 기무라 사건에 대한 수사에서 경찰이 심각한 실책을 범했다는 것을 인정하지 않을 수 없었다.

범인 기무라 시게후사의 체포가 늦어진 것에 대해서라면 그나마 변명의 여지도 있었다. 그러나 유괴된 오야마 기이치의 생명은 영원히 찾을 수 없다…….

그는 인간적으로 미쓰코의 부탁을 들어주고 싶었다. 그러나 사건이 전개되는 양상에 따라서는 경관으로서 직무를 소홀히 했다고 추궁당할지도 모른다.

누구나 인생을 살면서 몇 번쯤은 어느 길을 택해야 좋을지 몰라 이러지도 저러지도 못하는 처지에 몰리게 마련이라는데, 곤도 쇼이치도 자신이 전혀 예상하지 못한 이 장면에서 크게 당황하고 말았다.

집 안에서 전화벨이 울렸다.

"잠깐 실례해요."

미쓰코는 집 안으로 뛰어 들어갔다. 쇼이치는 그제야 차분히 궁리할 여유를 찾았다.

'수사1과가 이번에도 그런 실수를 반복하지는 않겠지. 게다가 당장 현금을 들고 나가야 하는 다급한 상황도 아니다. 충분히 대책을 세울 수 있을 것이다.'

쇼이치는 생각했다.

'시간에 여유가 있다면 지폐의 일련번호를 적어 두는 방법도 있다. 일단 몸값을 건네주고 아이를 무사히 찾고 난 다음에 범인을 체포할 수도 있을 것이다. 천 엔권 삼만 장 가운데 한 장만이라도 발견되면 그때는 범인도 끝이다.'

그는 점차 인간다운 감정을 망각하고 경찰관의 관성에 사로잡혔다. 범인을 체포하는 데 실패하는 상황은 이제 생각조차 하지 않고 있었다.

"아니었어요. 다른 전화였어요."

미쓰코는 집 안에서 다시 나와 한숨을 지었다.

"아까 그 약속은 꼭 지켜 주세요."

"이 사건은 일단 상부에 보고하겠습니다. 저는 일개 경관일 뿐입니다. 사후 대책은 상사와 잘 상의해 보세요."

"순경 아저씨, 순경 아저씨는 아이가 죽어도 좋다는 건가요?"

미쓰코가 안색이 파리해져서 외쳤다.

"그럴 리가 있습니까. 형사들도 이번에는 실수하지 않을 겁니다."

"하지만…… 하지만……."

더는 감정을 다스릴 수 없는지 미쓰코는 양손으로 얼굴을 감싸고 울기 시작했다.

"그럼 이만 실례합니다."

곤도 쇼이치는 주재소로 돌아와 경찰 전화를 집어 들었다.

"제2의 기무라 사건인가요."

경시청 수사1과 과장실에서 모리야마 도시타카 과장에게 사건을 전해 들었을 때 에노모토 센조 경위는 장기짝을 만지작거리듯 손가락으로 탁자를 톡톡 두드리며 말했다.

"그럴지도 모르지. 전철을 밟는다는 말도 있지만, 금방 또 이런 일이 벌어지는군. 범죄자라는 족속들은 왜 그렇게 다들 멍청한지."

"하지만 이번 범인은 꽤 침착하군요. 먼저 돈을 마련해 둬라, 나중에 연락하마, 이러는 걸 보면 뭔가 자신이 있어 보이는걸요."

"삼천만 엔은 거금이야. 아무리 멍청한 놈이라도 한두 시간 안에 마련될 거라고 생각하지는 않겠지."

"물론 대단한 금액이죠. 재테크 정도가 아니라 아예 증권 회사를 하나 차리려나 봅니다."

요전 기무라 사건 때는 시간이 급박한 탓에 두 사람 모두 이런 이야기를 하고 있을 여유도 없었다.

당시 경위는 한없이 안타까운 심정이었다. 조사실에서부터 법정에서까지 그는 수십 번이나 기무라 시계후사와 대면해야 했다.

'이런 어리석은 놈의 이런 비상식적인 범죄 때문에 아무 관계도 없는 무고한 아이가 목숨을 잃어야 한단 말인가.'

이것이 당시 그의 거짓 없는 심정이었는데 그 심정이 지금 가슴속에 되살아나 음울한 농담으로 튀어나오는 것이다.

"아무튼 이 사건도 자네가 맡아 주게. 괜찮겠지?"

"예, 이번에는 시간에 여유도 있으니까요. 일단 겉으로는 침착하게 움직이도록 하죠. 이노우에가와 연락하다가 결정적인 순간에 전광석화처럼 움직이도록 하겠습니다."

"부탁하네. 이번에는 아이가 죽지 않도록 해야 해. 무슨 비난을 받아도 좋으니 이번에는 그런 사태가 일어나면 안 돼. 경시청 위신이 말이 아니게 돼."

과장의 마음은 충분히 알지만, 에노모토 경위는 왠지 불안했다.

이런 종류의 사건에서는 범인이 아이를 죽이지 않는다는 보증은 어디에도 없다. 기무라 사건의 경우, 처음에는 범인에게 살의가 없었던 것은 사실이지만, 해외에서는 린드버그 사건처럼 처음부터 인질을 살해해 놓고 나중에 몸값을 받아 낸 사례가 있다. 토니 다니 사건의 경우는 잡지 발행 자금을 구하려고 아이를 유괴하여 시골에서 자기 자식들과 함께 놀게 놔두는 매우 유연한 범죄였지만, 이번 사건이 그 세 개의 전례 가운데 어떤 코스를 닮게 될지는 예상할 수 없었다.

"이노우에 라이조라는 사람을 알고 있나?"

"만나 본 적은 없지만, 평판은 별로 좋지 않은 것 같습니다."

"음, 대부업으로 성공한 사람 중에 부처님 같은 사람은 없지……."

모리야마 과장은 입술을 깨물었다.

"이건 개인적인 의견이지만, 이번에는 처음부터 영리 유괴로 좁혀 놓고 수사를 시작하는 것은 위험할지도 몰라."

"저도 그렇게 생각합니다. 원한이라는 동기도 충분히 고려해야겠죠. 사채업자 본인은 법적으로 잘못된 일은 없었다고 생각하겠지만, 돈을 빌렸다가 갚지 못한 사람들 중에는 때려죽여도 시원치 않을 놈이라고 생각하는 사람도 있겠지요. 그 원한이 엉뚱한 곳에서 드러난 것인지도 모릅니다."

"그럴지도 모르지. 아무튼 그 점은 염두에 두게."

경위는 인원 배치나 사무적 조치를 상의하고 나서 과장에게 인사하고 방을 나섰다. 경시청 2층 복도에는 늘 사건기자들이 어슬렁거린다. 이 사건이 조금이라도 새어 나간다면 금방 일대 소동이 벌어지고 말 것이다.

에노모토 경위는 걸음을 멈추고 담배에 천천히 불을 붙였다.

"사건입니까?"

S신문의 가쓰누마라는 기자가 곁으로 다가와 말을 걸었다. 물론 가타부타 대답을 기다리는 것은 아니다. 안색의 변화로 사건의 대소를 가늠해 보려는 수작이다.

"사건은 무슨. 잠깐 재테크 얘기를 했을 뿐이야."

"정말요?"

"그렇다니까. 요즘은 다들 재테크, 재테크 하는 세상이잖아."

물론 상대방이 이런 이야기를 곧이들으리라고는 경위도 생각하지 않았다.

다만 수사1과의 업무는 십중팔구 살인이나 강도 등이어서 연락이 오면 일분일초를 다투며 현장으로 달려가야 한다. 그러므로 이런 공연한 잡담을 해 두면 상대방도 중대한 사건이라고 생각하지는 않을 거라는 것이 경위의 노림수였다.

기자도 안색을 관찰한 결과 대단한 건수는 없다고 생각했는지 경위가 자기 방을 향해 걸음을 떼기 시작해도 따라오려고 하지 않았다.

하지만 경위는 자기 방으로 들어서기 무섭게 활동을 시작했다.

부하 넷은 즉시 교바시의 이노우에 금융으로 보냈다. 메구로 서에서는 이노우에 자택으로 형사 두 명을 급파했을 것이다.

첫 단계 작업은 끝났다. 지금 단계에서는 범인의 다음 행동을 기다리는 것 말고는 경위가 취할 만한 대책이 없었다.

고마바의 이노우에 자택 앞에 택시가 멈추고 고급 밍크코트를 걸친 여자가 내린 것은 오후 3시 15분이었다.

대문에서 조금 떨어진 곳을 지키고 있던 미야시타 형사는 작은 체구에 남성적 매력이 있는 미녀라는 사전 정보에 비추어 이 여자가 이노우에 다에코이리라고 짐작했다.

백화점 포장지로 포장된 커다란 상자를 안고 대문의 초인종을 누르는 얼굴에는 꿈이라도 꾸는 듯한 황홀한 표정이 비쳤다. 물론 여자는 소소한 쇼핑을 해도 싱글벙글 웃게 마련이라지만, 무슨 물건을 구입했기에 저렇게 흥이 올랐을까, 하고 생각하며 미야시타 형사는 동료 기쿠치 형사와 함께 그녀에게 다가갔다.

"실례합니다만 이노우에 부인이시죠?"

"네. 근데 무슨?"

"메구로 경찰서에서 나왔습니다."

까만 경찰수첩을 보여 주자 여자가 흠칫하며 긴장했다.

"형사분들이 무슨 일이시죠?"

"참으로 안타까운 일이지만 아드님이 유괴를 당했다고 합니다. 그래서 이렇게 찾아왔습니다."

얼굴이 한순간에 파랗게 질리고 눈에 핏발이 섰다. 쇼핑 상자가 옆구리에서 미끄러져 떨어졌다. 빨갛게 칠한 손톱을 문기둥에 세우며,

"일단…… 안으로 들어오세요. 그런 얘기를…… 여기서 하기도 그러니까."

입술 주변이 긴장으로 굳어 있었다. 아마 혀도 뜻대로 움직이지 않을 것이다. 그녀가 하는 말이 마치 외국인의 서툰 일본어처럼 들렸다.

"그럼 실례하겠습니다."

두 형사가 뒤를 따라 응접실로 들어가자 다에코는 자리에 앉지도 않고 물었다.

"몸값은 얼마고, 어디로 가지고 나오라고 하던가요?"

무척 강인한 여자로군, 하고 미야시타 형사는 생각했다. 보통 여자라면 처음 이야기를 들었을 때 빈혈 증세를 일으키며 쓰러지거나 그 자리에 무너지듯 앉으며 울부짖었을 것이다. 그래도 역시 눈에는 눈물이 그렁거리고 있었다. 그러나 이렇게 즉시 요점을 짚고 들어오는 모습은 의지가 강하다는 것과 금전 조달에 자신이 있다는 것을 말해 주고 있었다.

"범인은 아직 장소나 시간을 통보하지 않았습니다. 다만 삼천만 엔을 준비해 두라는 전화가 있었습니다."

"삼천만 엔……."

다에코는 한숨을 지었다. 미야시타 형사는 여자의 눈에 얼핏 스치는 희망의 빛을 보고 그 정도 돈이라면 이 집에서 마련하지 못할 금액이 아니겠구나, 하고 생각했다.

"아무튼 그런 상황입니다. 접촉 방법은 나중에 연락하겠다는 내용의 전화였던 것 같습니다만."

"알겠어요."

극도의 슬픔에 빠진 순간에는 눈물도 나오지 않는다고 하지만 다에코는 그제야 손수건을 얼굴에 대고 울기 시작했다. 미야시타 형사는 기쿠치 형사와 마주 보며 고개를 끄덕였다. 여자가 울기 시작하면 그칠 때까지 가만히 두는 것이 조사의 기본 원칙 가운데 하나였다.

"언니……."

응접실에 나타난 미쓰코도 눈이 토끼처럼 충혈되어 있었다. 두 형사를 쳐다보는 시선에 날카로운 적의가 느껴졌다.

"경찰분들은 돌아가시게 하는 게 좋지 않아? 지금은 범인을 잡는 것보다 세쓰오를 무사히 찾는 게 급하잖아."

"네가 경찰에 신고한 거 아니었어?"

"아냐. 경찰 쪽에서 먼저 알고 찾아온 거야."

"그럼 학교에서?"

"그게 아냐. 전화가 왔을 때 다와라야의 점원이 곁에 있었는데, 그 사람이 순경한테 알린 것 같아."

미야시타 형사는, 이거 힘들게 생겼구나, 하고 생각했다. 이야기는 이미 들었지만 이래서는 협력도 기대할 수 없겠다는 느낌이 든 것이다.

"잠깐 실례할게요."

다에코는 가볍게 목례하고 미쓰코와 함께 응접실을 나갔다.

"어떡하죠?"

"가족들 심정이야 잘 알지. 하지만 이렇게 되면 범행이 성공하고 말 거야."

물론 지금은 무고한 아이가 무사히 돌아오는 것이 가장 중요한 문제이다. 그러나 범죄자가 이런 짓으로 삼천만 엔이나 되는 불법 소득을 얻을 수 있을지도 모른다고 생각하니 그 생각만으로도 경관으로서 모욕을 당하는 심정이었다.

삼십 분쯤 지나자 다에코가 응접실로 돌아왔다. 아마 동생한테 많은 이야기를 듣고 결심을 굳히고 화장도 고치고 나왔을 것이다.

애초의 동요를 가까스로 다잡았는지 말투도 평상시처럼 차분했다.

"방금 동생한테 이야기를 들었는데, 이번 일은 우선 우리 가족이 알아서 해결하고 싶습니다. 수고해 주셔서 고맙지만 지금은 일단 돌아가 주셨으면 합니다."

"하지만 부인, 그건 부인만의 생각입니까?"

"아직 남편과 연락이 되질 않고 있어요. 하지만 남편도 틀림없이 같은 생각일 거예요. 삼천만 엔과 외아들의 목숨을 놓고 선택하라면 저희는 당연히 아이를 살리겠어요."

"하지만 부인……."

"기무라 사건 때는 어땠나요. 물론 사람마다 상황이 다를 테고 피해자 오야마 씨가 택한 방법이 틀렸다고 말하려는 것은 결코 아니지만, 만약 우리였다면 환율 같은 것으로 돈을 날린 셈 치고 이백만 엔을 두말없이 내주었을 거예요. 경찰한테는 아무것도 알리지 않고요. 그렇게 했으면 기무라도 아이를 돌려보내 줬을 거라고 봐요. 그 뒤에 아이의 기억에 의지해서 범행 장소를 알아낼 수도 있었을 거예요. 범인 체포도 그게 오히려 더 빠르지 않았을까요?"

미야시타 형사는 등줄기에 오한마저 느끼고 있었다. 등에 업은 아이한테도 배울 게 있다는 옛말도 있지만, 이것은 어떤 의미에서는 실적을 올리려고 너무 서둘렀던 경찰에게는 통렬하기 짝이 없는 비판이었다.

"그럼, 부인은 범인과 직접 거래하시겠다는 겁니까?"

"네, 그래요."

"범인이 증오스럽지도 않습니까?"

"물론 목을 졸라 죽이고 싶을 만큼 증오스럽죠. 하지만…… 놈들의 교수형과 아이 목숨을 바꾸라고 한다면 이 증오도 꼭 참는 수밖에 없어요."

끼리끼리 만난다는 말도 있듯이, 이 여자도 여간내기가 아니구나, 하고 미야시타 형사는 생각했다. 피도 눈물도 없다는 남자와 살면서 돈이면 다 된다는 깨달음과 자기감정을 이성으로 지배하는 습관을 체득했을 터, 아닌 게 아니라 이렇게 다시 기운을 차리고 나온 여자는 그의 말에 순종할 것 같지가 않았다.

"알겠습니다. 그럼 곧 상부와 상의해서 마땅한 조치를 취하겠습니다. 그래도 물러가기 전에 두어 가지 질문에 해도 되겠습니까?"

"뭔가요?"

"이 댁의 가족과 친척 관계는 어떻게 됩니까?"

"남편한테는 이복동생 하나밖에 없어요. 이름은 다쿠지인데 저보다 네 살 많습니다. 친정 쪽으로는 아버지는 돌아가시고 어머니가 이케가미의 혼몬지 절 근처에 사세요. 오빠는 전시에 화물선 선장으로 일하다 대만 앞바다에서 순직했고요. 자식을 셋 두었는데,

새언니가 지금 자식들과 함께 어머니를 모시고 살고 있어요."

"그분들 주소를 알 수 있을까요?"

"주소는 왜요?"

"영리 유괴로 짐작하고 있습니다만, 만에 하나 묵은 원한이나 그 밖의 이유나 동기가 있지는 않을까 해서요."

"그건 그쪽에서 알아서 조사하시든지요."

차갑기 짝이 없는 대답이었다. 그런 것이 이번 사건과 무슨 관계냐 하는 반발이 표정에 노골적으로 드러났다.

"협조해 주시지 않으면 도리가 없지요. 그럼 사업 관계로 이 댁에 원한을 품은 사람이 있지는 않을까요? 물론 이 댁으로서는 무고하게 산 원한일 수 있겠지만."

"이런 사업을 하다 보면 자기 허물은 모르고 남편만 원망하는 사람도 있겠죠. 하지만 일과 가정을 분리하는 것이 남편의 원칙입니다. 나는 남편이 어떤 일을 하고 있는지 전혀 모릅니다."

"알겠습니다. 그럼 이만 실례하겠습니다."

문제가 참으로 미묘하고 상대방의 태도도 이러니 미야시타 형사도 더 찔러볼 수가 없었다. 일단 상부에 보고하고 지시를 기다리는 수밖에 없었다.

문을 나서서 주재소를 향해 걷던 기쿠치 형사가 목소리를 잔뜩 낮춰서 말했다.

"미야시타 씨, 저 여자를 어떻게 보세요?"

"어떻게 보다니, 뭐가?"

"배우가 되었으면 명배우가 되었겠다 하는 생각이 문득 들더군요. 말투와 태도, 동작 하나하나가 똑똑 부러지네요. 그렇게 보이지 않습니까?"

"그럼 자네는 그녀가 이미 사건을 알고 있었다, 그러면서도 저런 연극을 했다고 말하고 싶은 건가?"

기쿠치 형사는 그보다 십일 년이나 어리다. 사고방식 하나만 봐도 세대 차이에서 오는 간극이 있는 것은 분명했지만, 왜 지금 이런 생각을 하는지 그로서는 그것이 의아했다.

"그렇게까지 말할 수는 없겠죠. 이건 제 직감인데 저 부인에게는 뭔가 비밀이 있을 것 같아요. 그래서 더 신경질적으로 나오는 게 아닐까 하는 생각이 머릿속에서 떠나질 않아요."

"하지만 아이의 엄마이고, 상황이 그렇잖아."

"그런 상황이니까 이상해 보인다는 거죠."

이노우에 라이조가 사무소로 돌아온 것은 오후 4시가 지나서였다.

그의 태도는 부인보다 협조적으로 보였다. 형사를 만나 이야기를 전해 듣자 가능하면 책임자를 만나서 이야기하고 싶다고 말했다.

연락을 받은 에노모토 경위는 즉시 교바시의 이노우에 금융 사무소로 갔다. 뒷골목의 낡은 이 층 목조 건물이었다. 이곳이 수억,

수십 억 현금을 운용하는 사채업자의 본부라니 얼른 상상하기가 힘들 정도였다.

이노우에 라이조는 2층 사장실에서 기다리고 있었다.

새하얀 백발이었다. 눈매와 콧날이 날카롭고 메마른 볼과 얇은 입술이 차가운 내면을 느끼게 했다. 보통 사람이라면 돈이 많거나 지위가 오르면 자연히 몸에 걸맞은 풍격이 생기고 얼굴도 복상福相으로 변하게 마련이지만 이 사람에게는 그런 인상이 전혀 없었다.

평생을 아등바등 돈만 벌어 온 도시의 소상인이라는 인상이었다. 경위는, 금전은 때로는 사람을 오히려 빈상貧相으로 만든다고 생각하며 얼핏 동정심을 느꼈다.

일단 겉으로는 냉정을 가장하고 있었다. 그러나 이 냉랭해 보이는 인간도 실은 동요하고 있을 것이다. 재떨이에는 절반밖에 타지 않은 시가가 다섯 개나 꽂혀 있었다.

우선 간단하게 인사를 마치자 라이조는 바로 용건을 꺼냈다.

"우리 아들 소식을 형사님한테 듣고 집에 전화해서 확인을 했습니다. 경찰에서는 어떻게 하실 생각입니까?"

"모든 범죄에는 결정적 순간이란 것이 있습니다. 예를 들면 절도범이 훔친 물건을 돌려주어도 일단 남의 물건에 손을 댄 이상 절도죄는 사라지지 않습니다. 그와 마찬가지로 이번 경우는 영리 유괴죄가 이미 성립했습니다. 사장님의 아드님이 무사히 돌아온다고 해도 범인의 죄는 사라지지 않습니다. 다만 그 결과 어떤 형벌이 적용될지는 재판에서 정해지는 것이니 저희가 뭐라고 말씀드릴 수는 없습니다."

"경찰은 무슨 일이 있어도 범인을 체포하기로 결정한 거군요."

"그렇습니다. 얼마 전의 기무라 사건도 제가 담당했습니다. 그 재판은 현재 진행중입니다. 물론 사형을 면하기 어렵겠지만, 그런 실패가 있었기 때문에 이런 범죄자가 또 나타난 겁니다. 만에 하나라도 이번 범인이 범행에 성공한다면 어떻게 되겠습니까. 당연히 제3, 제4의 기무라가 나타날 것을 각오해야 합니다. 죄 없는 아이가 또 두 명 세 명 죽지 말란 법이 없습니다. 저희로서는 최소한 이런 종류의 범죄만은 근절하고 싶은 겁니다."

"그렇다면 경찰 측은 우리가 무슨 생각을 하더라도 독자적으로 움직일 거라는 말인가요?"

"그렇게 하지 않을 수가 없습니다."

이노우에 라이조는 잠시 말을 끊고 새 시가에 불을 붙였지만 그것도 한두 모금만 피우고는 바로 재떨이에 눌러서 껐다.

"에노모토 씨. 저는 얼마 전 기무라 사건이 일어났을 때 이런 이야기를 들은 적이 있습니다. 미국에서는 이런 종류의 범죄가 일어나면 아이의 생사가 판명될 때까지, 또는 아이가 무사히 귀가할 때까지 경찰도 적극적인 수사는 자제하는 것이 불문율이라고요. 그건 아십니까?"

"저도 알긴 합니다만……."

"인명을 가장 중시하는 미국에서는 당연히 그럴 겁니다. 이제 제가 부탁을 드립니다. 미국과 같은 방식으로 수사해 주실 수는 없습니까?"

이번에는 에노모토 경위가 입을 다물 차례였다.

"기무라 사건 때는 당황한 가족이 먼저 경찰에 신고했다고 하니까 어쩔 수 없겠지요. 이번 사건 또한 하필 주점 점원이 방문했을 때 전화가 왔다는 것도, 가정부가 큰 소리로 말한 것도, 그 소식이 경찰에 전해진 것도 돌이킬 수 없는 일입니다. 하지만 그런 불행한 우연만 없었다면 우리는 아들이 무사히 돌아올 때까지 경찰에 신고하지 않았을 겁니다."

"……."

"경찰이 대대적으로 움직이지만 않는다면 아무리 예민한 신문기자라도 이 사건을 냄새 맡을 수는 없겠지요. 범인을 쓸데없이 자극하지 않을 수 있다는 겁니다."

"……."

"에노모토 씨, 슬하에 자녀가 있습니까?"

"둘 있습니다. 첫째가 열네 살짜리 아들이고 둘째는 아홉 살짜리 딸입니다."

"그럼 같은 아비로서 제 심정을 잘 아시지 않습니까. 당신이 이런 일을 당해서 몸값 삼천만 엔을 요구받았다면 당신도 경위라는 직책을 잊고 범인 체포도 나중으로 미루고 우선은 몸값을 마련하려고 하지 않겠습니까?"

"그럴지도 모르지요. 저도 이런 상황에 처한다면 처지와 업무를 잊어버릴지도 모릅니다."

"내가 지금 바로 그런 상황에 직면한 겁니다. 물론 삼천만 엔은 거금이지요. 내가 이 정도 돈을 굴리면 남들이 일억 이상 굴리는 것만큼 법니다. 그러나 달리 생각해 보면 나에게 이 정도 돈은 당신들의 삼만 엔 정도에 상당하는 금액입니다."

"……"

"나는 자식 복이 없는 사람입니다. 전처가 세 아이를 낳았지만 하나는 첫돌도 안 돼 폐렴으로 죽고 딸아이는 열여덟 살 되던 해에 가슴 병을 앓다 죽었어요. 스트렙토마이신이니 파스니 하는 좋은 약도 없고 외과 수술도 할 수 없던 전시였거든요. 남은 아들 하나는 이오지마에서 전사했습니다. 전처는 피난 가 있던 미토에서 소이탄 폭격을 만나 죽었습니다."

"……"

"나도 오십 대 시절에는 자식 없는 걸 그다지 걱정하지 않았습니다. 이 여자 저 여자를 데리고 살다 보면 그중에 아무나 자식을 낳아 주겠거니 하며 태평하게 지냈습니다. 그러나 자식만큼은 사람 힘으로 어찌해 볼 도리가 없더군요. 여러 여자 중에 자식을 낳아 준 사람은 한 명밖에 없었습니다. 그게 지금의 아내입니다……"

"……"

"몇 년 전에도 그 모양이었으니 이제는 더더욱 자식을 낳을 자신이 없어요. 이번에 세쓰오에게 무슨 일이라도 일어나면…… 나는 미쳐 버릴지도 모릅니다. 실제로 우리 집안을 거슬러 올라가 보면 아버지 쪽에 정신병자도 있었습니다."

악어의 눈물이라는 말도 있지만, 라이조의 눈초리에는 분명 눈물이 그렁대고 있었다. 그 모습을 보았을 때 경위는 마침내 마음을 굳혔다.

"말씀은 잘 알겠습니다. 저희도 이번에는 아드님의 생명을 가장 우선시한다는 방침 아래 움직이겠습니다. 그 대신 조건이 있습니다."

"조건이라고 하시면?"

"저희는 살인, 강도 등을 주로 다루는데, 그런 사건에 비하면 유괴 사건은 정말 어려운 수사입니다. 특히 영리 유괴일 경우는 범인이 특정한 몇 명 혹은 수십 명 가운데 있을 가능성은 거의 없습니다. 우발적인 살인이나 강도 같은 것보다 성과가 더 좋지 않습니다. 극단적으로 말해서 도쿄 도민 구백만 명 가운데 한 명을 극비리에 찾아낸다는 것은 인간의 능력을 벗어난 일입니다."

"그러면……."

"다만 유괴 사건에는 범인 처지에서 볼 때 치명적인 난점이 하나 있습니다. 돈을 받으려면 범죄자가 지정한 시각에 장소에 스스로 나타나야 한다는 것입니다. 수사하는 저희에게는 그때가 결정적인 순간입니다. 구백만 명 중에 단 한 명을 잡아낼 수 있는 기회는 그때밖에 없습니다."

"……."

"실제로 유괴 사건의 범인은 구십구 퍼센트 이 순간에 체포됩니다. 기무라 사건은 예외 중의 예외였다고 할 수 있겠지요."

"그러나 아흔아홉 명의 아이가 살아 돌아와도 마지막 한 아이의 부모로서는……."

"압니다. 그걸 생각하기 때문에 저희가 그 결정적인 순간마저 포기하려고 하는 겁니다."

"그럼 어떻게 하겠다는 겁니까?"

"사장님이 범인에게 몸값을 주는 것은 방해하지 않겠습니다. 그러나 범인 측에서 들어오는 정보는 하나도 빼놓지 말고 경찰에 알려 달라는 것. 이것이 저희의 조건입니다. 이것도 최대한 양보한 겁니다."

"그건 왜 알려 달라는 겁니까?"

"현재 경찰로서는 효과적인 방법을 하나도 찾아낼 수 없습니다. 할 수 있는 것이라고는 사장님과 모종의 관계가 있는 사람들을 전부 조사해서 금전 외의 다른 목적 때문에 그런 짓을 저지를 만한 사람은 없는지 그걸 수사하는 정도가 고작입니다."

경위는 쓴웃음을 지으며 말하자 이노우에 라이조의 얼굴에는 묘한 그림자가 스쳤다.

물론 업종이 업종인 만큼 파렴치한 짓도 하고 있을 것이다. 경찰에 드러내고 싶지 않은 비밀도 많을 거라고 생각했지만 대놓고 말할 수는 없었다.

"저희 경찰로서는 수사가 너무 늦어지지 않도록 확실한 방법을 쓰고 싶습니다. 물론 범인이 아드님을 데리고 나와서 현금과 맞바꾸는 상황은 기대할 수 없습니다. 범인이 한 명인지 여러 명인지는 알 수 없지만, 일단 돈을 받고 아무 이상이 없다는 것을 확인한 다음에 아드님을 풀어 준다면 최선이라고 할 수 있지 않겠습니까."

"물론 저도 그렇게 생각합니다. 돈을 주고 나서도 몇 시간 정도는 기다려 봐야겠죠."

"그러나 수사가 시작되는 시간은 결국 그만큼 늦어지게 됩니다. 그러니까 언제라도 쏜살같이 달려 나갈 수 있는 체제를 갖춰 두고 싶은 겁니다."

"그럼 거래 현장에는 잠복하지 않겠다고 약속하실 수 있습니까?"

"원하신다면 그렇게 하겠다는 겁니다. 다만 나중을 위해서 지폐의 일련번호만은 모두 적어 두기 바랍니다. 천 엔권 삼만 장의 일련번호를 다 적는 것이 보통 일은 아니겠지만."

"그렇게 하겠습니다."

라이조의 목소리는 그 순간 힘과 탄력을 잃은 듯했다.

소파에 맥없이 몸을 던지는 얼굴이 갑자기 오 년은 더 늙어 보였다.

"그럼 현금 삼천만 엔은 언제 준비하실 겁니까?"

"그 정도라면 은행이 마감을 해도 한 시간 안에 준비할 수 있습니다. 우리 사업이 현금 가지고 하는 거니까……. 다만 지폐 일련번호를 전부 적어 두는 일은 우리 전 직원이 달려들어도 오늘 밤 안으로 마치지 못할 겁니다."

"알겠습니다. 그럼 다시 연락 부탁드립니다."

현금도 마련해야 하고 그 밖에 준비할 일도 있을 거라고 생각하며 경위는 자리에서 일어섰지만, 라이조는 소파에 앉은 채 가벼운 목례만 했다.

범인의 두 번째 연락이 이노우에가에 도착한 것은 그날 오후 9시경이었다.

시나가와 우편국의 소인이 찍힌 속달 우편이었다. 이름과 주소는 자를 대고 그은 것으로 보이는 글자였다. 봉투 안에 편지지 한 장과 공책 겉표지를 조금 찢어 낸 조각이 들어 있었다. 세쓰오가 삐뚤빼뚤한 글씨로 직접 이름을 적어 놓은 부분이었다.

편지지의 글자와 봉투의 글자는 완전히 동일한 특징을 보여 주었다. 이래서는 필적 감정도 불가능해 보였다. 아직 거래 장소나 시간을 지정하지는 않았다. 현금 준비가 끝나면 사무소 2층 창유리에 하얀 종이를 십자가 모양으로 붙여 두라고 지령했을 뿐이다.

이튿날 아침 9시 반, 사무소 유리창에 십자형 종이가 나붙었다
는 부하 형사의 보고가 들어왔다.

수화기를 내려놓은 뒤에도 경위는 여전히 답답함을 느끼고 있
었다.

이노우에 금융 본사와 이노우에가의 주변에 대한 탐문도 제대
로 진행되지 못하고 있었다.

도시에서 살다 보면 대부분의 사람은 고독에 익숙해지고 이웃
에 무심해지기 마련이지만 고급 주택가일수록 그런 경향이 더욱 두
드러진다.

특히 그 주변에 사는 사람들은 태반이 일류 회사의 사장이나 중

역급이다. 고급 차를 굴리고 골프장을 제집처럼 드나드는 부류이
다. 똑같이 사장님 소리를 들어도 결국은 사채업자에 불과한 그를
이웃 주민들이 내심 경멸한들 이상할 것은 없었다.

라이조는 이곳에 오 년이나 살아왔다고 하지만, 옆집이나 맞은
편 집 사람들이 그의 얼굴을 알지 못했다.

다만 세 달쯤 전, 그 집에 매직펜으로 '악마' 혹은 '악당'이라고
쓴 종이가 붙어 있는 것을 보았다는 사람이 있었다.

그것이 이번의 어린이 유괴 사건과 어떤 관계가 있는지는 물론
알 수 없었다. 전혀 무관하게, 그의 사채를 썼다가 빈털터리가 된
사람이 골수에 맺힌 원한을 그런 장난으로 해소한 것인지도 모르지
만, 경위는 라이조가 자신에게 보여 주지 않은 일면을 본 듯한 기분
이 들어 문득 진저리가 쳐졌다.

"부모의 업보가 자식에게 미친다는 말이 있듯이 이번 사건도 어
쩌면 그런 사건인지도 모르지."

그는 같은 방에 있는 후카야 형사에게 불쑥 감정을 토로했다.

"정말이지 돈이 요물이라니까요. 이 사건이 공개되더라도 여론
은 기이치 때처럼 동정적이지 않을지도 모릅니다."

"기무라의 모친과 여동생 집에도 동정하는 내용의 편지가 마흔
네 통이나 왔다고 하더군. 이 사건이 일반에 널리 알려지면 축배를
드는 사람들이 있을지도 모르지."

내뱉듯이 그렇게 말하고 에노모토 경위는 눈을 감았다.

다에코는 비협조적인 태도를 보였지만, 그녀의 이력을 파악한 것은 하나의 수확이었다. 친정 쪽에 대한 조사가 의외로 빨리 진전되어 그녀 모친의 입에서 비밀이 새어 나온 것이다.

그녀의 고향은 야마가타 현의 쓰루오카였다. 그 지역에서는 유명한 미인이었지만 학교 성적은 그다지 좋지 않았고 불량스런 구석도 있었던 것 같다.

전쟁이 끝나자 그 지역 자산가의 차남과 결혼하기로 했지만, 다에코는 그 혼담이 싫어서 집을 뛰쳐나가 도쿄로 올라갔다.

고루한 노인인 부친은 불같이 화를 내며 눈에 흙이 들어가기 전에는 절대로 집 안에 들이지 말라고 호통을 쳤다고 하는데, 그로부터 삼 년 뒤 뇌일혈로 허무하게 죽고 말았다.

부친의 장례식에도 다에코는 고향을 찾지 않았다. 부고를 전하려고 해도 어디 사는지 거처를 알 수 없었다.

가출한 해인 1948년, 도쿄는 지방 전입자를 제한하고 있었다. 수색원도 냈다고 하지만 당시는 경찰이 아직 제 기능을 충분히 회복되지 못한 때여서 대도시 도쿄에 숨어든 아가씨 하나를 찾아내기란 거의 불가능했을 게 틀림없다.

다에코가 쓰루오카의 고향 집에 불쑥 돌아온 것은 1952년, 마침 부친의 일주기가 며칠 지나서였다고 한다.

다에코는 초라한 몰골은커녕 마치 여왕처럼 차려입고 선물을 미처 못 사 왔다고 하면서 삼십만 엔이나 되는 지폐 다발을 방바닥에 아무렇게나 죽 늘어놓았다. 깜짝 놀라는 모친에게 이노우에 라이조와 결혼할 거라는 말을 했다고 한다. 어느 바에서 일하다가 알게 되었다는 것이다.

모친은 딸이 임신했다는 것을 대번에 알아보았다. 그러나 상대남자가 정식으로 결혼해 준다면 그것은 문제도 아니었다. 라이조와 부녀지간처럼 나이 차이가 많은 것도 개의치 않았다. 모친은 그저 딸이 갑부 신랑감을 만난 것만 기뻐했다고 한다.

다에코는 성묘를 마친 뒤 조만간 식구들을 전부 도쿄로 부르겠다는 말을 남기고 돌아갔다. 정식으로 결혼식을 올리고 나자 약속대로 친정 식구들을 모두 도쿄로 불러올렸다. 여동생만을 자기 집에서 가사를 돕게 하고 다른 가족들은 이렇게 이케가미에 살게 한 것은 라이조를 배려한 것이기도 하고 가정생활을 간섭받고 싶지 않아서이기도 하지만, 그래도 모친은 주체하기 힘들 만큼 행복했다. 한마디로 다에코는 보기 드문 효녀였던 셈이다.

"주임님, 제 눈에는 아무래도 조금 수상한 점이 있는데요."

후카야 형사의 목소리에 경위는 눈을 떴다.

"뭔데?"

"유괴된 아이는 정말 이노우에 라이조의 아들일까요?"

경위는 저도 모르게 눈을 휘둥그레 떴다.

"왜 그런 생각을 했지?"

"아이의 친부가 누구냐 하는 점은 모친에게는 그냥 사실일 뿐이지만 부친에게는 종교라고 하잖아요. 자식이 정말로 부모를 닮게 되는 것은 열 살이 지나서부터라고 합니다."

"나도 그런 말은 들어 봤지만, 그게 이 사건과 무슨 상관이지?"

"아뇨, 그냥 이렇게 잠자코 기다리다 보면 자기도 모르게 이런 저런 생각을 하게 되잖아요."

후카야 형사는 쓴웃음을 지었다.

"부인은 호스티스 출신이라면서요. 뭐 그럴 수도 있는 일이니까 그것 때문에 낮잡는 건 아니지만, 그렇게 물장사를 하는 여자 중에 숫처녀는 몇 퍼센트 안 될 거예요. 그런데 그녀가 임신한 게 결혼 전이었다고 하잖아요. 당시 그녀에게 이노우에라는 영감 외에 남자가 하나도 없었을까요?"

"그야 우리가 알 수 없는 일이지. 하느님과 당사자 말고는."

"아무튼 그런 장사를 하자면 아이를 낳을 수는 없겠죠. 아무리 모성애가 깊어도. 그런데 그녀 앞에 부성애의 화신 같은 영감이 나타난다면, 나이는 많지만 돈 많은 노인이 결혼해 달라고 나온다면, 그다지 똑똑한 여자가 아니라도 배 속의 아기와 함께 영감 품에 안기겠지요. 아기 문제는 나중에 고민하기로 하고 말이죠."

"그럴 가능성도 없다고는 할 수 없지. 부친의 업보가 부른 사건이 아닐지도 몰라."

경위의 마음은 더욱 어두워졌다.

"그런데 자넨 그런 가정에서 어떤 추리를 전개했나?"

"가정이야 무수하게 세워 봤지만, 아직은 추리라고 할 만한 단계까지는 아닙니다. 하지만 지금까지 받은 느낌으로는 이 범인은 기무라보다 훨씬 영리한 것 같습니다."

"어째서?"

경위는 자신도 그렇게 생각했지만 짐짓 감추며 물어보았다.

"우선 전화는 녹음될 염려가 있다고 생각했겠지요. 전화는 딱 한 번밖에 하지 않았습니다. 편지의 글자체도 필적 감정이 불가능한 방법으로 썼어요. 우편이 늦게 배달되는 상황까지 고려해서 속달로 처리한 점이 아주 세심하지 않습니까."

"속달로 해도 늦어질 수가 있어."

"몸값 준비 기간도 꽤 여유 있게 주지 않았습니까. 신문지로 썰어 만든 가짜 지폐를 넘겨받는 상황을 예방한 거예요."

"필요 이상으로 여유를 준 건지도 모르지. 이노우에 라이조라면 나흘이나 주지 않아도 금방 현금을 마련할 수 있으니까."

경위는 어제 방문한 이노우에 금융 사무실의 근처 풍경을 떠올렸다. 뒷골목이라고 해도 폭 오 미터가 넘는 포장도로라서 차량도 자유롭게 왕래할 수 있다. 그 앞을 지나가는 사람을 일일이 불심 검문할 수도 없는 일이었다.

"뭐, 준비 공작이야 주도면밀했지만 문제는 몸값을 전달받는 방법이야. 범인이 기무라보다 영리한지 어떤지는 그 순간에 밝혀지겠지."

"하지만 그때는⋯⋯."

"소수 정예로 하기로 하고 누구 하나를 시켜서 멀찌감치 미행할 생각이야. 물론 장소가 어디냐에 따라 달라질 수 있지만, 어쨌거나 현장에서는 체포하지 않겠어. 일단은 그냥 미행만 시킬 생각이야."

"그렇군요. 그다음은요?"

"십중팔구는 행선지를 알아낼 수 있을 거야. 아이가 무사히 돌아오면 마침내 한 방에 정리해 버리는 거지."

"그렇죠. 만 엔권이나 오천 엔권이라면 몰라도 천 엔권이라면 일련번호를 다 적어 두어도 위조지폐가 아닌 한 추적하기가 어려울 것 같아요."

후카야 형사도 한숨을 내쉬며 그렇게 말했다.

그날 오후에도 사건은 전혀 진전이 없었다. 이노우에가에서 에노모토 경위에게 전화를 한 것은 밤 9시경이었다.

"방금 속달 우편이 도착했습니다. 비서에게 트렁크를 들려서 시부야 역 앞에서 도겐자카 오른쪽을 지나 6호 순환선을 만나는 지점까지 왕복하라는 겁니다."

"시간은요?"

"9시에 하치코 동상 앞에서 출발하라고 합니다. 이 속달이 도착한 게 십 분 전입니다. 시간이 촉박해서 비서는 벌써 뛰어나갔어요."

하치코 동상 ハチ公像

죽은 주인을 도쿄 시부야 역 앞에서 구 년 동안
기다려 온 개 하치를 기리기 위해
시부야 역 앞에 세워진 동상.
시부야를 상징하는 대표적 설치물.

에노모토 경위는 이를 갈았다. 속달이 배달되는 시간까지 연구해서 이런 지시를 내린 거라면 이 범죄는 무서울 만큼 지능적이다. 기무라 사건에서 유일하게 영리했던 점은 왕복 이동 도중에 접촉을 노린 것인데, 그걸 따라 한 것도 영리한 착상이었다.

경위는 반사적으로 손목시계를 들여다보았다. 9시 이 분 전이었다. 시부야 역은 시부야 경찰서에서 엎어지면 코 닿을 데이지만 순찰차로 사이렌을 울리며 달리면 몰라도 도보로 간다면 시간에 댈수 없다.

그러나 경위는 아직 희망을 버리지 않았다. 시부야의 도겐자카거리는 언제나 인파가 많지만, 그것도 마루야마 초입까지만 그렇지거기부터 오하시 근처까지라면 야간에는 그다지 붐비지 않는다.

비서의 얼굴은 모르지만 트렁크를 들고 걷는 사람은 많지 않을 터이니 아마 금방 알아볼 수 있을 것이다.

경위는 즉시 시부야 서에 연락했다. 누구든 일손이 비는 형사가있으면 이 남자를 찾아내서 미행해 달라고 부탁한 것이다.

고마바의 이노우에가에서 기다리는 사람들은 하나같이 안색이파리했다.

이노우에 라이조, 다에코 외에 미쓰코와 그 약혼자 히로쓰 야스토미, 다에코의 모친 시마자키 도모코, 라이조의 동생 이노우에 다쿠지, 거기에 직원 가와모리 요시오, 다니오카 도모요시 등 모두 여덟 명이 다섯 평 공간에 앉아 있는데 누구 하나 숨을 쉬고 있는 것 같지 않았다. 담배 한 모금 피우려 하지 않는 장례식 경야 자리보다 더 비통한 분위기가 감돌고 있었다.

그때 갑자기 방 한쪽 구석에서 전화 벨소리가 울렸다.

"네, 네."

곁에 있던 다에코가 달려들었다.

"예, 이노우에입니다."

다에코의 눈썹이 움찔하고 움직였다. 다른 일곱 사람은 그녀의 얼굴에서 시선을 떼지 못했다.

"아닙니다. 잘못 거셨어요."

다에코가 수화기를 거칠게 내려놓았다.

"술에 취해서 잘못 건 전화예요. 하필 이럴 때……."

그때 다시 전화 벨소리가 울렸다.

"아니에요! 아니라고 했잖아요!"

다에코는 물어뜯을 것 같은 목소리로 소리쳤다.

"어디인 줄 알고 거는 거래?"

"도쿄 타이어 아니냐고 그러네요. 정말이지."

다에코가 처음으로 담배에 불을 붙였다. 필터를 깨문 송곳니가 희미하게 떨리고 있는 것은 방금 전의 통화가 몹시 신경에 거슬린 탓일 것이다.

"아직인가? 그 길이면 왕복 이십 분이면 충분할 텐데."

라이조가 갈라진 목소리로 말했다.

"트렁크를 들고 나갔잖아요. 걸음이 조금 느려지겠죠. 게다가 범인이 나오면 일이 분은 얘기를 하겠죠. 아사히나 씨 처지에서는 도중에 전화를 할 수도 없을 테고."

가와모리 요시오가 달래는 투로 말했다.

그때가 9시 25분이었다.

전화기에는 녹음기가 연결되어 있었다. 어제 오후부터 이 전화는 원칙적으로 사용이 금지되어 있었다. 언제 걸려 올지 모르는 범인의 전화에 응하기 위해서다.

삼 분이 지났다. 오 분이 흘렀다.

9시 30분 정각에 세 번째로 전화벨이 울렸다.

"아, 아사히나 씨, 나예요."

다에코가 새된 목소리로 말했다.

"왜요? 못 만났어요? 아무도 안 나왔다고요?"

모두들 일제히 한숨을 지었다. 직접 전화를 받지 않았지만 오늘 밤의 접촉 시도가 실패로 끝났다는 것은 다들 알 수 있었다.

"그래요, 기다리고 있어요. 바로 돌아오세요."

다에코는 어깨를 떨구고 이번에는 수화기를 가만히 내려놓았다.

"형사가 미행을 한 건가?"

"설마, 그 시간이면 미처 따라갈 수 없었을 거야. 시부야의 혼잡한 인파 속에서는 범인 눈에는 어떤 사람이나 다 형사로 보였을지도 모르지."

히로쓰 야스토미와 다니오카 도모요시가 혼잣말처럼 말했다. 의견을 내놓는 것도 아니고 지금까지의 침묵에 대한 반동이 한순간 터져 나오는 분위기였다.

"아니야, 어쩌면 범인은 오늘 밤은 시험을 해 본 건지도 몰라. 우선 아사히나의 얼굴을 익혀 두었다가 다음에 다시 시도할 생각인지도 모르지."

서른일곱 살인 만큼 역시 사려도 깊은지 이노우에 다쿠지는 아직 희망적인 투로 말했다.

"아사히나는 금방 돌아온다고 했나?"

라이조가 조금쯤 기운을 얻은 것처럼 물었다.

"예, 오 분 정도면 돌아오지 않을까요?"

"그 전에 방금 온 전화를 들어 보고 싶군. 누가 테이프를 재생해 봐."

다에코는 흠칫 몸을 떨었다. 커다란 물고기가 그물에서 벗어나려고 퍼덕거리는 듯한 인상이었다.

"그만둬요! 왜 자꾸 신경을 긁으려고 해요."

"내가 듣고 싶어서 그래!"

라이조도 어지간히 신경에 거슬렸는지 이마에 파랗게 핏대를 세우며 고함치는 듯한 투로 말했다.

다니오카 도모요시는 두 사람 얼굴을 번갈아 보며 일어섰다. 그리고 녹음기를 조작해 테이프를 재생시켰다.

하지만 스피커에서 처음 흘러나온 것은 뜻밖의 대화였다.

—네, 네.

—다에코? 나야, 나. 어제는 정말 수고했어…….

—네, 이노우에입니다.

—뭘 새삼스럽게…….

—아닙니다. 잘못 거셨어요.

딸깍, 하고 전화를 끊는 소리가 들렸다.

—여보세요, 이노우에 씨죠?

방금 전과 똑같은 남자의 목소리였다.

—아닙니다. 아니라고 했잖아요!

다시 한번 수화기를 내려놓는 소리가 났다.

다니오카 도모요시는 테이프레코더를 멈췄다. 모두들 얼어붙은 듯 움직이지 않았다.

불행이 불행을 부르는 법이다. 이런 상황이 아니었다면 아무도 전화기에 녹음기를 연결해 놓지 않았을 것이다. 남녀 간의 미묘한 대화가 다른 사람들 귀에 들어가는 일도 없었을 것이다.

"도쿄 타이어란 말이 어디 나와!"

창유리가 깨질 듯한 소리로 호통을 치며 라이조가 벌떡 일어섰다. 주먹을 꽉 쥐고 번쩍 치켜든 팔뚝을 다쿠지가 얼른 붙들고 늘어졌다.

"자, 자, 때가 때이지 않습니까. 참으세요, 형님."

"이런 때니까 못 참는 거다!"

다쿠지가 옆을 향해 눈짓을 했다. 피하게 하라는 신호였다. 미쓰코와 도모코는 다에코의 어깨를 안고 거실에서 뛰어나갔다. 한발 늦게 히로쓰 야스토미가 뒤를 따랐다.

"형님, 그렇게 흥분하시면 몸에 해롭습니다. 체면도 생각하셔야죠."

"가만있을 테니까 이거 놔."

라이조는 그의 손을 뿌리치고 소파에 털썩 주저앉았다.

"정말 죄송합니다, 사장님."

다니오카 도모요시는 새파랗게 질린 낯으로 덜덜 떨면서 고개를 조아렸다.

"전화벨이 울리면 녹음해야 한다는 생각밖에 없어서 그냥 스위치를 누르고 말았습니다. 그래서 그런 전화까지……."

"네가 전화 건 게 아니잖아. 꼭 마누라의 남자란 법도 없고. 신경 쓰지 마라."

라이조는 시가 끝을 깨물어 잘라 내고 불을 붙였지만, 방금 전의 흥분으로 호흡이 거칠어졌는지 이내 심하게 기침을 했다.

그때 현관 벨이 울렸다. 가와모리 요시오가 나가서 붉은 가죽 트렁크를 든 아사히나 류이치 비서를 데리고 들어왔다.

아사히나 류이치는 올해 서른 살이다. 영어에 능하고 주판을 잘 놓고 유도도 검은 띠의 유단자이지만, 어제까지 사흘간 회사를 쉬게 만든 독한 감기가 아직 낫지 않은 탓인지 얼굴은 약간 창백하고 환자 같은 기색이 있었다.

"만나지 못했습니다, 사장님. 천천히 걸으며 될수록 트렁크가 눈에 잘 띄도록 움직였지만 아무도 말을 걸지 않았습니다. 도겐자카 구역도 위로 올라가면 행인이 많지 않아서 아마 그 근방에 나타나지 않을까 생각했습니다만."

"수고했다. 자네 탓이 아니야. 설마 범인이 거름 구덩이에 빠진 것도 아닐 테고."

라이조는 이미 긴장과 인내가 한계에 달한 것 같았다. 방에 남은 일동의 얼굴을 둘러보고는 말했다.

"설마 형사가 뒤를 밟은 것은 아니겠지. 에노모토 형사는 시간이 촉박해서 손쓰기가 어려웠겠지만 다른 형사가 이 집 주변을 감시하고 있다가 자네 뒤를 밟았을 수도 있어."

"저도 그게 염려돼서 차를 몰고 시부야로 가면서 몇 번이나 뒤쪽을 살펴보았습니다. 하지만 따라오는 차는 없었습니다."

"범인이 그렇게 생각했다면 의심이 지나친 놈이겠죠."

다쿠지도 자리를 수습하는 투로 말했다.

"그럼, 앞으로 어떡하면 좋지?"

"먼저 에노모토 형사한테 전화부터 하고 범인의 연락을 기다리는 겁니다. 그것 말고는 방법이 없습니다."

"손 놓고 앉아서 기다리는 수밖에 없다니."

라이조는 얼이 나간 투로 중얼거렸다. 황금의 전능함을 믿고 제왕 같은 기분으로 이십 년이나 살아온 그도 지금은 넘을 수 없는 절벽에 맞닥뜨린 심정일 것이다.

그는 체구에 비해 굵은 목으로 도리질을 하며 일어섰다.

"난 이제 거기에나 가야겠다. 너희들이 알아서 처리해 줘."

"형님, 그건 곤란합니다. 이게 다른 일도 아니고."

"이 자식! 나한테 살인죄를 저지르게 할 거냐!"

다른 사람들은 이 사나운 말을 알아들었다. 다만 아사히나 류이치만이 의아한 듯이 눈을 끔뻑거렸다.

라이조는 종이봉투에서 커다란 열쇠를 꺼내 테이블에 던졌다.

"금고 열쇠다. 번호는 저 사람이 알고 있어. 삼천만을 밖에 놔둘 수도 없잖아."

그렇게 일갈하고 성큼성큼 걸어서 거실을 나가 현관문을 벌컥 열었다.

"도대체 무슨 일입니까, 사모님은."

자동차가 출발하는 소리가 들리자 아사히나 류이치가 목소리를 낮춰서 물었다.

"테이프가 말썽이지. 범인의 전화를 녹음하려고 했는데 엉뚱한 남자의 목소리를 잡아내고 말았으니."

다쿠지도 뱉어 내듯이 말했지만 류이치는 그 말만으로도 얼추 짐작한 눈치였다.

"애인이군요…….."

라고만 말하고 고개를 숙이고 입을 다물어 버렸다.

10시가 지나서 비서의 전화로 범인과 접촉하지 못했다는 소식을 들은 에노모토 경위는 더욱 초조하고 불안해졌다.

물론 그는 이노우에가의 응접실에서 벌어진 미묘한 장면은 짐작도 하지 못했지만, 라이조나 부인이 아니고 비서가 전화를 해서 어딘지 묘하게 머뭇거리는 말투로 소식을 전한 것이 영 마음에 걸렸다.

경위는 직접 가 보기로 하고 이노우에가로 차를 몰았다. 현관 앞에 선 것은 11시 5분이었다.

응접실에서 경위를 맞은 것은 이노우에 다쿠지와 아사히나 류이치 두 사람이었다.

"저는 라이조의 동생 이노우에 다쿠지라고 합니다."

"저는 사장님 비서로 일하는 아사히나 류이치입니다. 오늘 밤 도겐자카에는 제가 나갔습니다."

"수사1과의 에노모토입니다. 앞으로 잘 부탁합니다."

명함을 내밀며 인사하면서 경위는 재빨리 두 사람의 얼굴을 관찰했다. 특별히 악의가 있어서가 아니라 이십 년 동안 제2의 본능이 되어 버린 경찰관 특유의 버릇이었다.

비서는 어느 한 군데 빈틈이 없는 날카로운 남자처럼 보였지만, 동생이란 사람의 인상은 정반대였다.

생김새도 라이조와 거의 닮지 않았다. 적당한 키와 적당한 살집의 평범한 인상이지만 눈초리만은 역시 날카로웠다. 여자처럼 고운 손은 한량을 짐작케 했다. 호사를 즐기고, 성실한 노동하고는 안 어울리는 남자로군, 하고 경위는 생각했다.

"이노우에 씨는 안 계신가요?"

"아, 예, 그게, 전화로는 말씀드리지 못했지만 별저로 가셨습니다."

"이런 상황에요? 그럼 부인은?"

"히스테리를 일으켜서 지금 안에서 쉬고 계십니다."

"무슨 일이 있었나요?"

"저희도 이렇게 신경이 곤두섰는데 부모 심정은 오죽하겠습니까. 오늘 저녁 범인과 접촉하지 못했다는 소식을 들은 직후, 이 사건과는 아무 관계도 없는 엉뚱한 일로 내외가 크게 싸웠습니다. 형님이 불같이 화를 내고 집을 나가셨어요. 그런 상황이 되면 아무도 형님을 말릴 수 없거든요."

"알겠습니다. 그 심정은 충분히 이해합니다."

경위도 그 점에 대해서는 더 깊이 묻지 않았다. 그리고 아사히나 류이치에게 오늘 저녁의 상황을 물었지만, 물론 이렇다 할 소득은 없었다.

"그럼, 아사히나 씨는 사건 초기부터 내내 사장님과 함께 움직인 겁니까?"

"아뇨, 실은 감기와 설사로 어제까지 꼬박 사흘을 집에서 쉬었습니다. 그런데 어젯밤 사장님이 전화하셔서, 큰일이 터졌다, 당장 출근하라고 하셨습니다. 그때 출근해서 사건을 전해 들었습니다. 그 뒤로 감기도 잊고 뛰어다녔습니다."

"이노우에 씨는 어떻습니까?"

"저도 어제는 어떤 사람과 아타가와 온천에 가 있었습니다. 오늘 아침 일찍 이리로 전화를 해 보니 이런 일이 벌어졌다지 뭡니까. 시모다로 가기로 했던 계획도 취소하고 급히 도쿄로 돌아온 겁니다."

"실례지만 무슨 일을 하시고 계십니까?"

"형님을 돕고 있습니다. 정식 직원은 아닙니다. 여기저기 뛰어다니고, 돈 빌릴 사람이 있으면 형님께 소개하고 융자액의 이 퍼센트 정도를 수수료로 받습니다. 양쪽한테 받으니까 사 퍼센트인 셈이죠. 일 년에 큰 융자를 두세 건만 소개하면 그럭저럭 먹고살 만하니까요."

"그렇군요. 사업을 크게 하다 보면 아무래도 외부에서 손발처럼 움직여 줄 사람도 필요할 테니까요."

경위는 고개를 끄덕이고 본제로 들어갔다.

"그럼 사건 내용을 처음부터 설명드릴 필요는 없겠지만, 이 사건은 현재 참으로 미묘한 단계에 이르렀다는 것은 잘 아시겠지요."

"그건 범인이 누군지 짐작하게 되었다는 말씀인가요?"

"유감스럽게도 그 점은 오리무중입니다. 버스 차장도 전부 조사했고 신주쿠 광장에서 탐문도 했지만 아무런 수확이 없었습니다. 출근 시간대의 전차는 잘 아시다시피 살인적으로 붐빕니다. 지하철이나 버스는 그 정도는 아니지만, 다른 사람한테 신경 쓰고 있을 상황은 아니니까요."

"그렇군요. 그럼……."

"우리는 이 댁의 의향도 존중하려고 최대한 비밀리에 수사를 진행해 왔습니다. 그러나 여러 형사들이 활동을 시작한 만큼 신문 기자들이 금방 냄새를 맡을 게 틀림없습니다. 이건 무엇보다 제 경험으로 예상하는 것인데, 내일이나 모레쯤이면 시끄러워지기 시작해서 더 이상 감출 수 없게 될 겁니다."

두 사람은 얼굴을 마주 보고 한숨을 지었다.

"솔직하게 말씀드려서 공개수사를 결단하는 것이 범인 체포라는 점에서는 일하기가 한결 쉬워집니다. 기무라 사건만 해도 신문 보도가 늦어졌다면 기무라 시계후사라는 이름이 우리 그물망에 걸려들기까지는 시간이 훨씬 더 걸렸을 겁니다."

"하지만 그 대신에 인질로 잡힌 아이가 죽었다는 말씀이군요."

"그렇습니다. 그게 우리의 약점입니다. 유괴 사건에는 반드시 따르게 마련인 숙명적인 딜레마입니다."

경위는 한숨을 짓고 말을 이었다.

"여하튼 나는 내일쯤으로 예상되는 범인의 두 번째 연락이 사건의 클라이맥스라고 봅니다. 그게 지나면 아마 더 이상 사건을 숨기기가 힘들어질 겁니다. 최악의 경우에는 위험을 느낀 범인이 아이를 죽이고 그대로 연락을 끊는 경우도 생각할 수 있습니다. 그럴 경우, 범인 체포도 불가능해질지 모릅니다."

"그럼 어쩌란 말입니까?"

"우리는 지금 한 손이 묶여 있는데다 눈가리개까지 하고 싸우고 있는 거나 다름없습니다. 이 범인은 아마 불특정한 한 명 혹은 여러 명일 겁니다. 댁하고는 아무 관계도 없는 사람이겠지요. 다만 모든 일에는 예외라는 게 있습니다. 만약 범인이 이 댁과 모종의 관계가 있는 자라면 내일 중에라도 체포될 가능성이 있습니다. 최악의 경우라도 네거티브 인포메이션을 얻을 수 있어요. 댁과 관계된 사람들 중에 범인이 없다고 자신할 수만 있어도 우리는 얼마나 편해지는지 모릅니다."

"알겠습니다. 그럼 우리 쪽 정보를 제공하라는 말씀이군요."

"그렇죠. 벌써 부탁했지만 다들 입이 무거우셔서 놀랐습니다. 물론 회사 쪽도 탐문했는데, 역시 많은 어려움을 겪고 있습니다. 물론 하시는 일의 성질상 비밀 엄수가 중요한 것은 알겠지만, 이 사건에 직접적 관계가 없는 정보는 맹세코 다른 곳에 흘리지 않겠습니다."

"알겠습니다. 잠시만 기다려 주세요."

다쿠지는 류이치를 눈짓으로 불러 응접실 밖으로 나갔다. 어디에서 상의를 마쳤는지 십 분 정도 지나서 긴장한 표정으로 돌아와,

"실례했습니다. 모든 걸 제가 책임지기로 하고 무슨 질문에든 대답해 드리겠습니다. 단 제가 모르는 사안은 아사히나 군이 대답할 수도 있습니다. 그것도 역시 제가 대답해 드린 것으로 간주해 주시기 바랍니다. 혹시 형님이 이 얘기를 듣고 화를 내면 아사히나 군에게 해가 가는 것을 막기 위해서입니다."

라고 단호하게 말했다.

"협조해 주셔서 고맙습니다. 어떻게 보면 두 내외분이 이 자리에 안 계신 것이 도리어 수사에 유리한지도 모르겠군요."

"세쓰오는 귀여운 조카예요. 누구한테나 살갑게 대해 주고 순진하고 하는 말도 다 예뻐서…… 저도 제 아들처럼 귀여워했는데……."

"그러셨군요. 그럼 바로 질문으로 들어가겠습니다. 이 댁의 부인은 이노우에 씨와 결혼하기 전에 어떤 곳에서 일하셨나요?"

"결혼 직전에는 긴자의 미네라는 바에 있었습니다. 그 전에는 신주쿠의 비콘이라는 바에도 있었다고 합니다. 그 밖에도 두어 군데 업소를 바꿔 가며 일했던 것 같은데, 업소명은 기억이 나질 않습니다."

"그러는 동안 이노우에 씨 외에 따로 남자가 있었다거나 하는

사실은 없었나요?"

"글쎄요……."

"이렇게 말씀드리기는 뭣하지만, 누구나 결혼할 때는 배우자에 대해 이리저리 뒷조사를 하게 마련입니다. 젊은 사람이라면 몰라도 인생 경험이 많은 이노우에 씨가 아무 조사도 없이 재혼했을 것 같지는 않습니다만."

"저도 당시 걱정이 돼서 뒷조사를 해 보라고 권했습니다. 그래서 형님도 작심을 하고 교바시에 있는 일본 비밀 탐정사라는 업소에 의뢰했죠. 보고서는 보지 못했지만, 여하튼 결혼을 결정한 것을 보면 만족할 만한 결과가 나왔던 것 같습니다."

"알겠습니다. 그리고 이것은 참 미묘한 질문인데, 그 아이가 이노우에 씨의 친자인 것은 틀림없나요?"

"아들은 엄마 쪽을 닮는 경우가 많다고 하니까…… 저로서는 뭐라 말씀드릴 수가 없군요."

역시 다쿠지도 곤혹스런 표정이었다.

"실례했습니다. 기왕 실례를 하는 김에 한 가지 더 묻습니다만, 요즘 부인의 생활에는 아무 문제가 없습니까?"

"왜 그런 걸 물으시는지?"

"처음에 이 댁을 방문했던 우리 형사가 하는 말이, 부인이 꽤 행복해하는 표정이었다고 해서요. 이를테면 우리 마누라는 백화점 특가품 매장에서 괜찮은 물건을 하나만 건져도 사흘 정도는 행복한 얼굴로 사는데, 설마 이만한 저택에 살고 삼천만 엔 정도는 어렵지 않게 마련할 수 있는 부인이 그런 소소한 쇼핑 때문에 행복해할 리는 없지 않겠습니까. 우리는 낮에 남자를 만나고 와서 그런 게 아닐까 하고 대담한 추리를 해 봤습니다만."

낭패한 듯이 얼굴을 마주 보는 두 사람의 표정을 보고 에노모토 경위는 자신의 추리가 마냥 엉뚱한 것은 아닌가 보다 생각했다.

"게다가 오늘 저녁 이노우에 씨가 집을 뛰쳐나간 것도 아무래도 그런 일 때문이 아닌가 짐작돼서요."

물론 이것은 한번 넘겨짚어 본 것이었다. 근거는 없지만 직업적인 감각에서 나온 질문이었지만 다쿠지는 입술을 일그러뜨리며 한숨을 지었다.

"거기까지 짐작하시니 어쩔 수 없군요. 아사히나 군은 그 자리에 없었지만, 9시가 지나서 우리가 여기서 가슴을 졸이며 기다리고 있을 때 어느 남자한테 전화가 왔었습니다. 그게 테이프에 녹음되어 버린 것이 형님이 폭발하게 된 원인입니다."

"그 남자의 이름은?"

"저도 거기까지는 모릅니다. 이 자리에서 할 얘기는 아니지만, 저는 형님 속을 알 만큼 압니다. 때와 장소가 나빠도 너무 나빴습니다. 만약 이게 부부 두 사람만 있을 때 벌어진 일이라면 고함을 지르거나 뺨을 때릴 수는 있어도 결국은 형님이 참았을 겁니다. 그러나 저뿐만 아니라 직원들을 비롯해서 여러 사람이 지켜보는 자리에서 그런 모욕을 당했으니 형님도 견딜 수 없었겠지요. 아마 이번 사건이 해결되는 대로 이혼하게 될 겁니다."

"그렇습니까……. 그럼 그 남자 이름은 모르시는군요."

"이름은 모르지만, 지금 생각하니 짐작되는 얼굴이 하나 있습니다."

"짐작되는 얼굴이라면?"

"전에 점심때 볼일이 있어서 차를 몰고 센다가야를 지나간 적이 있습니다. 마침 그때 모텔 앞을 형수님과 어느 남자가 다정하게 걸어가는 것을 보고 이상하게 생각한 적이 있습니다. 저와 비슷한 연령대에 꽤 잘생긴 남자였습니다. 안경을 쓰고 예술가처럼 생긴 것이 얼핏 보았지만 옷차림도 예사롭지 않더군요."

"그게 언제 적 얘깁니까?"

"올해 이월경이었나요. 아, 그리고 이건 혹시나 해서 드리는 말씀이지만, 이 얘기는 저도 지금까지 아무한테도 한 적이 없습니다. 형수한테 부탁받았다는 게 아니라, 내 판단으로 비밀로 부쳐 온 겁니다. 형님한테도 말하지 않았으니까 입 밖에 내는 것은 이게 처음입니다. 그 점을 유념해 주세요."

"잘 알겠습니다."

고개를 숙이면서 경위는 오늘 밤에 폭로된 비밀은 라이조뿐만 아니라 그와 한 핏줄인 동생도 깊이 격앙시켰을 거라고 생각했다.

"아울러 이것은 형을 위해서 하는 말이기도 합니다. 이번 사건이 정리되고 바로 이혼한다면 세간에 무슨 소문이 나돌지 알 수 없습니다. 우연히 동시에 일어난 일이지만, 형수가 유괴에도 책임이 있다는 식으로 알려진다면 그것도 딱한 일입니다. 물론 진상을 발표해 달라고 말하지는 않겠지만, 누군가 책임 있는 지위에 있는 제삼자가 사실을 알고 있다고 생각하는 것만으로도 우리는 마음이 한결 가벼워질 겁니다."

"충분히 이해합니다……. 그런데, 이노우에 씨는 여자관계가 어떻습니까?"

"글쎄요, 형님은 그 방면으로는 회교도라고 자칭할 정도라서요. 요즘은 아무래도 연세 때문에 수그러든 모양이지만, 그래도 정해두고 만나는 여자가 두세 명은 있을 겁니다. 아사히나 군, 그것은 자네가 잘 알겠지?"

"예. 시로가네산코 정에 한 분이 있는데, 야마모토 이네코 씨라고, 전에 신바시의 게이샤였던 분이 있습니다. 오늘 밤은 거기로 가셨습니다. 그리고 주니소에도 전에 바에서 일하던 도키타 에이코 씨가 있습니다. 그리고 니혼바시의 찻집 마담 시미즈 아키코 씨, 정기적으로 만나는 분은 이 세 분입니다."

아사히나 류이치도 체념한 듯하다. 눈을 감은 채 술술 이름을 고했다.

"그럼, 이렇게 말하는 것은 뭣하지만, 그 세 여자 주변에 이런 유괴 사건을 저지를 만한 사람은 없을까요?"

"아마 없을 겁니다. 야마모토 씨의 오빠가 야쿠자이지만, 지금은 뭔가 일이 잘못돼서 감옥에 가 있고, 도키타 씨는 형제가 없는 분인데다 전통적인 여성 스타일이라고 하고, 시미즈 씨는 최근에 알게 된 분이니까요."

"그 여자들 외에 이를테면 2군이라 할 만한 여성은 없습니까?"

"요즘은 아무래도 연세 때문에 그런 여자들까지 만나지는 않습니다. 한두 번씩 잠깐 즐긴 거라면 혹시 제가 모르는 여자가 있을지 모르지만."

"그럼, 다음은 직원 쪽입니다만, 예를 들면 전에 일하던 가정부라든지 해고당한 직원이라든지 예전에 이 집에서 생활하던 서생이라든지, 그런 사람들 중에 성격 이상자나 원한을 품은 사람은 없을까요?"

"글쎄요, 아사히나 군, 그 친구는 어때? 마루네 긴지 말이야."

"이상한 사람이었죠. 여기저기에 사장님 험담을 하고 다닌다고 들었습니다만."

"그건 어떤 사람이죠?"

"제 육촌에 해당하는 사람입니다. 오 년쯤 전에 대학을 졸업하고 형님 회사에 입사했습니다. 당시 저는 그렇게 신경이 예민한 사람이 그런 업무를 해낼 수 있을까 의아하게 생각했는데, 알고 보니 의외로 거친 면이 있어서 사람은 겉모습만 보고는 알 수 없구나 했습니다. 그런데 그 사람이 우쭐해하다가 큰 잘못을 저질렀습니다.

천만 엔 정도로 기억하는데, 그쯤 되는 돈을 횡령한 겁니다."

"그래서, 어떻게 되었습니까?"

"형님이 불처럼 화를 냈죠. 친척만 아니었으면 당연히 경찰서로 끌고 갔겠지만 그럴 수는 없었죠. 당시 그 사람에게 제가, 무슨 잘못이든 엎드려 사죄하면 괜찮을 거라고 말해 주었습니다. 그런데 어떻게 생겨 먹은 신경인지 몰라도, 그 사람은 그 정도 돈은 자기가 한 일에 비하면 아무것도 아니라는 식으로 말하며 거만하게 버티더군요. 일종의 성격 파탄자 아니겠습니까."

"개중엔 그런 사람도 있죠. 그럼 그 사람은 지금 어떻게 지내고 있습니까?"

"물론 회사에서 잘렸는데, 글쎄요, 요즘은 뭘 하면서 사는지. 언젠가 양복에 샌들을 신은 쫄딱 망한 몰골로 신주쿠 거리를 걸어가는 것을 본 적은 있습니다. 이건 떠도는 소문인데, 요즘 뭐로 한몫 챙겼는지 꽤 위세가 좋아져서 고물차이기는 해도 자가용을 끌고 다닌다는 겁니다. 이봐, 아사히나 군, 자네도 그런 얘기 들었지?"

"들었습니다. 포주 비슷한 일을 한다는 소문을 들었던 것 같은데요……."

그 인물은 분명 경위의 주의를 끌었다. 그런 성격 파탄자가 범죄를 저지를 확률은 보통 사람보다 훨씬 높다. 게다가 자가용까지 있다면 기무라 사건이라는 사례도 있듯이 제일 먼저 조사해 봐야겠다고 생각했다.

"그 사람 주소를 아십니까? 오 년 전 거라도 괜찮은데."

"당장은 좀…… 내일 전화로 알려 드리겠습니다."

"그 밖에 또 누구 없습니까?"

"저는 달리 떠오르는 사람이 없습니다. 아사히나 군, 자넨 어때?"

"저도 특별히 없습니다. 보기에는 그래도 사장님이 의외로 주변 사람들한테는 정이 있거든요. 가끔은 벼락처럼 호통을 치시지만 태풍만 지나고 나면 아무렇지도 않습니다. 그래서 오래 알아 온 사람 중에 사장님을 나쁘게 말하는 사람은 거의 없을 겁니다."

"알겠습니다. 그럼 다음은 외부 사람인데, 이런 일을 오래 하다 보면 당신들은 합리적으로 했다고 해도 감정적으로 원한을 사는 일이 꽤 있을 것 같습니다만."

"사실 그건 피하기 힘듭니다. 자본주의에서 하는 경제 활동은 곧 전쟁이니까요. 약육강식은 어디서나 벌어집니다. 아쉬우니까 우리한테 와서 울며 매달렸다가 상환 약속도 지키지 못하고 차압 같은 것을 당하고 형님을 원망하는 사람이라면 그야말로 무수하지 않을까요."

"저도 그렇게 생각합니다."

에노모토 경위도 눈앞에 있는 두 사람의 진술을 이용해서 그쪽 방향에서 용의자를 찾아내는 것은 힘들겠다고 생각하고 포기하기로 했다. 그러나 상당한 수확이 있었다. 이렇게 오늘 밤 나온 이야기에서도 추적해 볼 가치가 있는 선이 여러 가닥 떠오른 것이다.

"그럼 이만 물러가도록 하겠습니다. 범인한테서 또 연락이 오면 즉시 알려 주십시오."

"알겠습니다. 수고를 끼쳐서 죄송합니다만, 모쪼록 잘 부탁드립니다."

두 사람은 대문 밖까지 나와 정중하게 경위에게 인사했다.

경위는 자동차 좌석에 앉아 오늘 밤에 얻은 정보를 다시 한번 정리해 보았다.

그런 비밀이 폭로되었으므로 당연한 일인지 모르지만, 다에코도 미쓰코도 전혀 얼굴을 비치지 않았다. 가정부가 홍차를 내왔을 뿐이다……

평소라면 그래도 개의치 않았을 것이다. 그러나 아이가 유괴된 마당에 가족이 이렇게 분열해 버리면 사건의 변화에 제대로 대응할 수 있을까?

아무리 생각해도 어려울 것 같았다. 다쿠지나 비서가 전에 비해 훨씬 협조적인 태도로 나온 것도 그들부터가 이 부부 사이에 생긴 골에 빠져 어떡해야 좋을지 알 수 없었기 때문이 아닐까 하고 경위는 생각했다.

여하튼 경찰의 책임은 더욱 무거워졌다고 느꼈다. 경위는 무슨 일이 있어도 범인이 모습을 드러내는 순간 체포해 버리자고 작심했다.

사건 사흘째

그날 밤으로 제2차 수사가 시작되었다. 제일 먼저 실행된 것은 다에코가 예전에 일하던 업소를 탐문하여 발자취나 남자관계를 조사하는 작업이었다. 이튿날 아침 후카야 형사는 일본 비밀 탐정사에 찾아가 당시의 서류를 조사했다.

"이 수사의 목표는 뭡니까, 주임님?"

형사로서 당연한 질문이었다. 에노모토 경위는 혼란스러운 사고를 정리하면서 말했다.

"물론 쓸데없는 작업인지도 모르지. 그래도 그런 작업을 건너뛸 수는 없어."

"그건 압니다만……."

"이것도 물론 하나의 가정에 불과해. 다만 처음에 부인을 만난 두 형사는 그녀의 행동이 어딘지 연극 같다는 느낌을 받았다고 했어."

"그랬죠."

"그래서 나는 한 가지 의문을 품었어. 만약 그녀의 애인이 어떤 사정으로 돈에 쪼들린다고 가정하자고. 그것도 백만 단위가 아니라 천만 단위의 거액이라고 하자고. 사업을 하는 사람이라면 그런 거액이 갑자기 필요한 상황도 있을 수 있을 텐데, 남자가 그런 어려운 처지를 호소하면 그녀는 어떻게 할까."

"남편에게 말해서 사채를 빌려 줄까요?"

"그럴 수도 있겠지. 그러나 유괴라는 방법을 쓰면 더 쉽게, 뒤탈 없이 돈을 마련할 수 있지 않을까?"

"자기 자식을 이용해서 말입니까? 아이 엄마로서 그게 가능할까요?"

"이게 진상이라는 말은 아냐. 다만 지금은 모든 각도에서 사건을 검토할 필요가 있다는 거지. 이 가설의 전제는 그녀가 아들에게 위험이 따르지 않는다는 것을 알고 있다는 거야. 이 사건이 우리 귀에 들어온 것은 애초에 우연이었잖아."

"그래요, 조금 알 것 같습니다. 이게 백만 정도라면 부인도 자기 혼자 힘으로 어떻게든 할 수 있었겠지만 수천만 단위가 되면 아무래도 자기 힘으로는 마련할 수 없다는 건가요?"

"기무라 사건은 세상을 떠들썩하게 만들었던 사건이야. 당시 이 노우에가에서도 그 사건을 화제에 올렸을 거야. 그때 남편이나 여동생이 우리 경찰의 방식을 비판하고 자기들이었다면 경찰에 알리지 않고 돈을 주고 말았을 거라고 말했다고 치자고. 그런 대화가 머릿속에 있었다면 그녀도 자신감을 가질 수 있겠지. 그리고 나중에 아들이 돌아오고 나서 경찰에 신고한다고 해도 우리가 일고여덟 살 꼬마의 기억에 의지해서 문제의 집을 찾아낼 수 있을까?"

"어쩌면 무리…… 아니, 팔 할 정도는 불가능하겠죠. 아이의 기억에만 의지한다면. 기무라 사건 때처럼 우연히 목격한 사람이 신고해 준다면 또 모르지만."

"게다가 아이가 돌아온 뒤라면 신문들도 그렇게 대대적으로 보도하지 않아. 또 그 집의 경우라면 신고가 들어올지도 의문스럽고."

"그렇다면 정말 성공할 가능성은 충분하군요. 유괴 사건으로 돈을 우려내는 데 성공한 거의 유일한 사례가 되겠네요."

"유일한지 어떤지는 모르지만, 충분히 가능한 일이라는 것은 분명하지. 그렇게 생각하면 처음에 두 형사와 만났을 때 그녀가 놀란 것도 이해할 만하지. 아들이 유괴된 사실에 놀란 것이 아니라 이 연극이 경찰 귀에 들어간 사실에 놀랐던 거라면…….."

"알겠습니다. 하지만 그런 거라면 애인도 더 신중한 태도를 취했을 겁니다. 그런 시간에 집에 전화를 거는 경솔한 짓을 했을까요?"

"옛날 요시와라의 기녀는 남자 수백 명에게 몸을 허락해도 마음은 한 명한테만 주었다고 하더군. 이건 극단적인 예이지만, 여자 나이 서른셋이라면 농익을 대로 농익은 시절이잖아. 영감 하나 가지고는 도저히 만족스러울 리가 없어. 어쩌면 남자가 두 명쯤 있을지도 모르지. 그리고 남녀 관계는 헤어졌다가도 다시 불붙는 경우도 드물지 않으니까."

"알겠습니다. 그럼 당장 가 보겠습니다."

"부탁하네. 그리고, 지금 내 얘기는 어디까지나 가설이라는 걸 염두에 두게. 너무 선입견에 매달리면 다른 선을 놓칠 수 있으니까."

"그 점은 충분히 명심하고 있습니다."

후카야 형사는 자신 있게 고개를 끄덕이고 사무실을 나갔다.

공백 메우기 같은 차분한 조사 작업은 착착 진행되었다.

에노모토 경위는 이 방면에 범인이 숨어 있을 가능성은 그다지 기대하지 않았다. 그러나 네거티브 인포메이션으로 이 방면에 범인이 없다는 확신을 가질 수 있다면 그것으로 족하다는 정도의 소극적인 마음이었다.

범죄 시각은 8시 20분에서 불과 십 분 정도 사이이고, 현장은 신주쿠 역 서쪽 출구이며, 여기까지는 버스 운전사와 차장의 증언으로 거의 추정할 수 있었다. 란도셀을 멘 이노우에 세쓰오가 고마바-신주쿠 버스를 타고 여기서 하차한 것은 의심의 여지가 없었다. 어쩌면 범인도 같은 버스를 타고 있었는지 모르지만, 그것은 차장에게 물어도 알 수 없었다.

신주쿠 역 주오선 플랫폼에 부상자가 나오지 않는 것이 이상하다고 할 만큼 인파로 붐비게 되는 그 시간은 일종의 마의 시간대라고 할 수 있을 것이다. 목격자를 찾는 것도 불가능하고 용의자가 알리바이를 증명하기도 어렵다.

예를 들어 이노우에 금융의 직원들은 9시 40분까지 출근하게 되어 있다고 한다. 요즘 유행하는 시차출근이 아니라 사채업은 은행 마감 시간이 가까워져야 바빠지는 것을 감안해서 설정한 시간 같은데, 그렇다면 이론적으로 이 회사의 직원은 한 명도 예외 없이 범인일 가능성이 있다고 할 수 있다.

직원 열 명에 대해서도 조사가 진행되었지만 특별히 수상한 인물은 보이지 않았다. 이노우에 라이조는 다분히 우익으로 기운 만큼 공산당을 뼛속 깊이 증오하고 있었다. 사원 중에는 사회당 지지자조차 없었다.

환영받는 직종은 아니지만 급여는 다른 회사보다 훨씬 높았다. 속정이 있다는 라이조의 성향이 잘 드러나는 급여였다.

다만 비서 아사히나 류이치가 사건 발생 당일 저녁부터 사흘간이나 회사를 쉬었다는 것이 일단 경위의 주의를 끌었다.

그는 나카노에 있는 아파트에 혼자 살았다. 몸이 아파 쉬겠다는 전화를 하고 그대로 집에서 누워 있었다고 했다. 병원에 가려고 외출한 적도 있다고 하므로 절대로 혐의의 대상이 아니라고 단언할 수는 없었다.

그러고 보면 이노우에 다쿠지만 해도 10시경 본사에 들렀다가 점심때 여자와 함께 차를 타고 이즈에 갔다고 하므로 용의자가 될 가능성은 있다.

그러나 다쿠지의 재산은 형만큼은 안 되지만 수천만은 되는 듯 보였다. 올봄에 상처하고 자식도 없으니 아내 자리를 차지하려고 하는 젊은 여자들이 주변에 들끓는 듯했다. 겨우 삼천만 엔 때문에 이런 엄청난 범죄를 저지르리라고 생각할 수는 없었다.

아사히나 류이치만 해도 업무의 성질상 금융계의 이면을 알 만큼 알고 있으므로 가령 돈이 필요한 일이 생기더라도 얼마든지 마련할 수 있을 것이다. 또 월급 외에 부수입도 상당할 것이다.

아무리 생각해 봐도 현재 이 회사에 일하는 사람이 이런 극악무도한 범죄를 저질렀다고는 생각되지 않았다.

이론적으로는 모든 직원에게 가능성이 있었고 심리적으로는 누구 하나 가능성이 없었다.

마루네 긴지의 오 년 전 주소는 9시경에 알아냈다. 즉시 가까운 파출소에 연락해서 알아보게 했지만 그는 이미 사 년 반 전에 이사를 갔다고 했다. 다음 주소지에서도 사 년 전에 이사했다고 했다.

거의 반년마다 주소지를 옮기고 있는 그 안정되지 못한 행적에 경위는 점차 흥미를 느끼고 있었다.

뭔가 있구나. 이 유괴 사건의 범인이냐 아니냐와 관계없이 뭔가 문제를 일으키고 있구나, 하는 직감이 왔다.

사건의 미묘한 성질로 볼 때 수사본부를 꾸리는 것은 아직 득책이 아니므로 경위도 오전에는 평소처럼 경시청의 자기 사무실에 있었지만, 기자들의 눈초리는 점차 예민해지고 있었다. 잠깐 화장실에 가는데도 몇 사람의 눈이 번뜩이며 따라왔다.

일본 비밀 탐정사에서 후카야 형사가 돌아온 것은 오후 1시경이었다.

"아이고, 보통 일이 아니었습니다. 이 년 전 서류라면 금방 찾아낼 수 있지만 무려 십 년 전 서류잖아요. 의외로 시간이 많이 걸렸습니다. 그걸 찾아낸 것이 오히려 이상할 정도였어요."

개인 업자인 만큼 그럴 만하다고 경위는 생각했다.

"고생했군. 결과는?"

"요점만 적어 왔습니다. 이걸 보시죠."

경위는 서류를 천천히 읽어 보았지만 새로운 수확이랄 만한 것은 없었다. 미네라는 바에서 일하던 시절에 대한 내용인데, 그 이전으로 거슬러 올라가는 몇 년간의 자취는 사립 탐정에게는 역시 벅찼던 듯하다.

남자관계도 '특별한 관계로 보이는 남자는 금융업자 이노우에 라이조뿐'이라고 적혀 있었다.

라이조는 자신이 표면에 나서는 것을 피하고 다른 사람을 시켜 뒷조사를 의뢰했을 것이다. 다만 그 내용 뒤에는 주석처럼 '다만 이전에 건축 설계가 오카야마 도시오, 화가 하라 고이치와 상당한 관계가 있었던 듯하며 두 사람 모두 몇 개월 정도의 관계로 보인다'라는 문장이 덧붙여져 있었다.

"여기서 '상당한 관계'라는 건 어느 정도를 말하는 거지?"

"그 문장은 아파트에 드나들고 가끔 묵어 가는 정도의 관계라는 뜻이라고 합니다. 물론 돈도 얼마쯤 받고 있었겠지만, 동거하는 관계일 경우 다른 표현을 쓴다고 합니다. 벌써 십 년 전 이야기이고 직접 조사했던 직원도 퇴사한 상태라 지금은 서류의 문장을 근거로 판단하는 수밖에 없다고 그쪽 직원도 말하더군요."

에노모토 경위도 고개를 끄덕였다.

"이 두 사람은 조사해 둘 필요가 있겠군. 그 밖에 이 보고서에 없는 남자도 있었을 테고, 또 새로운 남자가 생기지 않았다고 할 수도 없겠지."

"두 사람 모두 전화번호부에 이름이 올라 있습니다. 오카야마는 요쓰야에 사는데, 개인 건축 사무소를 운영한다고 합니다. 하라는 오기쿠보에 삽니다. 일류인지 어떤지는 모르겠지만 잡지 삽화에서 종종 볼 수 있는 이름입니다."

"삽화가였어? 실력에 자신이 있고 그걸로 먹고살 수 있는 처지라면, 설마……."

"주임님, 그 설마가 사람 잡는 겁니다. 기무라만 해도 처음에 신고를 받은 경관은 버젓한 치과 의사가 설마, 하고 곧이듣지 않았거든요."

에노모토 경위는 쓴웃음을 지었다. 어떻게 보면 이 젊은 형사의 경찰관 기질은 자기보다 더한 구석이 있다고 생각했다.

"일단 가까운 파출소에 전화해서 알아봐 달라고 해."

후카야 형사는 경찰 전화 다이얼을 돌렸다.

그때 경위에게 전화가 왔다. 마루네 긴지의 자취를 추적하는 가토 형사의 보고였다.

"마루네의 현주소를 겨우 알아냈습니다. 사쿠라조스이 근처입니다. 낡고 작지만 그래도 단독 주택이고 차고까지 딸려 있으니까 제법 출세했다고 할 수 있겠죠."

"차는?"

"낡은 토요펫 같아요. 그리고 요즘 대단한 사업을 하고 있더군요. 이건 다른 쪽을 뒤지다 알아낸 건데……."

"무슨 사업인데?"

"여자한테 남자를 알선해 주고 수수료를 받는 거래요. 매춘 알선죄에는 걸리지는 않을 것 같습니다. 불특정 다수의 고객을 상대하는 게 아니라 특정한 개개의 남녀를 맺어 주는 거니까요."

"그런 사업도 있었나? 그래서, 주머니 사정은 좋다고 하던가?"

"그렇지도 않은 것 같습니다. 이 집을 가르쳐 준 사람도 골치 아픈 사람이라고 평하더군요. 사업에는 수완이 있지만 성격 파탄은 나아지지 않은 것 같습니다. 늘 경마나 경륜에 빠져 살고 주변 사람들에게 종종 손을 벌린다고 합니다."

"그렇다면 주변 사람들을 탐문해 봐. 그런 자라면 자포자기 끝에 일확천금을 노리지 말란 법도 없으니까."

"알겠습니다. 나중에 연락드리겠습니다."

경위가 수화기를 내려놓을 때 마침 후카야 형사도 통화를 끝낸 참이었다.

"오카야마 도시오는 형편이 아주 궁했다고 합니다."

"파출소에서도 그렇게 알고 있을 정도인가?"

"근처 주점이나 메밀국숫집에까지 외상을 깔아 두고 산다고 하니까요. 게다가 월말 결산이 닷새나 열흘쯤 늦어지는 정도라면 그렇게 악평도 나지 않겠지만, 메밀국숫집 외상값을 약속 어음으로 갚겠다고 했다니까 그 정도면 소문이 날 만하죠."

"으음."

에노모토 경위는 입술을 깨물었다. 호경기의 덕을 보지 못한 사람들도 얼마든지 있다는 것은 그도 알고 있었다. 하지만 마루네 긴지는 어떤지 몰라도 건설 관련 업종은 현재 가장 잘나가는 분야일 것이다. 설령 중소기업이라고 해도 성실하게 일한다면 그 지경으로 몰리는 일은 없을 것이다. 어디에선가 크게 실패한 것이 틀림없다.

그런 상황에서 삼천만 엔이라는 공돈이 생긴다면 그야말로 오랜 가뭄에 단비를 만난 것이나 다름없을 것이다…….

그러는 동안 후카야 형사는 또 한 통의 전화를 걸고 있었다. 마침내 수화기를 내려놓고 경위 얼굴을 쳐다보며,

"하라라는 사람도 그다지 평온하게 지낸다고 할 수는 없군요. 사오일 전에 이웃집까지 들릴 정도로 요란하게 싸운 끝에 부인이 집을 뛰쳐나가 아직도 돌아오지 않았다고 합니다."

"이노우에가하고 반대되는 상황이로군. 사실 하라도 이번 사건만 일어나지 않았다면 처를 차 버렸을지 모르지."

"사실 그런 부부 싸움이라면 어디에서나 볼 수 있죠. 다만 창유리가 몇 장 산산조각 난 모양이니 이건 태풍으로 쳐도 상당히 대형 태풍이었군요."

"여자 문제 때문인가?"

"그렇습니다. '하필 그런 여자냐', '그러다 우익한테 맞아 죽는다'라는 소리가 들렸다고 합니다."

"우익?"

경위는 그 한마디에 의문을 품었다.

최근 우익의 부활은 아무도 부정할 수 없는 생생한 현실이 되고 있다. 안보 반대 시위에 대한 우익 단체의 폭력 행사, 아사누마 위원장 살해 사건 등은 표면으로 드러난 두어 가지 사례에 불과하지만, 생각 있는 사람들이 그런 작금의 상황에 우려를 표하고 있다고

하지만, 아무리 그래도 부부 싸움 와중에 튀어나올 만한 말은 아닌 것이다.

"그럼 역시 하라와 이노우에 다에코는 그런 사이였던 건가?"

"그럴지도 모릅니다. 요즘 남편의 행실을 수상쩍게 생각하는 부인이 사립 탐정한테 뒷조사를 의뢰하는 것이 유행이잖아요. 이노우에 라이조와 우익의 관계는, 모르는 사람 눈에는 실제 이상으로 깊은 관계가 있는 것처럼 비칠지도 모릅니다. 사채업자가 폭력 조직과 손잡는 것은 공공연한 비밀을 넘어 이제는 일반 상식이니까요."

"흐음."

애초의 수사 목적에서 보자면 이러한 몇 가지 방향에 대한 추적은 공연한 짓이 될지도 모른다. 최선의 경우라도 그 가운데 어느 한 방향이 사건과 연결되어 있는 것이 고작일 것이다. 헛된 짓을 하고 있는지도 모른다고 생각하지만 경위는 직무를 떠나 이노우에 다에코라는 여성의 과거에 흥미를 느끼고 있었다.

그날 오후 1시 지나서 에노모토 경위는 다시 한번 모리야마 과장의 방으로 불려 갔다.

"메구로 서에서 기자들이 난리가 난 모양이야. 서장도 비명이 나올 만큼 호되게 닦달을 당하고 있다던데, 아직도 공개할 단계가 아닌가?"

"아직입니다. 적어도 오늘 밤 늦게까지는 자칫 잘못되면 아이

목숨이 위험할 수 있습니다."

"오늘 하룻밤이라…… 자신은 있나?"

"이런 사건에서 어떻게 완벽한 자신감을 가질 수 있겠습니까. 다만 기무라 사건 때와 달리 이번에는 만전을 기하고 싶을 뿐입니다."

"오늘 밤 접촉할 전망은 있나?"

"범인으로서도 아이를 데리고 있는 것이 대단한 강점이지만 어떤 의미에서는 큰 약점입니다. 폭탄을 안고 있는 거나 마찬가지니까 최대한 빨리 떼어 버리고 싶을 겁니다."

"그러니까 어젯밤엔 접촉하지 못했으니 오늘 밤에는 가능성이 크다는 말이로군."

"그렇게 봅니다. 범인 측에서는 돈은 당연히 준비됐을 것으로 알고 있을 겁니다. 경찰이 알고 있다는 것은 아직 모를 테고. 다만 시간이 지날수록 자신이 위험해진다는 것은 바보라도 알 수 있겠지요."

"범인의 인내력이 대단하군. 단독 범행이 아닐지도 모르겠어."

"누가 일당을 지휘하고 있는 걸까요? 린드버그 사건처럼."

"그 사건도 아마 남자 둘에 여자 하나가 범인이었지. 이번에도 그 정도 인원이 움직이고 있는지도 몰라. 삼천만 엔이 대단한 거액이지만, 셋이서 나누면 한 사람당 천만 엔일 뿐이야. 기무라가 요구한 금액의 세 배 정도지."

처지는 다르지만 과장도 자신처럼 다양한 망상에 시달리고 있을 거라는 생각에 경위는 동정심을 느꼈다. 그러나 지금 나온 의견에는 아무래도 동조할 수 없었다.

"이견을 제시할 근거는 없습니다만 제 느낌으로는 단독범 같습니다. 다만 방법을 보면 기무라 사건의 수법을 잘 연구해서 불리한 점들을 확실하게 개선한 듯합니다."

"세상을 그렇게 발칵 뒤집어 놓은 사건이니까. 신문이나 주간지에서도 자세히 보도했으니 당연히 참고는 했겠지."

경위는 조금 묘한 기분이 들었다. 불안과 의혹이라고 할 만한 기분이었지만, 말로 설명할 수 있는 것은 아니었다.

"여하튼 자네가 그렇게 말한다면 메구로 서에도 그렇게 전해서 어떻게든 밤까지는 발표를 삼가라고 해야겠군. 오늘 밤이 승부처니까."

"그렇게 해 주시면 고맙겠습니다. 제가 이렇게 태연해 보여도 실은 안절부절못하고 있습니다."

"그래, 수사는 어떻게 되고 있나?"

"지금 유력한 선은 세 개입니다."

경위는 먼저 마루네 긴지와 오카야마 도시오와 하라 고이치를 거론하고, 지금까지 수사한 결과를 간단히 설명했다.

"이노우에 금융 직원들 중에 의심스런 사람이 없다면 이 단계에서는 더 이상 방법이 없겠군."

"그렇습니다. 솔직히 말씀드려서 지금까지는 저희도 할 만큼 했다고 생각합니다만."

"이제 문제는 이노우에가의 태도겠군. 이번에 전달될 지시의 내용을 과연 우리에게 알려 줄까?"

"6 대 4 혹은 7 대 3의 비율로 가망성이 있다고 봅니다. 저는 그 부부 싸움 자리에는 없었는데, 배다른 동생이기는 하지만, 그 동생이 형 내외가 이혼하게 될 거라고 예측할 정도였으니까 부부가 다시 한자리에 앉아 이 사태에 대처하기는 힘들 것 같습니다. 책임을 맡은 배다른 동생과 비서도 이렇게 심각한 문제를 자기들끼리 처리하기는 힘들 겁니다. 우리에게 도움을 청할 공산이 매우 높아졌다고 봅니다."

"그럼 이노우에가 사람들은 어떻게 지내고 있지?"

"여자들은 집 안을 지키고 있는 것 같습니다. 비서도 집에 남아 있고요. 동생은 집에 계속 남아 있기가 거북하겠지요. 아까 그 동생이 사무소에서 전화를 했습니다."

"이노우에 라이조는?"

"지난밤은 세컨드 집인지 서드 집인지에 묵은 것 같은데, 회사에는 9시 조금 지나서 출근했다고 합니다. 다른 약속을 다 취소하고 사무실에 대기하고 있다고 합니다."

"그럼, 삼천만 엔은 지금 어디 있는 거지?"

"자택에 놔두었을 겁니다. 직업이 직업인지라 집에도 대형 금고가 있지 않겠습니까."

"그렇군. 그렇다면 걱정되는 점은 그 사람들이 우리한테 알리지 않고 범인과 직접 거래하지 않을까 하는 거로군."

"그 점에 대해서는 2단계로 대비해 두었습니다. 이노우에가 맞은편이 어느 회사의 사장님 집인데, 우리에게 매우 협조적이어서 2층의 방 한 칸을 내주었습니다. 게다가 자기 승용차까지 한 대 빌려 주었습니다. 덕분에 비서가 출발하면 바로 추적할 수 있습니다."

"사건이 해결된다면 그 사장님은 총감상감이네."

과장도 그제야 안심한 듯했다.

사람들의 예상과는 달리 범인 측의 협박장은 다시 속달 우편으로 오후 4시경 교바시의 이노우에 금융으로 배달되었다.

'형사가 트렁크를 들고 나오면 접촉할 수 없다. 고마바 자택 주위에도 형사가 잠복해 있지 않은가? 이번이 정말 마지막 기회다. 직원 한 명에게 트렁크를 들려서 오후 7시 반 우에노 역 정면 입구를 지나서 도호쿠선 승강장이 보이는 만남의 장소에 가서 기다리게 해라. 그분의 부탁을 받고 왔습니다, 라고 말하는 사람한테 트렁크를 넘겨라. 돈이 들어오면 세 시간 안에 아이를 돌려보내겠다. 만약 경찰이 얼씬거리면 이번에는 정말로 아이가 죽는다.'

예의 특이한 글자체였다. 라이조의 손이 떨리고 얼굴은 새빨개졌다.

"봉투에 시부야 우편국 소인이 찍혀 있습니다. 범인이 집 앞까지 가서 상황을 살피고 온 걸까요?"

옆에서 편지를 들여다보던 다쿠지도 목소리를 낮추어 말했다.

"으음, 그럴지도 모르지. 그렇다고 집 앞을 지나가는 사람들을 일일이 불심 검문할 수도 없는 노릇이고."

담뱃갑으로 손을 뻗으며 라이조는 험악한 인상으로 시가 끝을 깨물어서 잘라 냈다. 하지만 불은 붙이려 하지 않고 물었다.

"너라면 어떡하겠냐?"

"경찰에 알리는 게……."

"이 자식이! 처자식이 없으니 애비 심정을 모르는구나!"

다쿠지는 입을 다물어 버렸다. 라이조는 사장실 안을 서성서리며,

"마누라야 어떻게 되든 상관없다. 세쓰오만 돌아오면 내일이라도 쫓아낼 거다. 계집이야 돈만 있으면 얼마든지 살 수 있지만 자식은 다시 만들 수 없어."

"……."

"왜 입 다물고 있어! 의견을 묻고 있잖아!"

"형님은 이미 작심하신 거군요. 제가 의견을 낼 여지가 전혀 없지 않습니까."

"핑계 대지 마라. 경찰에 신고하지 않는다는 전제 아래 앞으로

어떡하면 좋을지 생각을 말해 봐."

"돈을 건네줘야죠. 놈이 정한 시간에 우에노 역에서. 아사히나 군에게 전화해서 트렁크를 이리로 가져오게 하시죠."

"그건 안 돼."

"왜요?"

"이 편지에도 형사가 잠복해 있지 않느냐고 나오잖아. 아사히나 가 트렁크를 들고 나오면 미행이 붙는다고 봐야 해."

"그럼 어떻게 하면 좋죠?"

"삼천만 엔을 다시 준비해라. 경찰을 따돌려야겠다."

다쿠지는 깜짝 놀란 얼굴로 라이조의 얼굴을 쳐다보았다.

"뭘 그렇게 놀라. 집에 삼천만 엔이 고스란히 남아 있으니 똑같 은 거 아니냐. 이자 따위가 대수냐. 네가 다니오카를 데리고 하야시 씨한테 가서 삼천만 엔을 융통해 와. 내 수표책을 가져가."

"아, 하야시 씨라면 그 정도 돈은 가지고 있겠군요. 하지만 과연 천 엔권으로 가지고 있을까요?"

"최대한 천 엔권으로 준비하고 모자라면 오천 엔권이든 만 엔권 이든 무슨 상관이냐."

"이번에는 일련번호를 적어 둘 여유가 없습니다."

"무슨 상관이냐……. 범인 잡는 것보다 세쓰오 찾는 게 급해."

다쿠지는 한숨을 지었다.

"돈이 마련되면 이리로 가지고 돌아올까요?"

"그냥 다니오카한테 맡겨 둬. 나는 시간이 될 때까지 여기 있겠다. 그러고 나서 일단 집으로 돌아가겠다."

"다니오카 혼자서 괜찮을까요? 저도 따라갈까요?"

"안 돼. 이렇게 됐으니 운을 하늘에 맡기고 이판사판 승부를 걸어 보는 수밖에 없다."

라이조는 소파에 털썩 주저앉아 한숨을 지었다.

"그럼 저는 뭘 할까요? 여기로 돌아올까요?"

"우에노 역에 가면 안 된다. 경찰에 알리면 형제지간의 연을 끊을 줄 알아."

"그럼 어떡하면 좋겠습니까?"

다쿠지도 당혹스러운 표정이었다.

"나는 아무도 만나고 싶지 않다. 오려면 9시쯤 집으로 와. 그때쯤이면 세쓰오도 틀림없이 집에 돌아올 테니까."

"알겠습니다. 그럼 우선 하야시 씨한테 갔다가 돈이 마련되면 여기로 전화하겠습니다."

"그래라. 그리고 여기를 나갈 때는 뒷문으로 나가서 백화점으로 들어가 엘리베이터를 타고 두세 번 오르락내리락해라. 그렇게 하면 미행은 대개 피할 수 있어."

오후 7시 20분부터 다니오카 도모요시는 우에노 역 앞에 위치한 만남의 장소에서 기다리기 시작했다.

누가 나타나더라도 절대로 난폭하게 행동하지 말라는 주의를 라이조한테도 다쿠지한테도 단단히 들었다.

'만나기로 한 분은 여기로 오십시오.'

이렇게 적어서 붙여 둔 종이도 지금 그에게는 한없이 우스꽝스러워 보였다. 삼천만 엔을 넣은 붉은 가죽 트렁크는 그의 발치에 놓아두었다. 물론 이런 회사에서 일하다 보면 이 정도 현금을 운반하는 일도 드물지는 않지만, 오늘 하고 있는 일은 역시 몹시 신경이 쓰였다.

'나를 형사로 오해하면 어쩌지?'

이것이 걱정거리 가운데 하나였다.

비서에게 돈을 들려서 내보내라고 지시한 범인이 자신을 형사로 오해한다면 범인은 회사 내부를 모르는 인물일 것이다. 자신은 직원 중에서 가장 싹싹하게 생긴 남자이므로 형사로 오해받을 염려는 없을 것이라고 다니오카는 스스로를 타일렀다.

지금이 추석이나 연말이나 정월이라면 이 자리도 대단한 인파가 몰려서 시야가 전혀 확보되지 않겠지만, 지금은 그다지 붐비지 않는다. 게다가 조명이 이렇게 환하니 밤이라도 사방이 잘 보인다. 트렁크를 들고 기다려도, 그리고 그것을 넘겨준다고 해도 아무도 의심하지 않을 것이다.

이 범인은 적어도 기무라 시게후사보다는 훨씬 영리한 자라고 그는 생각했다.

경찰은 지금 자신이 여기서 범인이 나타나기를 기다리고 있는 것을 알 리 없다. 삼천만 엔은 거금이라는 선입견에 빠져서 내내 고마바 자택을 감시하고 있을 것이다. 비서가 트렁크를 들고 집을 나서지 않는 한 범인으로부터 아직 연락이 오지 않은 거라고 믿고 있을 게 틀림없다.

시골뜨기처럼 생긴 청년이 다가와 바로 앞에 멈춰 섰다. 그는 저도 모르게 온몸이 굳어 버렸다.

"저어, 조반선은 어디서 탑니까?"

"당신, 일본어도 못 읽어?"

잔뜩 긴장해 있던 탓에 저도 모르게 핀잔을 주고 말았다. 청년은 흠칫하더니 어깨를 움츠리고 멀어져 갔다.

'혹시 경찰이 미행한 것은 아닐까?'

그것이 두 번째 걱정거리였다.

하지만 그는 다쿠지가 지시하는 대로 움직였을 뿐이다. 다카시마야 백화점까지 차를 타고 가서 엘리베이터를 타고 두세 번 오르락내리락하다가 매장에서 이 트렁크를 구입하여 다른 출구를 통해 나갔다. 만약 그래도 미행을 당했다면 그건 내 책임이 아니지……

'이러다 아는 사람을 만나지나 않을까?'

그것이 세 번째 걱정거리였다.

범인이나 그 일당이 이미 근처에 나타나 혹시 형사들이 잠복해 있지나 않을까 하고 사방팔방을 살펴보고 있을 것이다. 그럴 때 아는 사람이라도 지나가다가 나를 알은척하면 형사와 상의를 하는 거라고 오해하지 말란 법이 없다.

"아저씨."

스무 살 전후로 보이는 눈빛이 매운 남자가 다가와 목소리를 잔뜩 깔고 말을 걸었다. 다니오카는 흠칫 놀라고 말았다. 인상을 보니 예사로운 자가 아니라는 생각을 한 것이다.

"뭐요?"

스스로도 즉시 느꼈을 정도로 목소리를 심하게 떨고 있었다.

"고향에 돌아갈 차비가 조금 부족해서 그러는데요, 이거, 오메가인데, 싸게 드릴 테니까 사 주실래요?"

"됐어. 보나 마나 한 시간만 지나면 멈춰 버리는 모조품이잖아."

상대방은 쓴웃음을 짓고 저쪽으로 멀어져갔다.

식은땀이 배어 나왔다. 그는 손수건을 꺼내 이마의 땀을 훔쳤다.

7시 30분이었다.

'이 정도 현금이라면 평생 아무 일 안 해도 이자로 먹고 살 수 있겠지.'

그는 묘한 망상에 빠지기 시작했다.

'일련번호고 뭐고 전혀 적어 두지 않았다. 영수증 받고 넘겨주는 것도 아니고.'

위험한 충동이 틀림없다. 하지만 이때 그는 그런 망상이 그리 위험하다고 생각하지 않았다.

'지금 회사에 전화해서 돈을 분명히 넘겼다고 보고한다면. 그리고 이 트렁크를 어딘가에 맡겨 둔다면…… 아무도 모를 거다.'

그는 고개를 숙이고 발치에 놓인 트렁크를 응시했다. 삼천만 엔, 그것은 분명 대단한 유혹이었다.

'주가는 계속 오르겠지. 잘하면 이걸 배로 늘릴 수 있을지도 모른다.'

삼천만 엔도 거금인데 그게 육천만 엔이 된다고 생각하니 금세 눈앞이 뿌예졌다. 이 넓은 우에노 역이 자기 집이라도 된 것 같은 환상까지 떠올랐다.

'아는 사람은 범인뿐이다. 노리던 돈을 받지 못하면 불같이 화를 내겠지. 인질을 죽여 버릴지도 모른다. 하지만 그건 내가 저지르는 짓은 아니다.'

그의 신경은 완전히 평형을 잃기 시작했다.

'나는 누군가에게 속아서 이 트렁크를 넘겨주었다고 둘러대면 된다. 누가 범인인지 알게 뭔가……. 이 돈이 범인 손에 넘어가지 않는다고 한들 내 알 바 아니잖아.'

그는 다시 한번 이마에 밴 땀을 훔치고 나서 무릎을 꿇고 트렁크에 손을 댔다.

"저, 혹시 이노우에 씨가 보낸 분인가요?"

이 목소리는 현실의 목소리였다. 그는 저도 모르게 벌떡 일어섰다.

한 여자가 앞에 서 있었다. 나이는 서른쯤 됐을 것이다. 살이 찌고 등의 두툼한 모습이 육감적으로 비치는 여자였지만 그다지 미인이라고 할 수는 없었다. 어딘지 모르게 쓸쓸해 보였지만 전체적으로 평범한 인상이었다. 물장사를 하는 여자처럼 보이지도 않았다. 하물며 범죄 따위와는 전혀 무관해 보이는 인상이었다.

"그쪽은……."

"그분 부탁을 받고 왔습니다. 그걸 주시겠어요?"

더 고민할 나위도 없을 만큼 분명했다. 다니오카 도모요시는 트렁크를 천천히 들어 올려 여자 앞으로 내밀었다.

"자, 여기요. 열쇠는 여기 붙여 두었습니다."

이 여자는 이 범죄를 전혀 모르는 것이 아닐까, 하는 직감이 왔다. 아마 범인과 모종의 관계가 있는 여자일 것이다. 그러나 범행도 트렁크의 내용물도 전혀 알지 못하고 있을 것이다.

이성을 회복한 그의 머리는 평소의 예리함을 되찾았다.

'이 여자를 여기서 제압해 버리면 범인 이름을 알 수 있겠지. 하지만 이 여자가 예정된 시간에 돌아오지 않으면 아이는 죽을 게 틀림없다.'

그렇게 생각하니 목구멍으로 한마디도 나오지 않았다. 발도 꼼짝하지 않았다.

"수고하셨어요. 그럼 이만 실례합니다."

트렁크를 받아 든 여자는 정면 현관을 향해 걷기 시작했다. 그는 몸을 흠칫 떨고 주변을 둘러보았지만, 이쪽으로 다가오는 사람은 없었다.

'이 범죄가 성공하는구나!'

그렇게 생각하니 분노가 솟구쳤다. 정작 자신이 방금 전까지 다른 범죄를 계획하던 것은 잊어버렸다.

아니, 상상 속에서 돈은 자기 차지였다. 그것을 가로채인 심정이 분노의 감정이 되었을 것이다.

그는 그 여자를 쫓아서 걷기 시작했지만, 그녀는 죄를 저지르고 있다는 의식은 눈곱만큼도 없는지 한 번도 뒤를 돌아보지 않고 정면 출입구를 통해 밖으로 나가 거기 잡아 둔 택시를 탔다.

"5쿠, 5176."

노란 번호판이 안구에 각인되듯 남았다.

그는 이제 여자를 추적하려고 하지 않았다.

역사 안으로 들어가 회사에 있는 라이조에게 전화를 했다.

"사장님, 방금 돈을 전달했습니다. 상대방은 서른 전후의 여자입니다. 범죄에 대해서 전혀 모르고 있는 눈치였습니다. 틀림없이 그냥 심부름으로 나왔을 겁니다. 5쿠 5176번 번호판을 단 택시를 타고 떠났습니다. 자세한 말씀은 바로 사무실로 가서 말씀드리겠지만, 지켜보는 사람은 아무도 없었던 것 같습니다."

"오, 그래?"

라이조의 목소리는 힘이 없었다. 울고 있나 싶은 목소리였다.

"잘했다. 즉시 돌아와."

"예."

수화기를 내려놓은 다니오카 도모요시는 한숨을 지었다. 평소에는 오 엔 십 엔 손실에도 일일이 잔소리를 퍼붓던 사장이 삼천만 엔을 뜯기고도 다행이라고 가슴을 쓸어내리는 장면은 지금까지 상상해 본 적도 없었다.

004

돌아오지 않는 아이

10시 반, 11시.

지난 삼십 분간이 이 사람들에게는 세 시간으로 느껴졌을 것이
다.

고마바의 이노우에가에 모인 사람들에게는…….

이노우에 라이조, 다쿠지, 아사히나 류이치, 가와모리 요시오,
다니오카 도모요시. 현관 옆 응접실에 앉아 있는 것은 이 다섯 사람
이었다.

다에코를 비롯한 여자들은 안쪽 다다미방에서 한숨을 지으며
기다리고 있었다.

이 집안의 분열을 분명하게 보여 주는 대치였다.

"왜 이리 늦지!"

시계를 노려보며 라이조가 작은 소리로 내뱉듯이 말했다.

"돈을 받은 지 세 시간이 지났다고 해도 받은 시점이란 게 언제가 기준인지 그쪽 사정을 알 수가 없으니까요. 여자가 돈을 넘겨받고 세 시간인지, 아니면 뒤에 숨은 범인이 넘겨받고 나서 세 시간인지에 따라 삼사십 분은 달라지지 않겠습니까."

다쿠지가 위로하듯이 말하고 손목시계를 들여다보았다. 11시가 삼 분 지났다.

현관에서 벨소리가 울렸다. 그 순간 모두들 벌떡 일어섰다.

아사히나 류이치가 제일 먼저 달려갔다. 안쪽 다다미방에서도 모두 뛰어나왔다.

류이치가 손잡이를 잡고 문을 열었다. 자물쇠는 처음부터 잠겨 있지 않았다.

밖에 서 있는 사람은 에노모토 경위였다.

"아, 실례합니다. 범인한테서는 아직 연락이 없습니까?"

사람들 입에서는 한숨이 새어 나왔다. 그 표정의 변화를 보는 순간 경위는 비밀을 간파했다.

"뭔가 있었군요. 상황 변화가 있었던 거죠?"

"뭐, 일단 들어오시지요. 거기서 얘기하기도 뭣하니까."

라이조는 콧소리가 섞인 목소리로 말했다.

응접실로 들어온 경위는 인사도 건너뛰었다.

"연락이 있었군요? 범인한테서⋯⋯."

아무도 대답하지 않았다.

"무슨 일입니까. 설마 아드님이 죽은 건 아니겠죠?"

"아직 모르겠소. 앞으로 오 분이나 십 분은 더⋯⋯."

라이조는 나지막이 우는 듯한 목소리로 말했다.

"그럼 설마 돈을?"

"줬습니다."

다니오카 도모요시가 작은 소리로 말했다.

"뭐요! 삼천만 엔이 든 트렁크를 대체 언제 들고 나갔다는 겁니까?"

"다니오카 군, 사정을 설명해 드려. 안 되겠다⋯⋯. 이렇게 되었으니 사실대로 말하든 말든 매한가지니까."

다쿠지는 비통한 목소리로 말했다.

"말씀드리죠."

경위는 그제야 의자에 앉았다.

다니오카 도모요시가 우에노 역에서 있었던 전말을 이야기하고 나니 시간은 11시 20분이 지나 있었다.

"당했군!"

에노모토 경위도 신음하듯이 말했다.

"약속 시간이 오십 분이나 지났군요. 아주 불길한 말씀을 드려야 할 것 같군요. 아마 아드님은 돌아오지 않을 겁니다."

간유리 너머 복도 쪽에서 여자가 와앙 하고 우는 소리가 들렸다. 아마 다에코를 비롯한 여자들이 귀를 세우고 있었을 것이다.

"린드버그 사건처럼 되었군요. 우리가 가장 두려워하던 상황입니다."

"그 말은, 세쓰오가 처음부터 살해되었다는 겁니까?"

떨리는 목소리로 다쿠지가 물었다.

"아마, 구십구 퍼센트까지는……. 이 범인은 영리합니다. 기무라보다 꾀가 몇 수 높습니다. 린드버그 사건의 범인보다 더 교묘하다고 할 수도 있겠지요."

"어째서요?"

"린드버그 사건에서는 그래도 지폐의 일련번호가 파악되어 있었습니다. 하지만 이 사건은 모처럼 일련번호를 파악해 두었는데 그것이 완전한 헛수고가 되어 버렸습니다."

"하지만 여자가…… 자동차 번호와…….

"이렇게 영리한 범인이 여자를 통해 꼬리를 밟히는 위험을 감수하겠습니까."

경위는 어금니를 꽉 다문 듯한 목소리로 외쳤다.

"이럴 때 자기 집 대문 앞에서 택시를 내리는 바보가 어디 있겠습니까! 그 택시로 이를테면 도쿄 역으로 가서 다른 택시로 갈아탄다면……. 아마 택시를 조사해도 그런 사실밖에 밝혀낼 수 없을 겁니다. 뭐, 도쿄 역이 아니라 신주쿠나 료고쿠, 혹은 다른 장소일 수도 있겠지만."

"그 여자의 몽타주를 만든다면."

"그거야 못 만들 것도 없습니다만."

경위의 분노는 차디찬 냉소가 되었다.

"여자라는 것이 요물이라, 머리 모양이나 화장 하나로 인상이 확 바뀝니다. 게다가 앞으로 외까풀을 쌍까풀로 만든다거나 볼이나 턱에 오르가노겐이라도 주사하면 어떻게 되겠습니까. 물론 정형외과 병원마다 몽타주 사진을 배포해 보겠지만."

이제 아무도 입을 열려고 하지 않았다.

"그래서 제가 말씀드리지 않았습니까. 이런 종류의 사건에서는 돈을 넘기는 순간이 결정적 순간이라고. 구백만 시민 중에서 한 명이나 몇 명을 잡아낼 기회는 그때밖에 없다고⋯⋯. 당신들은 경찰의 힘을 무시했어요. 아니면 반대로 하느님처럼 과대평가했는지도 모르죠. 여하튼 우리는 앞으로도 최선책을 취하겠습니다. 다만 범인 체포는 어쩌면 불가능할지도 모른다는 말씀을 미리 해 두는 바입니다."

"그럼 앞으로 어떻게 하죠?"

아사히나 류이치가 그제야 맥 빠진 말투로 입을 열었다.

"신문 기자들이 야단이 났습니다. 여하튼 돌아가서 이 사실을 발표해야겠습니다. 운이 좋으면 출근하던 시민 중에 범인을 목격한 사람이 있을지 모릅니다. 하지만 지금 발표해 봐야 조간도 상당히 늦은 판에나 실립니다. 대부분의 지역에서는 내일 자 석간에 실리겠죠. 그렇다면 팔십 시간 정도의 간격이 생깁니다. 통근하는 사람들이라도 같은 장소를 세 번 다니다 보면 기억이 희미해지죠. 특히 연말을 앞두면 사람들 기분이 아무래도 들뜨게 됩니다. 경찰관이나 기자나 다 사람입니다. 업무를 마감하고 시업식을 할 때까지는 아무리 업무라 해도 사건에 집중하기 힘들게 마련입니다. 여러 가지 의미에서 범인은 절호의 시기를 노린 겁니다."

"……."

"이렇게 말하면 뭣하지만, 이럴 때는 사체가 발견되면 차라리 수사가 쉬워집니다. 뭐든 단서가 나올 테니까요. 신문이 크게 보도하면 세상 사람들이 주목합니다. 하지만 이렇게 영리한 범인이라면 그 점에서도 허점은 드러내지 않을 겁니다. 아마 사체도 쉽게 발견되지 않도록 손을 쓰지 않겠습니까."

"……."

"그럼 이만 실례하겠습니다. 오늘은 여러분도 마음이 안정되지 않을 것이고 우리도 수사를 진행할 수 있을 것 같지가 않습니다. 물론 택시에 대해서는 조사해 보겠지만 특별한 것을 기대할 수는 없을 겁니다. 내일부터 정식 수사에 착수할 생각이지만 혹시 그 전에 아드님이 돌아오면 경찰에 알려 주십시오."

경위는 소파에서 일어나 가볍게 목례를 했지만 라이조는 멍한 눈길로 천장 한쪽만 응시할 뿐 미동도 하지 않았다.

경위가 응접실을 나갔을 때 다에코는 현관 벽에 기대어 울고 있었다.

"유감스럽게 되었습니다, 부인."

경위의 말에도 다에코는 아무 대답이 없었다.

그가 구두를 신고 현관을 나갔을 때 다쿠지가 샌들을 꿰신고 쫓아 나왔다.

"에노모토 씨, 뭐라고 드릴 말씀이 없게 되었습니다."

"아뇨, 댁의 처지는 충분히 이해가 갑니다."

경위도 시원한 바깥 공기를 쐰 탓인지 조금은 안정을 찾고 있었다.

"그럼, 세쓰오는 가망이 없는 걸까요? 만에 하나라도 돌아올 가망성은 없을까요?"

"아뇨, 여러분의 흥분에 휩쓸린 탓인지 저도 형사로서 조금 지나친 말을 했는지 모릅니다. 그 점에서 실례가 있었다면 사과드립니다만, 이제는 기적을 기다리는 것 말고는 방법이 없는 것 같습니다."

"기적입니까……."

다쿠지는 깊은 한숨과 함께 중얼거렸다.

하지만 그가 현관으로 다시 들어갈 때 다에코가 그를 향해 몸을 돌렸다.

"다쿠지 씨!"

"예."

그도 이때는 움찔하는 모습이었다. 아니, 이때 이 모친의 표정을 봤으면 누구라도 움찔하며 놀랐을 것이다.

"당신은 왜 우에노 역으로 가지 않았죠? 왜 돈을 그렇게 쉽게 넘겨주었어요!"

"형수님……."

그곳에 나와 있던 다니오카 도모요시가 당황해서 끼어들었다.

"그건 사장님 명령이었습니다. 저에게 혼자 돈 가방을 들고 나가라고 지시하셨습니다."

"당신이!"

다에코는 이번에는 도모요시의 멱살을 잡았다.

"당신 혼자…… 그런 전화나 녹음한 당신이…… 돈을 중간에 가로챈 거 아냐?"

"닥쳐! 이 화냥년아!"

응접실과 지척이었던 만큼 라이조도 다에코의 광기 어린 모습을 더 보고 있을 수 없었던 모양이다. 뛰어나와 주먹으로 다에코를 한 대 치고 발길질까지 했다.

"사장님!"

아사히나 류이치가 뒤에서 안아서 겨우 말렸을 때는 다에코도 고개를 쳐들고 말했다.

"죽여! 우리 애까지 함께 죽여 버리지그래!"

"이년이!"

라이조는 류이치를 질질 끌며 한 발쯤 전진했지만 역시 힘이 부
쳤다. 다쿠지와 다니오카 도모요시는 라이조를 강제로 응접실에 밀
어 넣었다.

11시 40분이 지나 있었다.

"어쩌면, 내일 아침에라도……."

다쿠지는 달래는 투로 중얼거렸지만 아무도 반응하지 않았다.

"나는 나가야겠다. 주니소로 간다."

"제가 모시겠습니다."

류이치가 눈짓을 하자 가와모리 요시오가 라이조의 팔을 잡았
다.

두 사람이 자가용을 타고 떠난 것은 그로부터 오 분 뒤였다. 응
접실에 남은 세 사람은 서로 얼굴을 보며 한숨을 지었다.

"저러실 만도 하지. 흥분하는 게 당연한 상황이지만 아무리 그
래도 너무 심하시네……."

다쿠지가 내뱉듯이 말했다.

"저도 그런 말을 들을 줄은 몰랐습니다. 뭐, 내일 택시 운전사를
조사해 보면 저의 결백함이 밝혀지겠지만."

다니오카 도모요시도 입술을 깨물었다.

"그런데 다니오카 군, 자네 한 사람의 기억으로 그 여자의 몽타
주 사진을 만들 수 있을까?"

아사히나 류이치가 걱정하는 투로 말했다.

잠시 침묵이 흘렀다. 시계는 어느새 12시를 지나고 있었다.

005

그의 회상

오전 2시경, 그는 혼자 위스키로 축배를 들고 있었다.

이 범죄는 완벽한 승리라고 믿어 의심치 않았다. 유괴한 아이를 살려서 돌려보내는 것은 애초부터 전혀 고려하지 않았다.

"기왕 하려면 철저하게 해야지⋯⋯. 린드버그 범인보다는 내가 더 영리해."

그는 다시 위스키를 잔에 따랐다.

"전쟁의 교훈 덕분이지⋯⋯."

기무라 재판의 엿새째였던 12월 13일의 광경이 다시 눈앞에 떠올랐다.

그날은 역시 방청인도 많이 줄어든 모습이었다. 다른 날의 절반인 오십 명 정도밖에 오지 않았다.

예정되어 있던 정신 감정의 결과는 발표되지 않았다. 시마다 박사가 시간을 한 달 더 달라고 요청했기 때문이다.

기무라 시게후사의 얼굴은 푸르스름한 기색이 더 짙어졌다. 이제는 얼이 빠졌는지 입은 느슨하게 쳐지고 눈동자도 초점을 잃고 더 커진 것처럼 보였다.

재판장은 먼저 구치소 소장의 보고서를 읽었다. 그에 의하면 기무라는 이제 완전한 착란 상태에 빠진 듯하다.

이런 경우 구금에 따른 증상이 나타나는 것은 어떤 사람이나 피할 수 없는지 모르지만, 그는 환상, 환청 증상까지 겪고 있다고 했다. 밥에 독을 넣었다고 호소하거나 왜 나한테 벌레를 먹이느냐고 화를 내거나 젊은 남자가 독방에 들어와 목을 조른다고 소란을 피우는 등 잘 먹지도 못하고 잠도 제대로 자지 못하고 제대로 움직이지도 못하는 상태가 계속되고 있다고 했다.

일단 병실에 수용해서 처치한 결과 가까스로 원래 상태로 돌아갔다고 하지만 의사의 진단서에는 '꾀병 혐의가 없다고 할 수 없다'고 적혀 있었다.

정신 감정이 늦어진 것도 우선은 그 탓이었는지 모른다…….

이날은 검사와 변호사 쌍방이 투서를 낭독했다.

오야마가나 경찰, 그리고 검찰청 앞으로 위로와 분노의 편지가 쇄도한 것은 충분히 이해할 만한 일이지만, 기무라의 모친이나 누이동생에게까지 마흔네 통이나 되는 선의의 투서가 왔다는 것은 그에게도 뜻밖의 일이었다.

검사 측에서는 몇 통을 의무적으로 낭독했을 뿐이다. 변호사 측에서 그런 편지를 증거로 제출한다면 그에 맞서 검사 측에서도 제출하겠다는 듯한 태도였다.

변호사의 낭독은 시간이 훨씬 많이 걸렸다.

한 통은 광신자가 쓴 것으로 짐작되는 내용이었다. 일본에는 참된 종교가 없기 때문에 이런 일이 일어났다, 당신들도 개심하고 △△교의 가르침을 따른다면 아들의 영혼도 구원받고 당신들도 비로소 마음의 평화를 찾을 수 있을 거라는, 정신 상태가 온전해 보이지 않는 내용이었다. 그리고 이시카와 현에서 온 편지는, 시계후사 씨가 도피할 때 나에게 왔다면 어떤 수를 써서라도 보호해 줬을 것이라면서 범인 은닉죄 의도를 표명하고 있었다.

나머지 마흔두 통의 태반은 기무라 시계후사의 모친이나 누이에게 진심 어린 동정을 표하는 것이었다.

그러나 개중에는 '이건 뭔가' 싶은 편지도 섞여 있었다. 누이에게 구애 혹은 구혼을 하는 편지도 있었던 것이다.

물론 그녀에게는 아무 죄가 없지만 유괴 살인범의 누이라는 사실을 알고도 청혼하는 것은 대단한 용기가 필요하다. 훨씬 전부터 알던 사이에다 그런 심리적 장애를 극복할 만한 애정을 가진 남자라면 몰라도 보통 남자에게는 있을 수 없는 일처럼 보였다.

"돈 때문이야, 재산을 노린 거지."

그는 방청석에서 중얼거렸다.

기무라 집안이 비록 쇠했다고 해도 시골에는 여전히 대지주의 면목이 남아 있다. 기무라 시게후사 명의의 부동산은 처를 통해서 두 자녀에게 넘어가겠지만, 조부나 모친 명의의 재산은 아마 누이 차지가 될 것이다.

아무도 상종하려고 하지 않을 것으로 짐작되는 이 여성에게 오로지 재산만 보고 청혼하는 남자도 분명 없다고는 할 수 없었다.

그는 위스키를 세 잔째 따르고 새해의 수첩을 펼쳤다. 기무라 재판의 다음 공판은 1월 24일로 잡혀 있었다.

"어떻게 되려나, 정신 감정의 결과는?"

자신의 성공에 푹 빠져 있는 그에게는 그런 어리석은 자의 딱한 모습은 호기심을 자극하는 구경거리나 다름없었다. 그는 사형 판결이 떨어질 때까지는 빠짐없이 재판을 방청하자고 새삼 다짐했다.

그 전에 자신이 체포될지 모른다는 생각은 꿈에도 하지 않았다.

006

트렁크의 수수께끼

이튿날부터 경찰은 전면적인 공개수사를 시작했다.

에노모토 경위도 낙담한 나머지 그런 말을 뱉기는 했지만 역시 범인에 대한 증오는 누구 못지않았다. 최선의 기회는 잡지 못했지만 차선책을 찾으려고 모든 정열을 수사에 쏟아부었다.

제일 먼저 '5쿠 5176'번을 운전하는 택시 기사 오가와 다케오가 조사를 받았다.

이 택시는 총 쉰 대로 영업하는 조요 택시 소속이었다. 오 년간 무사고 운전기사이므로 베테랑까지는 아니라도 전혀 손색이 없는 기사라고 할 수 있었다.

그 여자가 우에노에서 신주쿠나 료고쿠 같은 역이나 번화가로

도주했을 거라고 생각한 경위의 예상은 보기 좋게 빗나갔다.

분카 방송 스튜디오에서 멀지 않은 요쓰야 뒷골목의 통행인이 거의 없는 곳에서 택시를 내렸다는 것이다.

그리고 그곳에는 한 남자가 걸어가고 있었다고 했다. 대로로 나가서 택시를 잡으려던 참이었는지 그 남자는 여자와 자리바꿈을 하듯이 그 택시를 타고 신주쿠 역 정면 입구 앞에서 내렸다는 것이다.

그 뒤 택시는 스가모, 혼고 등을 운행하며 하루 목표 운행 거리 삼백육십오 킬로미터를 달성하고 차고로 돌아왔다.

물론 택시 기사는 자신이 그런 사람을 태웠을 줄은 꿈에도 생각지 못했다.

이 보고를 들었을 때 경위의 가슴에 묘한 찜찜함이 남았다.

경위는 운전사를 직접 심문하기 시작했다.

"그 여자가 처음부터 요쓰야로 가자고 했습니까?"

"그렇습니다."

"도중에 뭔가 이상한 모습을 보이거나 하진 않았습니까?"

"그런 건 전혀 없었습니다. 게다가 우리야 하루 종일 많은 손님을 접하니까 그런 걸 일일이 신경 쓰고 있을 수 없거든요."

"택시를 내린 장소가 특별히 부자연스럽다고 생각하진 않았습니까?"

"아뇨, 우에노 역에서 트렁크를 들고 타는 손님은 드물지 않고, 또 가령 집이 골목 안쪽 깊숙이 있을 경우는 근처에서 내려서 걸어

들어가는 것도 자연스러운 일이니까요."

"다음에 탄 남자는 그 자리에 서서 택시를 기다리고 있던가요?"

"아뇨. 차량 진행 방향에서 트렁크를 들고 걸어오고 있었습니다. 제가 택시를 세우는 것을 보고 손을 번쩍 쳐들었습니다. 저도 마침 잘됐다 싶었죠. 그 부근이라면 다음 손님을 금방 만날 수 있었겠지만, 기름을 한 방울도 낭비하지 않고 다음 손님을 태웠으니 그보다 좋은 일이 없었지요."

"그 남자의 인상은 어땠습니까?"

"하얀 마스크를 하고 있었어요. 연령은 중년이었을 겁니다. 중절모에 오버를 입고 적당한 살집에 키도 적당한 편이고요."

"들고 있던 트렁크는 어떤 거였나요?"

"여자 손님의 트렁크와 크기가 비슷했습니다. 색깔이나 모양까지는 잘 기억나지 않습니다."

"그 남자한테서도 특별히 이상한 점을 느끼지는 못했나요?"

"예……."

경위는 고개를 갸웃했다.

"여자와 남자가 서로 아는 사이처럼 보이지 않던가요?"

"여자 손님이 그 근방에 산다면 서로 얼굴 정도는 알고 있을지 모르지만, 아무튼 서로 아는 척을 하지 않았던 것은 사실입니다."

"그 여자를 다시 만나면 얼굴을 알아볼 수 있겠어요?"

"글쎄요, 손님이 늘 바뀌고 저도 얼굴을 똑바로 쳐다보는 일이

요."

물론 납득할 만한 말이었지만, 이때 경위는 연말 대목에 몽타주 작성 등으로 시간을 빼앗기면 곤란하다는 생각에 택시 기사가 발뺌을 하고 있는 것은 아닌가 하고 생각했다.

택시 기사를 붙잡아 두고 더 심문해 봐야 더 나올 것이 없을 것 같았다.

경위는 일단 심문을 마쳤다.

"조금 묘하네요, 주임님."

택시 기사가 방을 나가자 후카야 형사가 책상 위에 몸을 기울이며 말했다.

"뭐가?"

"여자가 내린 뒤에 택시를 탄 남자가 비슷하게 생긴 트렁크를 들고 있었다는 게 말입니다. 그냥 우연일까요?"

"모르지. 다만 여자가 공범이라면 그 트렁크는 목숨보다 중요한 것이겠지. 그걸 바꿔치기라도 당했다고 생각하는 건가?"

"한번 묘한 생각을 해 봤어요. 이게 만약 도쿄 역이나 신주쿠 역 같은 곳이었다면 여자가 내린 택시를 자기가 이용할 수 있다는 보장이 없겠죠. 하지만 방금 나온 이야기처럼 차량이 별로 없는 장소라면 범인은 틀림없이 그 택시를 탈 수 있다고 확신할 수 있을 겁니다. 물론 그 남자가 범인이라는 대담한 가정 아래 하는 말입니다만."

"그래? 범인이 자신과 전혀 무관한 여자를 심부름꾼으로 이용했다는 말인가?"

"물론 여자의 정체를 모른다면 그렇게 부릴 수는 없겠지요. 하지만 범인 처지에서 보자면 우에노 역에 경찰의 감시가 없다고 확신할 수는 없었을 겁니다. 만약 여자가 체포되면 금방 자기까지 위험해지는 모험은 감수하지 않았을 겁니다. '원 쿠션'이랄까 2차 대책이라고 할까, 그런 안전한 작전을 썼을지도 모릅니다."

"그래, 가령 그 여자가 체포되어도 자기 신분이 드러나지만 않으면 다음에 다시 돈을 요구할 수 있을 테니까."

"그렇죠. 그리고 만약 사태가 그렇게 되면 그때는 이노우에가도 무조건 항복을 하지 않겠습니까? 주임님 말씀에 신경이 한없이 예민해져 있기도 하고요."

"흐음."

에노모토 경위는 팔짱을 꼈다.

"어쩌면, 어쩌면, 첫 번째 미행은 트렁크를 확인하기 위해서였는지도 모르지. 자기도 그것과 똑같은 트렁크를 준비하려고……."

경위도 연륜 있는 베테랑이었다. 논리적으로 제기할 만한 가정은 거의 다 끄집어낼 수 있는 사람이다.

"실제로는 다른 트렁크가 사용되었어. 그러나 동생이나 직원은 삼천만 엔을 담으려면 트렁크가 얼마나 커야 하는지 대강 집작할 수 있을 거야. 비슷한 것을 준비했다고 해도 이상할 게 없지."

"그렇습니다. 여자가 택시를 내린 뒤 자신이 올라타는 짧은 시간에 트렁크를 바꿔치기하는 것도 전혀 불가능하다고는 할 수 없겠죠."

이 상상에는 경위도 흠칫 놀랐다.

"그렇지. 택시가 멈추기를 기다렸다가 택시 문 옆에 트렁크를 내려놓고 여자가 내리기를 기다린다. 여자가 내리고 트렁크를 일단 내려놓고 차창 너머로 요금을 건넨다. 여자가 내려놓은 트렁크를 들고 택시를 탄다. 여자도 처음 들어 본 트렁크이므로 구별이 힘들었을 가능성이 크다는 거로군."

"그렇죠. 거기에 우리가 우에노 역에 잠복하고 있었다고 칩시다. 그곳에서 여자를 체포하지 않고 택시를 미행한 거죠. 여자가 택시를 내릴 때 똑같은 트렁크를 들고 그곳을 지나가고 있었다고 해서 그 남자를 체포할 수는 없는 것 아닙니까."

경위도 입술을 깨물고 있었다.

"과연. 그렇다면 범인은 빠져나갈 수 있겠지. 그 여자를 더 미행했다고 해도 범인을 체포할 수는 없었을 거야. 다만 그때는 범인도 몸값을 차지하지 못하게 되겠지."

"하지만 기회는 아직 남아 있었어요. 이를테면 오늘 밤에라도 다른 방법을 쓸 수 있었던 겁니다."

경위는 천천히 담배에 불을 붙였다.

"그럴지도 모르지. 아무튼 이 범인은 영리해. 만약 그 여자가 범인과 아무 관계도 없는 사람인데도 인형처럼 조종했다면, 그리고 트렁크를 교묘하게 바꿔치기했다면 우리는 완전히 닭 쫓던 개 신세지. 가령 그 여자를 체포해도 그 이상은 한 발도 전진할 수 없는 거야."

"그렇습니다. 그 방법을 썼다면 사건은 거의 미궁에 빠지는 거죠. 유괴 살인으로서는 완전 범죄라고 해도 좋지 않겠습니까."

"그건 아직 모르는 거야!"

경위는 비명처럼 소리쳤다.

어머니의 증언

이노우에 다에코가 메구로 경찰서에 출두한 것은 아침 9시 반이었다.

역시 눈은 새빨갛게 핏발이 서 있었다. 하루 이틀 사이에 볼이 패고 안색도 푸르스름해졌다.

"정말 이제는 세쓰오가 돌아올 가망이 없나요?"

목소리도 힘없이 떨리고 있다. 이제 아무도 이 여자가 애인과 공모하여 연극을 하고 있다고 가정할 수 없었다.

"안타깝게 되었습니다……. 이제는 아드님 원수를 갚겠다고 마음먹는 게 좋지 않겠습니까."

"예……. 저도……."

뭐라고 말하는 듯했지만 말끝이 희미하게 사라졌다.

"우리도 이 수사에 전력을 기울일 생각입니다. 그러나 체포에 가장 좋은 몸값 전달 순간을 놓쳐 버려서 수사가 많이 힘들어진 게 사실입니다. 연말연시가 코앞입니다. 시간이 지날수록 수사의 어려움은 더해 갈 겁니다. 이제는 지난 일들이나 응어리는 잠시 덮어 두시고 수사에 적극 협력해 주셨으면 합니다만."

다에코는 아무 대답도 없이 입술을 꼭 깨물고만 있었다.

"부인 심정은 충분히 이해합니다. 본래대로라면 이런 곳에 나오시라고 하는 것도 삼가는 것이 옳겠지요. 하지만 지금 부인도 집에서는 제대로 말씀하시기 힘들지 않을까 해서 굳이 나와 달라고 부탁드린 겁니다."

"……."

"물론 부인의 사생활은 철저히 보장됩니다. 사건과 직접 관계가 없는 사항들은 절대로 다른 곳에 전하지 않겠습니다. 이것만은 제 자리를 걸고라도 약속할 수 있습니다."

"무엇을 묻고 싶은 거죠?"

다에코는 가만히 입을 열었다.

"이 사건은 십중팔구는 몸값을 노린 영리 유괴로 보입니다. 범인도 아마 부인이 한 번도 만나 보지 못한 사람일 것으로 봅니다. 다만……."

"다만, 뭐죠!"

"이 범행은 우리도 놀랄 정도로 솜씨가 좋습니다. 예를 들면 얼마 전의 기무라 사건 때는 신문에서 무서운 지능범이라고 보도했지만, 그것은 범인이 대학 교육을 받은 사람이라는 데서 나온 세간의 과대평가였지요. 직접 조사를 담당한 우리가 볼 때 그것은 이상한 범죄였습니다. 계획도 없고 계산도 엉성한 범죄였습니다. 제 개인적인 느낌으로는 변호사가 신경 쇠약설을 주장해서 정신 감정을 신청한 것도, 재판소가 그걸 받아들인 것도 일리가 있다고 봅니다."

다에코가 어미로서 비탄의 나락에 빠져 있는 것은 경위도 충분히 짐작할 수 있었다. 더구나 자신이 이제부터 묻고자 하는 것은 여자로서나 아내로서나 좀처럼 입 밖에 낼 수 없는 미묘한 문제였다. 경위로서는 이렇게 차분하게 말머리에 공을 들여서 상대방의 마음을 풀어 놓는 수밖에 방법이 없었다.

"물론 범인은 기무라 사건을 연구하고 참고로 삼았는지도 모릅니다. 그러나 핵심을 제대로 짚어 내는 교묘한 솜씨를 보면 우리는 무서운 의심을 느끼게 됩니다. 범인은 댁과 무슨 관계가 있는 인물은 아닌가, 댁의 내부 사정을 어느 정도 아는 사람이 아닌가 하는 의심 말입니다."

"그래서 무얼 말씀드리면 되죠?"

"먼저 맨 처음 묻고 싶은 것은 그제 밤 9시경 댁에 전화를 건 남자의 이름입니다. 그건 대체 누구입니까?"

물론 다에코도 예상한 질문이었을 것이다. 눈을 감고 숨을 죽이고 있다가 마침내 토해 내듯이 말했다.

"하라 고이치라는 사람입니다."

"삽화가 하라 고이치 씨 말입니까?"

"예……."

"부인과 관계가, 깊은 관계가 있는 분이겠군요?"

"예……."

"오래전부터 맺어 온 관계인가요?"

"결혼 전에 잠깐 만났지만 내내 연락을 끊고 지내다가 이 년쯤 전부터 다시 만났습니다."

경위는 새삼 놀라지도 않았다. 여자의 행실을 책망하고픈 마음도 없었다. 이노우에 라이조가 아무리 정력이 뛰어났다고 해도 일흔에 가까운 나이인 만큼 다에코 한 사람의 욕망을 충족시키기도 벅찼을 것이다. 하물며 부인 외에 정기적으로 만나는 여자가 셋이나 있는 상황이니 본부인에게 제대로 신경 쓰기도 힘들었을 것이다. 본래 물장사 출신인 이 여자가 돈과 시간과 욕정을 주체하지 못해서 이런 불장난을 시작한 것도 이해 못 할 일은 아니라고 생각했다.

이노우에 다쿠지가 언젠가 센다가야에서 보았다는 남자도 하라가 아닐까 생각하면서 물었다.

"그럼 하라 씨와 가장 최근에 만난 것은 언제입니까?"

"20일 낮이었어요. 12시부터 2시까지 센다가야의 긴바소 호텔에서. 그때는 세쓰오 사건을 전혀 몰랐으니까요."

눈물도 말랐을 줄 알았던 다에코의 눈이 젖어들기 시작했다.

"하라 씨는 그때 무슨 특별한 말을 하지는 않았습니까?"

"별로……."

"우리가 조사해 보니 며칠 전 하라 씨 댁에서도 꽤 요란한 부부
싸움이 있었던 것 같습니다만."

"벌써 조사하셨나요?"

"그렇습니다. 하라 씨 부인이 당신과 남편의 관계를 알고 뒷조
사를 했던 모양입니다. 그게 부부 싸움의 원인이었다는 것은 알고
계셨죠?"

"예……. 그 사람한테 들었습니다."

"하라 씨가 그것에 대해서 무슨 말이 없었나요?"

"가는 사람 잡지 않는다고 하면서 웃더군요."

"당신과 결혼하겠다는 말을 한 적은 없었나요?"

"한 번도 없었다고는 하지 않겠습니다. 하지만 이런저런 상황을
생각하면……."

"20일에도 그런 이야기가 나오지 않았나요? 하라 씨 부인이 가
출했다는데 말입니다."

"예……."

"그럼 21일 밤에 하라 씨는 왜 전화를 걸었나요?"

"그건 저도 물어보지 못했습니다. 그때는 길게 통화하고 있을

상황이 아니었으니까."

다에코의 얼굴이 어두워졌다.

"그 뒤로는 한 번도 연락이 없었고, 제가 전화할 상황도 아니었어요."

"하라 씨가 전에도 종종 댁에 전화를 했습니까?"

"예, 다만 전화는 꼭 낮에만 했습니다. 저녁에는 어지간한 일이 아니면 전화하지 않기로 되어 있었어요. 물론 그날은 제가 전화를 받았기 때문에 허물없는 말투로 제 이름을 불렀지만, 그 경황에 친절하게 대답할 수가 없었습니다."

서로 몸을 허락한 남녀라면 전화로 목소리를 들어도 금방 상대방을 식별할 수 있을 것이다. 하라 고이치도 처음 한마디를 들었을 때는 깊은 사정까지 짐작할 수는 없어도 곁에 누가 있다고 느꼈을 것이다.

"그렇다면 연달아 두 번이나 전화한 것은 이상하군요."

"조금 취해 있었는지도 모릅니다. 그런 목소리였습니다."

"하라 씨는 수입이 얼마나 됩니까?"

"확실히는 모릅니다. 부친이 어느 회사의 사장이고 재산이 수억 엔대라서 자기는 그저 자기가 원하는 일을 하며 먹고살면 된다는 이야기를 들은 적은 있습니다."

이 말을 듣고 경위는 하라 고이치를 용의자 선상에서 지웠다.

예외가 없는 것은 아니지만, 예술가가 흉악한 범죄를 저지를 가능성은 경험적으로 전무에 가깝다. 게다가 자기 일이 있고 일정한 수입이 있으며 그런 갑부를 부친으로 두고 있다면 자신과 인연이 있는 여자의 아들을 납치해서 죽이거나 몸값을 요구하려고 하지는 않는다는 것이 그의 직감이었다.

"실례되는 질문입니다만, 부인에게는 하라 씨 외에……."

"없어요."

다에코는 미간을 찡그리며 차갑게 말했다.

"하지만 우리가 조사해 보니 오카야마 도시오라는 이름이 나왔습니다만."

"그 사람도……."

"그렇습니다. 예전에 관계가 있던 남자라는 것은 알고 있습니다."

"예전은 예전이고 지금은 지금입니다. 십 년 세월이면 누구나 변합니다. 왜 그런 사람을 좋아했는지 지금은 저도 이해가 가지 않아요."

"그 말씀은, 최근에 만났다는 건가요?"

"네, 그렇다고 예전처럼 만나는 관계는 아니에요."

"그 말씀을 좀 더 자세히 들려주시겠습니까?"

"네, 올봄이었는데, 갑자기 편지가 왔습니다. 사정이 있어서 급히 만나고 싶으니 연락을 바란다는 내용이었어요. 답장도 하지 않았는데 자꾸 전화를 해서 신주쿠의 찻집에서 만났습니다."

"무슨 이야기를 하던가요?"

"하던 사업에 문제가 생겨서 부도인지 뭔지를 당했다고 했어요. 그래서 어려움을 겪고 있는데, 미안하지만 천만 엔 정도 꿔 줄 수 없느냐는 이야기였습니다."

"그래서 부인은 어떻게 하셨습니까?"

"물론 딱 거절했습니다. 이삼만 엔이라면 내 주머니에서라도 내 줄 수 있지만, 그런 거금을 나 혼자 마련할 수는 없었습니다. 그러자 그는 남편한테 부탁해서 은행 이자 정도로 빌려 줄 수 없느냐 했습니다. 그건 아예 가능하지도 않은 얘기라서 딱 거절했어요."

"그 사람이 부탁을 포기한 겁니까?"

"아뇨, 그렇게 비열한 사람인 줄 몰랐습니다."

다에코는 입술을 꼭 깨물었다.

"그때 그 사람이 탐정사의 조사 보고서를 내밀더군요. 나랑 하라 씨의 관계를 뒷조사한 거죠. 만약 제가 부탁을 거절하면 그 보고서를 그대로 남편에게 보내겠다는 황당한 소리를 하더군요."

"협박이군요. 그래서 어떻게 하셨습니까?"

"일주일쯤 기다려 달라고 말해 놓고 돌아왔습니다. 그리고 얼른 대항 수단을 취했죠."

"대항 수단이라면?"

"이에는 이, 눈에는 눈이라고 하잖아요. 저쪽도 뭔가 약점이 있지 않을까, 그 약점을 잡아내면 처지가 똑같아지는 거죠. 그럼 돈을 내주지 않아도 된다고 생각한 거예요."

의지가 강한 여자라고 경위는 생각했다. 협박을 당할 때, 할 테면 해 봐라, 하고 대드는 여자는 많아도 협박에 협박으로 응수하는 여자는 아직 본 적이 없었다.

"그때 무슨 약점을 알아내셨나요?"

"예, 시간이 없어서 대단한 약점은 알아내지 못했지만, 그래도 탐정사를 채근해서 여러 가지를 알아냈어요……. 우선 그 사람은 대단한 공처가이면서도 여자를 셋이나 깊이 사귄다는 걸 알아냈어요. 한 사람은 갑부의 미망인, 한 사람은 카바레 마담, 나머지 한 사람은 일반 여성이었습니다. 이름은 지금 기억나지 않지만요. 집에 서류로 보관하고 있습니다."

"나중에 그걸 빌려 볼 수 있을까요?"

"네. 그것 말고는 대단한 약점을 캐내지 못했지만, 사업을 하다가 무슨 문제를 일으켜서 계약 불이행 소송을 당하고 있다는 내용도 적혀 있었어요. 이건 민사 쪽이지만 자칫 잘못하면 사기죄로 형사 고발을 당할 수도 있었어요. 이 정도는 저도 알고 있었죠."

"그 서류를 들이밀고 물리치셨군요?"

"예, 설령 남편이 이 사실을 알았다고 해도 자식도 있는데 이제 와서 이혼하는 일은 없을 거라고 생각했어요. 그리고 역으로, 이 서류 사본을 부인과 세 애인에게 보내 볼까, 하고 물었습니다. 당신을 협박이나 공갈로 고소하면 어떤 일이 벌어질까, 하고 덧붙였죠. 지금 소송중인 계약 위반 문제도 그렇게 되면 사기 사건으로 발전할지 모른다. 그렇게 콩밥을 먹고 싶으냐며 도리어 겁을 주었죠."

"호오, 그 사람이 어떻게 하던가요?"

"예상대로 낯이 새파랗게 질리더군요. 펄쩍 뛰며 화를 냈지만 머릿속으로는 주판알을 튕기고 있었을 거예요. '이 승부에서는 내가 진 것 같군' 하고 씁쓸한 얼굴로 말하더군요. 그리고 헤어질 때, '이번 일은 반드시 갚아 주지'라고 했는데, 그 한마디가 한동안 잊히지 않았습니다. 이번 사건이 일어났을 때도 저는 제일 먼저 그 사람을 떠올렸어요. 하지만 지금까지는 아무한테도 그 이야기를 하지 않았습니다⋯⋯."

이것은 중대한 단서였다. 만약 이 가족 주변에 범인이 숨어 있다면 이 남자야말로 첫 번째 용의자로 꼽을 수 있겠다고 경위는 생각했다.

"알겠습니다. 그 사람은 즉시 조사해 보겠습니다. 그리고 마루네 긴지라는 남자는 어떻습니까?"

"제가 그렇게 막돼먹은 여자는 아니라고 생각합니다. 하라 씨경우는 어쩔 수 없지만⋯⋯."

"아뇨, 이 남자와 무슨 육체관계가 있다고 짐작하는 게 아닙니다. 다만 이 사람은 먼 친척이고 소행도 불량한 것 같아서 혹시나 하는 겁니다. 어떤 사람인지 생각하는 바를 들려주셨으면 하는 것뿐입니다."

"그 사람도 질이 안 좋았어요……. 뱀 같은 인상에 피부가 번들 거리는 타입이에요. 한때 유행했던 점액질 인간이란 말은 꼭 그 사람을 두고 하는 말 같아요."

"성격이나 취향은 그렇다 치고, 무슨 말썽을 일으키지는 않았습니까?"

"내 동생한테 눈독을 들였던 건 사실입니다. 한번은 술을 먹이고 강제로 키스를 하려고 한 적이 있다고 합니다. 동생이 발등을 짓밟고 도망쳤다고 하는데, 횡령 사건이 드러나기 전까지는 우리 두 자매만 알기로 하고 아무한테도 말하지 않았어요."

"그럼 그 사람이 댁에 출입하면서 아드님하고도 자주 만났겠군요. 귀여워해 주었나요?"

"천만에요. 우리 아이를 싫어했어요. 우는 소리가 들리면 머리가 지끈거린다고 하고 한 번도 안아 준 적이 없어요. 게다가 종종 밉살맞은 소리도 했어요. '아저씨 아들치고는 너무 미남형이네요. 전혀 안 닮았어요.' 그럴 때는 뺨을 때리고 싶었습니다."

이렇게 기가 센 여자이기에 지금까지 꾹 참고 심문에 응했겠지만, 아들을 언급할 때는 더 이상 참을 수 없었는지 손수건을 얼굴에 대고 다시 흐느껴 울기 시작했다.

오 분쯤 지나서 경위는 다시 입을 열었다.

"부인, 이건 참으로 예민한 질문입니다만, 아드님은, 정말, 이노우에 씨의 아드님이겠지요."

"네……. 그때까지 남자를 몰랐었다고 말하지는 않겠지만, 그 아이가 생겼을 때는 다른 남자가 없었어요."

"알겠습니다."

에노모토 경위는 가만히 고개를 끄덕였다.

그녀의 안색만 봐도 피로가 극에 달했다는 것을 금방 알 수 있었다. 이 정도를 알아낸 만큼 오늘은 충분하다고 생각했다.

다른 방에서는 미야시타 형사가 다에코와 함께 출두한 시마자키 미쓰코를 심문하고 있었다. 다른 각도에서 이 가족 주변의 용의자를 찾아보려는 시도였지만, 이쪽에서는 수확이 거의 없었다.

다에코가 방금 말한 세 남자에 대해서는 아침부터 탐문 수사가 진행되고 있었다. 후카야 형사가 품은 의문을 풀기 위해 요쓰야의 택시가 도착한 위치 근방에 형사가 출동하여 차분한 탐문 조사가 계속되고 있었다. 그러나 서른 살 전후의 별다른 특징도 없는 평범한 여자라는 정보만으로 대상자를 찾아낼 수 있을지 없을지는 아무도 알 수 없었다.

후카야 형사의 말도 하나의 가설에 불과하다. 수사가 진행중일 때는 모친이 공범이며 연극을 하고 있는 것 아닌가, 하는 엉뚱한 생각을 비롯하여 무수한 가설이 생겨났다가 사라져 가게 마련이다.

에노모토 경위도 후카야 형사의 가설이 그럴듯하다는 생각을 하기는 했지만 전면적으로 믿고 있는 것은 아니었다.

점심 식사 대화

그날 점심에 하쿠타니 센이치로는 니혼바시의 산코 빌딩 지하에 있는 구자쿠테이라는 레스토랑에서 아내 아키코와 점심을 먹었다.

동갑내기 아내 아키코는 여성치고는 보기 드문 수완가였다. 가부토 정의 유명한 투자 평론가 오히라 신고의 딸답게 학창 시절부터 주식 시장에서 성공을 거듭해 온 당찬 아가씨였다.

남편이 재판소에 나갈 때는 늘 자기가 운전대를 잡고 바래다주고 나서야 증권사든 어디든 뛰어다니는 것이다. 그러나 이렇게 방글방글 웃으며 식후 디저트로 멜론을 먹는 얼굴은 사랑스러운 새색시로밖에 보이지 않는다. 모르는 사람들은 이 젊은 부인이 가부토 정에서 여장부 소리를 듣던 여성이라는 사실을 상상도 하지 못할 것이다.

"또 아동 유괴 사건이 있었다는군. 아까 법정 서기한테 들었는데."

담배에 불을 붙이며 센이치로가 생각났다는 듯이 말했다.

"또……."

아키코는 가지런하게 생긴 매끄러운 눈썹을 찡그렸다.

"이번엔 어떤 집의 아이가?"

"자세한 건 모르지만, 이노우에 라이조라는 사채업자의 아들이래. 혹시 아는 사람이야?"

"알아. 가부토 정에서 주식 매집이니 기업 인수니 하는 소동이 일어나면 그 배후에는 예외가 없다고 할 정도로 그 사람 이름이 나오니까. 뭐, 그 사람이라면 조금쯤 뜯겨도 지장은 없을 거야."

"하지만 삼천만 엔을 뜯긴데다 아이도 돌아오지 못한 것 같아. 경시청에서는 처음부터 살해당한 것은 아닌가 하고 추정한대."

"세상에!"

아키코는 스푼을 움직이던 손을 멈췄다.

"이노우에 라이조라는 사람은 악당이니 악귀니 하는 소리를 듣는 노인이야. 그 악당보다 더 독한 악당이 있었어? 악당을 울게 만든 대악당이 있다니."

"기자들이 하나같이 이 범인은 얼음보다 차가운 자이니 드라이 아이스라고 불러야겠다고 하더군. 똑같은 범죄라도 기무라 사건의 피해자 오야마 씨처럼 동정을 받지 못하는 것은 역시 평소 인심이 나쁜 탓인지도 모르지."

"이노우에 놈을 찔러 죽이고 나도 목을 찔러 죽겠다는 사람이라면 나도 전에 만나 본 적이 있어. 그런 사람들 가운데 하나인지도 모르지. 이번 범인은⋯⋯."

"그럴 수도 있겠지. 하지만 부모는 부모이고 자식은 자식이야. 만약 정말로 아이가 살해되었다면 나도 범인의 변호를 맡을 자신이 없을 거야."

"당연히 사양해야지. 혹시라도 국선이니 뭐니 해서 지목을 당하더라도 말이야. 그런데 아이를 납치해서 죽이는 자는 도대체 어떻게 생겼을까. 당신, 기무라 얼굴 봤어?"

"그 사건을 재판하는 날 마침 재판소에 볼일이 있던 것이 두 번쯤 되지만, 설마 내 사건을 나 몰라라 하고 그 재판을 방청하러 갈 수는 없잖아."

커피 잔을 들면서 센이치로는 쓴웃음을 지었다.

"이번 사건의 범인도 아마 기무라와 어떤 공통점이 있을 것 같아. 외모는 몰라도 성격적으로."

"그럴 거야. 범인이 체포되지 않아도 그 정도는 짐작할 수 있지. 일종의 정신 이상자일 게 틀림없어. 기무라 때도 동료들 사이에서 다양한 얘기가 나왔었어. 누군가 이런 말을 하더군. 기무라는 정말 변호사를 애먹이는 자라고."

"당연하지. 그런데 그렇게 말한 특별한 이유라도 있어?"

"그자의 치질 문제 때문이야. 만약 그자가 사건 전에 정신 병원에 다닌 적이 있다고 해 봐. 의사나 치과 의사가, 내 머리가 이상해요, 하고 공표한다면 환자가 뚝 끊기겠지. 그래서 누구라도 금방 이해해 주는 치질을 핑계로 휴진한 거라면? 경시청에서도 궁지에 몰린 끝에 그런 가설을 생각했다는 거야. 그래서 도쿄에 있는 병원을 전부 조사해서 그자가 치질 치료를 받은 적이 없다는 사실을 밝혀내고, 이번에는 정신과 병원을 전부 조사해 봤다는 거야. 진짜인지 아닌지는 장담할 수 없지만."

"신경 쇠약을 근거로 형을 경감받을 수 있겠네?"

"그렇지. 이제 와서 아무리 정신 감정을 해 봐야 당시의 심리 상태를 알 수는 없지. 당시와 동일한 자극을 주고 어떤 반응을 보이는가 하는 실험도 불가능해. 다만 그가 사건 며칠 전까지 어느 병원에 다니고 있었고 상당한 이상한 정신 상태에 있었던 것만 증명해 보라고. 변호사로서는 공을 세울 여지가 생겨나는 거지. 잘하면 무기 징역까지 끌어내릴 수 있어."

"그리고 십오 년쯤 지나면 가석방으로 형무소에서 나올 수 있겠지. 아아, 그런 악덕 변호사의 부인은 되고 싶지 않아."

"그러게. 나도 이런 범인은 변호하고 싶지 않아. 당신한테 이혼 소송당하기 싫거든."

두 사람은 서로의 눈을 마주 보며 웃었다.

센이치로도 그날 오후는 재판이 없었다.

레스토랑을 나서자 그는 증권 회사로 돌아가는 아키코와 헤어져 마루젠 서점으로 원서를 사러 갔다.

그는 따뜻한 볕을 쬐며 걸으며,

"백 명 중에 한 명 정도는 정신병자가 있게 마련이야. 경증 환자까지 다 입원시키려면 침상이 아무리 많아도 부족할걸."

하고 말했던 의사 친구의 말을 떠올렸다.

이런 유괴 살인 같은 짓을 저지르는 범죄자는, 법률적으로는 다르게 판정받을지 몰라도, 그 백 명 가운데 한 명일 것이다. 기무라도, 이번 사건의 범인도……

이렇게 천천히 거리를 걸어가는 사람들 중에도 그런 비율로 정신 이상자가 섞여 있다고 생각하니 햐쿠타니 센이치로는 조금 무서워졌다.

지금 자신을 노려보며 지나간 저 인상 험악한 남자도 정신 이상자인지 모른다. 저쪽에서 걸어온 저 젊은 여자도 그런 부류인지 모른다……

어쩌면 이번 유괴 사건의 범인도 여전히 자유로운 몸으로 이 주변 백화점들을 돌아다니며 삼천만 엔으로 무엇을 살까 하고 궁리하고 있는지도 모른다……

센이치로는 걸음을 멈추고 새 담배에 불을 붙이며 망상을 떨쳐내려고 했다.

그는 운명론자를 자처해 왔다. 그러나 아무리 운명론자라도 누구나 의미를 해석할 수 없는 과거의 한 장면이 있고, 또 예상도 할 수 없는 미래의 일막이 있게 마련이다.

浩一の住居の付近の聞きこみ捜査を続けていたの

加田刑事と須藤刑事の二人だったが、榎本警部補と

話連絡の結果、本人に会って話を聞くことになった

人が、この家の天井の高い北むきのアトリエに通さ

のは、午後一時三十分のことだった。

の画家はたしかに美男子だった。眼は明るく、眉は

鼻は高く、そして乱れた髪の毛がかえって印象的だ

。ズボンにセーターという軽装で、変に気どっていな

ろもなかった。

井上さんのところの坊やが、誘拐されて、殺されたか

れないというのですか？」

事の話を聞いただけで、彼はまっ青になっていた。

まあ、葡萄酒でも、お茶がわりに」

ょっとでも間をおこうとしているのだろう。椅子から立

がって、壁に作りつけの戸棚から、酒瓶とグラスを持

帰ってきたが、酒を注ぐときには、やっぱり手がふえ

た。

フランスの本場物です。まあ、どうぞ」

は一気に血のような液体をのみほしたが、刑事たち

二人ともグラスに手もふれなかった。

どうなすったのですか。まさか、毒ははいっちゃいま

よ」「勤務中ですから」

まあ、いいじゃありませんか。一杯や二杯じゃ顔にも

せんよ」

파문、波紋

第三部 ———

화가의 고백

하라 고이치의 자택 근방에 대한 탐문 수사를 계속하던 가다 형사와 스도 형사는 에노모토 경위와 전화 통화를 한 결과, 당사자를 만나 직접 진술을 들어 보기로 했다. 두 형사가 그의 집을 방문하여 북향에 천장이 높은 아틀리에에 들어선 것은 오후 1시 30분이었다.

화가는 과연 미남이었다. 눈빛이 맑고 눈썹이 진하고 코가 높으며, 헝클어진 머리카락이 더욱 개성적인 인상으로 만들어 주었다. 바지에 스웨터라는 간소한 차림에, 특별히 거드름을 피우거나 하는 모습도 없었다.

"이노우에 씨의 아들이 유괴되어 살해됐을지도 모른다는 겁니까?"

형사의 이야기만 듣고도 그는 얼굴이 파랗게 질렸다.

"아, 차 대신에 와인이라도 드시겠습니까."

잠시라도 시간을 벌려는지 의자에서 일어나 벽에 붙박이로 설치된 찬장에서 술병과 잔을 꺼내서 돌아왔지만, 술을 따르는 손은 역시 희미하게 떨리고 있었다.

"본고장 프랑스산입니다. 자, 드시죠."

그는 피 같은 액체를 단숨에 들이켰지만, 두 형사는 잔에 손도 대지 않았다.

"왜 안 드세요. 설마 독이라도 탔겠습니까."

"근무중이라서요."

"한 잔인데 뭐 어떻습니까. 와인 한두 잔은 얼굴에 표도 안 납니다."

가다 형사는 와인은 쳐다보지도 않고 무릎을 앞으로 들이밀었다.

"그 부인하고는 전부터 아는 사이였나요?"

"그렇습니다. 벌써 십 년 전 얘기인데, 그 사람이 신주쿠의 비콘이라는 바에서 일할 때 알게 되었죠."

"당시 꽤 깊이 사귀었던 거죠?"

"뭐, 그런 셈이죠. 이렇게 우리 집까지 찾아오신 걸 보면 감춰도 소용없겠군요."

"그럼 그 관계는 왜 끊긴 겁니까?"

"제가 전부터 가슴에 병을 앓고 있었는데 당시 과로로 더쳐서 입원을 해야 했고…… 절개 수술을 받았습니다. 옛날이었으면 꼼짝없이 죽었죠. 수술 뒤 상당 기간 요양 생활을 해야 했는데, 그사이에 그 사람이 지금의 남편을 만나 결혼해 버린 겁니다."

"알겠습니다. 그럼 그 뒤에는요?"

하라 고이치는 잠시 입을 다물었다. 현재의 비밀을 어느 정도까지 밝혀야 하는지 궁리하는 듯했다.

"선생과 그 부인의 요즘 관계를 조금 알고 있습니다. 결코 선생을 의심하는 것은 아니니까 툭 터놓고 말씀하시는 게 좋을 겁니다……."

"그래요? 하긴 마누라가 이 골목 이웃들이 다 듣게끔 요란하게 악다구니를 썼으니까요. 제 마음이 조금만 더 약했어도 진지하게 이사를 생각했을 겁니다."

두 형사는 고개를 끄덕였다. 이쪽에서 알고 있는 바를 전부 보여 줄 필요는 없었다.

"그 관계는 언제부터 시작된 겁니까?"

"이 년쯤 됐습니다. 긴자에서 우연히 만났는데 차라도 한잔하자고 해서, 그다음은 뭐 굳이 말씀드리지 않아도 될 것 같습니다만."

"이 질문에는 대답해 주셨으면 합니다. 그 부인과 선생 중에 어느 쪽이 더 적극적이었습니까? 적어도 맨 처음 한 번은 말입니다."

"잠자리라는 건 아무래도 남자가 더 적극적이게 마련이지만, 우리 경우는 누가 먼저랄 것도 없었어요. 그 사람도 결코 소극적이었다고는 할 수 없었습니다."

"알겠습니다. 그럼 한 달에 몇 번이나 만났습니까?"

"나도 몸뚱이가 시원찮은 처지고, 하고 있는 일도 에너지를 상당히 써야 하는 일이라서요. 댁들은 이런 일로 먹고사는 사람들은 술과 여자를 밝히는 보헤미안이라고 생각하시겠지요? 그건 과거에나 할 법한 잘못된 생각입니다. 이렇게 경쟁이 치열한 저널리즘 아래서는 조금이라도 방심하고 게을러지면 금방 외면당하고 맙니다."

"말씀은 잘 알겠습니다만, 방금 그 질문에 대한 대답은?"

"뭐, 내 처지가 그래서 매주 한 번 정도가 나한테는 최선이었습니다. 그 대신 시간 조절이 자유로운 처지라 낮에 만날 수 있었던 겁니다. 이런 게 자유업의 장점이겠죠."

"알겠습니다. 그럼 그 부인은 그쪽으로는 욕구가 강한 편이었나요?"

"미묘한 걸 물으시는군요. 그 사람이 살해당한 것도 아닌데 그런 것까지 밝혀야 합니까?"

남들보다 감수성이 훨씬 예민하지 않으면 해 나갈 수 없는 직업인만큼 이 질문도 남보다 더 예민하게 받아들였는지 반문하는 말에 가시가 느껴졌다.

"아뇨, 우리라고 좋아서 남의 사생활을 건드리는 게 아닙니다."

스도 형사가 땀을 훔치며 말했다.

"다만 우리는 직업상 모든 가능성을 짚어 봐야 합니다. 소설에서조차 현실성이 없다고 하는 일들이 오히려 실제 범죄에서는 벌어지거든요. 예를 들어 기무라 사건만 해도 그렇습니다. 대학 교육을 받고 몇 년간이나 의원을 운영해 온 버젓한 치과 의사 선생이 범인이라는 것을 알았을 때는 다들 말문이 막혔을 정도입니다."

"기무라 사건……."

하라 고이치는 눈길을 내렸다. 뭔가 쓰라린 기억을 반추하는 듯한 눈치였다.

"그래서 지금 우리가 그런 것까지 묻고 있는 겁니다. 영리 유괴라는 표면적인 목적 외에 또 다른 깊은 동기가 숨어 있는 것은 아닌가. 설사 짝사랑이라고 해도 그 부인에게 홀딱 반한 남자가 있어서 그자가 이루지 못할 사랑에 원한을 품고 앙갚음을 한 것은 아닌가, 뭐 이런 시각도 있을 수 있다는 거죠."

"그렇다면 방금 전의 질문은 이런 겁니까? 그 사람은 남편과 나만으로는 욕구를 만족시킬 수 없었다. 그래서 애인을 또 만들었다. 어쩌면 그자가 범인인지도 모른다는 겁니까?"

"물론 하나의 가정일 뿐입니다."

"글쎄요, 한 남자와 사귀면서 당신으로는 부족해서 애인이 더 필요하다고 대놓고 말할 여자가 어디 있겠습니까. 옛날에 물장사하던 여자들처럼 남자가 처음부터 여자의 신분을 다 알고 사귀는 경우는 얘기가 달라지지만."

고이치는 그렇게 말하며 쓴웃음을 지었다. 그 표정을 보았을 때, 두 형사는 역시 이 문제는 이 남자를 통해서는 밝혀낼 수 없겠구나, 하고 느꼈다.

"21일 밤 이노우에 씨 집에 전화를 한 것이 선생이었죠?"

"그렇습니다."

"무슨 일로 전화하셨습니까?"

"특별한 볼일이 있어서 전화한 것은 아닙니다. 그날 동료들과 망년회가 있어서 거기 참석했는데, 건강이 이 모양이라 술을 많이 마시지 못합니다. 그래서 8시 반쯤에 자리에서 빠져나와 집으로 돌아왔습니다. 그러자 제자가, 이노우에 씨라는 분에게 전화가 왔는데, 9시쯤 전화해 달라고 했다는 겁니다. 저도 술을 조금 마신 상태였고 해서 무슨 급한 연락이 있나 보다 생각하며 전화를 걸었던 겁니다."

두 형사는 얼굴을 마주 보았다.

"그 전화가 녹음되고 있었다는 것을 아십니까? 물론 그쪽 부인도 시간에 여유가 있었다면 그 부분은 지워 버렸겠지요. 하지만 통화 직후에 재생되는 바람에 숨길 수 없었을 겁니다."

"뭐라고요?"

포도주 잔을 들고 있는 고이치의 손이 덜덜 떨렸다.

"모르는 사람처럼 전화를 받기에, 아하, 옆에 누가 있구나, 하고 생각했습니다. 그랬군요, 기무라 사건처럼 범인이 전화로 연락할 가능성도 있을 테니까 그런 장치를 연결해 두었군요."

"그렇습니다. 그런데 그 후에는 왜 연락을 하지 않은 겁니까?"

"정말 눈코 뜰 새 없이 바빴습니다. 연초에는 인쇄소들이 쉬지 않습니까. 그래서 어느 잡지사나 마감 날짜가 앞당겨집니다. 작가 선생들과 잡지사 스케줄이 내 책상으로 밀물처럼 밀려들어서 지난 이틀간은 전화기를 만질 겨를도 없었습니다. 정 급한 일이면 그 사람이 전화하겠지, 하고 있었습니다만."

"제자분이 받았다는 전화 말입니다만, 남자 목소리였습니까, 여자 목소리였습니까?"

"나도 조금 이상한 생각이 들어서 나중에 그 점을 확인해 보았는데, 남자 목소리였답니다. 나도 이건 뭐지, 하고 생각했습니다."

가다 형사도 내심 크게 놀랐다.

첫 연락은 범인이 직접 전화한 것이 아닐까, 라는 생각이 먹구름처럼 뭉게뭉게 솟아올랐던 것이다.

범인은 맨 처음에는 제 목소리로 직접 이노우에가에 전화를 걸었다. 기무라 사건에 비추어 볼 때 그 이후에는 전화 통화가 녹음될 가능성이 있다는 것을 예상할 수 있었을 것이다. 그런 상황에서 이런 잔꾀를 쓴다면……

물론 이것이 그렇게 심각한 결과를 부르리라고는 범인도 예측하지 못했을 게 틀림없다. 다만 이것은 그리 수고가 필요한 일이 아니다. 설사 효과가 없었다고 해도 범인한테는 아무 손해도 없었다.

범인은 의외로 이노우에가 주변에 숨어 있지 않을까, 하고 형사는 생각하기 시작했다.

"선생은 누가 그 전화를 걸었을지 짐작되는 사람이 없습니까?"

"글쎄요……. 동료들 중에 전화광이라는 별명이 있는 사람이 있어요. 남의 집에 이런저런 전화를 걸어서 장난을 치는 겁니다. 우리 집도 한 번 당한 적이 있어요. 저녁 식사를 하는데 '여긴 세무서인데, 댁의 화장실은 배수구가 하나입니까, 둘입니까?'라고 진지하게 물었답니다. 전화를 받은 제자가 시골 출신이라 깜짝 놀란 모양입니다. 도쿄에는 '화장실세'라는 것도 있나 보다 하고 생각했다고 합니다. 하긴 그 동료는 목소리 흉내의 달인이라 코를 쥐고 전화를 하기도 하니까 주변의 아는 사람들도 가끔 속아 넘어갑니다. 나는 이번에도 그 사람이 장난을 쳤나 했습니다만."

"그 사람 이름이 뭡니까?"

"우라가미 쇼타로입니다. 집은 메구로 구 고마바……."

하라 고이치는 뭔가가 퍼뜩 스친 것처럼 말을 끊었다.

두 형사는 서둘러 역으로 향했다. 어디선가 군고구마 냄새가 풍겨 왔다. 누구에게나 소년 시절을 떠올리게 하는 소소한 자극이지만, 두 사람 모두 그런 추억을 떠올릴 계제가 아니었다.

하라 고이치의 알리바이는 확실하다고 봐도 좋았다. 20일 9시경 그는 근처 이발소에서 머리를 깎고 있었다. 그 전에는 집을 벗어난 적이 없다는 것도 제자와 가정부의 증언으로 확인되었다.

"그 전화는 역시 전화광의 짓인가? 고마바에 산다면 이노우에 다에코의 얼굴이나 이름을 알고 있다고 해도 이상할 게 없지. 두 사람이 나란히 걸어가는 것을 본 적이 있다면."

"장난치고는 너무 심각하군요. 이런 장난은 당한 쪽이 요놈 봐라 하면서도 나중에 스스로도 우스갯소리 삼아서 화제에 올릴 만한 짓이라야 계속될 수 있는 거죠. 한 가정을 망가뜨릴 지경이라면 너무 지나친 겁니다."

"처음에는 그런 정도로 시작되어도 원래 장난이란 것이 점차 도가 심해지게 마련이니까."

"아뇨, 저는 범인이 걸었다고밖에 생각되지 않는군요."

"그럼 역시 오카야마 아무개가 수상하다고 봐야 하나?"

"그럴지도 모르죠. 그자라면 다에코와 하라의 관계를 알고 있었잖아요. 아이를 유괴해서 돈을 뜯어내고 그 참에 비밀스러운 정사도 까발린다. 여자에게 하는 복수 중에 그보다 더 뼈아픈 건 없을 겁니다."

"다에코한테 다른 애인이 있었는지도 모르지. 남편은 그 방면에 전혀 능력이 없고 애인이란 자는 일주일에 한 번이 고작이라면 굶주려도 심각하게 굶주리게 되는 셈인데."

"모르겠습니다. 어쨌든 그 부인 주변은 좀 더 캐 볼 필요가 있을 것 같습니다."

이것은 두 형사의 일치된 결론이었다.

여자와 중고차

그 시간에 마루네 긴지 집에도 가토, 야타베 형사가 방문해서 신문하고 있었다.

"나한테 뭘 묻겠다는 겁니까?"

긴지는 노골적으로 경계하는 태도를 보였다. 눈알이 번들거리고 볼 근육이 신경통을 앓는 양 움찔거렸다.

"실례지만, 당신은 무슨 일로 생계를 해결하고 있습니까?"

"글쎄요…… 뭐, 이것저것 합니다. 경마나 경륜 같은 것은 도박죄하고 상관없잖아요."

"그런 게임이야 딸 때도 있지만 다달이 반드시 딴다는 보장도 없는데, 그것으로 생계를 해결해 나갈 수 있다고 할 만한 일은 아니잖아요?"

"그거야 사람 나름이죠. 나는 경험이 많아서 딱 보면 우승마가 보여요. 틀릴 때도 있지만 평균적으로 짭짤하게 따는 편이죠."

"그게 전부입니까? 그것 말고 여자를 알선하는 일도 하고 있지 않습니까?"

긴지의 눈이 번쩍 빛났다. 이제 겨우 서른 안팎일 텐데 나이보다 십 년은 더 들어 보였다. 불규칙한 생활과 난잡한 여자관계가 육체를 좀먹었는지 모른다. 얼굴에서 생기가 있는 곳이라고는 동물적인 눈밖에 없었다.

"그러니까 이것저것 한다고 말했잖아요. 결혼할 때 다들 중매인을 거치지 않습니까."

"그거야 정식 결혼을 전제로 할 때겠지요."

"나도 여자 하나에 남자를 몇 명씩 갖다 붙이는 게 아니라고요. 예를 들어 재산이 많아서 술집을 차리고 싶은 남자가 있다고 칩시다. 다른 한편에는 마담이 되고 싶어 안달이 난 여자가 있다고 하자고요. 이 두 사람을 연결해 주는 게 중매인이지 뭡니까. 이런 커플을 아무리 많이 만들어 준들 매춘 금지법에는 안 걸린단 말입니다!"

긴지는 악을 쓰듯이 말했다.

"그거야 물론 그렇습니다. 그런데 그런 일도 꽤 돈벌이가 되는 모양이군요. 자가용까지 굴리는 걸 보면."

"자가용도 자가용 나름이죠."

긴지는 입술을 일그러뜨리며 웃었다.

"국산 새 차라면 아무리 싸도 사십만 엔 정도는 합니다. 하지만 중고차라면 내가 사지 못할 가격은 아닙니다. 얼마 전에도 55년산 힐먼이 겨우 이만이천 엔이더라고요. 내 차는 그렇게 싸게 사지는 않았지만, 그래도 십만 엔 이하였어요. 뭐, 차도 여자랑 마찬가지라 직접 타 보지 않으면 알 수 없는 겁니다. 운전하기 까다로운 건 새 차나 처녀나 마찬가지 아닙니까."

이런 대답도 감각적으로는 분명히 예리한 구석이 있었다. 다만 그의 말에는 비뚤어진 구석이 있었다. 세상의 인정을 받지 못한 재주꾼이 사람을 모로 흘겨보는 느낌을 풍겼다.

"지난 20일 아침에는 무얼 하셨어요?"

"경륜요. 아침 8시경에 집을 나서서 가와사키로 갔죠."

"경륜장에서 누굴 만나지는 않았습니까?"

"뭐 특별히……. 그렇게 알리바이를 증명해 줄 친구가 내 편한 대로 만나지는 게 아니잖아요."

"세쓰오 군은 잘 알죠?"

"어릴 때는요. 하지만 요즘은 길에서 만나도 아마 못 알아볼걸요."

"당신은 이노우에 씨를 많이 원망하고 있다고 하더군요."

"당연하죠. 그런 노인이랑 같은 피가 흐른다는 게 창피합니다."

"그런데 왜 떠난 겁니까?"

"그 전에 내가 왜 거기서 일하게 되었는지부터 말씀드릴까? 나는 가정 사정으로 돗토리에 있는 후진 지방 대학을 나왔어요. 어떻게든 도쿄로 올라가고 싶은 생각뿐이었죠. 도쿄로 올라갈 수만 있다면 어떤 기회라도 붙잡을 생각이었습니다."

"그랬군요. 그래서요?"

"그런데 막상 일을 해 보고 사채라는 것의 실상을 알게 된 후 많이 놀랐습니다. 그렇다고 갑자기 뛰쳐나갈 수도 없어서 두 눈 꾹 감고 한동안 참고 있었죠. 그러던 차에 어떤 사건이 터진 겁니다. 그 일을 두고 그쪽에서 나를 엄청 나쁘게 말하는 것 같더군요."

"무슨 사건이었는데요?"

"예전에 그 노인이 크게 신세를 진 사람이 있습니다. 오늘의 내가 있는 것도 다 그 사람 덕분이다, 라는 말을 수도 없이 들었는데 그 사람 아들이 지금 도쿄에서 무슨 사업을 하고 있어요. 나도 동향이라 잘 아는 사람이죠. 그런데 어느 날 그 사람이 우리한테 달려와 천만 엔만 융자해 달라고 부탁한 겁니다. 만약 댁들이 내 처지였다면 어떻게 했겠습니까?"

"……."

"마침 그때 노인이 여행을 떠나고 없었어요. 노인을 대신하는 책임자도 자리에 없었고요. 그런데 사채업자 사무실에 불쑥 찾아오는 사람들은 십중팔구 죽느냐 사느냐 하는 아슬아슬한 위기에 빠져서 캠퍼 주사를 맞으러 오는 거나 마찬가지거든요. 내가 조금만 더 영리했으면 다른 업자를 소개해 주고 말았을 겁니다. 하지만 나는 혼자 판단으로 천만 엔을 내주었단 말입니다."

"……."

"뭐, 회수만 되었다면 아무 일도 아니었겠죠. 그런데 그 돈이 몽땅 말라 버린 겁니다. 단돈 일 엔도 회수할 수 없는 상태가 돼 버렸어요. 그걸 내가 횡령한 것처럼 몰아붙인 거죠."

"……."

"노인의 동생이란 사람이 나한테 엎드려 빌라고 하더군요. 하지만 나도 자존심이란 게 있어요. 그때까지 회사에 그 금액 이상 벌어다 주었으니까 사죄할 필요는 없다고 말하고 사표를 던져 버린 겁니다."

"……."

"그런데 회사를 때려치우고 나서 노인의 악착같은 성깔에 질려 버렸습니다. 기르던 개한테 물렸다, 이렇게 떠벌리고 다니는 거야 견해 차이니까 참을 수 있다고 칩시다. 그런데 그 노인네는 내가 새 일자리를 잡았다 싶으면 방해를 하는 겁니다."

"……."

"인생은 처음 한 걸음이 중요하다는 걸 뼈저리게 깨달았습니다. 사채업자 밑에서 일했다는 이력은 안 그래도 점수를 깎아 먹을 판인데, 새 직장에서 일한 지 한 달도 안 돼서 회사에 폭력단의 압력이 들어온다면 어떻게 되겠습니까. 대기업이라면 가볍게 무시해 버리겠지만 중소기업은 벌벌 떨면서 나를 잘라 버리는 거죠. 그런 일을 두세 번 거듭하고 보니 이력서도 지저분해지는 겁니다. 두 달 세 달도 못 채우고 회사를 옮겨 다닌 이력을 어느 회사에서 써 주겠습니까."

"알겠습니다……."

두 형사는 얼굴을 마주 보며 한숨을 지었다.

"그렇다고 굶을 수는 없는 거 아닙니까. 그때 시골로 도피라도 했으면 그 노인도 덜 괴롭혔겠죠. 하지만 나는 사나이 오기로 버텼단 말입니다. 그렇다면 아예 아무 데도 취직하지 말고 나 혼자 힘으로 살아가는 걸 보여 주자. 그렇게 작정하고 이런 일을 하고 있는 겁니다. 그걸 더럽다고 욕한다면 나는 아무 할 말이 없지만요."

"그렇군요. 그런 사정이 있었습니까."

"솔직히 나는 그 노인이 살해당했다면 팥밥을 지어 먹고 축배를 들 겁니다. 하지만 죄 없는 아이가 납치되어 살해당했다고 하니 그렇게까지 하고 싶은 마음은 없지만……. 그렇다고 동정하지도 않아요. 어, 그래? 하고 방관할 뿐이죠. 당연히 장례식에도 안 갈 겁니다."

가토 형사는 진저리를 쳤다. 이자에게는 도저히 호감을 가질 수 없었지만 하는 말은 충분히 납득할 만했다.

모든 일에는 겉과 속이 있다.

한쪽 말만 들어서는 진상을 알 수 없다지만 쌍방이 하는 말이 이렇게 다른 것도 드문 일이다 싶을 정도였다.

"어쨌든 나는 유괴 같은 멍청한 짓은 안 합니다. 기무라만 해도 연료비나 꼬라박고 끝난 거 아닙니까. 범죄란 건 수지가 맞질 않아요. 그 정도는 나도 압니다."

"알겠습니다……. 그럼 당신이 보기에 이런 일을 저지를 만한 사람은 없습니까?"

"글쎄요……. 거길 그만두고 벌써 여러 해가 지났으니까요. 돈이 아니라 원한이 동기라고 한다면 의심이 가는 사람이 도쿄에만 수천 명은 될 겁니다. 그런 사람들을 일일이 조사해 보시든지."

"그럼, 이노우에 부인에 대해서는 어떻게 생각합니까? 당신이 느낀 인상은 솔직히 어떻습니까?"

"물장사하던 여자잖아요. 뭐, 그렇다고 경멸하지는 않지만, 방금 한 자동차 얘기처럼 중고라도 천차만별이니까요. 하지만 나는 솔직히 말해서 그 꼬마가 노인네와 별로 닮지 않았다고 생각한 적은 있어요. 물론 이건 내 눈으로 보고 느낀 것일 뿐이죠. 그 노인의 자식이 아니라고 장담할 수는 없죠."

"알겠습니다."

가토 형사는 고개를 끄덕였다. 하나의 범죄가 일어나면 거기에 얽힌 인간 사회의 추한 면들이 고구마 줄기처럼 속속 드러나는 것은 그의 경험만 돌아봐도 드문 일이 아니지만, 지금도 역시 어떤 독기에 쏘인 듯한 기분이 들었다.

"그럼, 부인에게 애인이 있는 걸까요? 그런 사정에 대해서 뭐 들은 거나 떠오르는 일은 없습니까?"

"그야 나도 그 여자한테 중매를 부탁받은 적은 없으니까요."

긴지는 냉랭하게 코웃음을 쳤다.

"아무튼 그 여자한테는 무서울 정도로 계산적인 데가 있어요. 외국에는 유산을 노리고 예순, 일흔, 심한 경우에는 아흔 노인에게 의도적으로 접근해서 결혼을 하는 이십 대 여자들이 있다잖아요. 남자는 회춘의 묘약쯤으로 생각하겠지만, 아무래도 섹스가 잘 맞지 않으니까 남자 수명만 단축되는 거죠."

두 형사는 얼굴을 마주 보았지만 긴지는 아무렇지도 않게 말을 이었다.

"늙은 남편이 죽어서 유산을 물려받으면 이번에는 진짜 좋아하는 젊은 남자랑 결혼한다는 겁니다. 그런 것은 합법적 범죄라고 할 수 있을지도 모르죠. 심한 경우는 죽은 남편의 회상기니 뭐니를 써서 인세까지 챙기는 대단한 여자도 있다고 하던데 그 여자한테는 설마 그런 글재주는 없겠죠."

"그럼 부인의 결혼이 순수한 애정 때문이 아니었다는 거군요?"

"처음부터 끝까지 계산속이고말고요. 안 그러면 그런 늙은이한테 몸을 맡기는 여자가 있겠습니까……. 지금 거느린 첩들만 해도 당장 짜낼 수 있는 만큼 짜내 두자는 계산속 아닙니까. 하하하하, 댁들이 아는지 모르는지 모르지만, 이런 일을 하다 보면 인간의 벌

거벗은 몸뚱이가 훤히 보이죠. 사랑은 순수하다느니 결혼은 신성하다느니 말하지만, 대체 세상 남녀의 몇 퍼센트가 그렇게 맺어지는지 내가 보기엔 진짜 의문스럽습니다."

위악적으로 말하는 것인지, 아니면 정말로 악인인지 가토 형사는 여전히 판단이 서지 않았다. 다만 그의 말에는 일면적일지라도 상당한 진리가 숨어 있다는 것은 부정할 수 없었다.

"그걸 잘 보여 주는 예를 하나 들까요? 그 여자의 행실 말입니다."

"부탁합니다."

"그 여자가 세컨드, 서드를 대하는 태도는 세상 상식을 완전히 초월합니다. 추석이나 연말에 선물을 보내는 것은 말할 것도 없고 사이좋게 연극 구경까지 한다니까요. 비서란 사람한테 물어보세요. 첩들 가운데 하나는 본처가 추천해서 첩으로 들인 여자가 있을 겁니다."

"그런데 왜 그렇게까지……."

"사실 그 노인한테는 뭐랄까 옛날 지방 영주 같은 구석이 있거든요. 우리 마누라가 화통하다니까, 하며 기특해하고 있는 모양이지만 뭐, 내가 보기에는 본처가 자기 혼자 공격하는 것보다 네 여자가 번갈아 가며 파상 공격을 해야 격침이 빠르다고 생각하는 게 아닐까 싶군요."

"전투기로 전함을 공격하는 얘기 같군요."

"인생은 전쟁이잖아요. 이기면 관군, 지면 역적이라는 교훈은 그 노인네한테 귀에 굳은살이 박이도록 들었습니다."

그 말은 배 속에서부터 쥐어짜 낸 듯한 느낌이었다. 별반 새로울 것도 없는 내용이지만 가토 형사는 자신의 전쟁 경험을 떠올리며 일종의 충격을 느끼고 있었다.

그는 임팔 공략의 꿈을 접어 버린 궁병단의 일원으로서 굶주림과 적의 추격에 시달리며 피와 진창의 버마 가도를 참담하게 패주하고 또 패주했었다. 애초에 무리였던 공격 작전과 인간의 능력을 벗어난 퇴각 작전을 겪으면서도 자신이 다치지 않고 살아남은 것이 신기할 정도였다.

그러므로 그는 누가 전쟁 이야기를 하면 결코 장단을 맞출 수 없었다. 하물며 자기보다 젊은 사람이 전쟁을 예로 들 때는 내심 '너 따위가 전쟁을 알면 얼마나 알아!' 하는 반발심이 고개를 쳐들게 마련이었다.

그런데 이때만은 스스로 생각해도 이상할 정도로 그런 기분이 들지 않았다. 나이로 보자면 상대방은 실전 경험이 없을 테지만, 인생이란 전장에서는 뼈에 사무치도록 쓴맛을 보았을 것이다. 그래서 남들한테 얻어들은 게 분명한 그 말도 통렬한 실감으로 자신의 내면을 비집고 들어왔을 거라고 생각했다.

"남녀 관계만 해도 애정이라는 것이 전혀 없다고 할 수는 없지만 태반은 욕정이고 물욕이고, 꼭 전쟁 같은 겁니다. 예를 들어 그 여자만 해도 왜 세컨드, 서드의 기분을 맞추겠습니까. 그건 일종의 회유책이라고밖에 볼 수 없어요. 이러다 혹시 무슨 일로 본처 자리를 빼앗기지나 않을까 하고 내심 전전긍긍하고 있는 겁니다. 가령 노인이 죽었다고 가정하면 그 순간부터 첩들을 대하는 그 여자의 태도가 확 바뀔 겁니다. 마치 손바닥 뒤집듯이. 재산을 나눠 주기는커녕 첩들이 지금 살고 있는 집까지 빼앗으려고 할지도 모르죠."

"그 부인이 그런 사람입니까?"

"내가 보기엔 분명히 그런 느낌이 듭니다. 이건 가정이니까 실제로 그런 상황이 돼 보지 않으면 내 추측이 맞는지 어떤지는 알 수 없겠지만……."

마루네 긴지는 웃고 있었다. 이 남자는 대략 반년에 한 명 꼴로 동거녀를 바꾸고 있다고 하는데, 여자에 대한 이런 모멸감은 대체 언제부터 생겼을까, 하고 가토 형사가 생각했을 정도였다.

"그럼 당신은 그 부인의 여동생에게 구혼한 적은 없습니까?"

"여동생도 언니를 닮은 데가 있어요."

마루네 긴지는 눈썹 하나 까딱하지 않고 말했다.

"두 자매의 공통점은 일종의 창부 기질입니다. 한 남자로는 만족 못 하죠. 여러 남자를 조종해야 하고 자기가 중심이 되어 우대를 받지 못하면 못 견디는 성격입니다. 언니야 뭐 실생활에서 그런 모습을 보여 준 셈이지만, 동생은 실제로 그런 감정을 발산한 적이 없기 때문에 오히려 더 위험한 상태에서 그런 기질을 속으로 키우고 있는 게 아니겠습니까?"

"그렇군요, 그래서요?"

"지금이라면 나도 여자의 그런 기질을 대번에 꿰뚫어 봅니다. 자기도취라는 감정을 깨끗이 벗어던지면 여자의 몸짓에 숨어 있는 진짜 목적을 간파하는 것이 어렵지 않아요. 하지만 당시 나한테는 어딘지 시골뜨기의 순정이 남아 있었거든요."

마루네 긴지는 테이블 위에 던져 둔 담뱃갑을 양손으로 집어 들고 비틀고 있었다. 그 동작이 마치 닭 같은 동물의 모가지를 비트는 것 같았다.

"그래서 그녀가 틀림없이 나한테, 나 한 사람만 마음에 두고 있구나 하고 믿어 버린 거죠. 하하하하, 집적거리다 한 방 된통 당했죠. 아무리 구두를 신고 있었다지만 게다 굽으로 발등을 있는 힘껏 짓밟혔으니 내가 펄쩍 뛰며 물러날 수밖에요. 참 황당한 미완성 교향곡이었죠."

긴지는 입술 끝을 끌어 올리며 웃었다. 그게 자조의 웃음인지 이노우에 일가에 대한 비웃음인지 두 형사로서도 판단이 서지 않았다.

회색빛 사내

바로 그 시간에 요쓰야 역 근처의 오카야마 건설 2층에서도 비슷한 광경이 벌어지고 있었다.

오카야마 도시오가 지바 형사와 이마이 형사를 앞에 놓고 차가운 불티를 날리고 있었다.

이 남자는 나이가 마흔이라고 하지만, 치조 농루 탓인지 위쪽 앞니가 한 대, 아래 앞니가 세 대나 빠져 있었다. 그 탓인지 나이보다 훨씬 늙어 보였고 줄곧 손으로 입을 가린 채 치켜뜬 시선으로 말하고 있었다.

형사들은 독특한 인상학적 감식안을 가지고 있다. 오랫동안 범죄자들을 상대하다 보면 누굴 만나도, 이 사람은 수상하다, 저 사람은 결백하다, 하고 감을 잡게 마련이다.

물론 그런 직감만으로 상대방의 유무죄를 판단할 수는 없지만, 이렇게 자꾸 고개를 숙이고 치켜뜬 시선으로 상대방을 쳐다보는 사람은 현재 문제가 되는 사건과는 무관하더라도 뭔가 죄를 숨기고 있는 경우가 많다.

이 남자에 대한 두 형사의 인상은 처음부터 매우 짙은 회색이었다.

"어허, 내가 한 일이 협박이라는 말입니까? 빌려 간 돈을 갚으라고 채근할 때, 사채업자라는 인종은 협박이나 공갈에 가까운 짓까지 합니다. 자신의 채권을 지키기 위해서는 그것도 어쩔 수 없는 거 아니겠습니까."

이가 빠진 탓인지 바람 새는 소리가 섞여서 알아듣기가 거북했다.

"그럼 탐정사에 조사를 의뢰해서 이노우에 씨 부인의 행실을 조사한 적이 있는 건 사실이군요?"

"특별히 무리하게 부탁한 것은 아닙니다. 내 친구 중에 예전에 미군에서 일하던 사람이 있는데, 그 친구가 요즘 그런 사업을 하거든요. 주주라고 하기는 뭣하지만 나도 출자자 가운데 한 사람입니다. 그런 사업은 비용은 그리 들지 않지만 사무실이며 전화며 눈에 안 보이는 고정 자본도 필요하니까요. 그런 연유로 나에 관한 한 공짜나 다름없는 비용으로 해 줍니다."

"특별히 그 부인을 지목해서 조사를 의뢰한 것은 애정이나 옛정 같은 것 때문은 아니었겠죠?"

"옛정 말인가요. 그런 감정도 조금 있었는지 모릅니다."

오카야마 도시오는 이번에는 천장 한쪽을 노려보며 담배 연기를 뿜어냈다.

"그 사람도 나를 봤는지 어땠는지는 모르겠지만, 거의 십 년 만에 신주쿠에서 우연히 본 적이 있어요. 거리를 걷고 있는데 그녀가 탄 자동차가 마침 교차로에 멈춰 있더군요. 아주 잠깐 사이라서 소리쳐 부를 새도 없었지만, 차창으로 얼굴을 보고 꽤 아름다워졌네, 하고 깜짝 놀란 적이 있습니다."

"그래서 마음이 동했다, 그런 말입니까?"

"뭐, 그럴 수만 있다면 관계를 되살리고 싶은 바람도 있었죠. 그런 생각으로 요즘 어떻게 사는지 일단 조사를 의뢰해 본 겁니다."

"여색과 돈을 동시에 노린 건가요?"

"무슨 그런……."

오카야마 도시오의 눈에 분노의 빛이 스쳤다.

"그때는 나도 돈에 쪼들리지 않았습니다. 조사를 의뢰하고 얼마 뒤, 이전에 받아 둔 이천만 엔짜리 어음이 부도가 나는 바람에 갑자기 궁지에 몰린 겁니다. 그 어음이 곧 현금이 될 줄 알고 우리 회사도 어음을 발행했거든요. 그게 부도가 나는 날에는 사업이고 뭐고 쫄딱 망할 판이라 여기저기 정신없이 손을 벌리며 다녔습니다.

안면이 조금이라도 있다면 누구에게든 돈 좀 빌려 달라고 부탁하고 싶었습니다."

사업을 어느 정도 규모로 하고 있는지는 모르지만 개인이 운영하는 중소기업 규모에서는 그런 사태가 발생하면 그야말로 생사가 달린 문제가 될 것이다. 두 형사의 의혹은 점점 깊어져 갔다.

"그럼 그 어음을 다 막았습니까?"

"가까스로 막았죠. 이자는 상당히 세지만 어떻게든 이천만 엔 정도를 빌려다가 부도만은 틀어막았습니다."

"하지만 그렇게 돈을 빌렸으니 기한이 되면 또 갚아야 하겠군요. 게다가 이자가 높은 빚이면 갚을 돈이 눈덩이처럼 불어날 수도 있겠군요."

"그렇죠. 그래서 골치가 아픈 겁니다. 그런 처지라 이빨을 해 넣어야 한다고 생각하면서도 치과에도 못 가는 처지입니다."

"그럼 자금을 마련할 계획은 세웠습니까?"

"그렇지도 못합니다. 회사에서 사 둔 땅을 팔면 가까스로 갚을 수 있을 것 같습니다. 고쿠분지 근방이라도 요즘은 평당 일만 엔이 넘으니까…… 공짜나 다름없는 가격으로 사 둔 땅이 오천 평인데, 조만간 토목 공사를 마치고 분양용 토지로 팔까 생각하고 있었지요. 그만한 담보물이 있으니까 어떻게든 돈을 융통할 수 있었던 겁니다. 다만 그런 물건을 현금으로 만들려면 상당한 시간이 걸리니까 그동안의 자금을 융통하느라 골치가 아프다는 겁니다."

"알겠습니다……."

지바 형사는 가볍게 목례를 했다. 도쿄 변두리의 지가가 폭등하고 있다는 것은 누구나 상식처럼 알고 있다. 잠시 자금 회전에 어려움을 겪더라도, 부동산이 있어서 대차 대조표를 맞출 수 있다면 그런 범죄를 저지르면서까지 자금을 조달하려고 하지는 않을 것 같았다. 하지만 그 점에 관해서는 기무라 사건이라는 전례도 있으므로 아직은 경계를 풀 수 없었다.

"이노우에 부인에게 이번 일은 반드시 갚아 주겠다고 말한 적이 있다고 하더군요."

"그렇게 심각하게 한 말은 아니었어요. 그냥 갚아 주겠다고만 했을 뿐입니다. '앙갚음을 한다'와 '갚아 준다'. 엇비슷한 말이지만 의미는 상당히 다르지 않습니까?"

"그럼 어떻게 갚겠다는 거였습니까?"

"방법까지는 심각하게 생각해 본 적은 없어요. 뭐, 보기 좋게 거절당한 마당에 잠자코 돌아서는 것도 부아가 치미니까 헤어질 때 고춧가루를 살짝 뿌려 준 것이라고나 할까요. 예전에는 깊은 인연을 맺었던 여자입니다. 다른 사람보다 거칠게 말한다고 해서 이상할 것은 없지 않습니까."

"하지만 도가 지나쳐서 협박으로 보입니다만."

"형사님."

오카야마 도시오는 비로소 지바 형사의 얼굴을 똑바로 노려보며 말했다.

"뭐, 수사를 하려면 어쩔 수 없는 일이겠지만, 그런 표현은 너무 심하군요."

"……"

"물론 내가 한 짓은 엄밀하게 따지면 협박이 될지도 모릅니다. 하지만 내 처지에서 보자면 자금을 융통하기 위해 약간의 술책을 부렸을 뿐입니다. 돈을 빌리더라도 사채업자가 기꺼이 담보로 잡아 줄 만한 부동산을 걸 작정이었단 말입니다. 맨입으로 돈을 빌릴 생각은 없었다고요. 그 사람은 처음부터 기분이 상해 있었어요. 그때도 이야기를 끝까지 들어 주기만 했어도 내가 그렇게 촌스러운 짓까지 하지는 않았을 겁니다."

"……"

"아무튼 나하고는 말도 섞기 싫다는 얼굴이었어요. 남편한테 얘기 좀 해서 돈을 빌릴 수 있게 해 달라고 말할 때도 '은행 이자까지는 힘들더라도 최대한 싼 이자로'라고 말하려고 했습니다. 그런데 내 말이 끝나기도 전에 다짜고짜 '말도 안 되는 소리 말아요' 하고 쏘아붙이니 더 이상 말하기가 힘들었던 겁니다. 감정에 치우치기만 하고 나도 기분이 상해서 흥분하기는 했죠. 사실 나도 나중에는, 옛날은 옛날이고 지금은 지금인데 내가 너무 무리한 부탁을 했구나, 하고 후회하기는 했습니다. 뭐 그 여자랑 예전 인연을 되살리지 않더라도 여자라면 얼마든지 있으니까 그다지 미련도 없습니다. 나는 빚을 갚으려고 어린 아이를 유괴한 기무라처럼 어리석지는 않다고 생각합니다."

"알겠습니다……. 이건 혹시나 해서 묻는 건데, 12월 20일의 알리바이, 그러니까 아침 8시부터 9시까지의 알리바이를 말씀해 주시겠습니까?"

"유감스럽지만 지금은 기억이 나질 않아요. 집에 있었을 것 같습니다만."

하고 말하며 오카야마 도시오는 손목시계를 들여다보았다.

"형사님, 지금 여기서 나를 체포할 겁니까? 협박 혐의로 체포한 다음에 유괴 증거를 확보할 생각입니까?"

"그렇게까지야……. 다만 수사에 협조해 주시길 바랄 뿐입니다."

"그야 당연히 협력해 드리죠. 하지만 제 처지도 좀 생각해 주십시오. 내일은 크리스마스이브예요. 토요일인데, 그러면 아무리 발버둥을 쳐도 시간이 일주일밖에 없단 말입니다."

"……."

"방금 말씀드렸다시피 회사 자금 사정이 정말 죽을 지경입니다. 앞으로 일주일간은 하루하루 작두 타기의 연속입니다. 제야의 종소리를 들을 때까지는. 오늘만 해도 당장 어떤 사람한테 찾아가서 돈을 빌려 와야 합니다. 그걸 내일까지 은행에 넣지 않으면 바로 부도 처리됩니다. 잘못하면 회사도 망한다니까요. 경시청에서 피해를 보상해 줄 겁니까?"

"협조하기가 힘들다는 말씀입니까?"

"그런 말이 아닙니다. 오늘은 좀 봐줄 수 없느냐는 겁니다. 내일 오후라면 어디로든 출두하겠습니다. 하지만 오늘 나를 계속 붙들어 두는 것은 경찰의 폭력입니다."

점차 흥분이 되는지 오카야마 도시오는 주먹으로 탁자를 두드리며 말했다.

"알겠습니다. 바쁘신데 실례했군요."

지바 형사는 그렇게 말하고 자리에서 일어서서,

"그럼 내일 오후 메구로 서로 임의 출두를 해 주실 거죠?"

하고 확인했다.

"하고말고요. 내일은 몇 시간을 붙들어 두셔도 괜찮습니다."

지바 형사는 오카야마의 사무실을 나서자마자 메구로 서의 에노모토 경위에게 전화했다.

"지금 그 사람을 만났는데 확실하게 건진 것은 없습니다. 제 느낌으로는 흰색도 검은색도 아니고 회색인 것 같은데요."

"이리로 데려올 수는 없나?"

"연말이잖아요. 회사의 위태로운 자금 사정 때문에 자금 마련하러 당장 나가 봐야 한답니다. 내일이라면 임의 출두를 하겠다고 합니다."

"그렇다면 밀어붙이기도 곤란하겠군⋯⋯."

경위도 한숨을 쉬는 듯했다.

"그 사람이 범인이라면 몰라도 그것도 아닌데 당장 출두하라고 요구하면 한동안 뒷맛이 개운치 않을 것 같습니다. 그 사람도 오늘 계속 이렇게 자기를 붙들어 두는 것은 경찰의 폭력이라고 열을 내더군요. 부인도 돈을 꾸러 새벽부터 이바라키의 친정으로 갔다고 합니다. 오늘 밤늦게 돌아올 예정이라고 하더군요."

"하는 수 없지⋯⋯."

경위는 다시 한숨을 지었다.

004

두 번째 기회

수사는 오후 4시경까지 아무 진전도 없었다.

메구로 서의 수사본부에 나와 있는 에노모토 경위도 어떻게 손
쓸 방법이 없는 상태였다.

"시기가 나빠……. 나빠도 너무 나빠."

그는 머리를 감싸며 신음하듯 말했다.

"기무라 때도 국회 앞 시위가 한창이었지. 그때도 4차 경계 정
도까지 준비할 수 있었다면 자동차는 찾아낼 수도 있었을 텐데."

쓰디쓴 회한이 되살아났다. 그는 혼잣말처럼 중얼거리며 곁에
있는 후카야 형사를 쳐다보았다.

"우리야 그렇게 생각하지만 범인 측에서 보자면 절호의 기회가

되겠죠."

형사가 그렇게 대답했을 때 책상에서 전화벨이 울렸다.

"네? 이노우에 사건에 관한 말씀입니까?"

이미 석간이 시내에 깔릴 시간이다. 정보 제공자가 나타났다고 해도 이상할 게 없었다.

경위도 책상 위로 상체를 기울이며 수화기에서 새어 나오는 가느다란 소리에 귀를 기울였다.

"이번에 아주 속이 확 풀렸습니다. 천벌을 받은 거예요……."

수화기에서 흘러나오는 것은 남자의 목소리였다. 정보를 제공하는 전화가 아니었다.

"인질로 잡힌 아이는 딱하지만, 부모가 지은 죄가 있으니 하는 수 없지. 그야말로 십 년 묵은 체증이 싹 가셨네요. 오늘 밤은 진짜 술맛 나겠어요."

"……."

"이 범인은 체포하지 마시오. 아무리 경찰이 우왕좌왕 쩔쩔매더라도 이번에는 아무도 세금 아깝다는 소리 안 할 테니까."

"……."

"크리스마스부터 정월까지 푹 쉬세요. 특공대 만세, 만세, 만만세!"

껄껄거리는 웃음과 함께 전화는 뚝 끊기고 말았다.

후카야 형사도 침통한 표정으로 수화기를 내려놓았다.

수사 도중에는 장난 전화가 얼마든지 걸려 온다. 하지만 이건 장난 전화치고는 너무 심각했다.

"이런 게 얼굴 없는 여론인가요……."

"하늘의 목소리인지도 모르지. 그러니까 평소에 죄 짓고 살면 안 돼……."

"기무라 사건 때는 이런 전화가 한 통도 없었는데요."

"그랬지. 오야마가 사람들은 착한 사람들이었어. 아니, 범인의 가족 중에도 그렇게 악한 사람은 없었어."

경위는 눈을 감고 기무라 사건을 떠올리고 있었다.

당시 몇몇 형사가 한때 후카노 도키코 주변에 잠복했었다. 어쩌면 기무라가 돌아올지도 모른다고 예상하고 정석대로 잠복한 것이었다.

형사들도 처음에는 그녀를 백안시했다. 공범으로서 범행에 직접 관여하지는 않았어도 범행 의도 정도는 알고 있었는지도 모른다. 이런 여자가 있으니까 기무라도 범죄로 내몰렸는지 모른다고 생각하는 것은 경찰관으로서 당연한 감정이었을 것이다.

하지만 형사들조차 시간에 지남에 따라 그녀를 증오할 수 없게 되었다. 불행한 여자, 어떤 의미에서는 희생자 가운데 하나라고 생각하기 시작했다.

그녀의 성실함이 형사들을 움직였을 것이다. 후카노 도키코가 이사할 때는 형사들이 자발적으로 거들기까지 했다.

그 보고를 들었을 때 경위도 잘했다고 고개를 끄덕였다. 기무라의 범죄 자체는 더없이 냉혹하고 잔인했지만, 그 사건에는 그래도 도처에 구원이 있었다. 어딘가 인간성이 어른거리고 있었다.

그에 비하면 이번 사건은 수사가 막 시작된 참인데도 피해자 측에서 일찌감치 추악한 인간성을 드러내기 시작했다.

이노우에가, 그리고 이노우에 금융 쪽 사람들 중에 경위가 호감을 품은 사람은 한 명도 없었다. 오늘 형사들이 방문한 세 인물만 해도 아마 마찬가지일 것이다. 그리고 예전에 금융 사건과 관련하여 이노우에 금융을 압수 수색했던 동료들의 이야기를 들어 봐도 그들의 돈벌이 방식은 잔인했다.

얼마나 많은 사람들이 피눈물을 흘렸는지 알 수 없다. 그 가운데 한 사람이 이 범죄를 저지르고, 그 가운데 한 사람이 이렇게 전화로 범죄자를 비호했을 것이다. 경위는 마음이 무거웠다.

"기무라는 수렁 같은 남자였지만, 이번에는 사건 자체가 수렁이군요."

후카야 형사가 툭 던지듯 말했다.

"그럴지도 모르지. 기무라는 무엇을 질문해도 반응이 없었어. 연못도 돌을 던지면 파문이 일어나는데, 그를 신문할 땐 그런 파문조차 일어나지 않았어."

"그랬죠. 그런데 이번 사건에서는 돌을 던지면 부글부글 거품이 일어나고 메탄가스가 뿜어져 나오는군요."

"방금 그 전화도 그런 메탄가스인가······."

경위는 한숨을 쉬고 경관이 가져온 석간을 펼쳤다. 신문마다 상당한 지면을 할애하여 매우 상세하게 사건 내용을 전하고 있는데, 사실을 전하는 기사임에도 그의 기분 탓인지 피해자 측에 대한 저널리즘의 냉랭한 멸시가 느껴졌다.

"주임님, 지금 묘한 생각이 하나 떠올랐는데요."

경위가 신문에서 눈길을 들었을 때, 후카야 형사가 불쑥 말했다.

"뭔데?"

"치아입니다."

"기무라가 왜?"

"아뇨, 기무라를 생각하고 있을 때 불쑥 떠오른 건데요, 기무라와 직접 관계된 건 아닙니다. 오카야마 도시오의 치아 말입니다."

"호오."

경위는 신문지 위에 손가락을 깍지 꼈다.

"다에코의 뒷조사에서도 오카야마가 애인을 셋이나 두고 있다고 나오잖아요. 마누라까지 하면 네 명인데, 그것도 모자라 다에코한테까지 집적거렸단 말이죠. 그런 호색한이 앞니를 그 꼴로 방치할까요?"

"음, 그래서?"

"위장이 아닐까요?"

경위도 눈을 크게 떴다.

"그래? ……그렇게 볼 수도 있겠지."

"전화를 걸어도 앞니가 있을 때와 없을 때는 목소리가 전혀 다릅니다. 다른 사람 목소리처럼 들리겠죠. 게다가 의치를 몇 가지 준비해 두고 그걸 끼웠다 뺐다 하면 인상도 어느 정도 바뀝니다."

"그렇게 해서 무슨 효과가 있을지 의문인데."

경위는 고개를 갸웃거리며 말했다. 물론 앞니가 있고 없고에 따라 사람의 얼굴은 크게 바뀐다. 하지만 변장 수단으로 이런 방법을 이용하는 것은 너무 유치한 거 아닌가 하는 생각이 들었다.

"변장이라는 것은 아이들을 놀래는 장난이잖아. 요즘은 추리 소설에서도 별로 이용하지 않는 방법인데."

"하지만 이번 사건은 아이를 속이는 것이 중요했잖아요. 그 각도에서 생각하지 않으면 올바른 판단을 하기 힘듭니다."

에노모토 경위는 심장을 쿡 찔리는 듯한 충격을 느꼈다.

"그럼 자네는 거기서 뭘 추정할 수 있다는 거지?"

"모르겠어요. 단편적인 생각들은 막 부글부글 끓어오르는데, 그게 일정한 모양을 갖추질 않네요. 다만 납치된 아이는 텔레비전의 탐정 프로그램이라면 재미나게 보았을 거라는 거죠. 물론 그 나이에는 고급 스릴러물은 모르겠죠. 아이가 흥미를 느끼는 것은 이를테면 〈월광 가면*〉 같은 거겠죠. 그 세계에서는 변장이라는 것이 큰 의미가 있어요."

후카야 형사의 말이 뭔가 중요한 것을 시사한다는 것은 경위도 느낄 수 있었다. 다만 두 사람 모두 거기서 한 발을 더 내딛지는 못하고 있었다.

또 전화 벨소리가 들렸다. 수화기를 집어 든 후카야 형사가 미간을 찡그렸다.

"이노우에 다쿠지 씨입니다."

경위가 수화기를 받았다.

"에노모토입니다. 무슨 일이 있었습니까?"

"이거 큰일 났습니다……. 저희가 생각지도 못한 일이 일어났습니다!"

다쿠지의 목소리는 바짝 말라 있었다. 울고 있는 것 같기도 하고 크게 당황해서 판단력을 잃어버린 것 같은 목소리였다.

"무슨 일입니까? 혹시 아이의 사체가?"

"아닙니다. 범인의 협박장이 또 날아왔습니다."

"뭐라고요!"

"제가 거기로 가서 급히 대책을 마련했으면 합니다만, 그리로 찾아봬도 되겠습니까?"

"그야 상관은 없지만…… 뭣하면 우리가 가도 괜찮습니다. 다만 그 전에 그 편지부터 읽어 주시겠습니까?"

"예. 오늘 8시에서 12시 사이에 신주쿠 우편국에서 보낸 속달 소인입니다. 글자체는 저번과 똑같고 이번에는 회사로 배달되었습

● **월광 가면** _ 1950년대에 선풍적 인기를 끌었던 텔레비전 활극.

니다. 내용을 읽겠습니다. '현금 삼천만 엔이라고 했는데 신문지 쪼
가리만 채워서 보내면 어쩌란 말이냐. 사람을 속여 놓고 아이만 찾
고 싶은 모양인데, 그런 수작은 안 통한다. 마지막으로 다시 한번
기회를 주겠다. 오늘 밤 7시 30분 도쿄 역 개찰구 앞으로 나와라.
거래 요령은 어제와 같다. 아이는 아직 살아 있다.' 이런 내용입니
다!"

"뭐라고요!"

경위는 눈앞이 희뿌예지는 기분이었다.

"당신들이 현금 삼천만 엔을 마련해서 여자에게 건네주었다고
했잖아요. 그게 신문지 뭉치였단 말입니까?"

"아닙니다. 제가 분명히 현금을 준비했습니다. 예민한 문제라
전화로는 더 이상 말씀드리기 곤란합니다. 지금 찾아봬도 되겠습니
까?"

"기다리겠습니다."

에노모토 경위는 수화기를 천천히 내려놓았다.

"후카야 군, 상황이 묘해졌네."

"묘하군요. 묘해요. 정말 묘한 이야기입니다."

후카야 형사도 팔짱을 꼈다.

이노우에 다쿠지가 방으로 들어온 것은 그로부터 삼십 분 뒤였
다.

편지는 진짜였다. 예의 특징적인 글자체였다.

"이 편지, 어떻게 생각하십니까?"

경위는 짐짓 천천히 입을 열었다.

"어떻게 생각하나 마나 충격이 이중 삼중으로 닥치는군요. 형님은 반은 미쳤습니다. 상황이 절망에서 희망으로, 오른편에서 왼편으로 휙휙 변하니까요. 형님은 이제 뭘 생각할 기력조차 없으니 모든 걸 나한테 맡긴다고 하셨지만, 난들 대책이 있겠습니까."

"알겠습니다. 그럼 먼저 편지 내용부터 분석해 봅시다. 이런 사실이 있을 수 있는 겁니까?"

"어제 제가 다니오카 군과 함께 사무실을 나와 먼저 다카시마야 백화점에 가서 트렁크를 샀습니다. 다니오카 군이 집에 놔둔 것과 똑같은 트렁크를 찾아서 구입한 겁니다. 돈다발의 부피 문제가 있으니까요."

"알겠습니다. 그러고는요?"

"우리는 그곳에서 바로 하야시 겐사쿠 씨에게 달려갔습니다. 우리처럼 대부업을 하는 사람입니다. 상황은 형님이 전화로 설명해둔 상태였습니다. 그곳에서 돈을 받았습니다. 저희가 도착하고 삼십 분쯤 걸렸는데, 연말이라 어느 대부업자나 다 현금이 부족해서 그 정도 기다리는 건 어쩔 수 없었습니다. 현금은 천 엔권으로 천칠백만 엔, 오천 엔권으로 사백오십만 엔, 나머지는 만 엔권이었는데, 때가 때인지라 어쩔 수 없었습니다. 트렁크에 담을 때는 하야시 씨와 그쪽 직원, 그리고 저와 다니오카 군이 지켜보았습니다. 위폐 같은 게 한두 장 섞여 있었는지는 모르지만 신문지 다발이 섞여 들어갔을 가능성은 절대로 없습니다."

"알겠습니다. 그다음은요?"

"준비가 끝나서 트렁크를 자물쇠로 잠근 것이 6시 5분 조금 지나서였습니다. 그리고 그쪽 직원을 데리고 가까운 음식점으로 갔습니다. 물론 먹고 마시기 위해서는 아니었지만, 평소와 달리 절대로 실수를 해서는 안 되는 상황이므로 저는 맥주를 한 잔만 마셨습니다. 그리고 생선회를 조금……. 신경이 곤두서서 견딜 수가 없었습니다. 다니오카 군은 아무 음식에도 손대지 않았습니다."

"그동안 트렁크는 세 사람이 계속 지켜보고 있었겠군요."

"그렇습니다. 물론 사람이니까 화장실에 잠깐 다녀오기도 했지만, 그동안에도 최소한 두 사람은 지켜보고 있었지요. 그 음식점에서 잘못될 여지는 절대로 없습니다."

"그러고 나서는요?"

"7시 5분경 그곳을 나왔습니다. 제가 차를 운전해서 다니오카 군을 우에노 역까지 바래다주었습니다. 저도 함께 역 안으로 들어갈까 하는 생각도 했지만, 형님한테 단단히 경고를 들은 처지였습니다. 너는 얼굴이 형사상이다 하고. 아, 죄송합니다만, 이런 일을 오랫동안 해 오다 보면 아무래도 인상이 험악해지거든요."

"우에노 역에 도착한 것은?"

"7시 10분경이었습니다. 저는 그곳에서 돌아왔습니다. 그러고 나서 20분부터, 다니오카에 따르면 7시 20분부터 지정된 위치에서 기다렸다는 겁니다. 그러다 입학시험을 앞둔 학생처럼 갑자기 소변을 보고 싶어져서 역 화장실에서 용변을 보았다고 하는데, 그러는 동안에도 트렁크를 눈앞 선반에 얹어 놓고 지켜보았다고 합니다. 에노모토 씨, 이런 행동 어디에 빈틈이 있겠습니까? 어떻게 속임수를 쓸 수 있겠습니까?"

"글쎄요……."

에노모토 경위는 새 담배에 불을 붙였다.

"당신 말이 틀림없다면 지금 생각할 수 있는 가능성은 두 가지밖에 없습니다."

"제 이야기는 틀림없습니다!"

"알겠습니다. 너무 흥분하지 말고 제 설명을 들어 보세요. 먼저 첫 번째 가설은 다니오카 군이 정말로 장난을 했다는 겁니다."

"그 시간에요? 그건 도저히 불가능합니다."

"꼭 불가능하다고 할 수는 없어요. 물론 그 사람이 직접 트렁크를 다른 데로 가져다가 내용물을 바꾸는 것은 시간적으로 불가능했겠죠. 하지만 그는 자기가 혼자서 트렁크를 가져가게 된다는 것을 몇 시간쯤 전에 미리 알고 있었을 겁니다. 실제로 화장실에 갈 여유가 있었으니 전화도 충분히 걸 수 있지 않았겠습니까."

이노우에 다쿠지는 손수건으로 땀을 훔쳤다.

"그럼, 그렇다면, 우리가 움직이고 있을 그 시간에 누가 신문지 다발을 트렁크에 담아 둔다. 그리고 우에노 역에서 보낸 그 짧은 시간 안에 트렁크를 바꿔치기했다, 이런 이야기가 되는 건가요?"

"그렇습니다. 이건 어디까지나 가설일 뿐이지만, 당신들 이야기가 틀림없고 범인도 사실을 말하고 있는 거라고 가정한다면 이것 말고는 방법이 있을 수 없겠지요."

"하지만 설마……."

"이건 범인이 정직한 자라는 당치 않은 가설을 전제해야 성립하는 말입니다. 두 번째 가설은 범인이 우쭐해서 판을 키웠다는 겁니다."

"판을 키워요?"

"마작을 예로 들면, 낮은 족보로 만족하고 끝낼 수도 있는데 욕심을 내서 만관 같은 높은 족보를 노렸다는 겁니다. 물론 삼천만 엔은 거금이죠. 그러나 그 거금을 뜻밖에 손쉽게 차지한 범인이 이참에 더 욕심을 내 보자고 생각하지 못할 이유가 없겠지요. 기무라 사건에서도 범인이 몸값을 갑자기 이백만 엔을 삼백만 엔으로 올리지 않았습니까. 그것과 상황은 다르지만, 어딘지 비슷한 심리가 작동했는지도 모릅니다."

"그럼, 우리는 어떻게 해야 좋습니까?"

"아, 잠시 생각 좀 해 봅시다. 나는 그것 말고도 제3의 가설이 있을 수 있지 않을까 생각하는데……."

경위는 눈을 감고 궁리를 계속했다.

그러나 아무리 머리를 쥐어짜도 특별한 가설이 떠오르지 않았
다.

"뭐, 물에 빠진 사람은 지푸라기라도 잡는다고 하지 않습니까.
이렇게 되면 우리도 도쿄 역에 잠복할 수밖에 없습니다. 성과가 있
으리라는 보장은 없지만, 만약 범인이 나온다면 이건 두 번째, 아니
마지막 기회가 될 겁니다."

"저도 그렇게 봅니다. 이번엔 제가 가겠습니다."

"돈은요? 정말 현금을 들고 나갈 겁니까?"

"그렇습니다. 본가에 트렁크와 현금이 고스란히 남아 있어요.
이번에는 들고 나갈 겁니다."

"그건 당신 생각입니까?"

"형님의 지시입니다. 돈 아끼지 말라고 하셨어요. 그다음 말씀
은 뒤죽박죽이었지만, 아무튼 형님은 그 연세가 되도록 돈이면 다
된다는 신념으로 살아온 사람입니다. 아무리 착란 상태에 빠져도
그 신념만은 여전한 겁니다."

"미묘한 문제라서 다시 한번 묻습니다만, 당신들은 범인에게 돈
을 건네줄 생각입니까? 지금 우리에게 현장에서 그자를 체포할 계
획을 포기하라는 건가요?"

"어떻게 해야 좋을지 모르겠습니다……."

"분명히 말씀드리지만 우리는 이노우에 금융 직원이 아닙니다!"

경위는 그만 울분을 터뜨리고 말았다.

"우리도 결코 수고를 아끼지 않을 겁니다. 정당한 절차를 거친 수사라면 어떤 일이라도 할 생각입니다. 하지만 당신들은 어제 우리를 완전히 배반하지 않았습니까."

"죄송합니다. 드릴 말씀이 없습니다. 형님의 지시였지만, 저도 깊이 사죄드립니다."

"다 지난 일을 새삼 돌이켜 봐야 그야말로 죽은 자식 불알 만지기죠. 그러니 더 이상 불만을 말하지는 않겠지만, 우리에게 또 그런 참담한 기분을 맛보게 하려는 겁니까?"

"……."

"아무튼 우리도 이번에는 누가 나타나면 즉시 체포할 생각입니다. 그 결과가 어떻게 나오든 개의치 않겠습니다. 운이 좋으면 아이도 찾을 수 있을 거라는 말밖에는 할 수 없군요."

"알겠습니다. 모든 걸 맡기겠습니다."

다쿠지도 작심한 표정으로 말했다.

"그러니까 이번에는 현금을 가져가든 신문지 뭉치를 가져가든 관계없습니다. 다만 현금을 가져가는 것이 전혀 무의미하다고는 할 수 없겠지요."

"그건 무슨 뜻입니까?"

"영화 촬영에서도 소품으로 준비된 종이 다발을 써도 좋은 장면을 굳이 진짜 돈다발을 사용할 때가 있다고 합니다. 화면으로는 거의 차이가 없어도 배우들의 느낌이 다르다는 겁니다. 정말 그럴 것 같지 않습니까? 당신도 연극을 하는 셈이니 현금을 담은 트렁크를 가져가는 것이 태도나 표정, 나아가 범인에게 미치는 효과를 생각한다면 더 좋을지도 모릅니다."

"알겠습니다. 그럼 저는 일단 고마바로 갔다가 7시 10분경 도쿄역에 도착하도록 하겠습니다. 현장에서 만나도 알은척하지 않을 테니 미리 양해를 구합니다."

"저야말로. 우리 형사가 여섯 명쯤 출동할 겁니다."

"잘 부탁합니다."

다쿠지는 정중하게 연방 고개를 숙이고 나갔다. 5시 6분이 지나고 있었다.

"후카야 군, 자넨 이걸 어떻게 생각하나?"

문이 닫히기 무섭게 경위가 물었다.

"모르겠습니다. 저는 아까부터 도통 영문을 모르겠군요."

후카야 형사의 얼굴도 희미하게 일그러져 있었다.

"아무튼 이 편지가 날아들기 전에는 저도 범인을 대단히 영리한 놈이라고 생각하고 있었습니다. 하지만 이렇게 되고 보니 그놈이나 그놈의 정체를 아는 심부름꾼이 도쿄 역에 나온다면 이건 기무라 못지않은 멍청이라고 해야겠죠!"

"그렇게 보나? 그럼 자네는 이것도 범인의 짓이라는 건가?"

"애프터서비스랄까요."

형사는 입술을 늘이며 웃었다.

"아무튼 오늘 저녁의 잠복은 그다지 기대하지 않습니다. 범인 처지에서 생각해 보면 이건 교묘하게 허를 찌르려고 하는 작전인지도 모릅니다."

"그러니까 어차피 소용없을 거라고 생각하고 우리가 대비를 소홀히 한다. 그 틈을 노려서 다시 한번 현금을 뜯어내려고 한다는 건가?"

"그럴 가능성도 있을지 모르죠······. 하지만 이번에는 장소가 좋지 않네요. 우에노 역과 도쿄 역의 대합실은 성격이 많이 달라요."

"무슨 말이지?"

"아시잖아요. 도쿄 역 대합실은 사기꾼이 많기로 유명한 곳입니다. 게다가 이번에는 이노우에 다쿠지가 직접 나가야 하는 처지에 몰렸잖아요. 그런 사기꾼들 중에 이노우에 다쿠지의 얼굴을 아는 자가 여러 명 있을 수도 있어요."

"그런 자들이 트렁크를 날치기한다?"

"모르죠. 다만 저는 두렵네요······. 적어도 이번 편지로 범인이 노리는 것이 무엇인지 저는 알 수가 없습니다."

후카야 형사는 머리를 감쌌다. 그 순간 에노모토 경위의 머리에 한 가지 무서운 생각이 떠올랐다.

"후카야 군, 이것도 가정일 뿐이지만, 이 사건이 과연 단순한 유괴 살인으로 끝날까? 또 다른, 또 하나의 살인이 일어나지는 않을

까?"

"누가 살해당한다는 겁니까?"

"가장 위험한 것은 이노우에 라이조이고, 그다음으로 위험한 것은 다에코야."

"왜요?"

"두 사람 모두 지난밤에는 아들을 포기했을 거야. 그럴 때 이렇게 다시 희망이 생겼어……. 기무라 사건을 돌아보라고. 그게 네 번째 전화였나? 오야마가 사람들이 완전히 흥분했었지. '내가 직접 나가겠다'는 말까지 나왔으니까. '경찰을 따돌리고 내가 직접 돈을 들고 나가겠다. 어디든 장소를 정해 달라'라는 내용이었지."

"그렇습니다. 그래서요?"

"오늘 밤 도쿄 역 잠복이 양동 작전이라고 가정해 보자고. 가령 사기꾼 하나나 둘이 이노우에 다쿠지에게 접근해서 말을 걸어도 범인은 그것 때문에 거래를 포기했다고 핑계를 댈 수 있겠지. 들어봐. 범인은 아직 한 번밖에 전화를 사용하지 않았어. 그때 전화를 사용해서 최후의 카드를 내민다면……."

"이노우에 라이조가 직접 나갈 가능성도 있다는 거군요?"

"그렇지. 비서, 직원, 동생, 그동안 심부름꾼은 이렇게 바뀌어 왔어. 라이조는 아무도 믿을 수 없게 되었어. 그런 상황을 노린다면 라이조를 죽이고 육천만 엔을 차지할 가능성도 생기는 거지……. 이 범인은 괴물이야. 우리가 예상하지 못하는 새로운 수단을 잇달아 구사하고 있어."

005

도쿄 역

　오후 7시부터 후카야를 비롯한 일곱 명의 형사가 도쿄 역 승차구 앞에 잠복을 시작했다.

　이노우에 다쿠지는 7시 10분경에 도착했다. 물론 그는 역 안을 우왕좌왕하는 사람들 가운데 누가 형사인지 알아볼 수 없을 것이다. 후카야 형사는 동료 여섯 명에게 연락을 취해서 그에게 주의를 집중하게 했다.

　이노우에 다쿠지도 극도로 긴장했는지 십 분 사이에 두 번이나 손수건을 꺼내 이마의 비지땀을 훔쳤다.

　7시 20분, 가토 형사와 야타베 형사가 눈을 크게 떴다.

　"그 여자다!"

"제3의 여자!"

두 사람은 그런 귀엣말을 주고받으며 오싹한 기분에 휩싸였다.

물론 우연이고 어이없는 운명의 장난이겠지만, 이때 개찰구를 지나 모습을 나타낸 것은 기무라 시게후사의 제3의 애인 미즈노 시즈코였다.

두 형사는 기무라 사건 당시 이 여자를 닷새나 미행했었다. 마지막에는 그녀가 병원으로 도피하는 바람에 쓴웃음을 지으며 미행을 중단했지만, 이 여자의 친정이 지바 현에 있고, 더구나 기무라가 버리고 달아난 자동차 안에서 지바 현 지도가 발견된 탓에 수사본부에서는 기무라가 시즈코의 친정 부근에 숨어 있는 것이 아닌가 해서 많은 인력을 동원하여 헛된 노력을 기울였던 것이다.

더구나 개찰구에 표를 건넨 시즈코는 살짝 웃는 얼굴로 이노우에 다쿠지 쪽으로 다가갔다.

"설마 저 여자가!"

"몰라, 아직은……."

지난밤 우에노 역에 나타난 여자와 비교하면 나이로 보나 인상을 보나 공통점이 전혀 없는 것도 아니었다. 이 여자가 두 개의 사건에서 모두 어떤 역할을 했다고 생각하는 것은 너무 허황된 상상이지만, 두 형사 모두 이때는 등줄기가 오싹하는 심정이었다.

시즈코는 다쿠지와 인사를 나누고 잠깐 대화를 나누었다. 하지만 트렁크에는 손도 대지 않은 채 가볍게 목례를 하고 정면 출구를 향해 걷기 시작했다.

"그냥 아는 사이인가?"

"그렇겠죠. 예전에 바에서 여급으로 일한 적이 있다고 하니까 그때 알던 사이인지도 모르죠."

그렇게 생각하면 아무것도 아닌 일이지만, 두 형사는 식은땀을 흘리며 그녀를 쳐다보았다.

7시 25분.

시즈코와 자리바꿈이라도 하듯이 눈빛이 날카로운 한 남자가 정면 출입구로 들어왔다. 왼쪽에 있는 대합실을 향해 걸으며 주변을 둘러보더니 문득 방향을 바꾸어 다쿠지 쪽으로 다가갔다.

"저자는?"

"설마 아까 그 여자와 역 바깥에서 입을 맞춘 건 아니겠지?"

두 형사는 다시 무서운 의혹에 사로잡혔다. 사람을 보면 일단 범죄자로 생각하라. 이것은 경찰관으로서는 제2의 본성 같은 것이다. 거기서부터 관찰을 해 나가면 어떤 인간의 어떤 행동이든 다 범죄와 관계된 것처럼 보인다.

남자도 다쿠지 앞에 서서 인사를 하고 두세 마디 대화를 나누었다. 하지만 그 역시 트렁크에는 손도 대지 않고 대합실 안으로 모습을 감췄다.

"사기꾼인가?"

"가서 보고 올게요."

야타베 형사가 남자를 쫓기 시작했다. 트렁크에 손을 대지 않았으니 현행범으로 체포할 수는 없지만, 이 대합실에 어떤 비밀이 숨어 있는 것은 아닌가 하고 생각했다.

어쩌면 범인이 이중 삼중으로 정찰을 계속하고 있는 상황도 생각해 볼 수 있었다.

하지만 대합실에 발을 들여놓는 순간 야타베 형사는 어, 하고 소리쳤다. 바로 앞 의자에 마루네 긴지가 앉아 있었던 것이다. 뱀 같은 눈이 날카롭게 빛났다. 몸도 희미하게 떠는 것처럼 보였다.

"어, 형사님, 엉뚱한 곳에서 만나네요. 혹시 아침부터 내내 내 뒤를 밟은 건가요?"

그의 말에 가시가 돋아 있었다. 자신의 약점을 감추기 위해 선제공격을 한다는 인상이었다.

"그쪽은 여기서 뭘 하는 겁니까?"

"뭐 딱히……. 여기는 공공장소 아닙니까? 도쿄 역에 들어온 게 무슨 범법 행위라도 되나요?"

긴지는 코웃음을 쳤다. 야타베 형사는 아뿔싸, 하고 생각했다. 상대방이 한순간의 동요를 다잡고 전열을 가다듬었구나, 하는 생각이 든 것이다.

"역에 들어온 게 무슨 문제겠습니까. 그래도 아무 목적도 없이 여기 온 것은 아니겠죠? 기차를 타거나 누굴 마중하거나, 그런 일이 아니면 역 대합실이란 곳에 왜 오겠습니까?"

형사는 윽박지르고 싶은 심정을 애써 참으며 온화한 말투로 말했다.

"꼭 그런 것도 아니죠. 누굴 만나더라도 여기가 참 편리하거든요. 나처럼 주머니 사정 안 좋은 종자는 다방보다 여기가 더 좋거든요."

"그럼 누굴 기다리는 거군요?"

"그렇습니다."

"누군데요?"

"어허, 형사님, 지금 그 유괴 사건을 수사하고 있는 거 아닙니까? 그러면서 과외로 다른 수사까지 하시겠다는 건가요?"

야타베 형사는 마음을 굳혔다. 용의자를 체포한 경우 경찰에 주어지는 구금 가능 시간은 사십팔 시간밖에 안 된다. 물론 혐의가 짙어지면 1차로 열흘, 그리고 부득이한 경우에는 추가로 열흘의 구류가 인정되는데, 이 기간에 필요한 절차를 밟고 검찰에 넘기지 않는 한 즉각 석방해야 한다.

이 정도는 상대방도 잘 알고 있었다. 에노모토 경위에게 무슨 일이 있어도 자중하라는 주의를 들은 처지였다. 그래도 당장 이자를 수사본부로 연행해야겠다고 작정한 것은 우선은 젊은 혈기 탓이고, 그다음은 마루네 긴지의 이 태도가 참기 힘들 정도로 그의 신경을 자극한 탓일 것이다.

"마루네 씨, 당신은 요네무라 긴지라는 이름도 쓰는 것 같더군요. 왜 가명을 쓰는 거죠?"

"요네무라는 내 마누라 성입니다. 새 헌법에 따르면 결혼한 경우에는 배우자 성을 써도 무방한 걸로 아는데요?"

"그럼 지금 부인하고는 정식으로 혼인했습니까?"

"글쎄요, 결혼 절차는 아직이지만 이번에는 정식으로 부부가 되어도 좋겠다고 생각하고 있어요. 나는 여자가 생기면 반년쯤 동거해 보고 나서 결정하는 주의입니다. 말하자면 시험 결혼 같은 거죠. 지금 같이 사는 여자는 그 테스트에 합격했으니까."

역시 어지간해서는 주눅이 들지 않는 자였다. 야타베 형사는 이를 갈았다.

"여기서 만나기로 한 상대방은 밝히지 못하겠다는 거군요?"

"그래요. 거부합니다."

"그럼, 역내 파출소까지 가 주셔야겠습니다."

"호오, 정식 체포 영장은 있습니까? 그게 없으면 저도 동행을 거부할 수 있어요."

"정 못 가겠다면 긴급 체포를 할 수 있어요."

"무슨 용의로?"

"유괴 사건 용의자로."

"빌어먹을!"

마루네 긴지는 뱉어 내듯이 말하며 벌떡 일어섰다.

"얌전히 가시죠. 이런 데서 수갑을 차면 볼썽사납지 않습니까."

야타베 형사가 뒤를 돌아본 순간 가토 형사가 들어왔다. 역시 이 인물을 여기서 만난 것이 뜻밖이었는지 표정을 확 바꾸며 물었다.

"야타베 군, 무슨 일이지?"

"여기서 얘기하기도 그래서 파출소에 가서 도쿄 역에 온 이유를 듣기로 한 참입니다."

"으음."

가토 형사는 고개를 끄덕였다. 당연한 조치라고는 생각했겠지만, 다른 한편으로는 방금 다쿠지와 이야기한 남자가 마음에 걸렸을 것이다.

"자네가 데리고 가 있어. 나는 여기를 조금 더 살펴볼 테니까."

하고 귀엣말을 했다.

야타베 형사가 마루네 긴지를 데리고 대합실을 나갈 때 대형 시계의 바늘이 7시 30분을 가리키고 있었다.

그곳에서 십 미터쯤 되는 곳에 서 있는 이노우에 다쿠지도 역시 안색이 변해 있었다.

그로서는 기왕의 전말도 있으므로 이자가 범인이라고 믿었는지도 모른다. 분노와 기쁨이 뒤섞인 듯한 묘한 표정을 짓고 이쪽으로 한 발을 내디뎠다가, 문득 제정신을 차린 듯 다시 제자리로 돌아가 다리를 벌리고 서서 팔짱을 꼈다.

야타베 형사는 마루네 긴지를 파출소로 데려가자 안쪽 방에 집어넣어 두고 즉시 경찰 전화로 수사본부의 에노모토 경위에게 이 사실을 보고했다.

"놈을 잡은 게 7시 25분경이었단 말이지. 좀 아쉽군. 적어도 십분쯤 더 기다렸으면 좋았을 텐데……."

경위의 목소리에서 애석해하는 기미가 느껴졌다.

"저도 그렇게 생각하기는 했지만 그자를 거기서 만날 줄은 전혀 상상도 못 했습니다. 게다가 만약 그자가 범인이라고 해도 제 얼굴을 보았으니 절대로 트렁크에 손을 내밀지 않았겠죠."

"끄응……."

경위는 아예 신음을 하고 있었다. 숨이 찬 듯한 가쁜 숨소리가 전화선을 통하면서 강조되어 고막을 때렸다.

"지금이 7시 35분이로군. 다른 사람이 나타난 것 같지는 않나?"

"여기에서는 현장이 보이지 않습니다. 그러나 지금도 네 명이 이노우에 다쿠지를 감시하고 있습니다. 누가 나타나 트렁크에 손을 대면 틀림없이 체포할 수 있습니다."

"알았네. 그럼 자네는 일단 마루네를 신문하고 나중에 이리로 데려와. 상황에 변화가 생기면 즉시 보고하게."

"그렇게 하겠습니다."

야타베 형사는 한숨을 지으며 전화를 끊었다. 이렇게 아무것도 아닌 규범들, 형사로서는 지극히 상식적인 사항들까지 일일이 주의를 환기하는 모습에서 그는 경위의 초조감을 느꼈던 것이다…….

안쪽 방을 들여다보니 마루네 긴지는 뿌루퉁한 얼굴로 담배를 피우고 있었다.

"거기 그 노인의 동생이 있던데요. 신문에서 본 바에 따르면 몸 값은 어젯밤에 넘겨주었을 텐데 커다란 트렁크를 들고 대체 무슨 일을 꾸미는 겁니까?"

"그 이유는 모르나?"

"내가 어떻게 압니까. 그 먼 거리에서 트렁크 속을 꿰뚫어 볼 수 있다면 아예 마술사로 먹고 살았죠."

그렇게 말하다가 뭔가 떠올랐는지 담뱃재를 다다미 위에 털면 서,

"설마 그 속에 현금이 들어 있는 건 아니겠죠? 어제의 속편이 진행중인가요?"

"글쎄, 거기에 대해서는 할 말이 없군. 수사상 비밀이야. 그보다 당신이 무엇 때문에 여기 와 있는지 그 이유나 들어 보자고."

"나도 마찬가지예요. 나한테도 영업상의 비밀이란 게 있습니다. 그런 비밀을 함부로 말할 수는 없죠."

이목이 없는 곳이므로 형사의 말투도 자연스레 거칠어졌지만, 이때는 상대방의 뺨을 후려치고 싶은 것을 꾹 참아야 했다.

"만약 이 사건과 관계가 없다면 사기라도 치려고 나왔나? 사채 를 쓰려는 사람을 만나서 어음이라도 사취할 생각으로 거기 진을 치고 있었나?"

"에이, 설마요……."

마루네 긴지는 조롱이라도 하듯이 말했다.

"범죄에 명소가 따로 있다는 생각은 좀 웃기는군요. 물론 3등 기차가 있던 시절, 그러니까 몇 년 전까지만 해도 1등, 2등 대합실이 사기꾼의 소굴이었죠. 하지만 너무 많이 알려졌잖아요. 발 빠른 사기꾼들은 오래전에 사업장을 바꿨어요. 뭐, 수사2과 사람들한테 물어보면 사정을 아실 수 있을 겁니다."

차갑고 점액질 같은 성격을 보여 주는 모습이겠지만 그는 이쪽의 공격을 유들유들하게 피하며 좀처럼 빈틈을 보이지 않았다.

야타베 형사는 초조해지기 시작했다. 자기와 같은 젊은 형사는 이런 노회한 상대를 요리하는 것이 무리일지 모른다고 생각하면서도 역시 조급해지는 마음은 어쩔 수 없었다.

"어이, 야타베 군."

가토 형사가 방 안을 들여다보며 불렀다. 야타베 형사는 아무 말도 없이 마루네 긴지 곁을 떠났다.

"저놈, 어때?"

"요리조리 뺀질뺀질하게 잘도 피하는 게 감당하기가 힘드네요. 본부로 데려가는 수밖에 없을 것 같은데, 저쪽은 어때요?"

"아직 나타나지는 않았지만, 이노우에 다쿠지 씨한테 말을 건 남자가 있어서 데려왔어. 우에하라 쓰토무라는 무허가 대부업자야."

실제로 아까 다쿠지에게 말을 걸었던 남자가 불안한 얼굴로 의자에 앉아 있었다.

"뭐래요?"

"이노우에 다쿠지하고는 사업상 아는 사이라고 하더군. 그러니 인사 정도는 당연한 거 아니냐고 주장하고 있어. 틀린 말은 아니지."

"마루네 긴지를 알고 있답니까?"

"모른다고 하더군. 물론 참말인지 거짓인지는 알 수 없지."

7시 40분이었다. 다쿠지 쪽의 동향은 아무것도 예측할 수 없었지만, 두 형사에게는 오늘 밤의 잠복도 무위로 끝나는 게 아닌가 하는 불안이 싹트고 있었다. 꼭 말로 하지 않아도 이렇게 오랫동안 파트너로 일하다 보면 상대방 안색의 미묘한 변화로도 그 정도는 짐작할 수 있는 것이다.

"그자는 이 사건에 대해서 알고 있답니까?"

"너무 바빠서 석간을 볼 틈도 없었다고 하더군. 그런 사건이 있었나요, 하고 눈을 동그랗게 뜨는데 거짓말 같지는 않아."

"조금 더 조사해 보고 수상한 점이 없으면 풀어 주는 수밖에 없겠죠."

야타베는 그렇게 말하고 배 속에서부터 쥐어짜 내듯이 한숨을 지었다.

오후 9시까지 다쿠지에게 접근한 사람은 한 명도 없었다. 한 시간 반 동안 그곳 개찰구를 출입한 사람이 얼마나 되는지도 알 수 없었다. 대합실을 왕래한 사람도 셀 수 없이 많았다. 하지만 그 가운데 범인이 숨어 있었다고 해도 그걸 집어내는 것은 인간의 능력을 벗어난 일이었다.

후카야 형사는 전화로 에노모토 경위와 상의하여 잠복을 끝내기로 결정했다. 하지만 범인 측에서 볼 때도 이 작전이 아무 의미가 없다고는 단언할 수 없다. 에노모토 경위가 상상한 것처럼 이것이 다음 강도 살인을 위한 예비 작전이 아니라고 아무도 장담할 수 없었다.

"이노우에 씨, 실패네요."

후카야 형사는 다쿠지에게 다가가 말을 건넸다.

"아, 예……. 저도 좀 쉬었으면 좋겠습니다."

물론 거짓 없는 심정일 것이다. 다쿠지의 얼굴은 창백하고 식은 땀으로 젖어 있었다.

"고생하셨습니다. 이젠 더 이상 기다려 봐야 소용없을 것 같습니다. 철수하시죠."

"예……."

다쿠지는 아직 미련이 남은 듯했다.

"마루네 긴지가 와 있더군요. 혹시 그 사람이……."

"본부로 데려가 신문할 예정입니다. 수상한 구석은 있지만, 아직 범인이라고 단정할 수는 없습니다."

"그럼 그 사람 말고는?"

"여자 하나와 남자가 하나 말을 걸던데, 아는 사람인가요?"

"그 여자는 성은 모르겠고 이름은 시즈코였어요. 예전에 긴자의 바에 있던 여자입니다. 지금은 결혼해서 사는데, 이런 상황이라 자세한 이야기는 하지 못했습니다."

"남자는요?"

"우에하라 쓰토무라는 사람입니다. 대부업은 원래 신고제인데, 전과가 있으면 신규 면허를 내주지 않습니다. 그래서 하는 수 없이 대부업자의 하청 비슷한 일을 하고 있습니다."

"그 사람의 전과 내용이 뭔지 아십니까?"

"횡령이었던 것 같습니다. 돈을 거의 다 갚고 합의를 봤기 때문에 현재 집행 유예중이라고 들은 기억이 납니다만."

후카야 형사는 고개를 끄덕였다. 그는 시내 사채업자 중에는 전과 1범이나 2범도 드물지 않다는 이야기를 들은 적이 있었다. 법률의 틈새를 뚫고 불법과 합법의 경계에서 고리대로 자금을 돌리고 있는 이런 부류의 업자들은 종종 실수를 해서 사소한 경제법을 어길 가능성이 전혀 없다고 할 수 없을 것이다.

다만 횡령이라는 범죄는 그런 경제 사범보다 훨씬 악질이라고 볼 수 있다. 전과 있는 사람이라고 특별히 백안시하는 것은 결코 아니지만, 이자에게도 일단 주의를 기울일 필요는 있겠다고 후카야 형사는 생각했다.

"아무튼 일단 본부까지 데려갈 겁니다. 그리고 이노우에 다쿠지 씨하고도 상의해야 할 것이 여러 가지 있습니다만."

"그렇습니까."

이노우에 다쿠지는 이제 거스르려 하지 않았다. 트렁크를 천천히 집어 들고 허탈한 듯한 걸음으로 형사를 뒤따랐다.

형사 일곱 명과 이노우에 다쿠지, 마루네 긴지가 자동차 두 대에 나눠 타고 수사본부에 도착한 것은 9시 40분이었다.

후카야, 가토, 야타베 등 형사 세 명은 바로 에노모토 경위에게 보고를 시작했다. 물론 여기 오기 전에 전화로 간단히 보고는 해 두었다. 그 보고를 재확인하는 형태였다.

"오 분이나 십 분쯤만 더 기다렸으면 마루네가 대합실에서 나왔을 가능성도 있었겠군?"

경위는 여전히 분한 듯이 말했지만, 가토 형사는 연하의 동료를 옹호하려는 듯 대답했다.

"하지만 그가 범인이라고 해도 트렁크에 손을 댈 가능성은 없었을 겁니다. 마루네는 오 년 전에 회사를 그만두었으니까 그 후에 입사한 직원이 트렁크를 들고 나왔다면 서로 얼굴을 모르니까 트렁크에 손을 댈 수도 있겠지요. 하지만 이노우에 다쿠지가 나와 있었으니 아무리 돈 욕심이 간절해도 잠자코 지나쳤을 겁니다. 뭐, 차가운 눈으로 노려보며 지나가는 게 고작이었겠죠."

"그렇겠지. 호랑이에게 잡아먹힐 걸 알면서 호랑이 굴에 보물 찾으러 가는 바보는 없겠지."

경위도 그제야 자신도 납득했다는 투로 말했다.

"후카야 군, 자네는 어떻게 생각하지?"

"주임님이 처음에 말씀하신 것처럼 이건 양동 작전이었다는 느낌이 드네요. 우리가 범인의 프로그램에 희롱당한 기분이 듭니다. 하지만 우리 느낌과 피해자 측의 느낌은 당연히 다르겠죠."

"그럼 자넨 마루네 긴지가 도쿄 역에 온 것을 어떻게 생각하지?"

"모르겠습니다. 다만 최악의 경우에 대비하여 준비는 해 두는 게 좋다고 봅니다. 이노우에 라이조, 다에코, 이 두 사람이 이상한 움직임을 보이지 않도록 경계할 필요는 있을 겁니다."

경위로서도 이미 정한 방침을 그렇게 관철하는 데 대해서는 아무 이견이 없었다. 두어 가지 자잘한 안건을 상의하고 나서 즉시 이노우에 다쿠지를 불러들였다.

"경위님, 범인은 오늘 밤 왜 나타나지 않았을까요? 형사님들이 지켜보고 있다는 걸 눈치챘을까요? 제 방식이 나빴던 걸까요?"

나중에 형에게 호되게 질책당할 것을 걱정하는 눈치였다. 실패의 책임이 어디에 있는지를 제일 먼저 신경 쓰고 있다는 느낌이었다.

"그건 알 수 없는 일이죠. 이런 사건에서 작전의 주도권은 처음에는 범인이 쥐게 마련입니다. 어느 단계까지는 경시청이 전력을 쏟아도 선수를 쓸 수는 없는 거죠. 오늘 밤 범인이 왜 나타나지 않았는지는 범인이 잡히기 전에는 아무도 단언할 수 없습니다."

"알겠습니다. 저는 마루네 긴지가 범인이 아닐까…… 사전에 체포해 버렸으니 누군가를 시켜서 돈을 전달받는 계획이 망가져 버린 것은 아닌가 생각했습니다만……."

"마루네는 충분히 조사해 보겠습니다. 그러나 그 결과는 뭐라고 예상할 수 없습니다. 그런데 이노우에 씨 측은 앞으로 어떻게 할 생각입니까?"

"어떻게 하다니요?"

"앞으로 범인이 또다시 연락해 온다면 어떻게 할 거냐는 겁니다."

다쿠지는 길게 한숨을 지었다. 경위는 자신들이 품고 있던 의혹을 차분하게 설명하기 시작했다.

"이건 가정입니다만, 우리 경찰은 늘 최악의 경우를 생각해야 하니까요……. 다만 그런 상황이 일어날 경우, 이노우에 씨 측에서는 어떻게 할 생각입니까?"

"그렇군요, 형님에게 나오라고 할 가능성도 있다는 거군요."

다쿠지도 몸을 떨었다.

"만약 그래서 아이가, 세쓰오가 살아서 돌아온다면 저도 형님이 뭘 하든 말릴 수 없지만, 그럴 가망은 없는 거죠?"

"십중팔구 가망이 없습니다. 이제 와서 생각해 보면 공개수사 전환이 조금 빨랐던 것은 아닌가 하는 생각도 들지만, 그때는 우리도 범인이 돈만 받고 아이를 돌려보내지 않은 채 또 이런 수를 쓰고 나올 줄은 생각도 못 했었죠."

"정말 무서운 놈이군요……. 우리 같은 아마추어라면 몰라도 경찰을 상대로 이렇게 허를 찌르는 술수를 연달아 쓰다니."

"그렇습니다. 성공적인 범죄로 끝나게 놔둘 생각은 없지만, 이번 사건은 유괴 사건으로서는 역사에 남을 만한 지능범일 것 같군요. 이 범인과 기무라를 비교하면 대학생과 초등학생만큼이나 차이가 납니다."

이렇게 잠시 대화를 나누는 동안 다쿠지는 작심을 한 듯했다. 손가락을 깍지 끼고 몸을 앞으로 내밀며,

"그럼 이렇게 하기로 하지요. 요컨대 그런 전화가 올 경우 형이나 형수 귀에만 들어가지 않으면 되는 거겠죠. 전화를 어디선가 차단해 두면 될 겁니다, 지나친 감이 있는지는 모르지만."

"그렇게 할 수만 있다면…… 경우에 따라서는 형사 한 사람을

이노우에 씨 대신 지정된 장소로 내보내는 방법도 있습니다. 우리로서는 최소한 유괴 살인 사태가 강도 살인으로 확대되는 것만은 어떻게든 막고 싶을 뿐입니다."

"알겠습니다. 형님은 오늘 밤 주니소에 있습니다. 설마 범인이 그곳 위치까지 알지는 못하겠지만, 만일의 경우도 있으니까 도키타 씨에게 말해서 어떤 전화가 와도 혼자만 알아 두라고 부탁하겠습니다."

"고마바의 자택 쪽은요?"

"아사히나 군한테 부탁하겠습니다. 그 사람도 몸이 완쾌되지 않은 상태라 컨디션이 여전히 나쁜 모양이지만, 내일까지는 어떻게든 버텨 보라고 하겠습니다."

"그 집에 전화가 걸려 오면 녹음을 부탁합니다."

다쿠지의 얼굴에 얼핏 어두운 그림자가 스쳤다. 비극의 원인이 된 하라 고이치의 전화를 떠올렸을 거라고 경위는 생각했다.

"제가 특별히 말하지 않아도 늘 녹음하고 있을 겁니다. 쓸데없는 전화는 바로 지워 버리는 듯합니다만."

다쿠지는 길게 한숨을 지었다.

"아무튼 형님이 지금 아주 힘든 상태에 있는 것은 저도 잘 압니다. 그 아이가 돌아왔으면 이렇게까지 되지도 않았겠지만……. 그래서 형님도 평소와 달리 범인의 속임수에 걸리지 말란 법이 없습니다. 조언은 정말 감사합니다."

"우리로서는 당연한 경고를 말했을 뿐입니다. 경찰관은 실적만 다툰다고들 비난하지만, 결국은 똑같은 인간입니다. 흉악한 사건이 일어나는 것은 결코 바라지 않아요."

"우리가 하는 대부업이란 일은 연말만 되면 정말이지 눈코 뜰 새 없이 바쁘게 돌아갑니다."

다쿠지는 경위의 말을 무시하듯 말을 이었다.

"뭐, 올해는 경기가 좋아서 다른 해만큼 바쁘지는 않지만, 역시 어떤 일에나 양지가 있으면 음지가 있게 마련이죠. 아무튼 형님 체력으로는 감당하기 힘드니까 이럴 때는 과감하게 모든 일을 싹 잊고 휴양하라고 권하겠습니다. 온천 같은 데라도 가라고 말이죠. 이런 판국에 돈벌이에 매달리는 게 무슨 의미가 있겠습니까."

형제지간이므로 당연한 것인지 모르지만, 이 남자에게도 라이조와 비슷한 배금주의 경향이 있는 것은 경위도 처음부터 느끼고 있었다.

그런데 이 세상에는 돈으로는 해결할 수 없는 일이 있다는 것을 이번에 깨달았을 것이다. 거기까지 생각하자 그의 맥없는 술회도 비통한 외침처럼 느껴졌다.

"뭐, 그게 나을 것 같군요. 그럼, 당신은 일단 주니소로 가겠군요."

"그렇게 하겠습니다. 삼천만 엔은 제게도 거금입니다. 현금을 안고 잠자리에 들고 싶지는 않으니까요."

"형사를 두 명 붙여 드리죠. 우리 형사 두 사람이 거기서 오늘 밤의 전말을 설명하면 이노우에 씨도 당신 처지를 이해해 줄 겁니다."

"그렇게 해 주시면 더 바랄 게 없죠. 그렇게까지 생각해 주셔서 정말 고맙습니다."

이노우에 다쿠지는 정중하게 고개를 숙이고 트렁크를 들고 방을 나갔다.

지바 형사와 이마이 형사에게 다쿠지와 동행하도록 지시하고 에노모토 경위는 마루네 긴지를 불러들였다.

"10시 정각이 되었네요."

경위가 상대방 얼굴을 지그시 쳐다보며 신문을 시작하려고 하는 순간, 마루네 긴지는 선수를 치듯이 불쑥 말했다.

"시간은 왜?"

"서장님도 담당 검사님도 이제 집에 돌아갈 시간이잖아요."

에노모토 경위도 움찔했다.

당직 검사는 대개 9시까지 사무실을 지킨다. 물론 중대한 사건일 경우는 그보다 늦어지기도 하고 필요하면 검사 집으로 찾아가 체포 영장을 받아 낼 수도 있지만, 전문 사기꾼처럼 범죄에 이골이 난 자들은 오후 8시까지만 계속 부인하며 버티면 유리해진다는 것을 상식처럼 알고 있다.

그걸 뻔히 예상하고 있군, 하는 생각만으로도 경위는 상대가 결코 쉽게 다룰 수 있는 자가 아니라는 것을 느꼈다.

"뭐, 모처럼 경찰서에 왔으니까 12시까지는 상대해 드리죠. 하지만 그 시간을 넘기면 인권 문제가 생깁니다. 체포 영장이 나오지 않는 한."

"잘 아는군."

"이것도 다 대부업자 밑에서 일하면서 배운 겁니다. 정말이지 그런 회사는 감방까지는 아니더라도 범죄 학교나 마찬가지죠."

마루네 긴지는 비웃는 듯한 얼굴로,

"어떻게 하실래요? 체포 영장이 없는 한 나는 어떤 질문에도 대답할 의무가 없어요. 댁들이 거짓말 탐지기 검사를 하려고 해도 나는 딱 거부할 수 있어요. 아니면 그걸 조건으로 하는 체포 영장을 청구하나요?"

"……."

"게다가 일본 재판소에서는 아직 거짓말 탐지기 결과를 확실한 증거로 채택하지 않고 있거든요."

"알아. 그런 건 당신이 가르쳐 주지 않아도 안다고!"

경위는 역시 부아가 치밀었다.

"아시면 다행이고요. 미리 말해 두지만, 나는 이 유괴 사건의 해결을 위해 손가락 하나 협조할 생각이 없어요."

"왜지!"

"이 사건은 천벌 같은 거니까요. 자업자득이에요. 『주역周易』에도 선한 일을 많이 한 집안에 경사가 있고 악한 일을 많이 한 집안에 재앙이 있다는 말이 있답니다. 그 노인이 평소 쌓은 악업에 대한 응보가 집안에서 제일 약한 아이한테 나타난 겁니다. 이걸 인과라고 하는 거겠죠."

"……."

"미리 말해 두지만, 이노우에 라이조란 늙은이는 지금까지 수십 년간, 목 매달린 사람의 발목을 잡아당기는 짓을 아무렇지도 않게 해 왔습니다. 나야 그 늙은이를 붙들어다 교수대 밧줄에 매달아 버리겠다는 생각까지는 하지 않아요. 그 늙은이 발목을 잡아당기고 싶은 생각도 없고요. 지금까지 내가 그 늙은이한테 당한 짓을 생각하면 교수대에 매달린 늙은이를 담배나 피우며 구경한다고 해서 나를 도리에 어긋난 놈이라고 욕하지는 못할 겁니다."

"그럼 당신은 이노우에 씨가 목 매달린 꼴을 구경하려고 오늘 도쿄 역에 갔었나?"

"천만에요. 그건 그냥 우연이었어요. 그 동생이란 사람이 도쿄 역 안에서 심각한 얼굴로 얌전히 서 있을 줄 누가 상상이나 했겠습니까."

마루네 긴지는 히죽 웃었다.

"내가 오늘 저녁에 도쿄 역에 나간 이유를 설명할 필요는 없겠죠. 12시까지는 상대해 드리겠다고 했지만 그 얘기는 절대로 안 할 겁니다. 아는 변호사한테 전화나 해야겠군요."

에노모토 경위는 이를 갈았다. 상대방의 한 마디 한 마디가 모두 선제공격이었다. 아무리 경찰 상대하는 데 이골이 난 자라도 경관 면전에서 이런 이야기를 거침없이 하는 자는 본 적이 없었다.

"뭣하면 이십이 일 동안 붙들어 둬도 상관없어요. 어차피 그동안 댁들은 아무 증거도 찾아내지 못할 테니까 결국 석방하지 않을 수 없겠지만, 일단 석방한 사람을 다시 체포하는 것은 주임 검사가 사표를 걸고 강행하지 않는 한 불가능한 일이니까요."

"자네, 그렇게 구치소에 가고 싶나?"

"천만의 말씀을! 누가 정월을 구치소에서 보내고 싶겠습니까. 다만 나에게 그만큼 힘을 쓰다 보면 범인한테 쓸 힘이 그만큼 줄어들 테니까 하는 말이죠."

"자네는…… 범인을 감싸고 싶은가?"

"어디 사는 누구인지는 모르지만, 정말 잘한 짓이잖아요. 도와주고 싶은 마음이 듭니다. 그런 마음이 있다고 범행 방조죄에 걸리는 건 아니잖아요."

에노모토 경위는 머리를 망치로 얻어맞은 기분이었다.

전화로 범인을 칭송하던 자와 비슷한 생각이겠지만, 이렇게 얼굴을 마주하고 있는 만큼 충격은 더 컸다.

다른 때라면 오기가 나서라도 즉시 체포해 버리고 말겠지만, 재구금이 어렵다는 것까지 알고 있는 상대에게는 그런 강경 수단이 역효과만 내지 않을까 싶었던 것이다.

"자네, 참 웃기는 사람이군."

"누가 날 이런 놈으로 만들었습니까. 이노우에 라이조 아닙니까."

마루네 긴지는 뱉어 내듯이 말했다. 그의 두 눈은 번들번들 빛나고 있었다. 편집증적인 기질을 보여 주는 눈빛이었다.

경찰 전화가 울리기 시작했다. 후카야 형사가 수화기를 집어 들고 연방 응, 응, 하며 고개를 끄덕이다가 문득 안색이 돌변했다.

"주임님!"

그가 수화기를 책상 위에 내려놓고 이쪽을 향해 소리쳤다.

"왜?"

경위는 의자에서 일어나 귀를 기울였다.

"우에노 역에서 트렁크를 받아 갔던 여자가 요쓰야 서에 출두했답니다. 오카 다미코. 오카야마 도시오의 애인 가운데 한 명입니다."

"뭐라고!"

에노모토 경위도 그때는 저도 모르게 크게 소리를 질렀다. 그 순간 눈앞에 있는 마루네 긴지의 눈이 번쩍 빛나는 것을 보고 목소리를 낮추어,

"돈은?"

하고 후카야 형사에게 속삭이는 투로 물었다.

"신문지 뭉치였대요. 범인이 알려 준 대로."

"으음."

경위는 다시 눈앞이 캄캄해지는 심정이었다. 얼핏 단순해 보이던 이 사건이 실로 복잡한 요소를 품고 있다는 것을 그가 통감한 것은 이때부터였다.

"여자를 이리 데려오도록. 트렁크도."

"예."

후카야 형사는 얼른 수화기를 집어 들고 그렇게 지시했다.

마루네 긴지는 윗몸을 의자 등받이 너머로 젖히며 으스대는 듯한 자세로 앉아 있었다. 경위는 담배에 불을 붙이며 그의 퉁한 옆얼굴을 쳐다보았다.

속이 부글부글 끓는 심정이었다. 그러나 개인의 감정과 공인의 직무는 완전히 별개의 문제였다.

그를 이대로 구금할지 석방할지 경위는 아직 결정을 내리지 않고 있었다.

"가토 군, 자네가 저쪽에서 조금 더 조사해 봐. 난 이쪽에서 할 일이 있어."

결단을 조금이라도 늦추기로 작정하고 경위는 그렇게 말했다.

마루네 긴지는 입술 왼쪽 끝을 끌어 올리며 웃었다. 그리고 이쪽을 쳐다보며 가볍게 목례하고 말없이 방을 나갔다.

"주임님⋯⋯."

그의 모습이 문 밖으로 사라지기 무섭게 후카야 형사가 불렀다.

"묘하네요……. 일이 정말 묘하게 되었습니다."

"그러게 말이야. 내 느낌도 그래."

경위는 서류 상자 속에서 탐정사 보고서를 찾아냈다. 다에코가 오카야마 도시오에게 반격할 때 이용한 보고서였다.

"신주쿠 요쓰야 와카바 정 2가 3번지 와카기소……."

"분명히 여자가 택시를 내린 곳 근처군요."

"으음."

경위도 한숨을 짓는 수밖에 없었다.

"자넨 어떻게 생각해? 이 신문지 뭉치 말이야."

"모르겠습니다. 그때는 왜 트렁크를 바꿔치기했을 거라고 생각했는지, 이유고 뭐고 아무것도 없는 상상일 뿐이었는데, 사람의 감이라는 게 때로는 참 무섭군요."

후카야 형사도 희미하게 진저리를 치고 있었다.

첩의 집에서 신문하다

10시 25분경 지바 형사와 이마이 형사는 이노우에 다쿠지와 함께 주니소의 구마노 신사 근처에 있는 도키타 에이코의 집에 도착했다.

물론 현금 트렁크를 나르는 이노우에 다쿠지를 경호하기 위해서였지만, 두 형사는 라이조와 첩 에이코를 만나 다시 한번 뭔가를 찾아보라는 지령을 따로 받고 온 것이다.

"기운이 하나도 없네요, 오늘 밤은."

현관 앞에서 벨을 누르며 다쿠지가 두 형사를 돌아보고 말했다.

현관문은 금방 열렸다. 가정부가 나와 세 사람을 현관 옆 응접실로 안내했다.

"못 만났냐? 안 나왔어?"

기모노 차림의 라이조가 금세 응접실에 나타났다. 긴장을 누그러뜨리려고 술을 마시고 있었는지 내뿜는 입김에서 알코올 냄새가 났지만, 얼굴에는 전혀 취기가 없었다. 두 형사에게는 눈길도 주지 않고 다쿠지를 향해 물어뜯을 것처럼 물었다.

"못 만났습니다……. 마루네 긴지는 만났지만, 그 사람 말고는…… 여자 하나, 남자 하나가 말을 걸었을 뿐입니다."

"그럼 그놈이, 마루네가 범인이냐?"

라이조는 감정이 몹시 격해졌는지 손가락을 부들부들 떨면서 말했다.

"놈이 범인이라면 죽여 버리겠어……. 굳이 경찰 손을 빌릴 것도 없어!"

"형님, 이쪽은 수사1과의 지바 씨와 이마이 씨입니다."

그다음에 '폭력단을 시켜서라도'라는 말이라도 튀어나오면 큰일 나겠다 싶었는지 다쿠지는 다급한 표정으로 입을 열었다.

"경시청에서 나오신……."

라이조도 그제야 한숨을 토하며 의자에 힘없이 주저앉았다.

"수사1과의 지바라고 합니다. 오늘 저녁 상황은 제가 설명을 드리죠."

지바 형사가 그렇게 말하며 다쿠지에게 눈짓을 보냈다. 도키타 에이코에게 이야기해서 혹시 걸려 올지도 모르는 전화에 잘 대처하게 하라는 신호였다.

다쿠지가 고개를 끄덕이고 응접실을 나갔다. 그러나 라이조는 그런 움직임도 의식하지 못하는 듯했다.

그가 라이조雷蔵라는 이름처럼 감정적으로 쉽게 폭발하는 기질이라는 것은 두 형사도 여기로 오는 도중에 다쿠지에게 들었다. 그러나 지바 형사는 그에게 설명하면서는 그런 인상을 받지 못했다.

평범하고 병약한 노인, 운명적 타격에 널브러져 버린 취한 사람, 지바 형사는 이 인물을 아무리 좋게 보려고 해도 그런 인상밖에 느낄 수 없었다.

"알겠습니다. 그래도 뭐라도 좋으니 다시 손을 써 볼 수는 없을까요?"

설명이 끝나자 라이조는 그제야 고개를 들고 말했다. 눈에는 집념에 홀린 듯한 광채가 있었다.

"물론 저희는 앞으로도 전력을 기울일 겁니다. 수사는 이제 막 시작된 단계니까요."

"거기에 나도 내 힘으로 도울 방법이 없는지 그걸 묻고 있는 겁니다."

"구체적으로 어떤 방법이 있을 수 있을까요?"

"이를테면 현상금을 건다든지 말입니다. 아이를 무사히 데려다 주는 사람에게 오천만 엔, 확실한 증거와 함께 범인을 지목하는 사람에게는 삼천만 엔, 그렇게 현상금을 제시해 보는 건 어떻겠습니

까?"

지바 형사는 한숨을 지었다. 황금만능주의자답다 싶었다. 그 효과는 거의 기대할 수 없을 터였다.

"그건……."

하고 말을 꺼내려고 할 때 문이 열리고 다쿠지와 도키타 에이코가 응접실로 들어왔다.

나이는 서른도 안 되어 보였다. 얼굴이 기름한 것이 조신하고 고풍스런 인상이었다. 바에서 일했다고 하지만, 물장사 출신이란 인상은 느낄 수 없었다.

다쿠지는 멀찍이서 고개를 끄덕여 보였다. 이야기를 확실히 전했다는 신호였다.

인사를 나누고 두 사람이 천천히 의자에 앉았다.

"부인은 이번 사건을 어떻게 보십니까?"

"글쎄요, 저는…… 하루라도 빨리 범인을 잡아서 사형에 처해주길 바랄 뿐입니다."

목소리가 작아서 알아듣기가 힘들었다. 물론 이 여자의 속내는 복잡할 것이다. 그러나 자기 핏줄이 유괴된 것은 아니므로 슬픔도 다에코만큼 깊을 수는 없을 것이다.

혹은 그녀의 마음속 어딘가에 이 사건을 계기로 자기가 본처가 될지도 모른다는 바람이 생긴 것은 아닐까?

그것이 형사의 직감이었다. 적어도 라이조가 보는 앞에서는 이 여자로부터 아무것도 알아낼 수 없을 거라고 그는 느꼈다.

"이노우에 씨, 현상금을 내거는 것도 좋지만, 정신적인 협조가 더 절실합니다."

"나는 경찰에 최대한 협력해 왔다고 생각합니다. 물론 딱 한 번은…… 아이 목숨이 위태로워 당신들을 속인 적도 있지만, 그때 한 번을 제외하면……."

"알겠습니다. 그럼 앞으로 범인에게 연락이 오면 경찰 몰래 독단적으로 행동하지 않겠다고 약속하실 수 있습니까?"

"약속합니다."

"그리고 부인 문제는…… 아, 본가의 부인 문제는 어떻게 하실 겁니까?"

"월요일에 고문 변호사에게 말해서 바로 이혼 소송 절차를 밟을 겁니다. 고마바 집에서도 쫓아낼 것이고."

"하지만 부인이 과연?"

"분명히 말하지만 그 집은 내 명의예요. 불질러 버리는 건 불법이지만, 때려 부숴도 아무도 나한테 뭐라고 못 합니다. 아예 싹 허물고 대지로 만들어야 더 비싸게 팔릴지도 모르지."

한번 마음을 먹으면 절대로 물러서지 않는다는 라이조의 기질은 이 말에서도 잘 드러났다.

"간통 그거, 요즘은 형사 사건이 아닙니다. 그래도 이혼 조건으로는 충분하고도 남습니다."

희망과 실망, 그리고 그 반동으로 분노의 감정이 들끓어 오르는지 라이조의 말이 점차 거칠어졌다.

"형님, 오늘 밤은 그만 자리를 파하고 쉬시는 게 좋지 않겠습니까. 수면제라도 드시고 쉬시고 내일은 어디 온천에 가시는 게 어떠세요?"

"그럴 수는 없지. 적어도 연말 동안은. 경찰분들도 이렇게 고생하고 있는데 당사자인 내가 한가하게 온천에 몸뚱이 담그고 있을 수 있겠냐."

라이조는 힘없는 목소리로 말했다. 물론 취기도 있고 신경이 닳을 대로 닳은 탓도 있겠지만, 이제는 조리 있게 이야기할 수 없는 상태 같았다.

지바 형사는 테이블 위로 몸을 내밀며,

"저희가 생각해도 오늘 밤은 푹 쉬시는 게 좋을 것 같습니다. 저희는 여기 계신 부인에게 따로 묻고 싶은 것도 있고요."

"그렇군요. 이 사람과 얘기할 때는 내가 없는 게 낫다는 말씀이군요."

라이조는 비교적 순순히 형사의 말에 따랐다. 누구나 나이 들면 아이가 된다고 하는데, 이때 라이조의 태도에도 어딘지 그런 인상이 있었다.

다쿠지도 형을 따라 응접실에서 나갔다.

"부인, 부인은 세쓰오 군을 어떻게 생각했습니까?"

에이코는 잠자코 일어나 방 한쪽에 있는 장식장에서 권총 한 자루를 꺼냈다.

두 형사가 소스라치게 놀라서 의자를 박차며 동시에 벌떡 일어섰다. 에이코는 그것을 손바닥 위에 얹어 두 사람에게 내밀고는 시선을 내렸다.

"장난감이에요. 아줌마, 크리스마스 선물로 권총 사 주세요, 라고 해서 이렇게 준비해 두었는데."

두 사람은 얼굴을 마주 보며 쓴웃음을 지었다.

"세쓰오 군은 부인을 잘 따랐던 모양이죠?"

"예……. 남들이 보면 이상하다고 하겠지만, 본가 부인께서는 저한테 정말 잘해 주십니다. 여자 두세 명쯤 제대로 건사하지 못하는 남자가 어찌 큰 사업을 하겠나, 이게 그분의 입버릇이었어요."

물론 액면 그대로 받아들일 수는 없는 말이었다. 아니, 다에코의 행동에는 마루네 긴지가 지적했듯이 뭔가 속셈이 없다고 할 수는 없었다.

"그럼 그 부인이 이노우에 씨 외에 애인을 두고 있다는 사실은 모르셨군요?"

"전혀 몰랐습니다."

"그 사실에 대해서는 어떻게 생각하십니까?"

"솔직히 저도 그이처럼 화가 나 있습니다. 제 사고방식이 고리타분한지는 몰라도요."

"그럼, 이노우에 씨가 그 부인과 이혼하는 것도 당연하다고 생각하세요?"

"그 점에 대해서는 드릴 말씀이 없어요. 다만 부인이 남편의 사업을 내심 경멸하고 있다는 것은 전부터 알고 있었습니다……. 제가 본처가 될지 어떨지는 그 사람 마음 하나에 달린 일이지만, 이런 사건이 일어나지 않았더라도 본부인과는 이혼했을지 모릅니다."

"뭘 근거로 그렇게 말씀하시는 거죠?"

"언젠가 세쓰오가 이런 말을 했기 때문이에요. '아빠가 하는 일은 좋지 않은 일이래. 엄마가 그랬어. 사람들을 괴롭혀서 돈을 받아내는 건 나쁜 짓이라고.' 저도 그 얘기를 듣고 깜짝 놀랐습니다. 세상 사람들이 아무리 뭐라도 해도 우리가 아쉬운 거 없이 사는 것은 다 그이 덕분 아닙니까. 아직 철도 안 든 아이한테 그런 이야기를 하는 건 잘못된 일 아닌가요?"

"그렇군요. 그럼 그 부인은 만약 이노우에 씨에게 만일의 사태가 일어날 경우 어떻게 하실 생각이었을까요?"

"언젠가 같이 연극을 보러 갔을 때 무슨 이야기인가를 하다가 부인이 '그렇게 돈 버는 건 싫어'라고 말씀한 적이 있어요. 어느 온천에 커다란 호텔이나 지어서 마음 편하게 살고 싶다는 말도 했었는데, 아마 그게 속마음 아니었을까요?"

물론 고리대업이라는 업종은 아무리 남자라도 어지간한 신경으로는 감당할 수 없는 돈벌이이다. 만약 라이조가 이런 사건을 겪지 않고 지내다가 어느 날 갑자기 죽기라도 한다면 다에코는 그 사업을 물려받아 계속해 나갈 수 없었을 것이다. 자금을 전부 회수하여 평온한 생활을 시작하겠다고 해도 아무도 그녀를 막을 수 없었을 것이다.

다에코가 무심결에 진심을 토로하고 말았는지 모르지만, 그 말도 이렇게 소위 '세컨드'의 입을 통해서 들으니 다른 뉘앙스가 느껴졌다.

매우 조심스럽게 표현하고 있기는 하지만 이 여자도 지금은 다에코를 비난하는 태도를 취하고 있는 것이 분명했다.

"그럼, 부인은 혹시 범인이 어디에 숨어 있는지 짐작이 가세요?"

공연한 질문인 줄 알면서도 지바 형사가 물어보았다.

"의외로 내부, 특히 본부인 주변 사람이 아닐까요?"

"무슨 근거로 그렇게 생각하셨습니까?"

"이 사건을 전해 듣고 깜짝 놀라 점집에 달려갔어요. 거기 선생이 하시는 말씀이, 세쓰오는 끌려가자마자 죽었다, 범인은 결코 낯선 사람이 아니다, 그러더군요."

"점입니까……."

지바 형사는 한숨을 지었다. 맞는지 아닌지는 젖혀 두고 점괘로 범인을 찾는 것은 적어도 현재의 일본에서는 수사 기법으로 인정하지 않는다…….

두 형사는 번갈아 가며 신문을 했지만 이렇다 할 정보는 없었다. 라이조도 이 집에서는 모든 것을 잊고 위안을 찾았을 것이다. 일이나 인간관계에 대해서는 거의 언급하지 않는 듯했다. 에이코는 다른 애인들에 대해서도 물론 알고 있었지만, 그들을 비난하는 말은 한마디도 하지 않았다.

　영리한 여자로군 하고 지바 형사는 생각했다. 하지만 그녀를 통해서 수사에 도움이 될 만한 단서를 찾는 것은 불가능해 보였다.

트렁크를 운반한 여자

10시 30분경부터 수사본부는 이상한 긴장에 싸였다. 오카 다미코가 요쓰야 경찰서 형사에게 호송되어 도착한 것이다.

에노모토 경위는 우선 트렁크부터 살펴보았다. 붉은 가죽제 새 트렁크. 안에는 천 엔권 크기로 재단된 신문지 뭉치가 빼곡히 들어 있었다.

경위도 후카야 형사도 그 매수까지 헤아려 볼 엄두는 나지 않았다. 요쓰야 서 형사에게 간단히 설명을 듣자 바로 여자를 방으로 불러들였다.

오카 다미코는 역시 낯이 파랗게 질려 있었다. 다니오카 도모요시의 말은 과연 이 여자의 특징을 잘 표현한 것이기는 했지만, 경위는 그녀의 얼굴에서 사상死相 같은 그림자를 느꼈다.

"당신은 우에노 역에 가서 이 트렁크를 받아 왔죠. 왜 그랬습니까?"

"편지가 왔어요. 저는 그저 편지에 적힌 대로 했을 뿐이에요."

"편지라뇨?"

"이겁니다."

다미코는 떨리는 손으로 핸드백을 열고 안에서 편지 봉투 하나를 꺼냈다. 예의 특징적인 글자체였다. 이노우에의 집이나 사무소에 몇 번이나 협박장을 보낸 인물이 작성했다는 것은 의심의 여지가 없었다.

다미코 씨의 요즘 처지에 멀리서나마 심심한 위로의 말씀을 드립니다. 나는 오카야마의 친구인데, 당신이 그 친구를 다시 만날 수 있는 기회를 만들어 주고자 이 편지를 씁니다.

일전에 나는 오카야마 군에게 어느 장소에 가서 어떤 물건을 받아다 달라는 부탁을 받았습니다. 그런데 내가 갑작스런 사정으로 여행을 떠나야 할 형편이라 약속을 지킬 수 없게 되었습니다. 몇 번이나 오카야마에게 전화 연락을 시도했지만 좀처럼 연결되지 않았습니다. 그때 문득 다미코 씨 생각이 났던 것입니다.

시간은 22일 오후 7시 반, 장소는 우에노 역 정면 입구로 들어가면 오른쪽으로 보이는 만남의 장소입니다. 그곳에 이노우에라는 사람의 심부름꾼이 트렁크를 들고 서 있을 겁니다.

다미코 씨는 그저 '그분의 부탁을 받고 나왔다'라고만 말하면 됩니다. 그러면 상대방은 트렁크를 내줄 겁니다. 매우 귀중한 물건이 들어 있으니 그걸 받는 즉시 택시를 타고 돌아오는 게 좋을 겁니다.

오카야마 군에게 꼭 필요한 물건인 듯하니 그 친구는 이걸 받으러 반드시 당신 아파트로 찾아갈 겁니다. 당신이 나를 대신해서 이 트렁크를 받으러 나간다는 사실을 이 편지와 함께 그 친구에게 속달로 부쳐 두겠습니다.

이 기회를 놓치지 마시기 바랍니다.

이 역시 협박장과 동일한 편지지에 동일한 필적이었다. 서명은 어디에도 없었다.

경위는 편지를 천천히 두 번 읽었다. 그리고 후카야 형사에게 편지를 건네주고 신문을 시작했다.

"당신은 그저 이 편지에서 시키는 대로 행동했다는 거군요. 자신이 무슨 일을 했는지, 이 트렁크에 뭐가 들어 있는지 전혀 몰랐다는 겁니까?"

"예……."

"그럼 경찰에 신고한 것은 무슨 까닭입니까?"

"오늘 8시경 석간을 읽고 깜짝 놀랐어요. 그래서 얼른 트렁크를 열어 보니 이런 게 들어 있었어요. 누군가한테 속았다는 걸 알았어요. 그리고 그이에게 몇 번이나 전화를 걸어 보았지만 아무래도 연락이 닿질 않았습니다. 그래서 생각다 못해 가까운 파출소에 찾아간 겁니다."

"이 편지의 내용은 상식이 있는 사람이라면 누구라도 고개를 갸웃거릴 만한 비상식적인 내용인데, 당신은 이걸 보고도 수상하다고 생각하지 않았습니까?"

"지금 생각하니 말씀대로 이상하네요. 하지만 그때는 그런 생각을 전혀 못 했어요."

"왜죠?"

"그이를 만나고 싶은 생각밖에 없었어요. 그이를 다시 만날 수만 있다면 무슨 짓이라도 했을 거예요."

다미코는 손수건을 꺼내 얼굴을 누르고 있었다.

"그럼 당신은 오카야마 도시오 씨를 사랑했다. 그런데 그 사람이 당신을 버렸다. 그래도 당신은 도저히 그 사람을 포기할 수 없었다. 이런 겁니까?"

"예……."

"관계를 되살릴 수만 있다면 당신은 무슨 짓이라도 했을까요?"

"예. 이렇게 말해도 믿지 않으실지 모르지만……."

"당신과 그 사람의 관계는 언제부터 언제까지 계속된 겁니까?"

"1955년 봄부터…… 그러다가 올봄부터 점점 발길이 뜸해지더니 벌써 세 달간이나 만나 보지 못했습니다."

"그 이유를 알고 있습니까?"

"봄부터 경제적으로 많이 힘들어졌다는 말은 들었어요. 다른 회사들은 다들 경기가 좋다는데 이상하다고 생각했지만 사업이란 것이 잘 안 될 때도 있겠지 하며 한동안은 참고 있었어요. 그러나 그런 상태가 백 일 가까이 계속되니…… 더 이상 견딜 수 없었어요. 죽을 생각도 해 봤습니다."

눈초리에서 큰 눈물방울이 흘러나와 볼을 타고 내렸다. 물론 남녀 관계는 사람마다 경우마다 천차만별이게 마련이다. 에노모토 경위도 여자의 말이 꼭 거짓이나 과장이라고는 생각하지 않았다.

경위는 이때부터 신문 방향을 크게 바꾸어 여자의 이력에 대하여 물었다. 본래대로라면 제일 먼저 물어야 했지만, 이렇게 순서를 바꿀 만큼 그는 초조해져 있었다.

이 여자는 오카야마 도시오의 먼 친척뻘이라고 했다. 센다이에서 상경하여 양재¹洋裁 학교를 졸업하고 어느 드레스 제조사에서 하청을 받아서 일하다가 관계가 시작되었다는 것이다.

오카야마 도시오는 여색을 밝힌다는 면에서는 유별나다고 할 만큼 호색한이므로 그가 먼저 유혹했으리라는 것은 틀림이 없겠지만, 남자를 모르던 아가씨였던 만큼 일단 맛을 들이고 난 뒤에는 그녀도 누구보다 더 뜨겁게 정열을 불태우게 되었을 것이다. 차라리추하다고 해도 좋을 만큼 평범한 용모에 남자를 끄는 매력이 없다는 점이 연인으로 정한 사내에 대한 애정을 더 치열하게 만들었는지도 모른다.

오카야마 도시오에게 처자식이 있다는 것은 처음부터 알고 있었던 듯했다. 여자로서 정식으로 아내 자리에 앉고 싶은 심정이 없었다고 할 수는 없겠지만, 이 여자는 다미코ਓਰ 라는 이름대로 실속을 좋아했던 듯했다.

설사 사람들에게 손가락질을 받더라도 매일 밤 그를 만날 수 있다면 그것으로 족하다는 말까지 나왔다.

이십 분쯤 이런 문답을 계속하는 동안 경위는 여자의 성격을 대강 파악할 수 있었다.

그저 남을 쉽게 믿는 여자, 바보라고 말하고 싶을 만큼 솔직한 여자, 그리고 두뇌 회전은 평균보다 못한 여자라는 것이 경위의 인상이었다. 그리고 이 사건에서 맡은 역할이 무엇이었든 거기에는 범죄라는 의식이 없었을 거라는 것이 그의 직감이었다.

"이런 편지를 보낸 것이 누구인지 그때 상상해 보지 않았나요?"

"이리저리 한참 생각해 보긴 했지만 누군지 짐작이 가지 않았어요."

"그럼 당신과 그의 관계를 아는 사람이 한두 명이 아니었다는 건가요?"

"가게 사람들은 다 알아요. 지금 제가 비참한 처지에 있다는 것도 대개 알고 있을 거예요."

"지금 가게에는 몇 사람이나 일하고 있습니까?"

"열 명쯤 됩니다. 선생님도 미망인이고 좋은 분인데……."

"그럼 거기서 얼마나 받고 일합니까?"

"만 엔이 조금 넘어요. 물론 그 돈으로는 살아가기가 힘들지만, 매달 그이가 이만 엔 이상 부쳐 주고 있었거든요."

"그 돈도 최근에는 끊겼겠군요?"

"예. 유월 이후로는 전혀 못 받고 있어요. 모아 놓은 돈이 조금 있어서 그걸 헐어 그럭저럭 버텨 왔어요."

"그 사람도 아파트 열쇠를 가지고 있습니까?"

"예, 어떤 사람한테 보조 열쇠를 만들어 달래서 맡겨 두었어요."

"이 편지를 본 것이 언제였죠?"

"22일 저녁 오후 5시쯤이었나, 파김치가 되어 아파트에 돌아와 보니 우편함에 들어 있었어요. 그래서 몇 시쯤에 배달되었는지까지는 모릅니다."

"그리고 어떻게 했죠?"

"다시 가게로 가서 선생님에게 부탁해 일거리를 싸 들고 돌아왔어요. 그이가 언제 올지 알 수 없어서 집에 있는 재봉틀로 작업하면서 기다리려고 했어요."

"그리고 우에노 역으로 갔군요. 그런 편지가 왔다는 것을 누구한테 이야기했습니까?"

"아뇨, 아무한테도."

"우에노 역에서 택시를 타고 돌아왔을 때 어디에서 내렸습니

까?"

"아파트 바로 앞에서요. 골목길을 더 들어와야 하지만, 택시가 들어오기 힘든 길이라서요."

"그때 어떤 남자가 바로 그 택시를 탔다고 하더군요. 누구인지 압니까?"

"모릅니다."

"그 남자가 똑같이 생긴 트렁크를 들고 있던 것은 기억하세요?"

"예."

"그럼 당신은 우에노 역에서 가져온 트렁크를 손에서 놓은 적이 없습니까?"

"아뇨, 제가 계속 가지고 있었지만, 택시 요금을 내려고 잠시 도로 위에 내려놓았어요."

"그때 그 남자는 당신 옆에서 기다리고 있었군요. 그 남자 역시 트렁크를 땅바닥에 내려놓고 있었나요?"

"그랬던 것 같아요."

"그때 트렁크가 바뀌었을 가능성은 없을까요?"

"글쎄요……. 뭐라고 말씀드릴 수가 없네요."

다미코의 얼굴에 거무죽죽한 그림자가 떠올라 있었다.

"아무튼 당신은 그 트렁크가 우에노 역에서 받은 트렁크라고 믿고 아파트로 가지고 들어갔군요."

"예."

"그 뒤 집에 누가 찾아오지는 않았나요?"

"아뇨, 10시쯤까지 계속 작업했지만, 그동안 아무도 오지 않았어요. 그리고 잠깐 목욕탕에 갔다가 11시경에 잤습니다."

"오늘은요?"

"아침 8시쯤 일어나 계속 작업을 했어요. 그이가 언제 올지 몰라서 작업을 서둘렀어요. 4시쯤에 잠깐 장을 보러 나갔는데, 집을 비운 시간은 삼십 분도 채 안 될 거예요."

"오늘도 아무도 찾아오지 않았습니까?"

"예. 8시 직전에 작업이 겨우 끝나서 그제야 한숨 돌리며 석간을 펼쳐 본 거예요. 그리고 이 사건을 알고 깜짝 놀란 거죠."

그녀의 이야기는 앞뒤가 맞았다.

비상식적인 편지에 속아 비상식적인 행동을 했다는 것 말고는 아무런 의심도 품을 수 없었다. 평범한 여자의 평범한 일상일 뿐이었다…….

11시 조금 지나서 경위는 일단 조사를 마쳤다.

상대방은 여자이고, 그것도 이렇게 제 발로 경찰서에 출두했다. 범죄에 직접 관계하지 않았다면 더 이상 경찰서에 붙들어 놓는 것은 인권 문제가 될 소지가 있다.

다미코에게 다른 방에서 기다리라고 이르고 경위는 수사1과장에게 전화로 연락해야겠다는 생각을 했다.

"후카야 군, 자넨 방금 그 여자의 진술을 어떻게 생각해?"

그는 전화를 걸기 전에 그렇게 물어보았다.

"모르겠습니다. 이 사건은 결국 도통 알 수 없게 되고 말았네요."

후카야 형사도 쓴 입맛을 다시는 표정으로,

"택시를 내리는 사이에 범인이 트렁크를 바꿔치기했다는 것은 문득 스친 생각이었어요……. 하지만 그게 실제로도 그렇게 뜻대로 잘될지를 생각하다 보니 점점 불안해지더군요."

"그렇겠지. 혹은 실제로는 의외로 쉬웠을지도 몰라. 그렇다면 범인은 굉장히 운이 좋은 놈이겠지. 그러나 그걸 사전에 계획한다는 것은 너무 엉성한 짓인데."

"그렇죠. 여자가 눈치를 채면 끝이잖아요. 아이고, 실수했군요 하고 고개를 꾸뻑 숙이면 좀도둑으로 몰리지는 않겠지만, 범인도 그 대목에서 목적을 달성할 수 없게 되는 겁니다. 자신이 체포되지 않도록 퇴로를 준비해 두는 심정은 알겠지만, 애초에 의도한 돈이 손에 들어오지 않는다면 소용없는 짓이잖아요. 범인이 그 정도까지 운을 믿고 있었을 것 같지는 않은데요."

두 사람은 거의 동시에 담배에 불을 붙였다. 여기 어딘가에 뭔가 비밀이 있다. 이것까지는 오랜 경험을 바탕으로 충분히 상상할 수 있었지만, 그 비밀을 감싼 외피 한 꺼풀이 아무래도 벗겨지지 않고 있는 것이다.

"그 여자가 솔직하게 말했다고 보나?"

"제 발로 출두했잖아요. 정직한 사람일 겁니다. 이야기하는 걸 보니 거짓말을 하거나 연극을 할 만한 여자는 아닌 것 같습니다. 다만 방금 나온 이야기가 전부 사실이라고 단언할 수 있을지는 모르겠군요."

"수상하다면 어떤 점이?"

"트렁크를 바꿔칠 기회는 그때 말고도 있었다는 게 밝혀졌잖아요. 그녀의 아파트 말입니다. 그녀도 목욕탕에 가거나 장에 가거나 하느라 이틀 사이에 두 번 정도는 집을 비운 적이 있다고 했으니까요."

"트렁크를 바꿔친다면 그 시간대를 이용했을 가능성이 높겠지. 그 남자가 택시를 타기 직전에 트렁크를 바꿔치기했다고 생각하는 것보다는."

"그렇죠. 택시를 탄 남자가 똑같은 트렁크를 들고 있던 것도 우연이었을지 모릅니다. 저의 발상이 지나친 것이었는지도 모르죠……. 다만 그렇게 되면 트렁크를 바꿔친 것은 범인이 오카야마 도시오라는 얘기가 되지 않습니까?"

"용의가 가장 짙어졌다고 할 수는 있겠지."

"하지만 주임님, 너무 단순하지 않습니까? 다른 면에서는 그렇게 영리한 범인이 이렇게 중대한 대목에서 그렇게 어리석게 행동했을까요?"

후카야 형사는 불만 붙여 놓고 거의 빨지 않은 담배를 재떨이에 비벼 끄고 말을 이었다.

"제 느낌으로도 분명히 그 여자는 목숨 걸고 오카야마한테 매달리는 것 같습니다. 자살할 생각까지 했다는 얘기도 거짓은 아닐 거예요. 그렇게까지 생각하는 여자라면 범죄 계획에 공범으로 끌어들여 한몫 거들게 하는 것도 불가능하지는 않겠죠. 다만 이 경우에는 오카야마가 여자를 방치해서 경찰서에까지 나오게 한다는 것이 너무 부자연스럽군요. 저라면 어떻게든 여자를 달랬을 겁니다. 그러면 경찰이 그녀를 찾아내는 데도 시간이 한참 더 걸리겠지요."

"그건 그래. 다만 오카야마가 범인이고 그 여자의 진술이 사실이라고 한다면 더 아슬아슬한 계획도 세우지 말란 법이 없지."

"뭔데요?"

"그자가 체포되고 나서 이십이 일 동안 계속 버티면 어떻게 되지? 우리가 아무리 애써도 더 이상 증거가 나오지 않으면 그를 검찰로 송치할 수 있을까?"

"미묘하군요……. 삼천만 엔이 나오지 않는다면, 아이 사체마저 발견되지 않는다면, 그리고 그자가 계속 부인하며 버틴다면."

"그렇지. 만약 재판에서 그에게 무죄 판결이라도 떨어지면, 그 뒤에는 증거가 발견되어도 일사부재리 원칙에 따라 더 이상 죄를 물을 수 없게 되지."

후카야 형사는 진저리를 쳤다. 그는 에노모토 경위가 오른팔처럼 신뢰할 만큼 날카로운 두뇌를 가지고 있지만, 나이가 젊은 만큼 거기까지는 생각이 미치지 못했을 것이다.

"거짓말 탐지기로도 안 될까요?"

"그게 유일한 증거일 경우, 재판에 수완 좋은 변호사가 나오면 쉽게 밀릴 거야. 물론 판사 마음먹기 나름이지만……. 일반 판사들은 과학이나 기계에 약하니까 폴리그래프* 결과에는 그다지 신뢰성을 두지 않아."

"신뢰도가 구십 퍼센트라도요?"

"달리 증거가 없으면 판사는 십 퍼센트의 예외 쪽에 손을 들어줄지도 모르지."

후카야 판사는 한숨을 지었다. 에노모토 경위는 전화기로 천천히 손을 뻗으며,

"아무튼 여자는 일단 귀가시켜. 마루네도 지금은 체포하기 힘들어. 승부처는 내일이야. 마루네한테는 내일 다시 임의 출두하라고 해."

하고 내뱉듯이 말했다.

● **폴리그래프** _ 심장 박동, 뇌파, 호흡, 안구 운동 등 생리적 현상을 측정, 기록하는 장치. 범죄 수사 등에서 거짓말 탐지기로 이용된다.

수사의 벽

12월 24일 아침, 도쿄에는 옅은 안개가 자옥했다.

고마바의 이노우에가의 마당에는 크리스마스트리가 내동댕이 쳐져 있었다.

가정부 하나가 옆에서 시무룩한 얼굴로 낙엽을 태우고 있었다. 연보랏빛 안개가 마음이라도 있는 양 트리를 휘감고 있었다.

수사본부에서는 아침부터 마루네 긴지에 대한 신문이 계속되고 있었다.

"이렇게 이틀 연속으로 불러내는 걸 보면 나한테 걸린 혐의가 꽤 짙은 모양이죠?"

맨 처음에 이렇게 거드름 피우듯이 던진 한마디를 끝으로 그는 어떤 질문에도 대답을 하지 않았다.

가토 형사도 야타베 형사도 모든 각도에서 끈질기게 추궁을 계속했지만 상대방은 입을 꾹 닫은 채 오기로 버티고 있었다. 가끔 입을 여나 싶으면,

"모르는 건 모르는 겁니다."

라는 말로 일관했다.

10시부터 정오까지 두 시간 동안 두 형사는 지칠 대로 지쳐 버렸다. 예전이었으면 당연히 뺨이라도 몇 대 쳐 올렸겠지만 요즘은 그런 수단은 쓸 수 없다.

점심때가 되자 마침내 가토 형사가 에노모토 경위에게 가서 말했다.

"주임님, 저렇게 질긴 놈은 처음 보네요. 체포 영장을 발부해서 강제로 거짓말 탐지기 조사를 하는 수밖에 없겠습니다."

"음……."

경위도 고개를 크게 끄덕였다. 사실 체포하기에는 근거가 약했지만 상대방이 계속 완강하게 증언을 거부한다면 어쩔 수 없는 조치였다.

특별히 공범 관계가 아니라도 한 가지 사건과 관련하여 여러 용의자를 동시에 체포하는 것은 수사 기법으로 인정되고 있었다. 체포 자체는 인권 침해로 인정되지 않고, 그 덕분에 범죄와 관련이 없

다는 사실이 증명되면 당사자도 차라리 개운해지는 셈이 되기 때문이다.

"거짓말 탐지기 조사를 조건으로 서류를 작성해 봐."

경위는 그렇게 대답하는 수밖에 없었다.

오카야마 도시오가 수사본부에 출두한 것은 오후 1시 반이었다.

오늘도 이른 아침부터 형사가 집에 찾아와 임의 동행을 요구했지만, 점심때까지는 안 된다고 거절당한 것이다.

경위도 이를 갈면서 그가 출두하기를 기다리고 있었다.

"오카 다미코라는 여자를 잘 알죠?"

에노모토 경위는 첫머리부터 단도직입으로 물었지만 상대방은 그다지 동요하는 기색이 없었다.

"압니다. 내 애인 가운데 하나예요."

"지금도 애인인가요? 차 버린 거 아닙니까?"

"차 버리나 마나 지금 나는 자금 마련으로 발버둥 치느라 여자를 생각할 겨를이 없습니다. 요즘은 다달이 부치던 돈도 못 부치고 있습니다. 전에 형편이 좋았을 때는 이십만 엔 정도 줘서 저축도 하게 했으니까 한동안은 그 저금을 찾아서 버텨 달라고 말해 두었습니다. 그 돈이 아직 바닥나지 않았을 겁니다."

"최근에는 한 번도 만나지 않았습니까?"

"그래요, 세 달쯤 되었나요. 그동안 나는 하루하루 위기의 연속이었습니다. 벌여 놓은 사업도 어떻게든 계속해 나가야 했고, 거기에 자금을 융통해서 부도도 막아야 했습니다. 망하지 않은 게 이상할 정도죠."

"그럼 그녀뿐만 아니라 다른 애인 두 명도 만나지 못하고 있습니까?"

"그렇죠. 이천만 엔짜리 어음이 부도가 난 것이 올봄, 그러니까 사월쯤이었는데, 고리대를 빌려서 급한 구멍을 메우고 나서, 그 고리대를 또 다른 고리대로 갚고, 어음을 어음으로 틀어막으면서 버텨 왔던 거라 점점 힘들어졌습니다. 그러던 차에 구월에 또 다른 어음이 부도를 맞았어요. 이번엔 오백만 엔 정도였는데, 그래서 더 힘들어진 겁니다. 그런 사정으로, 벌써 다 조사해 보셨겠지만, 세 여자를 거의 만나지 못하고 있어요. 만나 봐야 지난 세 달 동안 한두 번이 고작입니다. 그 아이한테만 특별히 야박하게 대한 것은 아닙니다."

이 답변에도 일리는 있어 보였다. 여자는 애정 하나로 살아간다고 하지만 남자는 아무래도 사업이 우선이다. 아무리 호색한이라도 사업이 쓰러지느냐 마느냐의 위기에 몰리면 여자 따위에 신경 쓰고 있을 겨를이 없는 것이 현실인지도 모른다.

"그럼 앞으로 전망은 어떻습니까? 이 위기는 벗어날 수 있을 것 같습니까?"

"전망이나 마나 발버둥 쳐 보는 수밖에 없지 않습니까. 죽느냐 사느냐가 걸린 승부니까요."

"그럼 지금 만약 현금 삼천만 엔이 아무 조건 없이 들어온다
면……."

"하지만 나는 돈 때문에 어린애를 납치하거나 죽이지는 않습니
다. 차라리 파산할지언정…… 인생은 다시 시작하면 되는 겁니다.
형무소까지 갈 필요는 없는 겁니다."

"지당한 말씀. 그럼 당신은 그제 밤에는 무엇을 하고 있었습니
까?"

"그제 밤은…… 그래요, 7시경부터 누굴 만났습니다. 긴자의 스
미야라는 요정입니다. 부동산업자 쓰무라 가쓰오 씨를 만났는데,
거기 여점원들이 내 얼굴을 아니까 가서 확인해 보시죠."

"무슨 일로 만난 겁니까?"

"회사 자산으로 되어 있는 고쿠분지 땅 오천 평을 어떻게든 유
리한 조건으로 처분할 수 없을까 해서 상담을 한 겁니다. 그 물건만
처분하면 나도 한결 편해지니까요."

"요정에는 언제까지 있었습니까?"

"9시경에 일단 요정을 나와서 도게라는 바에 가서 한 시간쯤 술
을 마셨죠. 물론 주머니 사정은 어렵지만 그런 자리에서 돈 쓰는 것
은 어쩔 수 없는 일이죠."

"그리고 곧장 집에 돌아간 겁니까?"

"그렇습니다. 몸이 녹초가 되었기 때문에 바로 집에 돌아가 잤

습니다. 11시 직전이었나, 그건 집사람이 압니다.”

“도중에 어디 들르거나 하진 않았군요?”

“그렇습니다.”

“오카 씨 아파트에도 말이죠?”

“물론이죠. 거기 들렀다면 대뜸 나한테 달려들어 온갖 원망을 늘어놓았겠죠. 십 분 십오 분 만에 빠져나올 수는 없었을 겁니다.”

“오카 씨 아파트의 열쇠는 가지고 있잖아요?”

“가지고는 있죠. 하지만 요즘은 쓸 일도 없으니까 사무소 책상 서랍에 던져두었을 겁니다.”

“그럼 귀갓길에 누구와 동행하거나 하진 않았군요.”

“그렇습니다. 술을 마실 줄 알고 있었기 때문에 아예 차를 가져가지 않았습니다. 지나가던 택시를 잡아타고 귀가했는데, 차량 번호까지는 기억하지 못합니다.”

“어제 4시경에는 어디 있었습니까?”

“일단 외출했다가 사무실로 돌아왔을 겁니다. 4시 반쯤에 역시 긴자 쪽에 있다가 왔습니다.”

“그때의 행적을 말해 주시겠습니까?”

“형사님들이 찾아온 것이 1시 반쯤부터 2시 직후까지였죠? 그 후에 긴자 뒷골목에 있는 도토 금융에 가서 돈을 빌렸습니다. 대출건은 이미 이야기가 된 것이었지만, 이런저런 절차 때문에 내 손에 현금이 들어온 것은 결국 3시 반경이었습니다. 이백오십만 엔 정도인데, 그걸 오늘 아침 은행에 넣어서 겨우 부도를 막았습니다."

"긴자에서 요쓰야까지 한 시간이나 걸리다니, 너무 오래 걸린 것 같군요."

"피곤해서 차를 마셨으니까 그곳에서 삼십 분쯤 더 노닥거린 것 같습니다. 그 정도는 어쩔 수 없지 않습니까."

그렇게 대답하면서도 오카야마 도시오는 고개를 갸우뚱했다.

"주임님, 왜 그때의 행동이 문제가 되는 거죠? 그제 밤이라면 범인이 보낸 여자가 우에노 역에서 돈을 건네받았다고 하니까 그럴 수도 있겠지만, 어제 오후에 대체 무슨 일이 일어났던 겁니까?"

"그 점은 아직 말씀드릴 수 없습니다."

"게다가 형사님들은 내 애인 중에서도 오카 다미코만 계속 문제 삼고 있군요. 그건 왜죠? 이 사건과 무슨 관계가 있는 겁니까?"

"있습니다."

"무슨 관계가 있다는 거죠?"

"그 전에 묻겠습니다만, 오카 씨가 당신에게 자주 전화합니까?"

"안 한다고는 하지 않겠습니다. 하지만 최근 내 상황이 여자한 테 신경 쓸 계제가 아니라고 했지 않습니까. 그래서 요즘은 여자한 테 전화가 와도 없다고 하라고 일러두었습니다."

"그럼 어제저녁에 오카 씨가 전화를 한 것도 모르겠군요?"

"어제저녁에는 무라세 선생이라는 변호사 댁에 가 있었습니다. 요즘 계약 위반 문제로 민사 소송이 걸려 있어서 그 건에 대하여 상의하고 있었습니다.”

“오카야마 씨도 참 다사다난하군요.”

“그렇죠. 올해가 옛날 사람들이 말하던 액년인가 보죠. 올해 같
은 고생은 지금까지 겪어 본 기억이 없습니다. 그것도 모자라 이런
유괴 사건의 참고인으로 소환이나 당하고 있으니 정말이지 울고 싶
은 심정입니다.”

오카야마 도시오는 볕에 그은 검은 이마를 손으로 짚으며 한숨
을 지었다.

에노모토 경위는 여기서 마지막 카드를 꺼냈다.

“오카야마 씨, 당신은 오카 씨가 우에노 역에서 돈을 받아 왔다
는 사실을 몰랐습니까?”

“뭐요? 무슨 돈을요?”

오카야마 도시오의 얼굴이 파랗게 질렸다. 그의 몸이 눈에 보일
정도로 덜덜 떨리기 시작했다.

“물론 이번 사건의 몸값이죠. 현금 삼천만 엔.”

“그 여자가 범인이었나요? 아니면 누구랑 공모해서…….”

“그건 아직 말할 수 없습니다. 다만 우리가 보기에 오카 씨는 아
무것도 몰랐던 게 아닌가 싶습니다. 뒤에 숨은 범인에게 조종당해
서 그런 위험한 역할을 했던 게 아닌가 짐작됩니다만.”

“그자가, 그 배후 인물이, 나라는 말입니까!”

“아직 거기까지 단정하지는 않았습니다. 그러나 객관적으로 당

신에게는 동기도 있고, 또 그 돈을 차지할 기회도 있었습니다. 당신이 위험한 상황이라는 것은 이것만 봐도 알 수 있겠지요."

"하지만 나는…… 나는……."

머리를 벅벅 긁으며 신음하듯 말했다.

"주임님, 나는 아무것도 모릅니다. 이번 유괴 사건에 관한 한 아무 관계도 없습니다. 그런데 어째서, 어째서…… 어떻게 하면 내 무고함을 증명할 수 있습니까?"

에노모토 경위는 잠자코 있었다. 침묵도 신문의 한 가지 무기라는 것을 오랜 경험으로 잘 알고 있었다.

"주임님! 나에게 거짓말 탐지기 검사를 해 주세요."

우는 목소리로 그가 말했다.

"자진해서 요청하는 겁니까?"

"그렇습니다. 오늘내일은 자금 융통을 해 둬 괜찮습니다. 어처구니없는 크리스마스가 되겠지만 상황이 이러니 어쩔 수 없지요. 만에 하나라도 이상한 혐의가 씌워져서 며칠 구금당하면 나는 파산하는 수밖에 없습니다!"

"그럼 즉시 준비시키겠습니다. 그 전에 몇 가지 묻겠으니 솔직한 답변을 부탁합니다."

"제가 아는 거라면 뭐든지……."

그의 이마에는 비지땀마저 배어 있었다. 경위의 직관적 판단으로는 그는 아마도 죄가 없을 터였다. 그러나 이 단계에서 추궁의 손길을 늦출 수는 없었다.

"먼저 12월 20일 아침 8시부터 9시 사이의 알리바이입니다. 그 시간에 무얼 하고 있었습니까?"

"집에 있었습니다. 아내와 열 살배기 딸이 증인인데, 가족의 증언은 소용이 없나요?"

"9시 이후는요?"

"사무실에 나가 있었습니다. 그래 봐야 벽 하나를 사이에 둔 곳이지만."

"증명해 줄 사람이 있습니까?"

"직원이 있습니다. 9시 10분에는 손님도 왔고요……. 이것도 알리바이가 안 됩니까? 아이를 납치하는 것은 짧은 시간에 가능하다고 해도 뒤처리는, 기무라 사건을 봐도 알 수 있듯이 상당한 시간이 걸리잖아요. 그걸 생각하면 9시 넘어서 제가 평소처럼 일하고 있었다는 것이 나의 무고함을 증명해 주지 않습니까?"

"단독 범행이라면 그렇게 말할 수 있겠지요. 그러나 공범이 있다면 사정이 다릅니다."

오카야마 도시오는 배 속에서부터 밀어내듯이 한숨을 토했다.

"그럼, 그럼, 그 돈은 그쪽 손으로 들어간 겁니까?"

"그건 아직 말할 수 없습니다. 폴리그래프 측정에 지장을 줄 염려가 있어서요. 그보다 제가 묻고 싶은 것은 당신과 오카 씨의 관계가 얼마나 알려져 있었느냐 하는 겁니다."

"그것에 대해서는 저도 확실하게 말씀드릴 수 없습니다. 상당히 많은 사람들이 알고 있을 거라는 것 말고는."

"오카 씨와 특히 친하게 지낸 남자가 있습니까?"

"모르겠습니다. 남자를 그리 좋아하는 사람은 아니니까……. 그러나 못난 여자일수록 정이 깊다는 말도 있지 않습니까. 만약 그녀가 정말 반해 버린 남자가 있다면 어떻게 되었을지는 저도 모르지요. 그 여자가 겉으로는 얌전해 보여도 격한 구석이 있어요……."

마지막 한마디는 어딘지 의미가 있는 말처럼 들렸다.

마루네 긴지와 오카야마 도시오를 상대로 실시된 폴리그래프 검사의 결과가 그날 저녁 무렵에 나왔다.

쓰카고시 기술관은 에노모토 경위 앞에 와서 자못 과학자다운 담백한 태도로 말했다.

"결론부터 말씀드리죠. 한 번의 시험으로는 뭐라고 단정할 수 없는 점도 있지만, 오카야마나 마루네나 모두 측정 불능입니다."

"으음……."

에노모토 경위는 미간을 찡그렸다. 이 방법이 범죄 수사에 사용된 것은 아직 얼마 되지 않았다. 검사 대상자의 약 십사 퍼센트가 측정 불능으로 나온다는 것은 그도 이미 알고 있었지만, 중대한 용의자 두 사람이 모두 거기에 포함될 줄은 생각도 못 했다.

"왜 그렇지?"

"오카야마는 감기에 걸렸다고 합니다. 그래도 억지로 출두했다고 하는데, 열이 37도 7분 정도 되더군요. 이럴 때 측정하면 결과가 왜곡됩니다. 정확한 판단이 힘듭니다."

"음, 그럼 마루네 쪽은?"

"무반응입니다. 이건 참 드문 경우인데, 부신 기능이 약한 탓에 아드레날린 분비가 적은 게 아닌가 짐작됩니다. 통계적으로 삼백 명에 한 명 꼴로 나타나는데, 이 기록에는 그런 경향이 상당히 나타나고 있어요."

경위도 한숨을 지을 수밖에 없었다. 과학 수사도 결코 만능은 아니다…….

"건강 문제라면 나아질 수도 있잖나? 감기로 그 정도 열이 있으면 정확한 측정이 어렵다는 얘기는 이해하겠네. 며칠 뒤 감기가 나으면 측정할 수 있겠지만. 그런데 부신 이상은 영구적인 것인가?"

"꼭 그렇지도 않습니다. 극도로 놀란 뒤나 치열한 신문 뒤에 왕왕 나타나는 현상입니다. 다만 오늘은 저도 책임 있는 결론을 드릴 수 없습니다. 한 번의 실험으로는 단정할 수 없다고 말씀드린 건 그런 뜻입니다."

"으음……. 마루네는 체포 절차를 거쳤으니까 재검사를 하기로 하고, 오카야마는 어때? 자네의 감으로는 유죄 같은가, 무죄 같은가?"

"그걸 단정하는 건 모험이죠. 전제 조건이 갖춰지지 않았으니까······. 다만 감으로 말해 본다면 무죄처럼 보입니다."

"그래······?"

경위는 뱉어 내듯이 말했다.

감정적으로는 체포 영장을 받아서 오카야마 도시오를 차분하게 신문하고 싶었다.

그러나 감기는 젖혀 두고라도 그가 이렇게 재정적으로 파산이냐 아니냐의 위태로운 지경에 몰려 있다는 것이 역시 경위를 주저하게 만들었다.

그가 범인이라면 그런 상황을 고려할 여지는 전혀 없었다. 하지만 그가 이 유괴 사건과 전혀 무관하다면 목 매달린 자의 발을 잡아당기는 거나 다름없는 짓이다. 경관으로서는 책임질 필요가 없다고 해도 한참 뒤까지 언짢은 기억을 남기는 것은 인간적으로 감당하기 버거웠다.

"후카야 군, 오카야마는 일단 귀가시키는 수밖에 없겠어."

"감기가 꾀병이 아니라면요."

"무슨 소리야? 감기에 걸린 척하는 것도 가능하다는 건가?"

"예를 들어 간장을 세 홉쯤 마시고 물구나무를 서면 열이 38도나 39도는 나온답니다. 그는 거짓말 탐지기 검사를 자청했잖아요. 그 방면의 지식이 어느 정도 있다면 그런 장난을 치지 않았다고 장담할 수도 없죠."

"자네, 참 모범적인 형사야······."

에노모토 경위가 신음 같은 목소리로 말했다.

"달갑지 않네요. 저도 이런 생각을 하는 제가 싫어요. 가끔은 제가 생각해도 스스로 한심해 죽겠다니까요."

비통해하는 말투로 형사가 말했다.

"아무튼 이제는 주임님 마음에 달렸습니다. 저는 이제 아무 말도 안 할래요."

에노모토 경위는 눈을 감았다. 오늘 하루도 이렇다 할 진전이 없었다.

오카 다미코의 아파트에서는 지문 검사도 실시되었다. 그러나 특별한 지문은 발견되지 않았다. 지문 검사에서도 고독한 여자의 생활만 드러났을 뿐이다.

다니오카 도모요시의 재검사도 무위로 끝났다. 담당 형사는 그 사람이 트렁크를 바꿔친 일은 아마 없었을 것이라고 보고했다. 그리고 만약 만일 그가 트렁크를 바꿔치기했다고 해도 그것은 유괴하고는 전혀 별개의 범죄였다…….

오카 다미코를 상대로 오늘도 연이어 심문을 했지만, 그녀의 진술은 어제와 하나도 달라지지 않았다. 이 두 사람을 거짓말 탐지기로 조사해도 무죄 결론밖에 나오지 않을 것임은 경위도 예상할 수 있었다.

다에코에 대한 신문도 실시되었다. 그러나 그녀는 하라 고이치 말고는 애인이 없다는 주장으로 일관했다. 이 여자에게 거짓말 탐지기를 사용하는 것은 도저히 가능할 것 같지 않았다.

게다가 그날 저녁은 크리스마스이브였다. 경위도 깨어 있는 아이들 얼굴을 보지 못한 날이 며칠째 계속되고 있었다.

"역시 오카야마는 귀가시켜야겠어. 몸이 좋지 않으니 다음에 다시 출두하는 것을 조건으로 해서. 그 사람도 오늘 밤에는 아이들과 단란하게 보내야지."

"주임님도 자상하시네요."

후카야 형사도 희미한 웃음을 지으며 고개를 끄덕였다.

죽음의 크리스마스이브

에노모토 경위도 그날은 일찍 퇴근했다.

경찰관도 사람이다. 긴자에 가서 몇 차까지 술 마실 생각은 안 하더라도 가끔 아이들 얼굴은 보고 싶었다. 게다가 이번 사건에서는 나름대로 쓸 만한 수는 다 썼다는 느낌이었다.

물론 지금까지 조사해 온 이노우에가 관계자들 중에 진범이 숨어 있다고 단언할 수는 없었다. 그래도 그쪽 방면은 캐 볼 만큼은 캐 보았다. 그리고 범인이 전혀 다른 방면에 숨어 있다면 그자를 찾아내는 것은 대단한 인내를 요하는 장기전이 될 것이다.

일찍 퇴근한다고 했지만 집에 도착했을 때는 아이들은 벌써 식사를 마친 상태였다. 특별 요리인 닭고기 남은 것에 맥주를 한 병

따서 뒤늦은 식사를 시작했지만, 아이들은 마치 반가운 손님이라도 맞은 양 옆에 앉아 떨어질 줄 몰랐다.

"어쨌거나 참 고마운 일이야. 이렇게 아이들이 건강하고 무탈하게 자라 주니. 돈이 전부는 아니지."

절절한 술회가 입에서 새어 나왔다.

"아빠, 오늘 밤 재미나게 놀아요. 식사 끝나면 트럼프도 하고."

아들 겐이치가 말했다.

"암, 실컷 놀자꾸나."

경위는 웃고 나서 맥주 컵을 비웠지만, 밥술도 뜨기 전에 전화 벨이 울렸다.

오카야마 도시오를 미행하고 있는 스도 형사였다.

"상황이 좀 묘해졌습니다, 주임님."

그의 목소리가 어딘지 불안스러웠다.

"왜? 무슨 일이 있었나?"

"그 사람이 오카 다미코의 아파트로 갔어요. 미행은 눈치채지 못한 것 같은데, 분위기가 상당히 험악합니다."

"무슨 치정 싸움이라도 시작했나?"

"그렇습니다. 자세한 상황은 알 수 없지만, 두 사람 다 흥분한 것 같아요. 종종 요란한 소리가 들려오거든요."

"으음."

경위는 입술을 깨물었다. 연인 간의 싸움이나 부부 싸움은 흔히 볼 수 있는 일이다. 이 두 사람만 해도 세 달 동안 만난 적이 없다고 하고 여자는 자살을 생각하는 상황까지 몰렸다. 남자도 위태로운 자금 사정 때문에 궁지에 몰린 처지다. 그런 상황에서 하나의 범죄가 이렇게 두 사람을 다시 묶어 놓았다. 두 사람 모두 반 미쳐 버린 상태일 것이다. 이런 상황에 두 사람이 얼굴을 마주하면 어떤 다툼이 벌어지더라도 이상할 게 없지만, 경위는 이 보고를 들으며 문득 불길함을 느꼈다.

"내가 성급했나? 그를 귀가시키는 게 아니었나……."

이런 말이 혼잣말처럼 저절로 입 밖으로 나왔다.

"그건 제가 말씀드릴 만한 게 아니지만 아무튼 어떻게 할까요? 우리가 뛰어 들어가 중재를 할 수도 없는 일이고……."

형사의 목소리에도 매우 당혹해하는 기미가 보였다. 경위는 하는 수 없이 궁여지책을 생각해 냈다.

"관리인이나 경관을 불러서 말려 봐. 자네들이 나서면 곤란해. 싸움의 전말은 나중에 들어 보고."

"그렇게 하겠습니다."

스도 형사는 안심한 듯이 전화를 끊었다.

약속대로 아이들과 트럼프를 시작했지만, 경위는 영 마음이 놓이지 않았다.

긴자, 신주쿠, 이케부쿠로 같은 번화가에서는 백만 명이 술에 취해 야단법석을 피우고 있을 것이다. 그 밖의 사람들 태반은 이렇게 가정에서 평화롭고 행복한 하루저녁을 보내고 있을 것이다.

하지만 일반 경관들의 경계 태세와는 별개로 자신이 지휘하는 형사들은 이 추운 밤에 표도 안 나는 고단한 일을 묵묵히 계속하고 있다.

이노우에가는 때 아닌 태풍으로 집안이 둘로 쪼개지다시피 했으니 크리스마스이브를 즐길 계제가 아닐 테고, 요쓰야의 오카 다미코 아파트에서도 이렇게 또 다른 태풍이 발생하고 있는 것이다.

이 모든 것은 하나의 범죄가, 유괴라는 사건이 불러일으킨 파문이었다. 파문이 어디까지 번져 갈지는 그도 예상할 수 없었다.

10시가 지나자 두 아이도 놀다 지쳐 잠자리에 들었다. 경위가 한숨을 돌리고 찻잔을 집어 드는 순간 전화벨이 울렸다.

"주임님!"

가토 형사의 비명 같은 목소리였다.

"왜, 무슨 일이야!"

"오카 다미코가 죽었습니다!"

"어째서! 타살이야 자살이야!"

"가스예요. 자기 방에서요. 자살로 보이는데, 의심스러운 점이 없진 않습니다. 어떻게 할까요?"

"스도 군은?"

"오카야마를 쫓고 있습니다. 저는 아파트에 남았습니다. 삼십 분쯤 됐습니다."

"바로 갈게!"

경위는 큰 소리로 외치고 수화기를 내려놓았다. 쓰디쓴 회한이 치밀어 올랐다. 이렇게 될 줄 몰랐단 말이냐. 어떤 목소리가 귓가에 그렇게 속삭이고 있었다.

"또 나가요?"

평소에도 자주 있었던 일이지만, 오늘 밤 정도는 편히 쉴 수 있을 거라고 생각했는지 아내는 한숨을 지으며 남편을 올려다보았다. 그는 아내 시선을 애써 외면하며,

"음."

하고 말하기 무섭게 바쁘게 잠옷을 벗어 던졌다.

경위가 현장에 도착한 것은 그로부터 삼십 분 뒤였다.

세 평짜리 방, 한 평 반짜리 방, 그리고 주방으로 구성된 집은 중급 아파트치고는 좋은 편으로 보였다. 집 안의 미닫이문이나 벽에도 가스 냄새가 밴 것 같았다.

방 안에는 이불이 반듯하게 깔려 있고 사체가 똑바로 누워 있었다. 주방 쪽에서 뱀 같은 고무관이 머리맡까지 뻗어 있는 것이 뭐라 표현하기 힘들게 섬뜩했다.

표정은 비교적 평온했다. 고통의 흔적도 느껴지지 않았다. 이런 현장에 이골이 난 경위의 눈에도 폭행이나 정사의 흔적은 보이지 않았다. 사체의 이마를 살짝 만져 보기만 해도 사후 약 한 시간쯤

경과했다는 것을 짐작할 수 있었다.

"자살인가?"

"단정할 수 없지만 겉으로는 그렇게 보이기는 합니다. 수면제를 먹인 다음 이렇게 꾸며 놓고 도주할 수도 있으니까요."

가토 형사가 내뱉는 투로 말했다.

"오카야마로군. 시간적으로 그런 추정이 가능한가?"

"못 할 것도 없죠. 오 분이나 십 분 정도의 미묘한 차이는 해부를 해 봐도 알 수 없으니까요."

"으음."

수면제를 먹었는지의 여부는 해부를 해 보면 정확히 알 수 있다. 그런 정도도 모르고서는 수사1과 형사 노릇을 할 수 없지만, 자신이 내내 감시했는데도 짧은 틈을 놓쳐서 이런 사태가 일어났으니 아마 발을 동동 구르고 싶은 심정이리라 생각하며 경위는 가토 형사를 동정했다.

거센 바람이 불어왔다. 바람은 활짝 열어 놓은 창문으로 들어와 소용돌이를 틀면서 현관으로 빠져나가 경위의 마음을 더욱 차갑게 만들었다.

"어떻게 된 거야?"

말도 얼어붙었는지 목에서 잘 나오지 않았다.

"스도 씨와 둘이서 오카야마를 미행하며 여기까지 왔습니다. 상당히 심하게 싸웠는데, 이유까지는 모르겠습니다. 서로 큰 소리는 자제하며 다투는 것 같았는데, 그래도 종종 참지 못하고 고함을 치는 듯 보였습니다."

"음."

"지금 나보고 죽으라는 거예요, 라는 소리도 들리고, 죽든지 말든지, 하는 소리도 나오더군요. 주임님 댁에 전화를 한 것이 7시 반이었나요? 관리인이 노크를 해서 자제시킨 것이 그로부터 십 분 뒤였습니다. 그때부터 잠잠해져서 9시 반쯤까지는 그 상태 그대로였습니다."

"음, 그래서?"

"오카야마는 9시 40분에 나왔습니다. 여자가 배웅을 하지 않더군요. 아무래도 느낌이 이상해서 스도 씨에게 그를 미행하게 하고 저는 여기서 잠시 상황을 보기로 했던 겁니다."

"가스 냄새를 확인한 것은?"

"10시 직전이었습니다. 요기 앞 복도까지 다시 한번 와 봤을 때 가스 냄새를 맡고 아차 싶었습니다. 문은 잠겨 있지 않았습니다. 숨을 참고 뛰어 들어가 창문을 열고 가스 밸브를 잠갔습니다."

적절하게 조치한 것은 틀림없었다. 원칙대로라면 오카야마 도시오가 나왔을 때 바로 집 안으로 들어가 여자에게 이야기를 들어야 했지만, 이렇게 외근중인 형사가 판단을 그르치는 것도 때로는 어쩔 수 없는 일이었다.

"주임님, 죄송합니다. 스도 씨와 헤어져서 즉시 여기로 뛰어 들어왔다면 여자는 살릴 수 있었을지도 모르는데, 공교롭게 그때 배가 아파서……."

"어쩔 수 없지. 지난 일을 이러쿵저러쿵 이야기한들 소용없지 않나. 그래서 오카야마는?"

"그게 보이질 않습니다. 제대로 한 방 먹은 것 같습니다."

스도 형사가 한 걸음 앞으로 나서며 말했다.

"뭐라고!"

"저도 사무실까지는 뒤쫓았습니다. 아무래도 오카야마는 사무실에서 집으로 돌아가 뒷문으로 빠져나간 것으로 보입니다. 연락이 와 서둘러 가족을 만나 보니 그런 말을 하더군요."

"음……."

경위도 저도 모르게 입술을 깨물었다. 아직은 오카야마 도시오가 죽었다고 단정할 수 없었다. 어쩌면 자살로 몰아갔을 뿐인지도 모른다. 다만 다툼 직후에 그가 이렇게 자취를 감춘 데는 뭔가 비밀이 있다고 볼 수밖에 없었다.

어디선가 얼음 같은 바람이 징글벨 노랫소리를 싣고 집 안으로 들어왔다. 가스 냄새는 아까보다 훨씬 옅어졌지만, 그 대신 벽에도 문에도 죽음의 냄새가 얼어붙어 버린 느낌이었다.

미궁으로 가는 길

이제 일요일도 크리스마스도 깨끗이 날아가 버렸다. 수사본부
는 그 뒤 며칠간 전쟁 같은 분주함에 몰리고 말았다.

다미코의 사체는 즉시 부검되었지만 독극물이나 수면제 흔적은
발견되지 않았다. 정사의 흔적도 찾을 수 없었다. 경위의 직감대로
타살이라고 단정할 수는 없었지만, 유서가 없었으므로 자살이라면
발작적, 충동적 행동으로 볼 수밖에 없었다.

물론 그녀는 오카야마에게 버림받았다고 믿고 자살 직전의 심
경에 몰려 있었을 것이다. 그러던 차에 생각지도 못한 범죄에 휘말
린 데서 받은 충격과 오카야마 도시오와의 다툼이 최후의 선을 넘
게 만들었을 것이다.

일단 여기까지는 상상할 수 있었지만, 오카야마 도시오의 행동에 대한 기괴한 의혹은 사라지지 않았다.

그는 그 뒤로 자택에도 사무소에도 나타나지 않았다.

월요일에는 마침내 오카야마 건설이 부도를 내고 말았다. 첫날 하루에만 삼백만 엔이고, 연말까지 지불해야 할 돈이 천만 엔 가까이 되었지만 수입은 한 푼도 없었다. 그는 다른 데서 받은 어음을 현금화했지만 그 돈을 회사 당좌에 불입하지는 않은 듯했다.

개인 회사이므로 그런 것도 가능했겠지만, 그가 어느 단계에선가 회사를 포기하고 마지막 수입을 자기 주머니에 넣고 어딘가로 도주하려고 했다는 것은 이 결과만 봐도 명백했다.

실제로 그는 자기가 받은 어느 회사의 삼백만 엔짜리 어음을 도토 금융에서 현금 이백오십만 엔으로 바꾼 것은 사실이지만, 그 돈을 은행에 입금하지 않았다…….

중소기업의 경우, 이렇게 사장이 현금을 들고 종적을 감추면서 회사가 도산하는 경우는 드물지 않다. 하지만 거기에 한 여성의 죽음이 얽히고, 또 그 전에 유괴 사건과 현금 삼천만 엔의 행방이 얽혀들게 된다면 이것은 그리 간단하게 넘길 일이 아니다.

물론 오카야마 도시오가 유괴범이라는 증거는 아무것도 없었다. 그가 몸값 삼천만 엔을 차지했다고 단언할 수는 없었지만, 에노모토 경위로서는 완전히 면목을 잃었다고 생각했다.

측은지심이 독이 된 것이다. 새로운 장기전을 앞두고 병력을 쉬게 해야겠다고 생각한 순간 마가 끼어들었다고밖에 할 수 없었다.

상사나 부하나 그를 책망하지는 않았지만, 경위는 자신의 조치를 뼈저리게 후회했다. 즉시 전국에 오카야마 도시오에 대한 지명수배 조치를 취한 것도 그런 초조감의 발로였을 것이다.

그러나 오카야마 도시오는 발견되지 않았다. 12월 31일이 되도록, 그리고 해를 넘기고 한참이 지나도록…….

그러면서도 수사본부 측의 태반은 오카야마 도시오가 유괴 사건의 범인이라는 확신을 갖고 있는 것은 아니었다.

이것이 기무라 사건과는 근본적으로 다른 점이었다.

마루네 긴지에 대해서는 거짓말 탐지기 검사가 반복되었지만 그 결과는 여전히 측정 불능, 무반응의 연속이었다. 정밀한 의학적 검사 결과 그에게는 갑상선 기능 항진증, 만성 부신 기능 저하, 가벼운 천식 등 감정에 적합하지 않은 육체적 조건이 여러 가지 발견되었다.

이런 악조건들이 한 사람에게 겹쳐서 나타나는 것은 통계적으로 1만 분의 1 정도의 확률이라고 했다. 그의 편집광적인 성격도 그런 육체적 결함에서 비롯된 것인지 모르지만, 그것에 대해서는 경위도 뭐라고 단언할 자신은 없었다.

마루네 긴지는 변함없이 묵비권을 행사하고 있었다. 게다가 그에게 불리한 물증이 무엇 하나 발견되지 않았다.

이노우에가 주변에 대한 수사도 모든 면에서 벽에 부딪힌 느낌이었다. 적어도 수사본부에서는 그 주변에서 새로운 유력 용의자를 찾아낼 수 없었다.

경위는 오카 다미코 신변에 대해서도 수사를 진행했다. 도쿄에 있는 모든 사립 탐정 회사를 상대로 최근에 그녀나 오카야마 도시오에 대한 조사 의뢰가 있었는지를 조사했지만, 여기에서도 아무런 성과가 없었다.

두 사람의 관계를 아는 주변 사람 중에도 유괴 사건의 용의자로 의심할 만한 사람은 없었다.

하물며 외부에 대한 수사는 더욱 오리무중이었다.

언론 보도도 이번에는 비교적 저조했다. 역시 연말연시의 번잡함이 사건에 대한 주목도를 떨어뜨린 것이다.

수사에 도움이 될 만한 정보도 무엇 하나 나오지 않았다. 수사본부에 들어오는 투서는 저번의 전화처럼 오히려 범인을 동정하는 듯한 내용뿐이었다. 수사의 전도는 암울했다.

에노모토 경위는 수사가 미궁으로 들어가는 길을 걷고 있다는 느낌이었다.

이노우에가에 대한 연락도 도쿄 역 접선 시도 때를 마지막으로 두절되고 말았다. 범인이 무엇을 의도하고 있는지는 알 수 없었지만, 아이가 지금도 살아 있다고 믿는 사람은 이제 한 명도 없었다.

고마바의 이노우에가에서는 라이조의 말대로 냉혹한 상황이 시작되었다.

모든 덧창과 유리문은 물론 지붕의 기와도 제거되기 시작한 것이다.

다에코는 버티지 못하고 친정으로 물러갔다. 이와 동시에 이혼 소송도 제기된 듯하지만, 연내에 마무리될 일은 아니었다.

종무일 오후, 에노모토 경위는 수사1과장 방으로 불려 갔다.

"결코 자네 책임이라고 보지는 않지만, 이노우에 사건이 어렵게 되었군."

모리야마 과장의 목소리도 무거웠다.

"정말 면목이 없습니다. 저희는 기회를 두 번 놓쳤습니다. 우에노 역에서는 방법이 없었다고 해도 아파트에서 오카야마 도시오를 놓친 것은 제 책임이라고 할 수밖에 없습니다."

"그가 범인이라고 단정할 수도 없잖아. 나는 왠지 범인이 외부에 숨어 있을 것 같은 느낌이 드는군."

"그건 뭐라고 말하기 힘들군요. 오카야마가 범인일 가능성도 잘해야 육 할 정도라서요……."

"아무튼 이렇게 되면 마루네는 석방해야겠지. 거짓말 탐지기도 소용없고 달리 증거도 없다면 정월을 구치소에서 보내게 할 수는 없잖아."

"묘한 상황에서 구류 기한이 끝나는군요."

두 사람은 얼굴을 마주 보며 한숨을 지었다.

"아무튼 무서운 사건이야. 만약 이것이 오카야마의 범행이 아니라면 내가 보기에 유괴 사건으로서는 완전 범죄야."

"문제는 현금 삼천만 엔의 행방입니다. 아무리 생각해 봐도 범인이 택시를 타면서 트렁크를 바꿔치기했을 공산은 낮습니다. 적어도 범인이 그 시도가 성공하리라 믿고 처음부터 계획에 포함시켰을 거라고 생각하기는 힘듭니다. 오카 다미코가 공범이라면 몰라도……."

모리야마 과장도 미간을 찡그렸다.

"그럼, 우에노 역으로 트렁크를 가지고 나갔던 직원은?"

"그는 거짓말 탐지기 조사에서 무죄로 판명되었습니다. 이 결과는 신뢰할 수 있을 겁니다."

"그렇다면 범인은 마술사로군."

모리야마 과장은 쓴웃음을 지었다. 지명 수배 조치에는 반대하지 않았지만, 과장은 오카야마 범인설에 마지막까지 동의하지 않았던 것이다.

"자네는 프랑스의 푸조 사건에 관한 보고서를 읽어 봤나?"

"예."

"그 사건도 지금까지 미해결이야. 피해액은 일본 돈으로 환산해서 삼천오백만 엔인데, 아이가 살아서 돌아왔으니 그나마 다행이지……. 그런데 내가 최근에 듣기로는 푸조 사건에 등장한 협박장 두 통에 표본 같은 것이 있었다고 하더군."

"표본 같은 거라뇨?"

"라이어넬 화이트라는 작가의 『유괴』라는 소설에 나오는 협박장과 문장이 거의 같다는 거야. 범인이 그 문장을 베껴서 타자기로 다시 친 것 같다고 하더군."

"그 소설이 푸조 사건을 일으키고, 기무라로 하여금 흉내 냈다가 실패하게 만들고, 이번 사건의 범인을 성공하게 도왔다는 겁니까?"

모리야마 과장은 잠시 말이 없었다. 그러다 문득 망상에 사로잡힌 듯한 말투로 뜻밖의 말을 했다.

"요시자와 아무개라는 인간은 정말 기무라의 상상이 만들어 낸 걸까?"

"왜 갑자기 그런 말씀을?"

"아니, 그냥 쓸데없는 생각을 해 봤어."

과장도 쓴웃음을 지으며,

"방금 문득 묘한 생각이 스쳤어. 만약 요시자와라는 인간이 실존해서 기무라의 범행을 보았다면 크게 개탄했을 거라고 말이야."

"못난 제자라서요?"

"모처럼 가르쳐 주었는데 이 정도밖에 못 하나, 그럼 내가 제대로 보여 주지, 하는 오기로 범행을 저질렀다면 이번처럼 감쪽같은 사건이 되었을지도 모르지."

농담이었다. 과장의 마음속에 숨어 있는 잠재의식이 이런 자조적인 표현으로 튀어나왔을 것이다. 경위는 그저 그렇게 느꼈을 뿐이었다.

해가 바뀌고 업무가 시작되어도 수사는 아무런 진전이 없었다.

수사본부 사람들 얼굴에도 점차 초조한 기색이 짙어졌다.

그런 가운데 1월 12일에 이노우에 라이조는 자신의 생각을 실행에 옮겼다.

3개 주요 일간지에 이노우에 세쓰오의 사진을 넣은 상당히 커다란 광고가 실린 것이다.

아이를 살려서 돌려보내 준 사람에게는 오천만 엔, 확실한 증거를 확보하여 범인을 고발한 사람에게는 유죄 판결이 언도되었을 때 삼천만 엔을 주겠다는 등 막대한 현상금을 내건 것이다. 더구나 그 오천만 엔을 도쿄 공탁소에 전액 공탁했다는 내용도 있었다.

황금지상주의자 라이조다운 시도였다. 한번 마음먹은 일은 무슨 일이 있어도 해낸다는 기질이 여기에도 여실히 드러나 있었다.

그러나 에노모토 경위는 광고를 보았을 때 격렬한 분노마저 느꼈다.

약간의 실수는 있었다고 해도 그와 부하들은 나름대로 온 힘을 다해서 수사해 왔다. 그런데 그 광고는 마치 경찰의 무능을 경멸하는 것처럼 보였던 것이다.

오카야마 도시오가 체포된다면 비밀은 어느 정도 밝혀질 것이다. 그래도 그가 유괴 사건의 범인이 아닌 것으로 밝혀진다면, 이제 이 범인은 우연이나 다름없는 행운에 기대지 않고서는 체포할 수 없을 거라는 것이 경위의 신념이었다. 적어도 이런 광고는 전혀 효과가 없을 것이라고 믿었다.

の日、一月十二日、白谷泉一郎は思わぬさっかけか

この事件の渦中にまきこまれた。

上妙子の妹、島崎光子の婚約者、広津保富は、身

の大学時代の友人だったが、突然、重要な話があ

という電話をかけてきたのである。

ょうど、この日は裁判がなかった。だから、家で待

るといって、電話を切ったのだが、この話をすると、

は眼をまるくした。

あなた、今朝の新聞、ごらんになって……」

見たよ。五千万から三千万、たいへんな金額には

いが、まず実効はなかろうね。まあ、何かの拍子で

、犯人がわかるという可能性も、ぜんぜんないとは

いだろうが」

そうかしら？」明子は何か考えこんでいるようだった。

そのおかた、広津さんがおいでになったら、わたし

話をお聞きしてかまわないでしょう？」

それはかまわないけれども、いったい何を考えてい

い？」

それは私の秘密……」　明子は、いたずらっ子のよ

って、その場をごまかしてしまった。

津保富は十時ごろやってきた。若いくせに、父親

で、「武蔵野不動産」という土地住宅の売買周旋

社の重役をしているのだから、時間のほうは何とで

도
박、
賭
博

第
四
部
———

변호 의뢰

1월 12일, 햐쿠타니 센이치로는 뜻밖의 계기로 이 사건의 소용
돌이에 휘말렸다.

이노우에 다에코의 동생 시마자키 미쓰코의 약혼자 히로쓰 야
스토미는 센이치로의 대학 동창인데, 불쑥 전화를 해서 중요하게
할 이야기가 있다고 했던 것이다.

마침 그날은 재판이 없었기에 집에서 기다리겠다고 하고 전화
를 끊었다. 아내 아키코에게 그 이야기를 하자 그녀가 눈을 동그랗
게 떴다.

"당신, 오늘 조간 좀 봐 봐."

"봤어. 삼천만 엔에서 오천만 엔까지 엄청난 금액인 건 분명한

데, 효과는 없을 거야. 우연한 계기로 범인이 밝혀질 가능성도 전혀 없다고는 할 수 없지만."

"그럴까?"

아키코는 뭔가를 깊이 생각하는 눈치였다.

"히로쓰 씨라는 사람이 오면 나도 같이 이야기를 들어 봐도 될까?"

"그거야 상관없지만, 대체 무슨 생각인데?"

"그건 비밀……."

아키코는 장난꾸러기처럼 웃으며 대답을 피했다.

히로쓰 야스토미는 10시경 도착했다. 젊지만 아버지 뒷배로 무사시노 부동산이라는 토지 및 주택 경매 알선 회사의 중역 자리에 있으므로 시간이라면 얼마든지 낼 수 있을 것이다.

"자네한테 한 가지 부탁이 있어서 왔어."

인사가 끝나자 야스토미는 바로 용건을 꺼냈다.

"부탁이라니, 뭔데?"

"이노우에가의 어린 아들이 유괴된 사건은 자네도 대강 알지?"

"신문에 나오는 정도는 알지. 주간지에도 보도되었던가?"

"연말연시라 주간지에서는 그다지 자세히 다루지는 못한 모양인데……. 그런데 그 사건을 계기로 내 약혼녀의 형부 이노우에 라이조가 이혼 소송을 제기했어. 재판은 시작되지 않았지만, 자네가 그 변호를 맡아 줬으면 좋겠어."

"이혼이라면 민사 소송인데, 그건 곤란해. 나는 평생 형사 변호를 전문으로 할 거야. 민사가 수입은 더 낫다는 것은 알아. 적어도 지금 일본에서는 말이야. 하지만 내 뜻을 지키고 싶어."

"알아. 지금까지 자네의 활약상을 보면 장차 이 분야에서 일본의 손꼽히는 일류 변호사가 되리라는 것은 문외한인 나도 쉽게 짐작할 수 있어. 하지만 모든 일에는 예외라는 게 있잖아. 모처럼 이렇게 찾아왔으니 이번 한 번만 자네 고집을 접어 주지 않겠나? 이렇게 말하기는 뭣하지만, 지금 민사 한두 건을 맡아 보는 것이 공부도 되고 좋지 않겠어?"

"막무가내로구먼."

센이치로가 쓴웃음을 지으며 테이블 위의 담배 상자로 손을 뻗자, 옆에 앉아 있던 아키코가 불쑥 입을 열었다.

"여보, 이번 한 번만 맡아 봐요."

센이치로가 놀란 얼굴로 아키코를 돌아다보았다.

경제적으로는 걱정할 필요가 없으니 평생 형사 변호를 전문으로 해 보라고 권한 것이 아키코였기 때문이다.

물론 센이치로로서도 그쪽이 자기 기질에 맞는다고 믿었으므로 지금까지 그 방침대로 활약해 왔던 터라 아내가 대체 왜 이렇게 말하는지 조금 의아했다.

야스토미는 기회를 놓치지 않았다. 아키코에게 얼른 고개를 숙이고,

"아이고, 고맙습니다, 아키코 씨. 그렇게 말씀해 주시니 천군만
마를 얻은 심정입니다. 햐쿠타니 군은 아키코 씨한테 흠뻑 빠진 남
자니까요. 어때, 자네, 싫다고는 못 하겠지?"

하며 대꾸할 틈도 없이 몰아붙였다.

"잠깐, 잠깐만, 생각 좀 해 보자고."

센이치로는 그제야 담배에 불을 붙였지만, 이번에는 아키코가
이상하게 적극적이었다.

"여보, 이 사건은 당신에게 운명적인 거야. 어떤 내용이든 괜찮
으니까 일단 맡아 봐."

"운명?"

센이치로는 한숨을 지었다. 운명론자인 그는 이 단어에 턱없이
약했다. 게다가 그는 아키코의 승부사 기질이 때로는 무서울 만큼
위력을 발휘한다는 것을 잘 알고 있었다. 아키코가 이렇게까지 말
하고 나서는 데는 뭔가가 있다는 생각도 들었다.

"뭐, 맡을지 말지는 나중에 얘기하기로 하고, 그 전에 사건 내용
을 들어 봐야 생각하든 말든 하지. 이혼 소송은 유괴 사건과 직결된
건가?"

"맞아. 엉뚱한 곳에서 엉뚱한 파문이 일어난 거지. 그럼 사건을
처음부터 들어 보겠나? 내가 아는 데까지 말해 볼 테니까."

여기까지 이야기가 되었으면 육 할쯤 수락받은 거라고 생각했
는지, 야스토미는 12월 20일 이후의 전말을 세세한 점까지 들려주

기 시작했다. 이야기는 점심 식사를 지나 2시경까지 이어졌다.

"듣고 보니 법률적으로 부인의 간통이 원인이 된 이혼 소송이 군…… 어렵군. 남편이 첩을 두고 있기는 하지만, 부인이 간통 사실을 인정했으니 말이야. 아무리 남녀평등 사회라고 해도 실제로는 아직 남자가 우위에 있거든. 구체적인 판례들은 모르지만 상식적으로 볼 때 승산은 없어 보이는군."

"아, 그건 우리도 각오하고 있네. 부인도 감정적으로는 헤어지고 싶다고 말했어. 문제는 위자료야. 자네 실력으로 어떻게든 최대한 많이 받아 냈으면 하는 것이지. 성공 보수는 최대치로 생각하고 있네."

"어렵군……. 내일까지 생각할 시간을 주지 않겠나? 별일 없으면 맡아 볼 생각도 있으니까."

"부탁해. 자네가 그렇게 말해 주니 나도 마음 놓고 기다릴 수 있겠어. 그럼 아키코 씨, 잘 부탁드립니다."

생각이 바뀌기 전에 쐐기를 박으려는지 히로쓰 야스토미는 아키코에게 연방 고개를 숙이고 돌아갔다.

"페리, 대체 무슨 생각으로 이 소송을 맡으라는 거야?"

페리는 센이치로가 부부만 있는 자리에서 아내를 부를 때 쓰는 애칭이다. 이 '여장부'는 방긋 웃으며 대답했다.

"이 소송 덕분에 유괴 사건에 관한 데이터도 샅샅이 알 수 있을 거 아냐. 신문이나 주간지에는 보도되지 않은 정보까지 우리에게 넘어오겠지. 그리고 이 사건을 맡으면 당신은 앞으로도 히로쓰 씨를 만나면서 이후의 경과를 확인할 수 있잖아. 이건 대단한 매력 아냐?"

"뭐라고! 당신은 이 민사 소송을 이용해서 유괴 사건을 해결하겠다는 거야?"

"맞아. 현상금이 삼천만 엔이라면 고생해 볼 만도 하잖아. 그 광고가 나온 날 히로쓰 씨가 우리 집에 온 것은 심상치 않은 일이고. 그래서 내가 운명적인 사건이라고 말한 거야."

"당신한텐 못 당한다니까……."

센이치로는 한숨을 지었다.

"물론 삼천만 엔은 거금이야. 범인도 그렇게 생각했으니까 죄 없는 아이를 유괴하는 엄청난 죄를 저질렀겠지. 그걸 정당한 방법으로 벌 수만 있다면 그 참에 반갑지 않은 민사 소송을 맡지 못할 것도 없겠지. 하지만 문제는 도쿄 도민 구백만 명 중에서 어떻게 미지의 유괴범을 찾아내느냐 하는 거야. 경시청도 두 손 들어 버린 이 사건을 어떻게 개인의 힘으로 풀겠다는 거야?"

"나는 그렇게 어려운 문제라고 생각하지 않아. 당신과 내가 마음만 먹는다면 말이야."

아키코는 당차게 말했다.

"말도 안 돼. 아무리 우리 두 사람이 찰떡궁합이라도 이런 일에는 도움이 안 돼. 경시청을 능가하기는 어려워."

"내 얘기를 들어 봐."

아키코는 제법 자신 있어 보였다. 가늘고 긴 손가락을 테이블 위에서 깍지 끼고 말했다.

"히로쓰 씨도 말했지만 이 사건의 범인은 정말 솜씨가 대단했어. 적어도 기무라하고는 하늘과 땅만큼이나 차이가 나. 이건 누구나 알아."

"나도 그렇게 생각해."

"그런데 경시청에서 처음부터 기본적인 점에서 심각한 실수를 했다고 생각하지 않아?"

"우에노 역에서?"

"아니, 그 전에 기무라 사건을 담당했던 형사들을 이 사건에 고스란히 기용했다는 거."

"그게 왜 실수라는 거지?"

"직전에 비슷한 사건을 담당했다는 것은 어떤 의미에서는 큰 강점이겠지. 하지만 이번 사건을 담당하는 동안에도 수사본부 사람들의 머릿속에 늘 기무라의 인상이 남아 있었다는 것은, 그런 선입견이 있었다는 것은, 어떤 의미에서 커다란 약점이 아닐까?"

"말 자체는 일리 있어. 하지만 이 사건에서 그 약점이 어디서 어떤 모습으로 드러났다는 거지?"

아키코의 표정은 사내처럼 매우 날카로웠다. 가부토 정이라는 격렬한 전장에서 '여장군' 소리를 듣는 투지와 예리함이 지금 발휘

된 듯한 인상이었다.

"이 범인은 최소한 기무라 사건을 철저히 연구해서 자기 범죄에 참고한 것 같아. 이 추리는 결코 나의 독단은 아닐 거야."

"그건 동감이야. 하긴 그렇게 세상을 떠들썩하게 만든 사건이니까 신문이나 주간지에서도 많이 다루었잖아. 그러니 그걸 참고했으리라는 추측은 충분히 가능하겠지."

"일반인이라면 그런 보도 내용으로도 족하겠지. 하지만 그런 범죄를 저지르려는 자가 그 정도 지식으로 만족할까? 나라면 좀 더 깊이 파고들고 싶을 거야."

"그렇겠지. 근데 어떻게?"

"재판 방청!"

센이치로는 펄쩍 뛰어올랐다. 듣고 보니 방청은 기무라 사건과 아무런 관계도 없는 자가 사건을 깊이 파헤쳐서 연구하기에는 유일하다고 해도 좋을 기회였다. 등잔 밑이 어둡다는 말도 있듯이 그는 자신의 일터를 완전히 잊고 있었던 것이다.

"당했네, 페리한테. 에누리 없이 경의를 표하는 바입니다! 그럼 이번 범인은 기무라 재판 방청석에 조용히 앉아 있었다는 거로군."

"대담한 상상이지만……. 그게 수사의 맹점이었다고 나는 생각해. 봐, 우리 같은 아마추어도 이렇게 짐작할 만한 것을 알아채지 못한 것도 수사진의 그 약점 때문일 거야."

"그래. 수사본부는 자기들이 담당한 사건이니까 기무라에 대한 정보라면 낱낱이 알고 있을 거야. 그중 얼마나 언론에 보도되었는가 하는 점에는 특별히 유의하지 않았을 거야. 그러니까 자신들이 가진 정보와, 이를테면 주간지가 보도한 내용의 중간쯤 되는 지식을 필요로 하는 현상이 눈앞에 벌어지더라도 그 틈을 의식하지 못했다……. 이것이 수사의 맹점이었군."

센이치로도 누구보다 예리한 두뇌의 소유자였다. 이야기를 이만큼 정리할 수 있을 정도로 아키코가 의도하는 바를 명확히 알 수 있었다.

"그래. 기무라 사건의 관계자나 언론인이 범인이 아니라면…… 범인은 방청석에 앉아 있었을 거야. 자기, 기무라 재판이 아직 끝나지 않았지?"

"아직 안 끝났을 거야. 정신 감정을 시작했으니까 그게 끝날 때까지 심리가 중단된다고 들은 기억이 나."

"다음 공판일이 언제지?"

"페리는 범인이 다음 기무라 재판에도 나타날 거라고 봐?"

"나타날 거야. 물론 이건 도박이나 마찬가지지만, 그 점을 노리고 그물을 던지면 성공할 기회가 나타날 거야. 경시청을 깜짝 놀라게 하고 현상금 삼천만 엔을 차지할 수 있는 대단한 승부잖아."

"끄응……."

센이치로는 신음 소리를 내고 말았다.

한편에는 자신의 범죄가 드러나 사형으로 몰리고 있는 피고인,

다른 한편에는 자유로운 처지로 그자를 경멸하듯 쳐다보는 미래의 피고인, 이 두 사람을 대조하는 것은 생각만으로도 무서웠다.

"그래, 페리의 착상은 알겠어. 범인이 재판정에 나타나 기무라의 범죄가 왜 비참한 실패로 끝났는지를 검토한 뒤 자신의 범죄에 착수했다는 것은 물론 일리 있는 가정이라고 봐. 그 점을 경찰이 보지 못한 것도 수사진의 약점을 생각하면 충분히 있을 수 있는 일이겠지. 하지만 그건 이미 지난 일이야. 누가 방청하러 왔었는지도 특정한 몇몇 사람을 제외하면 이미 증명할 수도 없고 조사할 수도 없어."

"하지만 재판은 아직 결심에 다다르지 않았잖아."

센이치로는 눈을 크게 떴다. 오늘 아내가 하는 말은 하나같이 의표를 찔렀던 것이다.

"그럼 페리는…… 이 범인이 자기 범죄가 끝났어도 기무라 재판을 방청하러 올 거라고 보는 거야?"

"올지 안 올지는 알 수 없어. 누군가가 우리처럼 이 독립된 두 범죄가 앞 사건에 대한 재판을 통해 미묘하게 연결되어 있다고 생각했다면…… 그리고 범인이 그런 추적을 눈치챘다면, 이제 그렇게 위험한 장소에 얼굴을 내밀지는 않겠지. 하지만 그 점은 여전히 경찰의 맹점으로 남아 있어."

"확실히 경찰이라는 조직은 범인을 검찰로 송치하고 나면 업무가 끝나. 재판은 경찰의 소관이 아니지. 그래서 더 그 점을 깨닫지 못했을 거야. 기무라에게 사형 판결이 떨어질 때까지 재판이 어떤 식으로 진행되는지는 경찰의 관심이 아니겠지."

"범인은 그 점도 계산했을 거야. 그렇다면 이 재판을 방청한다는 것은 이 범인에게 하나의 고정 관념처럼 박혀 있는 게 아닐까? 그렇다면, 그렇다면 아직 기회는 있어."

"그래, 이 범인은 어떤 의미에서는 기무라의 분신, 혹은 기무라가 진술했던 가공의 공범자 요시자와라는 자의 화신이라고 할 수 있을지도 모르지······."

센이치로도 한숨을 지었다.

"그럼 범인이 앞으로 재판에 나타날 확률을 반반으로 보자고. 이 정도 확률이면 거의 정확할 거야. 그런데 자기, 방청인은 몇 명 정도지?"

"재판은 아마 30호 법정에서 열릴 거야. 그곳이라면 일반 방청인은 백 명 정도이고, 기자석을 합쳐도 백이십 명이 고작이야."

"그럼 일이 한결 편해졌네? 도쿄 시민 구백만 명 가운데 한 명을 골라내는 것은 엄두도 못 낼 일이지만, 백 명 가운데 한 명을 골라내는 건 방법을 잘 선택하면 가능할지도 모르잖아?"

아키코는 미소를 짓고 있었다. 여성스러움하고는 거리가 먼 웃음이었다.

"반반인지 6 대 4인지는 모르지만, 아무튼 범인이 백 명 가운데 숨어 있을 거라는 데까지 좁혀졌군······. 하지만 페리, 백 명 중에서 한 명을 골라내는 것도 예삿일이 아니야."

"어째서?"

"재판은 공개가 원칙이야. 법정 질서를 어지럽히지 않는 한 누구나 방청할 권리가 있어. 방청석에 정원이 있어서 인원이 제한되는 것은 어쩔 수 없지. 그러니까 단적으로 비유하자면 재판 방청이라는 것은 히비야 공회당의 공개 강연 같은 거야. 공원을 산책하다가 불쑥 들렀다는 사람도 있을 수 있다는 거지."

"이해가 잘 안 되는데……."

"그러니까 재판 방청은 개인의 자유라는 거야. 재판장이라도 방청인에게 인적 사항을 밝히라고 요구할 권한이 없어. 예를 들어 기무라 재판에 방청인이 백 명 들어왔다고 치자고. 방청권이 발행되는 중요한 재판이라면 공원을 산책하다 들어왔다는 사례는 물론 현실적이지 않겠지. 그 백 명은 기무라에 관심이 있든 재판 자체에 관심을 있든, 아무튼 관심이 있어서 왔을 테니까. 하지만 그날의 심리가 끝나면 백 명은 뿔뿔이 흩어지지. 구백만 명 속으로 사라지는 거야. 그 백 명 중에서 범인 하나를 찾아내는 것은 불가능해. 이것은 경시청이라도 할 수 없는 일이야."

"할 수 있어. 우리라면……."

"우리 둘이 재판정에 가서 방청인 가운데 제일 인상이 나쁘고 기무라와 가장 닮은 사람을 찾자는 거야?"

"아니……. 인해 전술을 쓰는 거야."

"인해 전술?"

"종전 직후, 암시장이 만연해서 배급 물자만으로는 굶어 죽는다고 할 때, 어느 경찰 고위층이 이런 말을 했었지. 이런 상황에서는 국민 한 사람 한 사람마다 경관을 한 명씩 붙여 두지 않는 한 암거래를 근절할 수 없다고. 이건 빈정거리는 말이기도 하고 정치적인 의도도 있는 말이었겠지만, 이번 경우라면 정말로 그 방법도 이용할 수 있어. 방청인 한 사람 한 사람마다 사립 탐정을 한 명씩 붙여서 미행하게 하는 거야. 이게 인해 전술이지, 뭐."

인해 전술

센이치로는 아내 아키코가 이따금 엉뚱한 말을 꺼내고 그걸 실현해 내는 능력이 있다는 것은 자신이 누구보다 잘 안다고 믿었다.

하지만 이 인해 전술이라는 한마디만은 그의 이해와 상상을 한참 초월한 것이었다.

"그러니까 페리, 당신 말은 방청객 백 명을 사립 탐정 백 명으로 추적하게 하겠다는 거야?"

"그래서는 곤란하겠지. 너무 눈에 띄잖아……. 내 얘기를 처음부터 다시 들어 봐."

"경청했어. 처음부터……."

"좋아. 우리가 노리는 것은 삼천만 엔이야. 오천만 엔 쪽은 거의 가망이 없으니까."

"음, 그런데?"

"경시청에서는 일단 오카야마 도시오를 중대 용의자로 지명 수배 조치를 내려 두기는 했지. 히로쓰 씨 얘기를 들어 봐도 분명히 수상한 점은 많지만, 기무라를 지명 수배할 때와는 달리 아무도 그 사람이 진범이라고 확신하지는 않을 거야. 경시청이 확신을 가지고 오카야마 도시오를 추적하고 있다면 탐욕스럽고 비열한 이노우에 라이조가 그런 거금을 현상금으로 내놓을 리가 없잖아."

"그 점은 나도 같은 생각이야……."

"그건 그렇다 치고, 처음에 나는 우리가 삼천만 엔을 차지하려면 버리는 셈 치고 백만 엔 정도를 투자해야 한다고 생각했어. 그 생각을 이리저리 굴리다가 방금 말한 인해 전술 아이디어가 떠오른 거야. 내가 생각한 예산은 백만 엔이야. 그걸 여기에 한 번에 쏟아 붓는 거야."

"백만 엔을 버리느냐 삼천만 엔으로 거두느냐, 도 아니면 모의 도박이로군?"

"그래. 백만 엔 정도는 내 주식을 처분해서라도 마련할게. 하지만 이 계획이 실패한다고 해도 민사 소송 변호비로 어느 정도는 만회할 수 있잖아. 그리고 예산은 백만 엔으로 잡았지만 실제로는 다 필요하지는 않을지도 몰라."

"방법은? 구체적으로……."

"방청인 백 명에게 탐정 백 명을 붙인다는 것은 애초에 말이 안 돼. 법정에 이백 명이나 쇄도하면 재판소 측도 놀랄 것이고 범인도 이상하게 생각할 위험이 있어. 하지만 방청인 오십 명에 탐정 오십 명을 붙이면 방청석이 차게 되겠지. 그럴 때의 비율이 1 대 1이야."

"그렇게 하면 범인이 자칫 그 오십 명에 끼지 못할 염려가 있어. 조금 늦게 온다거나 하면."

"그것도 계산에 넣어야지. 그런데 기무라 재판은 앞으로 몇 번이나 더 열리지?"

"다음 재판에서 정신 감정 결과를 발표한다고 하더군. 그 내용을 놓고 변호인과 검사가 질문을 하게 되겠지. 그러면 한나절은 지나갈 거야. 그게 끝나면 바로 검사의 논고와 구형으로 넘어갈 거야. 사형이 구형될 수밖에 없을 테니까 여기에 또 한나절이 걸린다고 치자고. 여기까지가 하루. 다음으로 변호사의 최종 논고가 하루. 이 주쯤 지나서 판결이 하루. 그러므로 아무래도 앞으로 최소한 세 번은 필요하겠군."

"우리에게는 정말 최소한의 횟수밖에 남지 않았네."

아키코는 차가운 미소를 흘렸다.

"세 번으로 본다면, 그 가운데 두 번은 그물을 칠 수 있겠지. 첫날에 만약 범인이 입장하지 못하면 그자도 이거 늦으면 안 되는구나, 하고 다음에는 일찍 도착해서 방청권을 받으려고 하지 않을까? 그러니까 두 번이면 아마 범인이 그물에 걸릴 거야. 첫 번째에 오십 명, 두 번째에는 이전과 중복되는 사람을 제외하고 새로운 얼굴을 이십 명으로 잡을 때, 총 칠십 명 정도나 될까? 그중에 범인이 들어 있을 가능성은 역시 반반일 거야."

"그래서?"

"탐정 한 사람당 일당을 삼천 엔으로 잡으면 한 번에 십오만 엔, 그걸 두 번 반복하니까 삼십만 엔, 이게 색출 예산이야. 그 돈으로 칠십 명의 주소와 이름이 목록으로 작성되겠지. 그중에는 당연히 제외해도 좋은 사람이 나올 거야. 이를테면 오야마가 사람들이라든지 기무라의 애인이나 친구는 이쪽 사건하고는 무관하다고 봐도 좋을 테니까……."

"그래서?"

"그 비율을 오 할로 가정해 보자고. 그럼 서른다섯 명이 남고, 서른다섯 명에 대해서 다시 일인당 이만 엔씩 들여서 조사를 하는 거지. 이게 예산 백만 엔의 사용 내역이야."

"끄응……."

센이치로는 신음 소리를 내고 말았다.

처음 이야기를 들었을 때는 어처구니없는 발상이라고 생각했지만, 듣고 보니 꽤 합리적인 작전이었다.

만약 범인이 기무라 시게후사라는 개인에게 편집광적인 관심을 가지고 있다면 그 칠십 명에 섞여 있을 가능성은 충분하다. 물론 칠십 명 중에는 탐정이 미행에 실패한다든가 다른 이유로 주소와 이름을 확인하지 못한 사람도 나올지 모른다. 그러나 이것은 모험적인 투자로 보고 실행해 볼 만한 가치가 있는 작전이었다.

"재판소에 가 봐야겠어. 서기를 만나서 일정이나 기타 등등을 알아볼게."

"내가 차로 바래다줄게. 가는 길에 도호 비밀 탐정사에 들러서 시마 씨가 있으면 같이 가. 함께 재판소를 답사해서 작전을 준비해야지."

아키코는 눈동자를 반짝이며 말했다.

마침 이 작전에 유리한 조건이 몇 가지 새롭게 생겨나고 있었다.

우선 지금까지 기무라 재판이 열렸던 3층 제30호 법정이 안보투쟁 사건 심리에 사용되게 되면서 1층 제14호 법정에서 열리게 된 것이다. 이 법정은 조금 작지만 그래도 방청인 팔십 명은 수용할 수 있었다.

방청권 문제도 쉬워졌다. 이제는 새벽부터 줄을 설 필요가 없다고 했다.

오후에도 심리가 예정되어 있을 때는 서기가 아침에 법정 입구에서 방청권을 일일이 나눠 준다. 그것이 오후에도 통용되는 모양이었다.

"이 법정이라면 잘될 것 같군요."

이튿날 제14호 법정 앞 복도에서 도호 비밀 탐정사의 조사부장 시마 겐시로는 사뭇 자신만만한 듯이 고개를 끄덕였다.

"조사원 사십 명을 동원하면 되겠어요. 제가 직접 지휘하겠습니다. 우선 여덟 명을 한 조로 편성해서 복도에서 담배라도 피우며 기다리게 합니다. 나머지는 마당에서 대기하게 하고."

"그래 놓고 방청인이 한 명 들어가면 탐정을 한 명 붙여서 들여보내는 거군요?"

"그렇죠. 그렇게 하면 누락되는 방청인이 생기거나 조사원 두 명이 방청인 한 명을 추적하는 실수를 막을 수 있을 겁니다. 한 명당 한 명으로 임무를 확실하게 할당할 수 있습니다."

"여덟 명이 다 들어가면 다음 조 여덟 명을 불러들이고요?"

"그렇죠. 법정이 3층이면 인원을 어떻게 배치하나 걱정했는데, 이제 됐습니다. 하늘이 돕나 봅니다."

시마 겐시로는 얇은 입술에 차가운 웃음을 짓고 있었다.

"자동차도 열 대 정도 필요할지 모릅니다. 상대방이 자가용을 이용하거나 택시를 탈 수도 있으니까……."

"다섯 대를 운전사를 딸려서 구내에 배치하고, 다섯 대는 근처 도로에 대기시키죠. 한 대당 하루 삼천오백 엔으로 잡으면 삼만오천 엔. 그 정도 예산 초과는 감수해야겠죠."

"처음부터 제외해도 괜찮은 방청인은 없습니까?"

"서기한테 물어보니 단골 방청인이 몇 명 있답니다. 오야마 가족의 대표자라든지 기무라의 애인인 후카노 도키코 말이에요. 그녀는 비공개 출장 심리까지 따라왔다고 하더군요. 모친을 만나 자기가 부족해서 이런 일이 벌어졌다고 눈물로 사죄했다고 들었습니다."

"여자로서는 당연히 그런 심정이겠죠. 그 밖에는요?"

"그 밖에 몇 명이 더 있다고 합니다. 하지만 서기도 물론 그들의 이름까지는 모른답니다. 그중에는 재판 마니아 같은 사람도 있겠지요. 입장도 무료이고 사건에 따라서는 영화나 연극보다 훨씬 긴박하게 전개될 때도 있으니까요."

"알겠습니다. 그럼 상대가 어떤 사람이든 일단 조사원을 붙이는 게 좋겠군요. 재판관, 검사, 변호사, 서기 같은 법정 관계자는 젖혀 놓고 말입니다. 조금 낭비가 발생하더라도 괜찮다는 말씀이군요."

"낭비가 무서우면 이런 작전은 못 세우죠. 우리는 처음부터 예순아홉 명분의 낭비가 있으리라는 것을 알고 있어요. 두려운 것은 오히려 처음부터 대상자를 선별하려다가 한 명의 범인을 놓치고 마는 겁니다."

"알겠습니다. 그럼 그 방침에 따라 저희도 최선을 다하겠습니다."

시마 겐시로는 눈썹을 쳐들며 힘주어 말했다.

센이치로와 아키코는 그날도 레스토랑 구자쿠테이에서 점심을 먹었다.

"스릴 넘치네, 이 작전."

아키코는 어제에 비하면 훨씬 여자다운 모습이었다. 목소리 톤까지 한결 부드럽고 차분해져 있었다.

"아, 1월 24일까지 어떻게 기다리지?"

"그물에 걸려 줘야 할 텐데 말이야. 사십 명에게 삼천 엔씩, 차량 비용을 합쳐서 하루 십오만 오천 엔이나 쓰는 작전이니까."

"주식에서 조금 잃었다고 생각하면 그리 큰돈도 아니야."

아키코는 볼에 보조개를 만들었다. 그리고 문득 뭔가 생각난 것처럼 안색을 바꾸고 말했다.

"자기, 단골 방청인 중에 기무라 부인은 없었어?"

"나도 그게 의아했는데, 자기가 증인으로 나간 날 말고는 한 번도 얼굴을 비치지 않았다는 거야. 게다가 이건 서기도 놀라던데, 그녀는 증언대에서 기무라를 '피고'라고 불렀다고 하더군."

역시 아키코도 진저리를 쳤다.

"그렇다면 남편에게 애정이라는 것이 요만큼도 남아 있지 않았다는 말이네……. 분노, 증오, 차가운 경멸. 마음에 남아 있던 것은 그런 감정뿐이었던 거야."

"그것도 이해 못 할 일은 아니지. 기무라는 장인에서 빌린 구십만 엔을 갚지 않았어. 다른 여자와 동거하고 아내를 내버린 것이나 다름없는 상태로 내몰았어. 게다가 자신이 먼저 이혼 소송을 제기했지. 그리고 마지막에는 이런 냉혹한 유괴 살인을 저지른 거야. 그동안 부인이 억눌러 오던 격정이 증언대에 서는 순간 폭발해 버렸다고 해도 이상할 게 없지."

"그러니까 '피고'라고 부른 거겠지……. 하지만 부인도 그 정도의 악의는 없었는지도 몰라. 무슨 말이냐 하면, 이혼 재판에서는 기무라가 원고이고 부인은 피고였겠지. 민사 재판에서는 피고, 형사 재판에서는 피고인이 정식 호칭이지만, 일반인은 그 차이를 잘 몰라. 누구라도 '피고'라는 소리를 들으면 화가 나는 것은 당연해. 부인도 그 소리를 들은 것이 충격적인 경험이었을 거야. 머릿속에 들러붙은 열등감이 기무라 재판 법정에서 폭발한 것은 아닐까?"

"그럴지도 모르지. 이노우에 다에코도 이번에는 피고야. 만약 나중에 이노우에 라이조가 무슨 사건으로 재판을 받게 되어 그녀가 증인으로 출정하게 된다면, 그때는 그녀도 그를 피고라고 부를지도 모르지."

두 사람은 잠시 입을 다물고 눈길을 맞추었다. 센이치로는 적어도 이때만큼은 차갑게 메마른 열풍이 횡횡 소리를 내면서 마음속을 지나가는 느낌이었다.

정신 감정

1월 24일 오전 10시, 그는 다시 기무라 재판 법정에 모습을 나타냈다.

법정이 바뀌었다는 사실이 처음에는 그를 당황하게 했다. 조금 작아진 제14호 법정이 방청인으로 거의 가득 찼다는 것도 그로서는 예상 밖의 상황이었다.

'오늘은 검사의 구형이 있을지도 모르는데……. 사형 구형이 나올 테니 흔치 않은 볼거리겠지. 그래서 방청인이 늘어났군.'

그는 그렇게 단순하게 생각했다.

이 사건과 관계가 없는 변호사 햐쿠타니 센이치로와 그 부인이 추리 소설을 통틀어도 전례가 없는 '인해 전술'이라는 새로운 작전을 실행에 옮겨, 지금 그 그물이 이 법정에 종횡무진으로 쳐져 있다는 사실은 상상도 하지 못했던 것이다.

법정에 끌려 나온 기무라 시게후사는 더욱 초췌해져 있었다.

'딱하군…… 나를 봐라. 나를…… 똑같은 범죄를 저지르고도 나는 이렇게 자유로운 몸이다. 너 같은 얼간이하고는 다르게 나는 한평생 호사하며 살아갈 수 있단 말이다…….'

그는 가련한 피고인을 바라보며 속으로 그렇게 중얼거렸다.

10시 3분, 심리가 시작되었다.

재판장은 먼저 두툼한 서류를 집어 들고,

"지난번 변호인 측의 신청에 따라 도호 의대 정신과 교수 시마다 가즈히코 박사에게 피고인 기무라 시게후사에 대한 정신 감정을 의뢰한바, 1월 14일부로 이러한 감정서가 작정되었습니다. 이것을 증거로 채택할지의 여부에 대하여 묻겠습니다. 먼저 검찰관 의견은?"

"동의합니다."

다카오카 검사는 그렇게 한마디만 하고 자리에 앉았다.

"변호인 측 의견은?"

에지마 변호인은 천천히 일어섰다.

"의견을 유보합니다."

법정은 시작부터 웅성거렸다.

짤막하게 한마디씩 주고받았을 뿐이지만, 이 두툼한 감정서에 어떤 내용이 담겨 있을지 그는 짐작할 수 있었다.

'역시 기무라의 심신 쇠약을 증명할 수 없었군. 사형, 사형 말고
는 길이 없다!'

그는 이렇게 속으로 중얼거렸지만 변호인이 지금 단계에서 내
놓은 이 발언은 재판장에게도 의외였는지 얼굴을 살짝 붉히고,

"그 이유는! 변호인이 그렇게 반대하는 이유를 말씀해 주세요."

"예⋯⋯. 지난 백 일 동안 시마다 박사가 전문 학식으로 이러한
감정서를 만드신 노고는 매우 큽니다만, 작성된 감정서 내용은 시
종 모순과 당착으로 가득 차 있습니다. 정신병학 분야에서는 일개
아마추어에 불과한 저조차 이의를 제기하고 싶은 이 감정서를 기초
로 한 인간을 단죄한다는 것은 언어도단입니다. 이것은 재판에 채
택될지 여부는 알 수 없지만, 본 변호인으로서는 감정인을 다시 선
정하여 재감정을 부탁드리고 싶을 정도입니다. 그런 의미에서 의견
을 유보하는 것입니다."

세 명의 재판관이 당혹을 넘어 분노의 감정을 품고 있다는 것은
그도 금방 알 수 있었다. 특히 정면에서 볼 때 제일 오른쪽에 앉아
있는 젊은 다나카 판사보의 얼굴에 그런 표정이 확연하게 넘실대고
있었다.

"검찰관, 방금 변호인의 발언에 대하여 의견이 있습니까?"

다카오카 검사는 자리에서 일어서서 커다란 분노를 폭발시키듯
이,

"방금 변호인의 말씀은 언어도단입니다. 저는 정신 감정을 해도 기무라 시게후사의 이상은 증명되지 않는다고 생각했기 때문에 처음부터 감정 신청에 반대했던 것입니다. 여기 완성된 감정서도 제 예상대로 '기무라의 정신 이상은 인정할 수 없다'라고 분명하게 단정하고 있습니다. 변호인은 그 의견이 모순당착이라고 했지만, 제 생각으로는 시종일관 철저히 논리적이며 아무런 모순도 없었습니다. 시마다 교수님은 새삼 말할 것도 없이 이 분야에서는 일본 최고의 권위자 가운데 한 분으로 손꼽히는 분입니다. 지금 박사 이상의 권위자가 필요할까요? 또 가령 백 보를 양보해서 그런 권위자가 요구된다고 해도 다시 백 일이라는 시간을 소비해서 이보다 나은 감정서가 나올 보장도 없습니다. 그렇게 무모한 감정 신청을 채택하는 것은 재판 진행만 방해할 뿐 아무런 실효가 없습니다. 이런 까닭에 방금 전 변호인의 발언에는 절대로, 전적으로 반대합니다!"

변호사가 일어섰다.

"시마다 박사의 학식, 인격, 열성, 그 점에 대해서는 저도 아무런 비판도 하지 않습니다. 그러나 시마다 박사도 신은 아닙니다. 그의 감정 보고서 전체가 한 점의 결점도 없는 완벽한 것이라고 단정할 수는 없습니다. 그리고 이 한 권의 감정서에는 그런 모순과 실수가 처음부터 발견됩니다. 그래서 제가 의견을 유보한 것입니다."

세 재판관은 목소리를 죽여 속삭였다. 재판장은 변호사를 향해 물었다.

"일단 이 서류를 증거로 수리하고, 변호인의 이의는 신문에서 질문하면 어떻습니까?"

"증거로 수리하느냐의 여부가 문제입니다."

"변호인이 계속 수리를 반대한다면 재판소로서는 시마다 박사에게 양심에 따라 이 감정서 작성에 임했다는 선서를 요구하고, 그 다음에 직권으로 이를 증거로 채택하는 수밖에 없습니다."

재판장이 이렇게까지 단호하게 나온다면 변호사로서도 더 이상 저항할 수 없다.

"그렇다면 그렇게 하시지요."

라고 말하고 착석할 때 기무라 몸이 희미하게 떨린 것 같았다.

재판장은 낭랑하게 퍼지는 목소리로 감정서의 결론 부분을 읽었다. 본문의 과학적 데이터를 모아 놓은 부분을 생략하고 시마다 박사가 각종 테스트를 종합하여 내린 최종 결론만 낭독한 것인데, 그래도 낭독에 사십 분 가까이 걸렸다. 그는 적어도 그 내용에서는 변호사가 말하는 모순당착을 발견할 수 없었다.

논지도 충분히 설득력이 있었다. 정신병적 기질도 있고, 때에 따라서는 그 기질이 밖으로 드러나 위험한 행동을 할 가능성도 없지 않지만, 그런 때라도 판단력을 전적으로 잃는다고 생각되지는 않는다, 라는 논지가 상세하게 전개되고 있었다.

이 재판에서 그는 처음으로 지루함을 느꼈다. 그것은 자신의 범죄를 거의 완벽하게 해낸 데서 오는 허탈감인지도 몰랐다.

그때 그는 문득 한 사람 건너 옆에 앉아 있는 여자가 자신에게 날카로운 시선을 던지는 것을 느꼈다.

나이는 스물둘 정도나 될까. 그다지 미인이라고는 할 수 없다. 남성적인 인상을 풍기는 얼굴에 옷도 저렴한 양장이었다.

얼굴과 체구에서 풍기는 느낌으로는 아마 남자도 모르는 아가씨일 것 같았다. 법학을 공부하는 여대생이 아닐까 하는 것이 그의 느낌이었다.

재판장의 낭독이 끝나자 시마다 박사는 증언대 위에 서서 변호사의 신문에 응했다.

박사의 인격과 학식에 흠집을 내는 신문은 없다고 해도, 시작부터 그렇게 격렬하게 저항한 변호사인 만큼 감정서에 대해서도 상당히 예리한 공격이 있을 거라고 그는 짐작했다. 그렇지 않으면 '모순당착으로 가득 차 있다'는 말을 했을 리 없다…….

하지만 그의 예상은 보기 좋게 빗나갔다.

물론 그는 감정서 전문을 읽어 보지 않아서 변호사의 질문을 전부 이해할 수는 없었지만, 기무라의 심신 쇠약을 증명하기 위해 감정서의 결론을 뒤집으려는 목적과는 거리가 멀게 들리는 질문만 이어졌다.

시마다 박사도 변호사의 첫 발언에 대해서는 법정 기술의 일종이라고 생각하면서도 가벼운 분노를 느끼고 있었는지도 모른다. 듣기에 따라서는 빈정거리는 말로 받아들일 수도 있는 답변이 도처에서 튀어나왔다.

"정신병학이란 의학은 개요만으로도 수백 페이지짜리 큰 책을 필요로 하는 분야여서……"라든지 "이 결론을 납득하려면 어느 정도 전문적인 기초 지식이 필요합니다만……"과 같은 주석은 학자의 전문적인 이야기에는 종종 튀어나오는 말이지만, 이때 그의 귀에는 변호사에 대한 냉소처럼 들렸던 것이다.

그는 변호사의 질문을 끝내 이해할 수 없었다. 어디에 진짜 노림수가 있는지 알 수 없는 질문의 연속이었다.

'혹시 이 감정서는 기무라가 정신 이상자가 아니라는 것을 지나치게 역설한 것일까?'

그는 그런 생각도 해 보았다.

'변호사도 기무라가 정신 이상자라고 말하지는 않았다. 심신 쇠약 여부를 감정해 달라고 요구했을 뿐. 그러나 심신 쇠약을 증명하기는 힘들겠지. 정신병자라는 사실을 증명하는 것은 어렵지 않더라도, 또 건전한 일반인이라는 사실을 증명하는 것은 충분히 가능하더라도, 그 중간 상태를 증명하는 것은 힘들지 모른다.'

그는 곰곰이 생각했다.

'게다가 심신 쇠약이라도 아마 무수한 경우가 있을 것이다. 절도나 과실 치사처럼 비교적 형량이 가벼운 범죄였다면 정신 이상의 경향이 조금만 있더라도 변호사의 주장은 통할 것이다. 그러나 이만한 범죄를 저지르고 형의 경감을 요구하기 위해서는 심신 쇠약이

라고 해도 정신 이상자나 다름없을 정도로 심각한 정도가 아니면 안 되겠지.'

그렇게 생각했을 때, 그는 비로소 불안을 느꼈다. 정체를 알 수 없는 공포가 머릿속에 떠오르기 시작한 것이다.

그것은 육체적인 오한과 비슷했다. 이 공판을 방청하기 시작하고 나서 처음으로 맛본 느낌이었다.

그것이 어디서 발생하는지 자신도 알 수 없었다.

'스팀 설비 탓인가? 이 설비도 수명이 다 된 듯하다. 달각거리는 묘한 소리가 꽤 신경을 긁는군. 이 의자도 착석감이 형편없어. 일류 영화관의 좌석까지 바라는 것은 아니지만…….'

그가 이렇게 망상에 빠져 있는 동안 변호사의 심문이 끝났다. 이제 겨우 10시 45분이었지만 오전 심리는 이것으로 끝나고 오후에 검사의 최종 논고와 구형이 있을 예정이었다.

'변호사의 패배다. 이제 최종 변론에 아무리 기를 써도 기무라의 목숨을 구하기는 틀렸다.'

음울한 법정에서 어두운 복도로, 그리고 따뜻한 볕이 쏟아지는 마당으로 걸어 나오면서 그는 속으로 중얼거렸다.

오늘은 주변에 눈빛이 날카롭고 인상이 좋지 않은 사람들이 많이 보이는 듯했다. 혹시 야쿠자의 폭력 사건에 대한 재판이라도 있어서 동료들이 방청하러 왔나, 하는 생각이 문득 들었다. 그는 잠시 산책하면서 기분을 바꾸기로 했다.

정문을 나서서 재판소 건물을 따라 왼쪽으로 꺾어지자 어항이 보였다.

전쟁터처럼 정신없이 바쁜 항구 아침은 벌써 끝났지만, 그래도 오전에는 아직 활기가 남아 있다.

고무장화, 몸뻬를 입은 부인들. 갈고리를 들고 우왕좌왕하는 남자들.

누구 하나 그에게 눈길을 주지 않았다. 그 사이를 누비며 그는 천천히 산책을 계속했다.

부두 어느 건물 지붕 아래 누워 있는 커다란 다랑어 토막이 그의 눈에 아이의 사체처럼 보였다.

―아저씨…….

꼬마의 마지막 한마디가 문득 귓가에 살아났다. 그는 저도 모르게 우뚝 멈춰 섰다.

'안 돼. 내가 오늘 왜 이러지.'

어째서 오늘은 아침부터 이렇게 언짢은 기분이 계속되는지 영문을 알 수 없었다.

'혹시, 혹시…….'

다시 이상한 불안감이 가슴에 솟아났지만, 그는 무서운 의혹을 도리질로 떨쳐 내려고 했다.

'그럴 리는 없어, 그럴 리는……. 내 범죄는 완전 범죄야. 기무라 같은 바보하고는 차원이 다르다고……. 경찰 수사도 대체로 내가 예상한 대로 가고 있지 않은가. 사건은 완전히 미궁에 빠졌다……. 머지않아 수사본부도 해산하겠지. 프랑스에서 푸조 아들을 유괴한 범인도 아직 잡히지 않고 있어.'

이렇게 중얼거리는 동안 그는 얼마간 기운을 찾았다.

처음에는 어시장에 있는 가게에서 생선 초밥이나 먹을 생각이었지만, 생각을 바꾸어 장어를 먹고 기운을 차리기로 했다.

장어라면 어시장 안에는 마땅한 가게가 없었다. 그는 오다와라정 쪽으로 나가서 도게키 방향으로 걸었다.

쓰키지 우편국 앞의 이세야라는 식당에 들어가 보니 오늘은 어찌 된 일인지 몹시 붐볐다. 아직 정오도 안 되었는데 별일이네 싶었지만, 그래도 그는 구석 테이블에 앉아 맥주 한 병과 삼백오십 엔짜리 고급 장어 도시락을 주문했다.

눈앞에 놓여 있던 신문을 펼쳐 드니 지면에 기무라 재판 소식이 작게 실려 있었다.

정신 감정 결과가 오늘 법정에서 발표된다는 소식을 전하고, 검사가 사형을 구형하게 될 것을 예상하는 기사였다.

"저어, 실례해도 괜찮을까요?"

여자 목소리가 들려왔다. 그는 신문을 내리며 고개를 들었다.

법정에서 자신을 쳐다보던 여자라는 것을 금방 알아차렸지만, 그는 이 재회를 특별히 의아하게 여기지는 않았다.

빈 테이블도 보이지 않으니 합석하는 수밖에 없는 상황이었다.

"그럼요, 앉으세요."

"그럼 실례합니다."

여자는 가볍게 목례를 하고 그의 맞은편 의자에 앉아 백오십 엔짜리 장어 덮밥을 주문했다.

"방금 법정에 같이 있었죠?"

"네, 그쪽도 기무라 재판을 방청하셨나요?"

두 사람의 대화가 자연스럽게 시작되었다.

"아가씨는 어떻게 이런 재판에 흥미를 갖게 되었습니까?"

"저는 소설가 데뷔를 준비하면서 동인지 같은 걸 내고 있어요. 요즘은 평범한 작품으로는 인정받기가 힘들어서 뭔가 좋은 소재가 없을까 해서 찾아왔어요. 재판을 다룬 소설은 일본에서는 흔하지 않거든요. 그래서 이걸 다룬다면 호평을 얻을 수 있을 것 같아서 매일 재판소에 다니며 이런저런 재판을 방청하고 있어요. 그러던 차에 오늘 기무라 사건 심리가 있다고 들었거든요."

"그래요? 재미있는 착상이군요."

맥주가 나왔다.

"한 잔 드실래요?"

"제가 술은……. 얼굴이 금방 빨개지거든요."

"한 잔인데 뭐 어때요. 큰 병 하나를 혼자 마시기가 좀 벅차서 그래요."

"그러면 한 잔만 마실게요."

그는 여점원에게 컵 하나를 더 달라고 이르며 여자에게 물었다.

"기무라라는 사람을 어떻게 생각하세요?"

"글쎄요, 오늘 처음이라서 잘은 모르겠지만, 역시 죽음의 그림자 같은 게 보이더군요. 〈4천 냥〉이란 연극에서 이제 곧 사형당할 두 사람이 형장으로 걸어 들어가던 얼굴이랑 많이 닮아 보였거든요."

자못 여류 작가 지망생다운 관찰이로군, 하고 그는 생각했다.

여점원이 가져다준 컵에 맥주를 따르더니 그는 여자의 눈을 응시하며,

"드시죠. 기무라가 당신 작품의 좋은 소재가 되기를."

"그 사람을 보면 왠지 불쌍한 생각이 들어요. 소설가는 냉혹할 정도로 탐욕스러워야 한다고 스승님이 늘 말씀하시지만, 좀처럼 그런 마음가짐이 되지 못하는 것은 제가 여자인 탓일까요?"

"그런 것에 신경을 쓰십니까."

맥주를 절반쯤 마시고 그는 웃었다.

"이 사회는 정글이에요. 약육강식의 세상이죠. 사업에 실패해서 쓰러진 자는 즉시 다른 인간들의 먹이가 되는 수밖에 없습니다. 기무라라는 인간의 사체를 열심히 쪼아 드세요."

"어머, 제가 암컷 대머리독수리가 되는 건가요?"

여자도 희미한 웃음을 지으며 맥주를 한 모금 마셨다.

"그쪽은 왜 그 재판에?"

"특별한 이유는 없어요."

그도 역시 자기 행동의 비밀은 내비치려 하지 않았다.

"친구가 금융 사범으로 들어가서 오늘 재판이 있어요. 나도 조금 관계가 있어서 방청하러 왔지요. 그런데 무슨 사정으로 재판이 연기되었대요. 신문에 오늘 기무라 구형이 있을 예정이라고 보도되었기에, 모처럼 재판소까지 온 김에 그놈 얼굴이나 보고 나중에 얘깃거리나 얻을까 해서…… . 방금 말씀하신 연극과 비교한 얘기, 그걸 그대로 얘깃거리로 삼아야겠군요."

그는 남은 맥주를 단숨에 비웠다.

불안감은 많이 가셨다. 이렇게 공연한 잡담이 기분 전환에는 좋을 거라고 그는 생각했다. 안주로 나온 젓갈을 한 젓가락 집어 입안으로 던져 넣고는,

"그나저나 기무라라는 놈도 참 바보죠. 그렇게 상식을 벗어난 인간인데 소설의 주인공으로 삼고 싶습니까?"

하고 짐짓 개탄하는 투로 말했다.

"스승님 말씀에 따르면 소설 쓰기는 요리와 같은 거래요. 좋은 재료를 맛나게 내놓는 것은 아무나 할 수 있다. 하지만 조금 처지는 재료라도 요리하기에 따라서는 감칠맛 나게 내놓을 수 있는데, 그것도 그리 어려운 일만은 아니라고요."

"허어, 그런가요. 그러면 지금 문제가 되고 있는 이노우에 사건 사건도 기무라의 요리법을 재탕한 걸까요?"

어째서 이런 위태로운 화제를 꺼냈는지 자신도 의아했다. 맥주를 겨우 요만큼 마시고 취기가 오른 것도 아닐 텐데…….

"글쎄요, 저는 잘 모르겠지만, 범죄자라면 이런 종류의 사건을 보면서 모방해 보고 싶은 충동을 느끼지 않을까요? 최근에 『연방경찰』이라는 미 FBI의 역사에 관한 책을 읽었어요. 1932년 린드버그 대령의 자녀가 납치되어 살해당하고 몸값 오만 달러까지 빼앗긴 사건을 아세요?"

"압니다."

그는 테이블에 나온 장어 도시락의 뚜껑을 벗기며 대답했다.

"그 뒤 법률이 개정되어 유괴한 사람을 주 경계선 너머로 옮긴 범인은 사형에 처하게 되었답니다. 하지만 린드버그 사건의 범인이 체포되어 전기의자에 앉혀진 뒤에도 이런 범죄는 근절되지 않았어요. 1937년에는 이런 범죄가 세 번이나 일어나 세 번 모두 실패했다고 해요. 사실 그 가운데 두 건은 미수였다고 하지만요."

"조사를 많이 하셨군."

"영화를 재미있게 보았거든요……. 그래서 원작 번역본을 사 왔어요. 그 대목을 바로 지난밤에 읽었거든요. 그래서 잘 기억하고 있죠."

여자는 웃으며 자기 장어 덮밥의 뚜껑을 열었다.

"남의 행동을 모방하는 것은 어떤 의미에서는 처음 저지른 사람보다 더 바보가 아닐까요? 예를 들어 이노우에 사건의 범인도 그냥 단순하게 기무라의 범죄를 모방했을 뿐이라면 벌써 한참 전에 체포되지 않았을까요?"

"그건 제가 알 수 없는 일이지만, 린드버그 사건도 범인이 체포된 것은 범행 후 삼 년 뒤였다고……. 범인이 휘발유를 사면서 지불한 지폐의 일련번호 때문에 검거되었다던데, 아이의 사체는 훨씬전에 가까운 숲에서 트럭 운전사가 우연히 발견했다고 하네요."

"그럼 이번 이노우에 사건의 범인도 반드시 체포될 거라고 보시나?"

"체포될 거예요, 반드시……."

"어째서?"

"용의자에게 지금 전국 지명 수배가 떨어졌잖아요. 기무라 때도 그랬어요. 그가 도피한 두 달 동안 우리는 범인이 벌써 자살했을 거라고 생각했지만요."

"흠, 자, 그 얘기는 그만하고 식사나 합시다. 장어 식겠어요."

그는 웃으며 이야기를 끝냈다. 역시 여자답게 단순하게 생각하는구나, 하고 생각했다.

그러나 그것은 위험한 단정이었다.

그는 여자의 진짜 의도를 눈치채지 못했다. 이 여자가 도호 비밀 탐정사에서도 손꼽히는 수완가라는 것을 상상도 못 했던 것이다…….

그리고 상황과 밀착의 정도는 달라도 이때 사십 명의 탐정들은 사십 명의 방청인들에게 동시에 집요하게 따라붙고 있었다.

사형 구형

오후 1시부터는 검사의 논고와 구형이 시작되었다.

그는 그 여성과 나란히 방청석에 앉아 다카오카 검사의 열화와 같은 언변에 짜릿한 스릴을 느끼며 귀를 기울이고 있었다.

논고는 먼저 사실을 재확인하는 것부터 시작되었다. 기소장에 진술되어 있는 내용과 이 법정에서 다양한 각도에서 종횡으로 검토된 범죄 사실이 총괄적으로 정리되고 그 하나하나가 물증으로 뒷받침되어 나갔다.

예를 들어 기무라가 가정부를 미행하다가 거름 구덩이에 빠진 사실에 대해서도 그때 발견된 양복에 묻은 오물 흔적을 제시하는 등 물증이 물샐틈없는 그물처럼 깔리고 있었던 것이다.

"본인의 자백 및 이상의 물증에 의거하여 이 가증스러운 범죄가 피고인에 의해 자행되었다는 사실에는 한 점의 의문도 없습니다. 그럼 피고인의 정상情狀에 동정의 여지가 하나라도 있는지에 대하여 제가 지금부터 전혀 다른 각도에서 논하겠습니다."

다카오카 검사의 언변은 열기를 띠고 있었다. 최종 논고라는 것은 검사에게 있어서 자신의 능력을 보여 주어야 할 무대다. 공판부 검사로서 전력을 기울여야 할 장면이었다.

"변호인이 계속 주장한 심신 쇠약설을 인정할 수 없다는 것은 시마다 박사의 감정서가 명백히 밝혔습니다. 변호인은 오늘 오전에 있었던 감정인 심문에서 '범행 당시를 재현한 환경에 피고인을 두고 그 반응을 측정하지 않은 것은 명백히 감정상의 오류 아닌가'라는 취지로 발언하셨습니다. 이에 대하여 시마다 박사는 '그런 방식은 정신 감정의 방법으로 부적절할 뿐만 아니라 불가능하다. 현재 우리로서는 그의 정신 상태 및 범행 전후의 언행에 나타난 사실을 통해 당시의 정신 상태를 추정하는 수밖에 없다'라는 뜻을 밝히셨습니다만, 이는 보통 사람이라면 누구라도 상식적으로 수긍할 수 있는 일입니다. 예를 들면 피고인은 범행 초기부터 늘 자동차를 운전했지만 한 번도 사고를 내지 않았습니다……. 사체 유기를 기도할 때는 제한 속도를 초과했다가 무면허 운전을 의심한 순찰차에게 쫓기기도 했지만, 순찰차의 경관들의 진술도 '음주 운전으로 보이지는 않았다'라는 점에서는 일치하고 있습니다. 더구나 피고인은 그때 순찰차의 추적을 뿌리칠 만큼 냉정함을 유지하고 있었습니다. 법률적으로 심신 쇠약이란, 단적으로 말해서 정신 장애에 가까운 상태를 말합니다. 물론 극단적으로 말하자면 술에 만취한 결과, 중병이 진행되면서 일시적으로 나타나는 증상, 혹은 여성의 생리적 특수 상태 등으로, 평소 건전한 판단력을 가진 건강한 사람이라도 이런 쇠약 상태에 빠지기도 한다는 것은 우리도 인정해야 하는 사실이기는 합니다. 그러나 피고인 기무라 시게후사의 경우는 그러한 조건이 전혀 없습니다. 그가 정신적으로 혼란에 빠진 것은 자신의 방만한 이중생활에 따른 경제적 핍박에 원인이 있었습니다. 더구나 시마다 박사의 말에 따르면 '기무라는 자신이 처한 이 곤경을 타개하고자 하는 전향적인 자세를 취하지 않았다'는 것입니다. 이런 사람에게까지 형법 제39조 심신 쇠약에 의한 형 경감을 적용한다는 것은 법의 악용이고 남용입니다. 검찰관으로서 단호히 반대하지 않을 수 없습니다."

그는 몸을 희미하게 떨고 있었다. 자신도 '심신 쇠약'이라는 한마디가 이런 의미를 갖는 단어라고는 상상도 하지 않았던 것이다.

'나의 퇴로는 어떻지? 아니, 그것은 만일의 사태에 대응하기 위한 준비였어……. 퇴로는 필요 없다. 내가 범인이라는 사실만 발각되지 않으면……. 이대로 승리를 유지한다면 퇴로를 이용할 필요가 없지. 퇴로 마련에 약간의 실수가 있었다고 해도 나는 안전해. 안전하고말고…….'

그는 애써 자신을 달랬다.

검사의 논고는 빠르게 진행되었다.

범죄 사실 논증을 끝내고 정상 검토로 들어가 이 사건에서는 피고인의 정상에도 동정의 여지가 전혀 없다고 단정한 뒤, 이 범죄의 사회적 영향을 언급하기 시작한 것이다.

"피고인은 경찰의 신문을 받을 때, 처음에는 프랑스의 자동차왕 롤랑 푸조의 차남 에릭의 유괴 사건을 모방했다고 진술했다가 나중에는 이를 번복하여 그런 신문 기사를 본 기억이 없다고 했습니다.

타인의 범행을 모방했든 아니든 이 범죄의 성격이 냉혹하고 잔인하다는 사실은 전혀 달라지지 않습니다. 피고인 형량에 정상을 참작할 필요는 전혀 느껴지지 않으며 향후를 위한 경고의 의미에서는 오히려 반대 방향으로 정상을 참작해야 할 것입니다.

해외에서 일어난 이런 종류의 범죄들, 린드버그 사건이나 푸조 사건을 여기서 굳이 논하지는 않겠지만, 일본에서도 우리는 종전 후에 이런 사건을 여러 차례 겪었습니다. 교코 사건이 있었고, 토니 다니의 아들의 유괴 사건이 있었고, 그리고 이 재판이 진행되는 가운데 발생한 이노우에가의 유괴 사건 등 대형 사건만 해도 이렇게 여러 건을 헤아릴 수 있습니다.

변호인 발언 중에 경찰의 실적을 의식한 지나친 행동이나 언론의 비슷한 행동이 피고인 기무라 시게후사를 저 일련의 범죄 중에서도 가장 악질적이고 잔혹한 행위인 살인으로 내몰았다는 취지의 변론이 있었는데, 실상을 보자면 이번 이노우에 사건에서는 수사 당국이 신중하기 그지없는 태도를 견지하고 언론도 마지막까지 사건을 보도하지 않았음에도 불구하고 인질은 아직도 돌아오지 않고 있다는 사실을 직시해야 합니다. 범인이 누구인지는 아직 모르지만, 본 사건의 피고인 기무라 시게후사와 일맥상통하는 심리의 소유자라는 것은 쉽게 상상할 수 있습니다.

유괴 사건은 본질적으로 모방되기 쉬운 범죄입니다. 토니 다니 사건에서는 그래도 범인의 인간성에 조금은 동정의 여지가 있었습니다. 납치된 아이는 범인의 고향에서 범인의 자식들과 사이좋게 놀았고 범인은 인질에게 살의는커녕 아무런 위해도 가할 의사가 없었다는 것 역시 증명되었습니다……. 피고인 기무라 시게후사도 그럴 마음만 있다면 아이의 목숨을 살릴 기회가 여러 번 있었습니다. 그것은 이 법정의 심리에서도 밝혀진 사실인데, 피고인이 이렇게 참담한 실패로 끝났음에도 불구하고 제2의 기무라 사건이 실제로 일어나고 있습니다. 언제 또 제3의 기무라가 나타나지 않는다고 장담할 수 없습니다.

이러한 악성 연쇄 반응을 끊어 내고 사회 불안을 해소하려면 사회 정의의 차원에서 피고인 기무라 시게후사에게 중형 중의 중형이 언도되어야 마땅하다고 본 검찰관은 생각합니다. 불교가 가르치는 일살다생—殺多生의 검을 휘두르는 것은 적어도 제3의 기무라 범행을 막는 데 하나의 힘이 되리라는 것을 우리 모두는 믿고 있습니다……."

검사의 목소리는 그의 귓속에서 점차 멀어져 갔다.

그는 그날 오전까지만 해도 느끼고 있던 기무라 시계후사에 대한 우월감과 승리감을 더 이상 느낄 수 없게 되었다. 검사가 논고에서 자신의 범행을 언급한 것은 예상치 못한 사건이 아니었지만, 역시 상당한 충격을 받았다.

'왜 이래? 내가 대체 왜 이러지? 범죄를 저지르기 전과 후에 기분이 달라지는 것은 어쩔 수 없지만……. 오늘은 왜 이렇게 불안할까. 마치 기무라와 나란히 저 피고인석에 앉아 있는 기분이군.'

하고 그는 속으로 중얼거리고 있었다.

'방청하러 오지 말았어야 했을까……. 전쟁의 교훈도 이제 필요 없으니까.'

망상은 새로운 망상을 낳는다. 심장 고동이 빨라지고 있는 것은 자신도 알 수 있었다.

'어쩌면 경관이 와 있을지도 모른다. 내가. 오늘, 여기에 와 있을 거라고 짐작하고…….'

그는 저도 모르게 고개를 돌려 가득 찬 방청석을 둘러보았다.

후카노 도키코가 3열쯤 뒤에 앉아 손수건을 얼굴에 대고 있는 모습이 시야에 들어왔다. 하지만 형사처럼 보이는 사람은 한 명도 없었다.

그래도 동요가 가라앉지 않았다. 그 뒤로 계속된 검사의 논고도 거의 기억에 남지 않았다.

그가 간신히 안정을 찾은 것은 논고가 최종 단계에 접어들었을 때였다.

다카오카 검사는 몇 가지 판례와 형법의 여러 조문을 인용하고 나서 조금 차분해진 말투로 말했다.

"따라서 피고인에게 사형을 구형합니다."

역시 이 순간은 기무라 얼굴도 한순간 홍조를 띠는가 싶더니 이내 창백한 낯으로 돌아갔다. 변호인도 긴 한숨을 지었다…….

오후 2시 50분, 그날의 심리가 끝났다. 변호인이 감정서 검토에 상당한 시간이 필요하다고 주장하여 최종 변론은 이 주 뒤인 2월 6일로 정해졌지만, 그는 다시 방청하러 올 생각이 없었다.

"정말 스릴 있네요. 사형 구형이 떨어지니까."

옆에 있던 여성이 복도에서 그에게 말을 건넸지만, 그는 다만 한마디,

"그러게요."

하고 건성으로 대답할 뿐이었다.

"왜 그러세요? 안색이 안 좋은데요?"

마당으로 나왔을 때 여성이 미간을 찡그리며 말했다.

"아무래도 감기에 걸린 모양이네요. 법정의 난방 장치가 시원치 않았잖아요."

그는 자기 차 앞까지 걸어가 문을 열면서,

"어디까지 가세요? 중간까지라도 태워다 드릴까?"

하고 제안했다.

"아뇨, 저는 그 근처에 잠깐 들릴 데가 있어서요. 오다와라 정의 친구 집에."

"그래요? 그럼 저는 이만."

그가 운전대에 앉아 차를 출발시키는 순간, 그녀는 손안에 감추고 있던 16밀리 카메라의 셔터를 눌렀다.

몇 분 뒤에는 그녀가 탄 전세 택시가 그의 차를 뒤따라 긴자 쪽으로 달리고 있었다……

009

그의 이름은

이튿날 아침 9시 시마 겐시로는 벌써 햐쿠타니가에 도착했다.

"서른아홉 명의 주소와 이름을 알아냈습니다. 단 한 사람, 행선지는 파악했지만 이름을 알아내지 못한 사람이 있는데, 그것도 오늘 중으로 파악이 될 것 같습니다."

햐쿠타니 부부를 앞에 두고 시마 겐시로는 사죄하듯이 말했다.

"그래요? 아주 성공적이네요. 신원을 파악하지 못한 사람이 대여섯 명은 나올 줄 알았는데."

센이치로가 위로하듯이 말하자 상대방은 몹시 흥분한 투로,

"그래도 변호사님, 이 작전은 다른 의미에서도 대단한 성공을 거둔 것 같습니다……. 이 가운데 누가 범인이라고 단정할 수는 없

지만, 여하튼 이 목록을 보십시오."

그렇게 말하며 가방 속에서 꺼낸 서류를 펼쳤다.

후카노 도시코, 오야마 기이치의 외조부인 오키노 도쿠조 등이 등장하는 것은 충분히 예상한 일이었다. 이름이 상당히 알려진 작가가 한 명 나왔을 때도 두 사람은 그다지 놀라지 않았다.

그러나 3페이지 중간쯤에 이르렀을 때, 센이치로는 한 인물의 이름에 손가락을 갖다 대며 눈길을 들었다.

"이건…… 이 남자는?"

"저도 법정 복도에서 이 남자 얼굴을 보았을 때는, 어 하고 생각했습니다. 그래서 곁에 있는 직원 중에서 가장 뛰어난 소네 도시코 씨를 투입한 겁니다."

"그래서요?"

"소네 씨는 심하다 싶을 만큼 집요하게 이 남자를 탐색했습니다. 점심시간에는 식당에서 짐짓 태연하게 동석까지 해서 대화를 나누었다고 하더군요. 게다가 상대방이 화장실에 갔다가 돌아올 때 16밀리 소형 카메라로 얼굴까지 촬영했습니다."

시마 겐시로는 다른 봉지에서 사진 한 장을 꺼냈다.

"16밀리 필름인데다 부분적으로 확대한 탓에 아무래도 선명도는 떨어지지만, 그 상황에서는 어쩔 수 없었겠죠."

남자 사진을 들여다보며 센이치로는 진저리를 쳤다.

"이 남자 얼굴을 본 적이 있는데……."

"어디서요?"

"어디였나……. 어디였는지……. 지금은 생각나지 않지만."

센이치로는 머리를 감쌌다. 아키코가 대신 나서서 물었다.

"그래서 이 남자가 왜요?"

"자가용을 타고 돌아갔다고 합니다. 소네 씨도 준비해 둔 전세 택시를 타고 추적했습니다. 그리고 상대방이 두 군데 정도 들렀다가 교바시의 이노우에 금융 사무실로 들어가는 것을 보고 깜짝 놀랐다는 겁니다. 이 이름도 그 힐먼 차량의 번호판을 통해 알아낸 겁니다."

"이 사람 말고 수상한 사람은 없나요?"

"그건 저도 뭐라고 말씀드리기가 힘들군요. 이 목록에서 누구를 조사하라고 하시면 저희가 당장 제2단계 조사에 들어갈 예정입니다만."

"하지만 설마 이 사람이……."

아키코는 한숨을 지었다. 그리고 직접 서류를 집어 들고 서른아홉 명의 주소와 이름을 살펴보았지만, 그 인물 말고는 이노우에 사건과 관계가 있음 직한 인물은 하나도 찾아낼 수 없었다.

그 이름은, 소네 도시코가 추적한 남자의 이름은 이노우에 다쿠지였다!

"하지만 이 사람은 범인이 아닐 거예요. 유괴된 아이의 삼촌이잖아요. 재산도 수천만 엔대나 된다고 하는데 설마. 조카 사건 때문에 기무라 사건에도 관심을 갖고 재판을 방청하러 간 게 아닐까요?"

"그 사람도 소네 씨에게 비슷하게 말했다고 합니다. 자기 친구가 금융 사건으로 재판을 받게 되어서 그걸 방청하러 왔는데, 그 재판이 연기되는 바람에 기무라의 얼굴이나 한번 보려고 했다고."

"그럴 수 있죠. 자기, 이 사람은 생략해도 되겠지? 설마 이노우에 라이조의 동생이……."

센이치로가 무엇에 얻어맞은 표정으로 고개를 들었다.

"아냐, 아키코. 설마가 사람 잡는다고 하잖아."

"왜 그래?"

"그를 범인으로 가정하면 이 범죄도 완전히 양상이 바뀌게 돼. 지금까지 이해할 수 없었던 수수께끼들이 다 풀려!"

"그건……."

"일단 맨 처음부터 생각해 보자고. 기무라 사건이 일어났을 때, 자식을 둔 부모는 모두 공포에 떨었지. 애야, 낯선 **사람**이 뭐라고 말을 걸어도 절대로 따라가면 안 된다, 하고 어느 집에서나 단단히 타일렀을 거야. 하물며 이노우에가는 아이의 학교가 멀어서 버스를 타고 다녀야 한다는 점이 오야마가와 비슷한 상황인 만큼 당연히 단단히 주의를 주었다고 봐야겠지. 아무리 불륜에 정신이 팔렸다고 해도 모성애는 그것과 공존할 수 있는 본능적인 감정이야. 그리고 그 아이는 그렇게 맹한 아이도 아니라고 하잖아……."

"그 말은, 삼촌이니까 아이도 얌전히 따라갔다, 그런 말이야?"

"그럴 수 있지. 삼촌이 학교까지 차로 데려다 주겠다고 하면 일곱여덟 살짜리 아이가 어떻게 의심을 하겠어? 기이치 때는 그보다훨씬 엉성한 접근도 통했어. 이렇게 접근한다면 어른이라도 믿었을거야."

"하지만 그 사람이 무엇 때문에?"

"들어 봐. 몸값 삼천만 엔을 전달할 때 범인은 거의 마술처럼 교묘한 수완을 보여 주었어. 경시청에서도 그 점을 이상하게 생각하고 있다더군. 트렁크를 옮긴 여성이 공범이 아닌 한 트렁크 바꿔치기는 성공할 가능성이 지극히 낮아. 대단한 행운이 아니고서는 이런 술수가 성공할 수 없을 텐데, 하고 고개를 갸우뚱거리는 것도 당연해. 하지만 만약 이노우에 다쿠지가 범인이라면 그것도 충분히설명이 가능해. 안 그래? 그에게는 이 트렁크나 삼천만 엔이라는돈은 **아무래도 상관없었던 거야**. 바꿔치기가 성공하든 실패하든 상관없었다고."

"이 범죄의 목적은 다른 데 있다는 거야?"

"그렇지. 십 수 억에 달한다는 이노우에 라이조의 재산, 거기에비하면 삼천만 엔이라는 거금도 그냥 푼돈일 뿐이야. 재산 전부를노리는 범인에게는 있으나 없으나 상관없는 액수였던 거지."

아키코도 겐시로도 진저리를 치고 있었다.

"영리 유괴는 눈속임이었다는 말이네. 기무라를 모방하되 약점을 철저히 보완해서 재현한 것처럼 보이는 이 사건도 실은 범인이 진짜 노림수를 감추기 위한 위장이었다. 그런 말이 되는 거야!"

"그렇지! 만약 그런 협박이 없었다면 경찰도 당연히 다른 동기를 찾느라 애썼겠지. 그래도 이 사건은 기무라 사건과 닮았어. 아니, 범인은 기무라 사건과 비슷하게 하려고 필사적으로 노력했던 거야. 게다가 기무라 사건을 담당한 수사진이 그대로 동원되었어. 게다가 삼천만 엔이라는 금액은 경찰 눈을 다른 데로 놀리는 데 충분한 금액이었지……."

세 사람은 나란히 한숨을 지었다. 이 추리가 진상을 제대로 파악한 것인지의 여부는 세 사람 가운데 어느 누구도 단언할 수 없었다.

다만 이 정도까지 추리를 구체화하고 보니 결코 웃어넘길 수 없는 무서운 추리가 되고 말았다.

"만약 이 사건이 없었다고 가정해 볼까? 내가 민사 전문은 아니지만, 그래도 변호사니까 일반 사람들보다는 잘 알지."

센이치로는 갈라진 목소리로 계속했다.

"정식으로 결혼한 처가 있고 자식이 있는 경우, 재산은 대부분 처자식한테 상속돼. 동생한테는 한 푼도 없다고 해도 좋을 정도야. 라이조가 동생에게 일정한 금액을 주겠다는 의사를 표명해 두지 않는 한 동생은 법률적으로 아무런 권리도 없어. 자식이 없다고 해도 처 몫은 절반을 넘게 마련이야. 이 경우에 처는 유산의 3분의 2를 받고, 사망자의 형제자매들도 상속권은 있지만, 유산의 3분의 1을 각자 나눌 뿐이지. 보통 경우라면 다양한 문제가 생길 수 있겠지만, 이 경우라면 다쿠지 혼자 3분의 1을 상속받을 수 있어."

"그럼 이노우에 다쿠지는 어린 조카만 죽여도 수억 대 재산을 차지할 수 있겠네?"

"그렇지. 뿐만이 아니야. 그를 범인으로 본다면 지금까지는 파생적인 사건처럼 보였던 것들, 부차적인 파문에 불과한 것처럼 보였던 사건들이 본 사건인 유괴 살인보다 훨씬 중대하고 심각한 의미를 띠게 돼. 가령 맨 처음에 비서가 도겐자카로 나갔을 때 걸려 온 전화, 그건 결코 우연이 아니야. 이 범죄에서는 그 전화가 범인의 최대 노림수였다고 할 수 있어. 그걸 생각하면 유괴 살인 사건도 하나의 준비 작전이었다고 할 수 있지 않을까?"

"이혼! 이노우에 라이조를 극도로 분노하게 만들어 이혼으로 몰고 가는 것이 범인의 진짜 노림수였다는 거네!"

"그렇지. 이게 성공하면 라이조가 죽을 경우, 그의 유산은 삼십삼 퍼센트쯤에서 일약 백 퍼센트 가까이로 늘게 되지. 위자료야 어쩔 수 없는 비용으로 치더라도 이혼으로 또다시 몇억 엔의 차이가 생겨나는 거야. 겨우, 겨우 전화 한 통으로……."

"무섭네. 무서운 범죄야."

아키코의 목소리도 갈라졌다.

"아무도 부자연스럽다고 느끼지 못하게 전화기에 녹음기를 장착하게 하려고, 그리고 애인과의 통화를 녹음하게 하려고 조카를 납치해서 죽인 거야……. 그것도 절호의 타이밍에!"

"절호의 타이밍이었던 것은 분명해. 히로쓰 씨 이야기를 들어 봐도 말이야. 내부인이었기 때문에 그런 절정의 순간으로 몰고 가는 연출이 자연스럽게 가능했다고 할 수도 있겠지만……. 만약 그 순간에 라이조가 녹음을 재생해 보라고 시키지 않았다면 다쿠지가 직접 녹음기를 틀었겠지. 어쨌거나 화약은 제대로 준비되어 있었어. 그것도 완전히 건조시킨 상태로. 성냥 하나, 아니, 전기 불꽃 하나로도 대폭발을 일으키는 데 충분한 조건을 만들어 놓았던 거야. 이 범인, 이노우에 다쿠지는 기무라 시게후사라는 개인한테는 무엇 하나 배울 것이 없었는지 모르지만, 기무라 사건 전반에서는 대단한 교훈을 얻었을 거야. 그 가운데 하나가 녹음기 활용법. 재판이라는 것도 어떤 경우에는 엄청나게 무서운 위력을 발휘하는군."

센이치로도 몸을 떨었다. 성공 가능성이 일 퍼센트나 될까 했던 도박이 겨우 한 번의 실행으로 이렇게 커다란 전과를 올리고 이만한 비밀을 폭로했다는 것이 도리어 그를 깊은 공포로 몰아넣은 것이다.

"히로쓰 씨도 말했잖아, 자기. 만약 아이에게 그런 일이 일어나지 않았다면, 설사 부인의 불륜이 드러나더라도 라이조는 이혼을 결단하지는 않았을 거라고. 그 전화가 아무도 없을 때 걸려 왔더라면 라이조의 감정이 그렇게까지 틀어지지는 않았을지 모른다고. 나도 그 말은 흘려듣고 그냥 우연한 결과일 거라고 생각했었는데."

"우연……. 그가 범인이라면 적어도 그 범행의 주요 대목에는 우연이라고 볼 만한 요소는 없을 거야."

문득 센이치로가 무릎을 탁 쳤다.

"그렇지! 이 사람을 보았던 장소가 생각났어."

"어디인데?"

"재판소 2층. 아마 작년 10월 4일이었을 거야……. 나는 다른 사건을 변호하러 법원에 갔었는데, 그날 기무라 사건 공판이 있다는 이야기를 들었던 기억이 나……."

"그럼 이자는 역시 기무라 재판을 훨씬 전부터 방청해 온 셈이네. 어떻게 생각해, 자기? 이 사진을 서기나 판사들에게 보여 주면? 이노우에 사건이 일어나기 전부터 이자가 기무라 재판을 계속 방청하고 있었다는 것을 알면 혐의가 상당히 짙어지지 않을까?"

"그건 분명히 그렇겠지. 하지만 그것은 결정적인 증거가 되지 못해. 그렇지? 현상금 삼천만 엔을 받으려면 확실한 증거와 함께 범인을 고발해야 해. 변호사의 감으로 말하자면 우리가 지금까지 해 온 추리만으로는 고발까지는 힘들어. 설령 그가 법정을 드나들며 기무라 재판을 빠짐없이 방청해 왔다는 사실이 밝혀지더라도 그 것만으로 그를 단죄할 수는 없어."

"아이러니한 얘기네. 이노우에 라이조가 내놓은 현상금 삼천만 엔이 결국 자기 동생 목을 조이게 되다니. 악하게 모은 돈은 복이 되지 않는다는 얘기가 꼭 이 경우를 두고 하는 얘기 같아."

아키코는 한숨을 흘렸다.

"지금부터가 중요해. 우리 말고는 법정에 그물을 쳐 둔 사람이 없을 거야. 만약 그런 사람이 있었다면 당연히 이 가운데 수십 명은 방청을 못 하고 돌아갔을 테니까."

센이치로는 그제야 차분한 모습으로 돌아와 말했다.

"그런 사람은 없습니다. 제가 지휘 책임을 맡은 만큼 재판이 시작되고 한 시간이 지나도록 복도에 남아서 지켜보았거든요."

시마 겐시로는 자기 소임에 대한 충실성에는 한 점 의혹도 있을 수 없다는 듯 확고한 태도로 말했다.

"역시 우리처럼 생각하는 사람은 없었군요. 우리는 누구보다, 경시청보다 먼저 가장 혐의가 짙은 인물을 찾아낸 셈인데……."

"만약 두 분이 이 수사를 속행하기를 원치 않으신다면 저희 회사 사장님이 지금까지의 성과를 백만 엔으로 사들일 겁니다. 변호사님께서 저희에게 지불하실 조사료에 추리값을 보탠 금액입니다."

시마 겐시로가 냉정한 말투로 말했다.

"시마 씨, 어떻게 그런 말씀을!"

아키코가 살짝 목소리를 높였지만 상대방은 냉정하기 짝이 없었다.

"부인, 저희는 결코 의뢰자를 배반하는 짓을 하지 않습니다. 이만한 정보를 다른 곳에 흘리면 몇 배의 이익을 얻을 수 있는 경우라도 저희 이익보다는 의뢰자의 이익을 우선하는 것이 사립 탐정의 철칙입니다. 그런데 변호사님의 방금 전 얼굴을 보니 지금까지 들인 돈을 포기하더라도 이 정보를 경찰에 제공할지 말지를 고민하시는 것 같더군요. 정말 그렇게 하신다면 너무나 아까운 일입니다. 그러느니 차라리 싫어 방금 그 말씀을 드린 겁니다. 주제넘은 말이었다면 용서하시기 바랍니다."

센이치로는 쓴웃음을 지었다. 사실 그것도 얼핏 스친 생각들 가운데 하나였다. 직업이 직업이라지만 이 사람의 독심술이 대단하구나, 하고 생각했을 정도였다.

아키코는 맹렬하게 반대했다.

"다른 생각 하면 곤란해요, 시마 씨. 나는 뭔가를 시작하겠다고 한번 마음먹으면 끝까지 가는 성격이에요. 돈 때문이 아니에요. 시마 씨에게는 개인적으로 상금의 일 할을 성공 보수로 드릴게요. 그러니까 비밀은 지켜 주세요. 아시겠죠?"

"알겠습니다. 저도 의무를 다하겠습니다. 그럼 이제 무엇을 해야 할까요?"

"이 남자를 철저히 조사해 주세요. 일주일쯤이면 충분하겠죠? 조사에 필요한 경비는 아끼지 않을 테니까."

"알겠습니다. 이번 달 안으로 그자를 꼼짝 못하게 할 증거를 여럿 확보할 수 있을 겁니다. 그럼 이만 실례하겠습니다."

시마 겐시로는 정중하게 인사하고 나갔다. 그를 배웅하러 현관까지 나갔다가 응접실로 돌아온 두 사람은 얼굴을 마주 보았다.

센이치로는 잠시 아무 말도 할 수 없었다.

이 성공은, 이 두려운 발견은, 한편으로는 그를 한없이 흥분시켰지만, 다른 한편으로는 크게 당혹스럽게 했던 것이다.

"자, 약!"

방을 나간 아키코는 곧 위스키병과 물을 들고 돌아왔다. 센이치로는 스트레이트로 두 잔을 연거푸 비우고야 기운을 차렸다.

"페리, 이거 사태가 심각해졌어. 농담에서 시작된 일인데, 아닌 밤에 홍두깨란 바로 이런 경우를 두고 하는 말이겠지."

"정작 아이디어를 낸 나도 그 남자를 젖혀 놓으려고 했잖아. 자기가 잘 짚어 준 덕분이야……."

"당신은 여전히 포기할 생각이 없는 거로군?"

"왜 포기해? 이제 막 시작한 참인데. 게다가 이런 단계에서 중단하면 탐정사에 고스란히 갖다 바치는 꼴이 되잖아. 기왕 배를 띄웠으니 끝까지 노 저어 가는 수밖에 없어."

"증거를 찾다가 쉽지 않아. 인해 전술은 예상한 예산의 절반인 십오만 엔 남짓으로 끝냈어. 이제 팔십오만 엔 정도가 남았는데, 여기서 그만둬도 투자한 자본의 여섯 배 이상, 일곱 배 가까이 벌 텐데 말이야."

"안 돼. 도박이라는 건 이거다 싶으면 승부에 모든 걸 쏟아부어야 하는 거야. 운이 따른다 싶으면 기세를 몰아 끝까지 밀고 나가는 거야."

"문제는 증거야……. 그걸 어떻게 찾아내느냐는 거지. 경찰이라면 몰라도 변호사한테는 가택 수사 권한이 없어."

"생각해 보자고. 범인의 처지에서."

아키코도 입술을 깨물고 입을 꾹 다물었다. 그러나 몇 분 뒤 고개를 쳐들고,

"문제는 아이의 사체야. 그자가 범인이라면 더욱 더 아이를 살려 둘 수 없었을 거야. 유괴 직후에 죽였을 거야."

"그렇게 영리한 자라면 사체를 처리할 때도 꼬리를 밟힐 짓은 하지 않았겠지. 그날 그자는 어느 여자와 아타미에 갔다고 했어. 도쿄를 출발한 것이 점심때쯤이라고 했는데, 그래도 어딘가에서 목소리를 꾸며 전화를 걸고 첫 번째 속달 편지를 부칠 만한 틈은 있었을 거야……."

"도쿄에서 아타미로 가는 도중 어딘가에서 사체를 처리했겠네. 도쿄에서 죽이고 사체를 큰 가방 같은 것에 담는다. 그리고 차 트렁크에 싣고."

"그렇겠지. 자기 집 마당에 묻는 어리석은 짓을 했을 것 같지는 않아."

"범인이 몸값을 받는 일에 느긋하고 침착했던 것도 그런 사정이 있었기 때문이야. 어차피 자신이 도쿄에 돌아가야 다음 공작에 들어갈 수 있었을 테니까."

"바로 그거야. 문제는 아타미에 같이 갔다는 여자야. 만약 그녀가 공범이라면 이야기는 크게 달라지지만, 그건 아니겠지. 그는 만일의 경우 그 여자를 증인으로 세우려고 했을 거야. 그랬다면 그는 당연히 어딘가에서 여자와 일정 시간 동안 떨어져서 혼자 행동했어야 해."

"아무튼 사체는 어디에 감추었겠지. 바다에 던졌을까? 아니면 산속에 눈에 안 띄게 묻어 버렸을까?"

"산속은 가능성이 적어. 자동차가 못 가는 곳까지 사체를 옮기는 것은 사실상 불가능해. 설사 아이의 사체라도 초등학교 2학년쯤 되면……. 바다에 버리는 것은 그나마 가능성이 있지만. 그래도 만전을 기하려면 배 같은 것을 이용해서 상당히 먼 바다까지 나가야 할 거야. 어때. 만약 그 해역에서 아이의 사체가 발견된다면 그의 처지는 오히려 더 위험해지겠지. 범인이 그런 근본적인 실수를 저질렀을 것 같지는 않아."

"그럼 어떻게?"

"뭔가 비밀이 있을 거야……. 대단한 트릭은 아닐지도 몰라. 그것만 알아내면 그자를 고발할 수 있겠지."

센이치로는 눈을 감고 깊은 명상에 빠져들었다.

대결

시마 겐시로는 이틀 만에 상당한 성과를 냈다. 그가 센다가야에 있는 대지 약 백 평에 건평 삼십 평쯤 되는 주택에 살고 있다는 것, 10대 은행 가운데 두 곳에 계좌를 가지고 있다는 것, 독서가이며 근처 서점에 늘 역사, 전사戰事 분야의 책은 뭐든지 배달해 달라고 부탁해 두었다는 것 등을 알아냈다.

집에 방이 다섯 칸이나 있다고 하므로 자식이 없는 그에게는 남아돌 만한 면적이라고 할 수 있었다. 아내와 사별한 뒤에는 오십 세쯤 되는 가정부가 집을 관리해 왔다고 하는데, 시마 겐시로는 파출부 협회까지 조사하여 이 가정부가 다쿠지의 요구에 따라 12월 19일부터 이틀간 쉬었다는 것을 알아냈다.

아마 그는 아이를 자택으로 데려갔을 것이다. 아무도 그 사실을 모른다면 직접적인 위험은 없다고 봐도 좋고, 만일 누가 보았다면 바로 범행 시기를 연기하면 된다고 생각했을 것이다.

다쿠지라면 그런 기회를 얼마든지 만날 수 있었다.

그리고 그곳은 한적한 주택가이다. 목격자는 한 명도 없는 게 틀림없다……. 그가 아타미에 데려간 여자는 바에서 일하는 기쿠타 가즈코였다. 그가 단골로 드나드는 신주쿠의 바 릴리에서 일한다고 하는데, 시마 겐시로도 이 여자에 대해서는 아직 조사를 시작하지 않은 채 센이치로에게 보고하여 의향을 물었다.

"이 여자를 만나서 조사하는 것은 그리 어려운 일은 아닐 겁니다. 다만 그럴 경우 여자가 당연히 다쿠지에게 말해 주겠죠. 그 점 때문에 좀처럼 결정하기가 힘들더군요."

시마 겐시로는 한숨을 지으며 말했지만, 지난 이틀 동안 활동하면서 즉시 조사를 시작할 수 있을 만큼 준비는 되어 있었다.

"수고하셨어요. 그 여자에 대한 조사는 내가 이노우에 다쿠지를 만나고 나서 시작해 주세요."

"변호사님이 그자와…… 무슨 명목으로 만나시게요? 이쪽 의도를 눈치채면……."

"나는 이노우에 다에코 측 변호사예요. 라이조가 제기한 이혼 소송의 피고 측 변호사란 말입니다."

센이치로도 이번에는 자신 있게 웃었다.

"이혼 소송이긴 하지만 재판으로 끌고 가는 것이 능사는 아닙니다. 협상을 해서 합의 이혼으로 가는 것이 최선이라는 것은 누구나 알 겁니다. 내가 이노우에 다쿠지에게 만나서 협상을 하자고 연락하면 흔쾌히 응할 겁니다. 형한테도 면목이 설 테고 자신의 은밀한 목적에도 유리해질 테니까. 만나면 감으로 탐색을 해야겠죠……."

센이치로의 예상은 들어맞았다. 이노우에 다쿠지에게 전화를 걸자 그는 흔쾌히 응했다.

그날 저녁 긴자의 찻집에서 이노우에 다쿠지를 만날 때 센이치로는 커다란 흥분을 느끼고 있었다.

유괴 살인의 범인……. 아직 확실한 물증은 잡지 못했지만 그가 보기에는 이 사람 말고는 없었다…….

이노우에 다쿠지는 가벼운 미소마저 지으며 꽤 침착한 모습이었다. 죄의식을 느끼는 기미는 전혀 느낄 수 없었다.

"우리도 사태를 키우는 것은 바라지 않습니다. 형님 성격이 워낙 사나워서 다짜고짜 소송을 제기해 버렸지만, 합의 이혼 이야기만 잘된다면 소송은 즉시 취하할 겁니다."

다쿠지는 담담한 투로 말했다.

"이건 제가 개인적으로 물어보고 싶은 것인데, 두 분이 화해할 가능성은 없을까요? 지금은 한없이 흥분해 계시겠지만…… 어떻게든 부부 관계가 회복된다면 그보다 좋은 해결책도 없다고 봅니다만."

"힘들 겁니다. 형님의 감정이 틀어질 대로 틀어졌거든요. 내가 할 수 있는 일은 위자료에 관한 협상뿐입니다. 원래대로라면 그것도 우리 변호사한테 맡기면 되는 일이지만, 나는 개인적으로 형수를 동정하고 있거든요. 형님을 설득해서라도 물질적으로 가능한 부분은 최대한 해 드리고 싶어서 이렇게 직접 당신을 만나기로 한 겁니다."

"알겠습니다. 협조해 주셔서 고맙습니다. 자, 그럼 먼저 식사라도 같이 하고 나서 천천히 상의를 했으면 합니다만."

"그러시죠. 그쪽에 폐를 끼칠 수는 없으니 우리도 더치페이라는 걸 해 볼까요."

다쿠지는 선선히 제안을 받아들였다. 센이치로로서는 기대 이상의 성공이었다.

두 사람은 니시긴자의 간사이 요릿집에 자리를 잡았다. 다쿠지의 기분은 어떤지 몰라도 센이치로에게는 진검 승부의 무대나 마찬가지였다. 이런 자와 같이 술을 마시는 것이 구역질 날 만큼 싫었지만, 중대한 목적을 위해서는 소소한 감정에 연연할 수 없었다.

"자, 이렇게 만난 기념으로 건배를 할까요."

센이치로가 잔을 들며 제안했다.

"그럽시다. 소송으로 가면 적이 되지만, 가능하면 그런 사태는 피하고 싶군요."

기분 탓인지 다쿠지의 말이 몹시 짓궂은 말처럼 들렸다.

"이노우에 씨, 단도직입적으로 묻겠습니다. 그쪽에서는 위자료를 대략 어느 선까지 생각하십니까?"

"그게 문제겠지요. 잘못이 형수에게 있는 것은 분명하니까 내 감으로는 천만 단위 정도로 생각하는 것 같습니다."

"아, 적군요. 너무 적지 않을까요? 이노우에 씨는 이번 유괴 사건에서도 범인에게 속아 삼천만 엔을 내주지 않았습니까. 게다가 현상금 오천만 엔을 공탁해서 전국에 범인 검거를 호소하셨습니다. 그렇다면 십 년 가까운 세월을 함께한 부인에게도 제대로 대접해 줘야 하지 않겠습니까?"

"말씀은 잘 알겠습니다. 하지만 그건 내가 결정할 수 있는 일이 아닙니다."

다쿠지는 잠시 사이를 두고 맥주잔을 천천히 비웠다. 그 얼굴에는 과연 잔인하고 냉혹한 기미가 비쳤다. 마치 어린 임금을 좌지우지하는 재상이 어명을 내세워 자기 뜻대로 전횡을 일삼는 듯한 인상이었다.

"형님 말씀에 따르면 돈이라는 것은 사용처마다 독립 채산제로 봐야 한다는 겁니다. 예를 들면 형님은 애인을 여러 명 두고 있지만, 각각 얼마나 값이 나가는 여자인지 확실하게 평가하고 있어요. 말하자면 프로 야구 선수 같은 거죠. 계약금 얼마에 연봉 얼마, 하고 결정하면 그 이상 한 푼도 보태 주는 법이 없습니다."

"그러면······."

"형수님에 대해서도 마찬가지라는 겁니다. 형님에게 무엇보다 중요한 점은 자기 피를 이은 아들의 엄마라는 것이었어요. 그 아이가 없어져 버렸으니 이젠 아무것도 아닌 여자일 뿐입니다. 적어도 형수를 보는 형님의 눈이 한 달 전과 완전히 달라졌다는 것만은 틀림없습니다."

"그 심정은 알 것 같습니다. 하지만 거기에는 역시 법률이라는 게 있어서요."

"형님은 지난 수십 년간 법률의 틈새를 누비며 살아온 사람입니다. 법이라는 것은 어기기 위해서 존재한다는 정도로 생각하는 게 아니겠습니까."

음식이 나와서 두 사람의 대화는 잠깐 끊겼다.

"어떻습니까, 이노우에 씨, 단위를 조금만 끌어 올려서 일억 정도로 해 주실 수는 없겠습니까? 재산이 십 수 억이라고 하는 이노우에 라이조 씨라면 어려운 액수도 아니지 않습니까? 그 정도 액수라면 저도 어떻게든 부인을 납득시킬 수도 있을 것 같습니다만."

이것은 꼭 허세만이 아니었다. 히로쓰 야스토미가 주장한 최저 한도가 일억 엔이었다. 일반적인 경우라면 우선 그보다 많은 액수를 불러 놓고 차근차근 접근하고 타협해서 최저 한도인 일억보다 얼마라도 많은 선에서 마무리 짓도록 가져가는 것이 변호사의 수완이겠지만, 센이치로는 짐짓 최저 한도 액수를 처음부터 던져 놓고 상대방의 반응을 기다렸던 것이다.

"그건…… 상당한 액수로군요."

다쿠지는 잠깐 눈을 감았다.

"하지만 그 정도라면 어떻게든 될 거라고 봅니다. 다만 햐쿠타니 씨, 당신은 그 선에서 저쪽을 납득시키고 합의 이혼으로 끌고 갈 자신이 있습니까?"

"있습니다."

"정직한 분이군요."

다쿠지는 입술을 일그러뜨리며 웃었다.

"성공 보수는 이 할입니까? 그럼 당신도 이천만 엔 정도는 버는 셈이군요."

"그야 뭐……."

"형수는 세금이니 뭐니 제하고 나면 육천만 엔 정도밖에 손에 쥐지 못하겠군요."

다쿠지는 손수 맥주를 따라서 잔을 비우고,

"햐쿠타니 씨, 당신 보수를 반으로 줄이면 안 되겠습니까? 위자료는 구천만 엔으로 하고 당신은 천만 엔을 받는 겁니다. 그 정도라면 형님을 어떻게든 설득할 수 있겠는데요."

"정말입니까?"

"솔직히 말해서 형님도 칠천만 엔 정도는 어쩔 수 없다고 하셨습니다. 나머지 이천만 정도라면 내가 어떻게든 설득할 수 있을 것 같습니다. 이런 일을 오래 끌어서 피차 좋을 게 없으니까 나도 내가 할 수 있는 일은 하겠습니다."

"그렇게 해 주신다면⋯⋯."

센이치로는 한숨을 지었다.

분명 이런 민사 소송은 한쪽 당사자가 마음만 먹으면 상당히 오래 끌 수도 있다.

다쿠지는 그런 상황이 결코 반갑지 않을 것이다.

이혼 소송이 종결될 때까지는 법률적으로 계속 부부로 남게 된다. 그러다가 만약 라이조가 죽기라도 하면 다에코는 당연히 재산 상속권을 행사하게 된다.

다쿠지가 진범이고 센이치로가 추측하는 동기로 이 범죄를 저질렀다면 그런 상황만은 어떻게든 피하고 싶을 것이다. 자기가 다소 손해를 보더라도 하루라도 빨리 이 이혼을 성립시키고 싶을 것이다.

그렇게 생각하면 그가 자신의 전화에 냉큼 응한 까닭도 알 만하고, 이쪽의 제안을 거의 흥정도 없이 덜컥 받아들이는 것도 알 만한 일이었다.

"하지만 이노우에 씨, 저도 수입이 천만 엔이나 줄어드는 것은 조금 괴롭군요."

센이치로가 짐짓 떠름한 표정을 지어 보였다.

"물론 당신한테는 다른 형태로 어떻게든 사례해야죠."

이번에는 다쿠지 쪽이 조금 당황하기 시작했다.

"뭐, 이 일이 그 정도 선에서 타결된다면 형님이나 나나 당신의 노력과 수완에 대해서는 충분히 경의를 표할 겁니다. 이렇게 말하면 뭣하지만, 대부업이라는 사업을 하자면 수완 좋은 법률가의 협력이 절대적으로 필요하거든요. 앞으로 사건 몇 개를 의뢰하게 될 테니까 그쪽이 기대하는 것 이상으로 벌 수 있을 겁니다."

평소의 센이치로라면, 안 들은 걸로 하겠습니다, 하고 일소에 부치고 말 제안이었다. 하지만 지금은 상대방을 어떻게든 구슬려야 하는 처지다. 그런 말을 할 계제가 아니었다.

"그러면 나중에 벌충할 수 있기를 기대하면서 일단 제 쪽에서 먼저 양보하지요."

나중에 벌충한다는 말은 센이치로로서도 최대한 비아냥거린 말이었지만, 다쿠지는 그 함의를 눈치채지 못한 듯했다.

"그렇게 해 주시면 고맙겠습니다. 이것으로 이 이야기는 고비를 넘긴 거나 마찬가지군요."

"다만 이노우에 다쿠지 씨하고는 앞으로도 몇 번을 더 만나서 세부 사항을 상의해야 할 겁니다. 최종 결정은 그쪽 변호사와 한다고 해도요."

"좋습니다. 그럼 오늘은 이 이야기를 접어 두고 술이나 마십시다."

마음을 놓았는지 다쿠지의 입술에 승리의 미소가 떠올라 있었다.

잠시 아무 의미도 없는 잡담이 이어졌다. 센이치로는 유괴 사건에 대해서는 애써 언급을 피하며 상대방이 취기가 오르도록 최대한 유도해 나갔다.

"이 식당도 꽤 유명하지만, 역시 생선은 바닷가에서 먹는 게 최고죠."

센이치로는 은근히 화제를 유도하며,

"그런데 언젠가 이토에 갔다가 놀란 적이 있습니다. 거기서 요리해 주는 생선이 도쿄 어시장에서 사 온 거라고 하더군요. 물론 여관마다 다르겠지만."

"그럴 때는 아예 아타미까지 가는 게 좋습니다."

상대방은 생각보다 쉽게 유인에 걸려들었다.

"거기라면 현지에서 갓 잡은 맛있는 생선을 조리해 줍니다. 세이류소라는 여관이 특히 음식 맛이 좋기로 유명한데, 한번 가 보세요."

"이노우에 씨는 아타미에 자주 가십니까?"

"네, 두세 번 갔습니다. 작년 12월 20일에 간 것이 마지막이었죠. 마침 조카가 유괴된 날이어서 날짜를 기억하고 있습니다."

"정말 무서운 사건이었죠. 지명 수배중인 오카야마 도시오는 기무라 시게후사를 그대로 흉내 낸 거겠죠?"

"그럴지도 모르죠. 돈에 쪼들리면 아둔해진다는 말도 있지만, 이런 일을 하면 상대하는 게 늘 돈에 쪼들리는 인간들뿐입니다. 왜 저렇게 이상한 생각을 할까, 하고 고개를 갸우뚱하게 만드는 사람들을 종종 봅니다. 앞뒤도 생각하고 시야를 멀리 던지면 좋으련만, 싶을 때가 많죠."

"나도 마찬가지입니다. 형사 사건 변호를 전문으로 하면서 많은 범죄자를 접하다 보면 왜 이렇게 답답하게 자기 생각에만 사로잡혀 있을까 하고 의아할 때가 많아요. 기무라 시게후사도 그렇죠. 이노우에 씨는 혹시 그자의 범죄를 연구해 본 적이 있습니까?"

예상대로 다쿠지의 안색이 살짝 변했다. 생각할 시간을 확보하려는지 맥주잔을 꿀꺽꿀꺽 비우고 나서,

"예, 요번에 구형이 있던 날 신문을 보고 재판을 방청하러 가 보았습니다. 조카가 납치된 사건이 있고 해서 남 일 같지가 않았어요."

"그래요? 그럼 그자를 어떻게 보십니까?"

"나는 정신 감정 결과와 검사 구형밖에 듣지 못했지만, 참 바보 같은 자라고 생각했어요…… 적어도 조카를 납치한 자가 훨씬 영리한 것 같습니다."

"저도 히로쓰 씨에게 유괴 사건 이야기를 들었을 때 그렇게 생각했습니다."

센이치로는 상대방의 눈을 지그시 쳐다보며,

"기무라라는 자는 바보예요. 저도 법정 기자한테 들은 이야기인데, 그자도 마지막까지 아이를 돌려보낼 생각을 하고 있었다고 하

더군요. 아이를 자기 차에 태워서 다른 곳으로 나갔다가 다른 차량에게 부탁해서 아이를 오야마까지 데려다 주게 하려고 했다는 겁니다. 그런데 신문에 유괴 기사가 나는 바람에 그러지도 못했다고 하더군요."

"……."

"저는 도무지 이해가 안 가더군요. 정말로 아이를 돌려보낼 생각이 있었다면 그렇게 수고할 것까지도 없이 아이를 그냥 히비야 공원 같은 곳에 데려다 놓고 돌아오면 될 테니까요. 혼자 남은 아이는 곧 훌쩍훌쩍 울기 시작할 테고, 그러면 누군가 아이를 발견하고 집까지 데려다 주지 않겠습니까. 사실 아이만 살아서 돌아왔다면 그자도 사형당할 일은 없겠죠. 그자가 왜 굳이 다른 차량에 아이를 태워야겠다는 생각에 매달렸는지 저는 그게 이상하기만 합니다. 나처럼 젊은 사람이 경험을 운운하기는 뭣하지만, 내 경험으로 보면 범죄자가 체포되는 것은 편집증적인 성격 때문인 경우가 많아요. 이거다, 하고 생각하면 그 한 가지 생각에 집착해서 자기가 정한 틀에서 벗어나질 못하죠. 그것 때문에 실패하는 겁니다."

다쿠지의 안색은 그의 이야기를 듣는 동안 몇 번이고 변했다.

"경청할 만한 의견이군요. 자, 이제 그 이야기는 그만하기로 하죠. 세쓰오는 나를 잘 따라서 친아들이나 다름없는 조카입니다. 자꾸 그 이야기를 하자니 아무래도 괴롭군요."

"이런! 내가 생각이 짧았군요. 어느새 술기운이 돌았나 봅니다.

용서하세요."

　센이치로는 정중하게 사과하고 사건에 대해서는 더 이상 한 마디도 언급하지 않았다.

이튿날 소네 도시코는 급히 아타미로 갔다. 이노우에 다쿠지의 소개로 왔다고 하면서 세이류소에 짐을 풀고, 다쿠지의 지난 12월 20일의 행적을 조사했던 것이다.

그 결과는 즉시 도쿄에 전화로 보고되었다. 시마 겐시로는 밤 10시가 지난 시각에 햐쿠타니가로 달려가 눈알을 반짝이며 입을 열었다.

"변호사님, 역시 이상한 점이 드러났습니다. 그들이 숙소에 도착한 것은 5시가 조금 지나서 땅거미가 질 즈음이었다고 합니다."

"아타미까지는 약 백칠십 킬로미터니 도쿄를 점심때 출발했다면 당연히 그 시간에 도착하겠죠."

"그렇습니다. 시속 삼십 킬로미터 속도로 갔다고 보면 되겠죠. 그런데 숙소에 도착한 뒤 얼마 지나지 않아 남자가 혼자서 차를 몰고 나갔다고 합니다."

"뭣 때문에?"

"여자가 여직원에게 말한 바로는 도중에 카메라를 깜빡하고 왔다는 겁니다. 독일제 라이카 M3라고, 이십만 엔 가까이 나가는 물건이라고 합니다."

"어디에?"

"아타미로 가는 도중에 이토의 어느 찻집에 들러 차를 마셨답니다. 뭐, 아키코 씨 앞에서 이런 말 하기는 뭣하지만, 여자는 아무 데서나 쉴 수 없을 때가 있으니까요……. 그 찻집에 깜빡 놓고 왔다는 겁니다."

햐쿠타니 센이치로는 드라이브 지도를 쳐다보면서 물었다.

"이토 – 아타미 구간은 약 이십 킬로미터로군요. 왕복하는 데 한 시간 남짓 걸릴까요, 아니면 그 이상?"

"그런데 두 시간 반 정도 걸렸다고 합니다. 차로 돌아온 것이 7시 지나서였다고 하니까."

"사체를 처리하는 데 한 시간. 그렇게 되는 셈이군요."

그러자 옆에서 아키코가 입을 열었다.

"사체는 아타미를 중심으로 반경 이십 킬로, 북으로는 이토, 남으로는 시모다. 그 사이 어딘가에 숨겼다는 거네?"

"그 점은 분명해 보여. 다만 문제는 정말로 카메라를 그 찻집에 두고 왔느냐의 여부야. 만약 그가 정말로 이토로 돌아갔다면 남쪽 방면은 제외해야겠지."

"그는 이토의 찻집에 장거리 전화를 걸어 카메라가 있는지 물어보았다고 합니다. 소네 씨는 탐문에 실수가 없습니다. 여점원을 매수해서 전화를 건 곳을 확인할 겁니다. 그리고 내일이라도 이토의 그 찻집에 가서 확인해 볼 것으로 짐작됩니다. 저도 내일 아침에는 소네 씨에게 전화해서 재삼 주의를 전해 두겠지만요."

센이치로는 고개를 끄덕였다. 그 사실만 증명되면 사체를 유기한 곳은 시모다 가도 이토-아타미 구간의 이십 킬로미터 사이로 좁혀지는 것이다.

"아마 카메라도 일부러 두고 왔을 거야. 이십만 엔짜리 명품 카메라라지만 수십억 앞에서는 아무것도 아닐 테니까."

"물론이지. 우리도 현상금 삼천만 엔을 위해서 백만 엔 지출을 감수하고 있잖아. 하물며 범인이야."

센이치로는 건성으로 대답하면서 지도를 구멍이 뚫어져라 쳐다보고 있었다.

"문제는 방법이야. 돌을 달아 바다에 던져 버리면 쉽지만……. 그거라면 오히려 한 시간까지 걸리지는 않을 거야. 내가 그 지역 지리는 모르지만…… 해안에서 직접 던져 버리는 위험한 방법은 쓰지 않았겠지. 배를 이용하지 않으면 완벽을 기할 수 없는 방법이야. 그러다 만약 사체가 발견되면 그때야말로 끝장나는 거니까."

"그럼 어디에 파묻었겠네. 절대로 드러나지 않을 만한 곳에."

"그렇지. 절대, 절대……."

센이치로는 헛소리마냥 그 말을 반복하고 있었다.

"하지만 절대라는 조건은 쉽지 않아. 다른 사람의 땅이면 안 돼. 자기 땅이 아닌 한……."

"혹시 자기, 그 사람이 가명을 쓰거나 타인 명의로 땅을 사 둔 것은 아닐까. 그래서 그 땅에 묻었다면."

"그것도 생각해 볼 수 있는 가설이기는 해……. 하지만 그에게 는 익숙지 않은 지역이겠지. 게다가 주위에서 다 보이는 장소에서 밤중에 구덩이를 파고 싶을까? 그건 위험해. 영리한 범죄자라면 그 런 위험은 피할 거야."

"그러면?"

"들어 봐. 내 생각으로는, 그가 범인이라면 이 계획을 아주 오래 전부터 다듬어 왔을 거야. 하기는 십 수억이라는 재산을 일거에 차 지할 기회니까 범죄자적인 성격이나 소질을 가진 자라면 그런 상황 을 머릿속에서 수도 없이 그려 보았다고 해도 이상할 게 없지."

"알 것 같아."

"하지만 공상이 머릿속에서 구체적인 형태를 띠기 시작한 것은 역시 기무라가 범행을 저지르고 난 뒤였을 거야. 그 사건을 흉내 냄 으로써 자신에 대한 혐의를 다른 데로 돌릴 수 있는 방법을 생각해 냈겠지. 그렇다면 그가 범죄 계획을 세우기 시작한 것은 요 반년일 테고, 그 이전으로 거슬러 올라갈 필요는 없을 것 같아."

"그러니까 기무라가 체포된 칠월부터라고 보든, 재판이 시작된 구월부터라고 보든, 적어도 작년 오월 이전까지 거슬러 올라가지는 않는다는 말이지?"

"그렇지……. 이 범죄의 성격은 말하자면 '개량형'이라고 봐. 이 범인에게는 독창성이라는 것이 없었어. 물론 그래도 아무 상관없었 겠지. 이게 범죄만 아니었다면, 누군가 예리한 계획을 짜 놓고도 이 런저런 사정 때문에 미완으로 끝난 사업이 있을 경우, 그걸 넘겨받 아서 완성시키는 것도 훌륭한 능력인 것은 분명하니까."

본안 탐구에서 벗어난 이야기를 계속하면서도 센이치로는 머릿 속으로 생각을 정리하려고 애쓰고 있었다.

"건물 안에 유기하는 방법도 있을 수 있잖아. 그렇게 하면 아무 한테도 목격될 염려가 없어. 별장 같은 곳이라면."

"음, 충분히 가능하지. 평소 사람이 살지 않는 집이라면 누가 부 패하는 냄새를 맡을 염려도 없을 테고……."

"특히 그 지역에 있는 별장이라면 도쿄 같은 도시와는 달리 대 지도 꽤 넓을 공산이 큽니다. 이토에서 시모다까지 철도 노선이 건 설될 예정이라고 하니까 지가가 꽤 올랐겠지만, 그래도 지역에 따 라서는 거짓말처럼 저렴한 가격으로 살 수 있는 물건도 있다고 합 니다. 게다가 차량이 있으면 조금 불편한 곳이라도 왕래하는 데 불편하지 않을 테니까요."

시마 겐시로가 가만히 말했다.

"좋아, 이것도 헛수고를 각오하고 조사해 봅시다. 시마 씨, 당신
도 이토로 가 주세요. 이노우에 다쿠지의 사진을 들고 가서 그 지역
부동산 사무실을 전부 들러 봤으면 합니다. 작년 유월 이후 별장이
든 주택이든 물건을 사들이기 위해 그와 비슷하게 생긴 사람이 찾
아온 적이 있는지 확인해 보는 겁니다."

"알겠습니다. 그런데 그가 직접 나서지 않았을 가능성은 없을까
요? 그가 그런 집을 구입해서 사체를 처리했다고 해도 그쪽 업자가
그자의 얼굴을 알까요?"

"이것도 하나의 가설이지만…… 이것만은 말할 수 있을 겁니다.
만약 그가 해가 지고 나서 사체를 처리하는 모험을 할 수 있었다면
당연히 그는 그 집 내부를 잘 알고 있었을 겁니다. 거래 표면에는
누가 대신 나섰다고 해도 그가 한 번도 그 집에 가 보지 않았다고
생각하기는 힘들지 않겠습니까."

"아, 그렇군요."

"다음으로, 부동산 매매에는 대개 구입자 측 업자와 판매자 측
업자가 있어요. 심할 때는 그 중간에 업자가 몇 명 더 개입하기도
합니다. 그러므로 적어도 집주인에게 집을 처분해 달라는 의뢰를
받은 것은 현지 쪽 업자일 겁니다."

"알겠습니다. 그럼 내일 일찍 소네 씨에게 전화 연락을 취하고

출발하겠습니다. 일이 일인 만큼 하루 가지고는 힘들지 모르지만 매일 전화로 보고를 드리죠……."

첫 전화는 이토에서 이튿날 밤에 걸려 왔다. 다쿠지가 이토의 찻집에서 테이블 밑에 카메라를 두고 간 것은 사실이었다.

그 찻집에서는 카메라 가격을 잘 몰라서 고작해야 삼만 엔쯤 나가는 물건일 거라고 짐작했다고 한다. 그런데 아타미에서 걸려 온 전화로 그것이 이십만 엔이나 되는 물건이라는 소리를 듣고는 깜짝 놀랐다고 했다.

이토의 부동산업자는 거의 다 만나 본 듯했다. 그러나 결과가 시원치 않아 내일은 아타미로 돌아가 그쪽 업자들을 만나 보겠다는 보고였다.

"만약 그 뒤에 찻집에 들른 누군가가 카메라를 가져가 버렸다면 어떻게 되었을까?"

센이치로에게 보고 내용을 전해 들었을 때 아카코는 고개를 갸웃거리며 말했다.

"그때는 다른 수를 생각해 냈을지 모르지……. 통화 내용을 여자가 듣고 있었던 것은 아닐 테니까."

"상식적으로는 그렇게 생각해야겠지……."

"요즘은 사진에 식견이 있는 사람이면 카메라를 두 대쯤 가지고 있으니까. 하나는 컬러용으로, 하나는 흑백용으로. 그러니까 어쩌

면 그도 라이카 M3를 두 대 준비했는지도 몰라. 공식 판매가는 이
십만 엔 가까이 하지만 홍콩에서는 구만 엔 정도면 살 수 있대. 나
도 어떤 사람이 십이만 엔에 샀다는 얘기를 들은 적이 있거든."

"두 대라고 해도 이십사만 엔······. 그게 말하자면 제 경비인 셈
이네."

아키코도 한숨을 지었다.

이튿날에는 주목할 만한 보고가 있었다.

시마 겐시로는 아타미의 이즈미 부동산이라는 회사에서, 작년
구월 이노우에 다쿠지로 짐작되는 남자와 또 한 사람, 데라사키 요
시오라는 남자가 찾아와서 후토무라에 있는 별장 한 채를 구입했다
는 이야기를 끌어낸 것이다.

전주인은 아타미의 세키 고레야라는 사람인데, 최근 이런저런
사정으로 돈이 필요해서 그때까지 임대 별장으로 세를 놓아 오던
집을 처분했다는 것이다.

계약을 맺은 것은 10월 10일인데, 명의 이전은 세금 관련으로
해를 넘겨서 이제 등기를 해야 할 단계까지 왔다고 한다.

물론 부동산 거래에서 이런 편법은 얼마든지 사례가 많다. 시마
겐시로는 즉시 도쿄 본사에 전화해서 데라사키 요시오에 대한 조사
를 요청하고 자신은 현지로 가서 그 별장을 조사하겠다고 했다.

두 사람은 계속 기다리는 수밖에 없었다.

그리고 그날 밤에는 두 사람의 마음을 암담하게 만드는 보고가 들어왔다.

부근 주민들 이야기로는 이 별장을 이번에 구입한 사람이 모터보트 마니아라는 것이다. 연말연시에도 몇 번이나 와서 일 킬로미터 서쪽에 있는 바다에서 요란한 폭음을 내면서 보트를 즐겼다는 것이다.

"틀렸어. 페리, 희망이 사라졌어."

수화기를 내려놓으며 센이치로가 신음소리를 냈다.

"배야. 모터보트를 사용했다면 우리로서는 방법이 없어. 사체는 태평양 밑바닥 어딘가에 가라앉아 있겠지⋯⋯. 트렁크 같은 것에 담아서 보트에 싣고 뭍이나 다른 배에서 볼 수 없는 거리까지 나가서 던져 버렸다면⋯⋯. 사체를 찾기는 틀렸어. 그리고 사체가 발견되지 않으면 법률적으로 살인죄가 성립하질 않아."

"이것으로 우리의 삼천만 엔도 파도 밑으로 가라앉아 버린 건가⋯⋯."

아키코도 자못 분하다는 듯이 말했다.

"하는 수 없지. 이미 지출한 십오만 엔은 포기하자고. 당신 말대로 주식에서 조금 잃은 걸로 치고⋯⋯."

"그럼, 시마 씨 쪽은?"

"하루 더 알아보고 내일 중으로 그 부근을 조사하고 돌아오겠대⋯⋯. 그 사람도 크게 실망한 눈치야."

"하지만 나는 아직 포기할 수 없어."

아키코는 악을 쓰듯이 말했다.

"왜 그래? 전투에서는 물러날 때 물러나는 것도 하나의 작전이야."

"현상금의 조건은 유괴범을 고발하면 된다는 거였어. 살인은 명시되지 않았어."

"억지야. 확실한 증거가 없다는 게 문제야. 물론 우리 추리로는 그 사람 말고는 범인이 없지. 하지만 변호사의 감으로 보자면 그것만으로는 고발할 수 없어."

"잠깐만……. 내일까지 생각해 보고."

아키코는 비통한 목소리로 말했다. 차라리 비명이라고 부르고 싶을 만한 목소리였다.

남자에 지지 않을 정도로 전투적인 아키코인 만큼, 범인을 여기까지 추적해 놓고도 결정적인 일격을 가하지 못하는 것이 못 견디게 분할 터였다.

이튿날은 센이치로도 자기가 맡은 재판으로 경황이 없었다. 전부터 날짜가 정해져 있던 업무이므로 이런 과욋일을 이유로 연기할 수는 없었다.

시마 겐시로는 밤늦게 소네 도시코와 함께 햐쿠타니가로 찾아왔지만, 두 사람 얼굴에는 역시 피로의 기색이 짙었다.

"변호사님, 어떻게 해 볼 길이 없군요. 적이지만 감탄스럽다고 말해 주고 싶네요."

"그러면 정말 보트가?"

"그렇습니다. 듣기로는 시월경부터는 매주 일요일마다 날씨만 좋으면 바다를 누볐다고 하니까 근방 주민들도 이제 만성이 되어 있더군요. 일일이 신경을 쓰지도 않는답니다."

"두 남자 중에 누가 보트 마니아죠?"

"둘 다 즐기는 것 같습니다. 무슨 협정이라도 맺었는지 같이 올 때도 있고 따로 올 때도 있다고 합니다. 보트 전용 창고 같은 것은 없고, 그냥 창고에 넣어 두었다가 사용할 때마다 바다까지 옮기는 모양입니다. 저도 이번에 처음 알았는데 모터보트라는 것은 두 사람이면 손쉽게 옮길 수 있다고 하더군요. 멀리 옮길 때는 연결 도구를 이용해서 차량 지붕에 고정시키면 어디든 쉽게 옮길 수 있다고 합니다. 물론 크기에 따라 다르겠지만 1인승 소형 경정 보트는 그걸로도 충분하다고 합니다."

"동료라는 사람은?"

"가공인물은 아니었습니다. 작은 상사 회사의 임원인데, 전부터 스피드 마니아였다고 합니다. 이노우에 다쿠지와 어떤 관계인지는 몰라도, 아마 모터보트를 함께 사용하는 것을 조건으로 그 집의 구입 자금을 저리로 융자해 주었다거나 하지 않을까요? 마침 출장중이라 만나지는 못했지만요."

"그럼 집을 산 사람은 이노우에 다쿠지가 아니라 그쪽이군요?"

"그렇습니다. 도쿄의 부동산 업자에게 이즈 쪽에 저렴한 별장이 없느냐고 의뢰했고, 그 업자가 이즈미 부동산에 연락을 했다고 합니다. 그러니 이쪽 업자도 깊은 사정은 모르겠죠."

"하지만 한밤에 모터보트를 탄다는 것이 역시 이상한데⋯⋯. 우리 추리가 맞는다면 사체는 12월 20일부터 한동안은 그 집 내부에 숨겨져 있었겠군요⋯⋯. 그리고 며칠 뒤에 다시 그 집에 가서 바다에 처분했다는 말이 되겠군요."

"겨울이라 일주일 정도는 부패 냄새도 그리 심하지 않을 테고, 특히 평소 사람이 살지 않는 집이라면 외부까지 냄새가 번지지도 않을 테고⋯⋯."

센이치로도 한숨을 지었다.

"그래서 저도 그 집 주변을 열심히 탐문했습니다. 수상하게 커다란 짐을 보트에 싣는 것을 목격한 사람이 있지 않았을까 해서요⋯⋯. 성과는 없었습니다. 좀처럼 우리가 바라는 대로 되지 않네요."

"그 집 주인이 공범일 가능성은 없을까요?"

"다른 직원이 회사 쪽을 조사했는데, 이쪽은 가능성이 없을 것 같습니다. 데라사키 요시오는 12월 19일부터 21일까지 사흘간 오사카에 출장을 갔습니다. 그리고 23일부터 사흘간은 센다이 출장, 그리고 31일까지는 계속 회사에 있었다고 하니까 아무리 마니아라도 보트를 즐길 상황은 아니었을 겁니다."

네 사람은 얼굴을 마주 보며 한숨을 지었다.

이노우에 다쿠지가 범인이라고 해도 세쓰오의 사체가 발견될 일은 전무에 가까워진 것이다……

그때 갑자기 센이치로가 웃기 시작했다. 법률의 어느 조문을 떠올렸던 것이다. 이노우에 다쿠지가 범인이 맞다면 그는 아주 간단한 법률 상식도 모르고 있었던 것이다.

"자기, 뭐가 그렇게 우스워?"

아키코가 눈을 반짝이며 물었다.

"이 범인은 바보야. 법률 쪽으로는 기무라보다 더 어리석은 자야. 나도 지금에야 그걸 깨달았어!"

008

고발

2월 4일 이른 아침, 이노우에 다에코가 햐쿠타니가를 찾아왔다.

그녀의 이름을 들었을 때는 센이치로도 살짝 공포를 느꼈다.

"그 부인이 왜……."

"내가 그제 아침 부인의 집을 찾아갔었거든."

아키코는 아무 일도 아니라는 듯이 대답했다.

"당신이 거길 왜?"

"자기가 그만한 증거로는 고발할 수 없다고 했잖아. 그래서 이 조사 작업을 포기하는 수밖에 없다고 했잖아. 그래서 나도 쌓인 울분을 누구한테든 풀고 싶었어. 십오만 엔이나 투자했잖아."

"그럼 우리가 조사한 내용을 부인도 다 알고 있어?"

"응. 그럴 생각으로 만난 거니까."

센이치로는 한숨을 지으며 응접실로 들어섰다.

다에코의 얼굴은 창백했다. 눈만 번득번득 번쩍이고 있었다. 센이치로는 이 여자를 지금 처음 보지만, 다에코가 처한 상황을 몰랐다면 정신병자로 오해했을지도 모른다…….

인사를 하고 자리에 앉자 다에코가 바로 입을 열었다.

"변호사님, 부인에게 다 들었습니다. 제발 지금 당장 그놈을 고발해 주세요!"

"아니, 심정은 충분히 이해합니다. 우리가 처음 법정을 탐색했을 때, 그 사람 말고는 범인으로 짐작되는 사람이 한 명도 없었습니다……. 아무리 추리를 해 봐도 그 사람이 범인이라는 것은 정말 합리적인 것 같습니다."

"그런데 왜……."

"하지만 유감스럽게도 증거가 없습니다. 아드님 사체는 아무래도 모터보트에서 바닷속으로 던져진 것으로 보이고, 잠수부를 고용해서 사체를 찾는 것도 불가능해 보입니다. 이런 상태에서 추리만으로 고발한다면 검찰에서 받아들일까요? 게다가 재판에 수완 있는 변호사가 변론에 나서면 증거 불충분으로 무죄 판결이 나올 게 분명합니다."

"그놈을 체포하면 거짓말 탐지기로 조사해서……."

"그 사람도 십사 퍼센트라는 측정 불가자에 포함되지는 않을 것으로 짐작되지만, 그래도 그것만으로는 증거가 부족합니다. 달리 물증이 없다면 재판관이 어떤 판결을 내릴지 알 수 없습니다."

"물증이 분명히 있어요!"

"어디에 무슨 물증이 있다는 거죠?"

"변호사님, 저는 부인에게 이야기를 듣고 미칠 정도로 분노했습니다. 변호사님들은, 이렇게 말하면 미안하지만, 제삼자잖아요. 나는 엄마예요!"

"그 심정은 잘 압니다만, 법률이라는 것은 냉정하고 객관적인 거라서요."

"변호사님, 내 말을 더 들어 보세요. 변호사님들이 어느 선까지 조사를 진행해 놓고 더 이상 나가지 못하고 주저하고 있다는 것은 잘 압니다. 하지만 엄마로서 나는, 그 선을 넘어 버렸습니다!"

"무슨 말씀이죠?"

"제가 사립 탐정을 고용해서 이즈에 있는 별장을 다시 한번 조사하게 했어요. 외부 조사나 이웃들에 대한 탐문만이 아니라 집 내부까지!"

"가택 침입죄를 저지르셨군요!"

"엄마로서 견딜 수 없는 심정과 사례금이 탐정을 움직인 겁니다."

"그래서 증거를 찾아내셨나요?"

"예……."

센이치로는 눈을 부릅떴다.

"그게 뭡니까?"

"세쓰오의 공책, 코트 단추, 옷에 붙어 있던 명찰 같은 것들이 숨겨져 있었어요."

센이치로는 몸을 부르르 떨었다. 범인이 지금까지 그런 증거들을 남겨 두고 있었다는 것은 꿈에도 생각지 못한 일이었다.

"믿을 수 없는, 도저히 믿을 수 없는 일이군요. 그런 게 있었다니……. 이미 사체까지 처분해 버렸을 범인이 왜 그런 걸 남겨 두었을까요?"

"저는 왠지 이유를 알 것 같아요. 첫 협박장에도 공책의 이름이 적힌 부분이 오려져서 동봉되어 있었잖아요……. 게다가 누구한테 죄를 덮어씌울 때를 대비하자면 뭔가 증거를 가지고 있어야겠죠. 그렇게 생각하면 이상한 일도 아니라고 생각합니다."

센이치로는 고개를 끄덕였다. 이 여인의 추리도 일리가 있어 보였다. 자신의 추리가 옳다면 이 범인은 더 커다란 실수를 저지르고 있었던 셈이다.

"그걸 어제 발견했나요?"

"예, 어젯밤 그 집에 숨어 들어간 탐정이 오늘 아침 일찍 전화로 보고해 왔어요. 그 물건들이 작은 보스턴백에 담겨서 안쪽의 세 평짜리 방 벽장에 있었다고 합니다."

"그럼 부인은 앞으로 어떻게 하실 거죠?"

"변호사님께 고발을 부탁합니다."

다에코는 불같은 눈빛으로 센이치로를 응시하며,

"이 조사를 구십구 퍼센트까지 진행한 것은 변호사님입니다. 저는 마무리를 했을 뿐이죠. 변호사님의 공을 가로챌 생각은 없습니다."

"……."

"게다가 그놈과 저는 한때 형수 시동생 사이였어요. 제 손으로 목을 졸라 죽이고 싶은 심정이지만, 고발이라는 법적 절차를 생각하면……."

문이 열렸다. 그리고 아키코가 입술을 깨물며 들어왔다.

"당신, 이번에는 고발해야 해."

마치 명령 같았다.

"좋아, 해 보자."

센이치로도 고개를 끄덕였다.

그는 즉시 도쿄 지방 검찰청에 가서 친구 하세가와 검사를 만났다. 학창 시절부터 친구였고 사법 시험도 나란히 합격한 사이다.

센이치로는 하세가와 검사의 소개로 이 유괴 사건을 담당한 니시 에이스케 검사를 만나, 두 사람 앞에서 자신의 추리를 차분하게 피력하고 이노우에 다쿠지를 고발했다.

두 검사도 낯빛이 바뀌었다.

"허어, 잘 알겠습니다. 즉시 수사본부에 연락해서 그를 체포하고 가택 수색 절차를 밟겠습니다. 이즈 쪽에는 당신도 동행해 주시겠습니까."

니시 검사가 의미심장한 말투로 물은 것은 이 구두 고발에 '확실한 증거'를 보태 주려는 배려에서 나온 말이 틀림없었다.

"물론이죠. 기왕에 빼 든 칼이니까요……."

수사본부는 즉각 행동에 들어갔다.

담당 검사가 명령한 이상, 수사본부의 경관은 당연히 그 명에 따라야 했다.

마침 그날은 토요일이었다. 이노우에 다쿠지는 집에도 사무소에도 없었다.

현지 경찰에 즉시 경찰 전화로 연락이 갔다. 만약 그가 별장에 나타나면 즉시 체포하도록 수배가 떨어졌다. 이토의 경찰로부터도 형사 몇 명을 지원받아 먼저 현지로 보냈다.

이만한 태세가 갖춰진 뒤, 센이치로는 니시 검사와 함께 이즈로 서둘러 향했다.

두 사람이 별장에 도착한 것은 오후 6시 조금 전이었다.

가택 수색 영장을 가지고 있으므로 센이치로도 전혀 주저하지 않고 집 안으로 들어가 안쪽의 세 평짜리 방 벽장에서 쉽게 보스턴백을 찾아냈다.

"정말이군······."

니시 검사는 내용물을 조사하며 연방 고개를 끄덕였다. 그리고 형사들에게,

"계속 조사하세요!"

하고 날카롭게 지시했다.

그때 바깥이 소란해지더니 형사 하나가 뛰어 들어왔다.

"검사님, 검사님. 그자가 왔습니다. 지금 밖에서 막 체포한 참입니다!"

니시 검사와 센이치로는 얼굴을 마주 보고 밖으로 뛰어나갔다.

현관 앞에서 이노우에 다쿠지가 수갑이 채워진 채 두 형사에게 양팔을 제압당한 채 몸을 비틀고 있었다.

"왜 이래! 무슨 혐의로 날 체포하는 거요!"

"이노우에 세쓰오의 유괴 살인 혐의다."

"어, 마, 말도 안 되는 소리······. 대체 무슨 증거로!"

"집 안에서 증거가 나왔다."

센이치로가 한 걸음 나서며 쏘아붙였다. 다쿠지의 두 눈이 당장이라도 튀어나올 것처럼 커졌다.

"햐쿠타니, 당신이!"

"그렇다. 또 만나자고 약속은 했지만, 이런 데서 만날 줄은 나도 몰랐다."

센이치로는 이 가련한 범죄자를 머리끝에서 발끝까지 훑어보고

경멸하는 투로 말했다.

"생각해 보니 당신은 기무라보다 더 바보 얼간이었어."

"뭐, 뭐라고!"

"당신은 완벽하게, 지나칠 정도로 완벽하게 사체를 처리했어······. 그러니 당신을 살인죄로 단죄하는 것은 쉬운 일이 아닐 거야. 그러나 사체가 발견되지 않고 당신이 살인을 자백하지 않는다면 세쓰오 군은 칠 년 동안 행방불명 상태로 법률적으로 살아 있는 것으로 간주돼."

"······."

"만약 그 사이에 당신 형이 죽는다고 치자. 그가 그때까지 아무하고도 결혼하지 않는다면 그의 전 재산은 살아 있는 세쓰오 군에게 넘어가는 거야. 그리고 세쓰오의 친권을 행사하는 것은 모친이야. 이혼이 성립했든 그렇지 않든 민법상 이 원칙은 바뀌지 않아. 당신이 형의 재산을 상속하려면 사체가 발견되게 만들었어야지. 사체를 바다에 가라앉혀 버리면 재산을 상속할 수 없다는 이 간단한 딜레마를 당신은 몰랐던 거야. 그래서 내가 당신을 기무라 이상으로 황당한 바보라고 한 거야."

다쿠지의 고개가 꺾였다. 그리고 온몸에 경련을 일으켰다. 센이치로의 눈에 그것은 자신의 통렬한 패배를 자인하는 모습처럼 보였다.

09

복수

이노우에 다쿠지는 곧 수사본부로 호송되었다.

그는 혐의 일체를 부인했지만 이번에는 거짓말 탐지기가 위력을 발휘했다.

그의 말은 과학적인 그래프에 의해 구십구 퍼센트까지 거짓으로 판정되었다.

그가 사형 구형이 있던 날까지 기무라 재판을 매번 방청했다는 사실도 과학적으로 입증되었다. 재판 방청으로 범죄의 힌트를 몇 가지 얻은 것, 그가 이 유괴 살인의 범인이라는 것, 그리고 그 동기 등 거짓말 탐지기에 나타난 각종 데이터로 얻은 측정 결과는 센이치로 측의 추리와 무서울 정도로 일치했다.

도박은 완벽하게 성공했다……. 니시 검사는 기소를 단행했다. 그가 교훈을 얻었던 재판이 이제는 그 자신을 단죄하기 위해 열리게 된다.

오카야마 도시오는 2월 10일, 고향 도야마에 들렀다가 체포되었다. 오카 다미코를 죽였다는 혐의가 두려웠고 무엇보다 채권자들의 추적이 두려워 지금까지 도피했다고 했지만, 이제 수사본부에게는 가치 없는 인물에 지나지 않았다.

다만 센이치로는 마지막까지 의혹 하나를 품고 있었다. 다쿠지를 고발할 때는 전혀 의식하지 못했던 의혹 하나가 어느새 마음속에서 싹을 틔우고 가지와 잎을 벌린 것이다.

2월 18일 밤, 그는 다에코를 만나 비로소 그 두려운 의혹을 꺼내 보았다.

"부인, 저는 한 가지, 마지막으로 단 한 가지, 여전히 의아한 점이 하나 있습니다."

"뭔데요?"

다에코의 얼굴은 화사했다. 물론 술은 조금 마신 상태였지만, 그런 비극으로 하나밖에 없는 아들을 잃은 여인이라고는 생각되지 않는 얼굴이었다.

"어쨌든 경찰에서도 거짓말 탐지기 검사 등을 통해서 그놈이 범인이라는 데는 전혀 의심의 여지가 없다고 말하고 있어요. 변호사님도 명성을 높아졌고, 현상금 삼천만 엔도 곧 받으실 테고, 저도 위자료가 들어오면 이 할을 사례금으로 드릴 테고, 대단한 성과 아닌가요?"

"저에게는 대단한 성과가 맞습니다만, 부인께서는……."

"물론 아들을 잃은 것은 말할 수 없이 슬픈 일이죠."

역시 다에코도 눈길을 내리며 작은 소리로 말했다.

"하지만 나는 아직 젊어요. 다시 결혼해서 아이를 낳고 행복해질 수도 있다고 생각해요."

"그건 저도 진심으로 그렇게 되길 빕니다만."

"게다가 그놈이 그렇게 멍청한 짓을 한 탓에 라이조가 죽어도, 가령 죽기 전에 다른 여자와 결혼한 상태였다고 해도 유산의 3분의 2는 나한테, 아니, 세쓰오 차지가 되잖아요? 거기서 무엇을 더 바라겠어요."

이때 여자의 눈에서 어른거린 빛을 본 센이치로는 이 여자가 라이조와 결혼한 것도 오로지 커다란 물욕 때문이었을 거라고 생각했다.

"만약 그때가 돼서 내가 뭔가 일을 벌이면 변호사님이 고문 변호사가 돼 주세요. 충분히 사례할 테니까요."

"제가 걱정하는 건 그게 아닙니다."

"그러면요?"

"그때 별장에서 발견된 물증은 정말 범인이 남겨 둔 것일까요? 혹시 부인이 사립 탐정에게 부탁해서 가져다 놓은 건 아닌가요?"

그러자 다에코의 입술 언저리에 수수께끼 같은 미소가 떠올랐다. 그리고 눈은 마치 정신 이상자처럼 이글거렸다.

"그래요. 갖다 놓으라고 내가 시켰어요. 하지만 그놈이 진범이라는 것만 확실해지면 그런 거야 아무럼 상관없잖아요?"

"하지만……."

"나로서는 그것이 여자의 복수이고 엄마의 복수였던 거예요."

여자와 엄마라는 두 단어를 굳이 나눈 데서 센이치로는 그녀의 여성스러운 성격을 느꼈다.

무서운 연극이었다. 이렇게 엄청난 연극을 하도록 그녀를 몰아넣은 것은 물론 아키코의 강렬한 암시였으리라. 그는 아내의 도박에 대한 재능에 또다시 일종의 공포를 느끼지 않을 수 없었다.

단게 다쓰오 변호사는 스가모 구치소 면회실에서 이노우에 다쿠지를 조용히 기다리고 있었다.

다쿠지와 십 년 지기인 이 변호사에게도 이번 사건만은 수임하기가 끔찍하게 싫었다.

하지만 어쩔 수 없었다. 누군가는 맡아야 할 역할이었다.

이윽고 다쿠지가 교도관과 함께 들어왔다. 그리 수척해 보이지는 않았다. 앞으로 삼십 분 동안 두 사람은 누구의 감시도 없이 자유롭게 대화할 수 있었다.

"기무라에 대한 판결은 어떻게 되었어요?"

다쿠지의 첫 마디는 이 질문이었다. 자신의 운명 따위는 아무렴 상관없다는 듯한 태도였다.

"사형이 언도되었네. 아, 그리고 어제는 프랑스에서 푸조 사건의 범인들도 체포되었다고 하더군. 남자 셋에 여자 둘로 구성된 오인조인데, 므제브의 스키장에 있는 별장을 사들이는 등 일본 돈으로 삼천오백만 엔이나 되는 몸값을 구십 퍼센트까지 탕진했다고 하더군."

다쿠지는 한숨을 지었다. 그의 마음을 지탱하고 있던 들보 같은 것이 와락 부서져 내린 듯한 인상이었다.

"그런데 자네는 왜 그런 어리석은 짓을 했나?"

"……."

"자네가 법정에서 혐의를 계속 부인한다면, 그래도 좋아. 묵비권을 행사하는 것도 자네의 자유야. 다만 변호사로서 말하는데 자네가 내게 진상을 말해 주지 않으면 아무 작전도 세울 수 없어."

"……."

"자네가 나에게 비밀을 털어놓아도 나는 아무한테도 말할 수 없어. 의뢰인의 비밀을 지키고 의뢰인의 이익을 존중하는 것이 변호사의 신성한 의무야. 정말 자네가 한 일인가?"

"맞아요……."

"왜 그런 어리석은 짓을?"

"형에 대한 복수였어요."

"복수?"

"그래요. 나는 어릴 때부터 형한테 맞고 자랐습니다. 첩의 자식이라는 이유로……. 형은 대학까지 나왔어요. 나는 예전의 상업 학교만 나왔죠. 집안에 돈이 없는 것도 아닌데 전문학교에도 보내 주지 않았어요. 그래도 영어만은 독학으로 남들보다 잘하게 되었지만……."

"그게 형 한 사람 탓은 아닐 텐데."

"나이 차이를 생각하면 형은 부모나 마찬가지였어요. 다들 형을 두려워했어요. 젊을 때 사채업을 시작해서 돈이라면 썩어 날 만큼 가지고 있었기 때문에 다들 형 앞에서 납작 엎드리는 시늉을 했습니다. 고개를 쳐들고 충고를 할 수 있는 사람이 한 사람도 없었어요."

"그래서?"

"나를 대하는 형의 태도는 농민을 대하는 폭군 같았어요……. 아무 이유도 없이 얼마나 많이 맞았는지 모릅니다. 부모나 형한테 얻어맞을 때는 아무리 어린 나이라도 이유를 생각하게 마련입니다. 내가 잘못한 탓이라고 생각하면 금방 잊을 수 있어요. 매를 맞아도 애정이 느껴지면 별로 고깝지도 않아요. 하지만 그것이 증오의 표현이면 아이의 마음은 상처를 받습니다. 그 상처는 오랫동안, 아니 영원이라고 해도 좋을 만큼 오래 남습니다."

"그게 동기였다는 건가?"

"그런 관계는 어른이 돼서도 여전했어요. 남들이 보는 앞에서 함부로 상소리를 퍼붓고. 내가 열심히 일해서 아무리 실적을 올려도 나에게 주는 수수료는 규정된 액수의 절반도 안 됐습니다. 내가 불평이라도 할라 치면 '네가 누구 덕분에 먹고사는데. 싫으면 나가서 독립해' 하고 윽박질렀죠. 하지만 막상 형을 떠나서 독립하면 어떤 일을 당하는지는 마루네 긴지를 보면 알 수 있지요."

"……."

"나는 아케치 미쓰히데의 심경을 이해할 수 있게 되었습니다. 지렁이도 밟으면 꿈틀한다는데, 아무리 힘없는 놈이라도 주인한테 너무 핍박을 당하면 들고 일어날 때가 있잖아요. 늙어서 더 완고해진 탓도 있겠지만, 요즘 형의 안하무인은 더 심해졌습니다. 내가 봐도 형은 이제 얼마 남지 않은 것 같더군요. 하하하하……. 형이 죽기 전에 지난 일들을 총결산해 두고 싶었습니다. 그러던 차에 기무라 사건이 일어났어요."

"의식적으로 그 범죄를 모방했나?"

"그렇습니다. 의식적으로 그 사건을 최대한 모방하는 것이 나에 대한 혐의를 피하는 유일한 길이라고 생각했습니다. 공판중에서도 내가 제일 관심 있게 방청한 것은 사건이 일어난 뒤에 처음 열린 공판 한 번뿐이었어요……."

"햐쿠타니라는 사람은 뛰어난 사람이야. 특히 그 부인은 여자이지만 타고난 승부사야……. 이런 사람이 나섰다는 데 자네의 불운이 있었던 거지."

"그럴지도 모르죠. 기무라가 사형 언도를 받은 것을 전후해서
내가 체포되고 푸조 사건의 범인들도 체포되었다니, 참 묘한 인연
이군요."

"그래서 사체는 어떻게 했지?"

"20일 밤 금속제 트렁크에 담아서 바다에 던져 버렸습니다. 거
기까지는 자동차 트렁크에 실어서 운반했고요. 그 지역에는 우리가
모터보트 마니아로 알려져 있어서……. 밤중에 보트를 몰아도 의심
을 사지는 않았습니다. 심지어 도와준 사람도 있었어요. 사십 킬로
그램쯤 나가는 트렁크를 혼자 보트에 싣는 것이 조금 힘들었지만."

"그럼, 그 집에 있었다는 보스턴백은?"

"그것만은 기억에 없습니다. 설마, 설마 유령의 소행은 아닐 테
고……."

"현금 삼천만 엔은?"

"솔직히 저는 요쓰야에서 트렁크 바꿔치기가 그렇게 쉽게 성공
할 줄은 몰랐어요. 그때는 이거 운이 따르네, 하고 생각했죠. 돈은
곧 은행 대여 금고에 숨기고 트렁크는 나중에 돌을 넣어 바다에 던
져 버렸습니다. 하하하하하. 사실 그 돈은 내 손에 들어오든 말든
상관없었습니다. 도리어 바꿔치기에 실패하는 것이 혐의를 다른 데
로 돌리는 데는 더 좋았을지도 모르죠."

"그다음의 도쿄 역 건은?"

"저는 형을 철저하게 괴롭히고 싶었습니다. 그리고 그 여편네한 테 재산이 넘어가는 게 너무나 싫었습니다. 하하하하하. 아이가 독을 마시고 괴로워하기 시작할 때는 이상한 기분이 들더군요. 내가 형이고, 조카가 어린 시절의 나인 것 같은……. 양심의 가책 같은 것은 전혀 느끼지 않았어요."

단게 변호사는 오한이 들었다. 때로는 육친 사이의 증오가 남들과의 증오보다 더 깊고 날카로운 모습으로 드러나는 법이지만, 그것이 이토록 무섭고 추악한 형태로 분출한 사건은 그도 처음 보는 것이었다.

"이게 사건의 진상입니다……. 하하하하하…… 저는 분명히 패배했지만, 내가 한 짓이 완전히 헛짓이었던 것은 아닙니다. 나는 형을 죽이는 것보다 더 독하게 복수했으니까요. 형이 앞으로 몇 년을 더 살지 모르지만, 이제는 산송장이나 마찬가지죠. 목 매달린 사람의 발목을 잡아당기는 짓을 해서 거액의 재산을 모았지만, 그 재산도 형한테는 아무 보탬도 되지 않아요……. 그렇게 증오하는 여자한테 자칫 전 재산이 넘어갈지 모르는 상황이 되면 이참에 차라리 과감하게 주변 사람들한테 나눠 주지 말라는 법도 없죠. 그렇게 되면 몇 사람은 엉뚱하게 구원을 받을 수도 있습니다."

"……."

"나는 전쟁사 애독자입니다. 이번 전쟁만 해도 일본이 제 몸을 죽여서 인을 이룬 거라고 보는 사람도 일부 있는 것 같습니다. 일본은 많은 희생을 치른 끝에 참담한 패전으로 내몰렸지만, 목표 가운데 하나였던 동아 민족의 해방은 우여곡절 끝에 이루어졌다는 거죠. 만약 형이 황금의 힘이 허망하다는 걸 알고 이때 재산을 나눠준다면, 그래서 몇 사람이라도 행복을 찾는다면 나도 몸을 죽여서 인을 이룬 게 될지도 모르죠. 일살다생의 검을 휘둘렀다는 소리를 들을지도 모릅니다."

변호사는 독기를 쐰 기분이었다. 그의 말은 배배 꼬이고 뒤틀려 있었다. 하지만 변호사는 그의 생각이 어디서 어떻게 뒤틀린 것인지 쉽게 지적도 비판도 할 수 없었다.

"그럼, 그럼 저는 사형을 받게 되나요?"

"그것은 아직, 뭐라고 단언할 수 없지⋯⋯. 영리 유괴뿐이라면 최고 십 년 형이지만, 문제는 그 아이를 어떻게 했느냐 하는 점에 있네. 설사 사체가 발견되지 않더라도 유괴 사실을 부정하지 못하면 재판에서는 아이가 구십구 퍼센트까지 살해된 것으로 판단하겠지. 유괴죄를 증거 불충분으로 무죄로 가져가면 좋겠지만, 솔직히 말해서 나는 그럴 자신이 없네. 뭐, 변호 전략은 나중에 천천히 생각하기로 하지."

"나는 사형 언도를 받지 않습니다."

이노우에 다쿠지는 동물처럼 빛나는 하얀 이를 드러내며 웃었다.

"왜 그렇게 생각하지? 내 능력을 과신하면 안 돼."

"아뇨. 기무라 사건의 교훈입니다."

"기무라의 교훈?"

"그렇습니다. 그 재판에서 변호사가 말하더군요. 계획적인 범죄라면 성공할 가능성이 높아야 하고, 실패할 때를 대비한 대책도 뭔가 고려되어야 한다고. 적어도 나의 범죄는 성공 확률이 아주 높았습니다. 게다가 수습책도……."

"그게 뭐지?"

"십일월 초부터 신주쿠에 있는 도네야마 신경과라는 병원에 통원 치료를 받았습니다. 사십 일 동안 통원 치료를 했고, 중증 신경쇠약 진단을 받았습니다. 그 원장을 증인으로 신청하면 최악의 경우라도 무기로 만들 수 있지 않겠습니까?"

단게 다쓰오 변호사도 이십 년 연륜의 베테랑이었다. 살인 사건 변호도 여러 번 경험했다. 그러나 이 순간처럼 의뢰인에게 공포를 느낀 적은 한 번도 없었다.

작 가
후 기

갓파 노벨스 판 커버―'저자의 말'

일본에서는 아직 미개척 분야인 법정 추리 소설을 쓰고 싶었다. 1960년 후반은 내내 재판소를 드나들었다. 모든 일을 젖혀 두다시피 하고 '모토야마 재판'을 중심으로 몇몇 재판을 방청했다. 형법과 형사 소송법도 계속 연구했다. 반년간 준비한 뒤에야 자신감을 얻었다. 그 결실 가운데 하나가 이 『유괴』였다. 제1부 전체와 그 밖의 도처에 등장하는 법정 장면이 어떤 재판에서 모티브를 얻었는지는 굳이 설명이 필요하지 않을 것이다.

나는 본격파니 사회파니 하는 세간의 분류에 의문을 느끼고 있다. 저자는 본래 자신이 가장 흥미를 느끼는 주제에 비로소 열정을 기울일 수 있게 마련이다. 나는 유괴라는 범죄를 철저히 묘사해 보고 싶었을 뿐이다. 그러므로 이 작품이 사회파적인지 서스펜스파적인지는 나도 알 수 없다. 다만 나는 이 작품에 추리 소설의 기교와 열정을 전부 쏟아부은 것 같다. 그런 의미에서 이 작품은 나에게도 쾌심의 일작이라고 할 수 있겠다.

고분샤 간행, 1961년 8월 1일

갓파 노벨스 판의 후기

이 작품은 1961년 《호세키ᅗᅓ》 3월호부터 7월호까지 5회에 걸쳐 연재되었다. 이 잡지에는 곧 연재가 시작될 거라는 예고가 전년도 가을부터 몇 개월간 실렸지만, 내가 구상을 제대로 마무리하지 못해서 계속 연기되고 말았다. 란포 선생이 "우작을 쓴다 생각하고 일단 시작해 보라"라는 조언으로 내 마음을 가볍게 해 주려고 했을 정도였다. 그래도 나는 펜을 들 엄두를 내지 못했다. 그러나 이 작품이 완결되었을 때는, 반년간 기다려 준 보람이 있다고 생각해 주시지 않을까, 하며 내심 미소를 지었던 것이다.

고분샤 간행, 1961년 8월 10일

취재
노트
0 1

●
모토야마 재판

증 오 의 소 용 돌 이 속 에 서

특히 잔인함이 심해졌다는 요즘 범죄 중에서도 모토야마 사건처럼 극악

무도하고 세상을 충격적으로 뒤흔든 범죄도 예를 찾기 힘들 것이다.

그 재판은 9월 14일 오전 10시부터 도쿄 쓰키지에 있는 도쿄 지방 재판

소에서 열렸다.

내가 그날 9시 반에 정문을 들어서자 신문사 차량 십여 대와 수십 명의

카메라맨들은 뭔가를 기다리고 있었다.

나는 의아했다. 자동차는 그렇다 치더라도 카메라맨들이 무엇을 찍으려

는 건지 짐작이 가지 않았던 것이다.

모토야마 시게히사가 오사카에서 도쿄로 호송될 때, 오사카 역 플랫폼

과 시부야 경찰서의 수사본부 앞에는 매우 많은 사람들이 몰려들었다고

한다.

"악마!" "마귀!" "죽어 버려!"

이런 비난들로 시끄러웠다고 한다. 외국이었다면 투석 정도가 아니라 흥분한 군중이 몇 명 안 되는 호송 경관을 밀어내고 몰매를 가하는 사태가 일어났을지도 모른다고들 했다.

막 체포된 범인의 얼굴 사진이 주요 신문의 1면에 실린 것도 대중의 분노를 반영한 것으로 수긍할 만한 일이었다.

하지만 재판소 구내라면 문제가 달라진다. 원칙적으로 정문에서 한 발이라도 안으로 들어서면 사진 촬영은 일체 금지된다. 게다가 그는 고스게 구치소에서 다른 수인과 함께 호송차에 실려 여기까지 끌려온다. 차량은 다른 출입문을 통해 구내로 들어오며 수인들은 개정 직전까지 이곳에 설치된 감방에서 대기해야 한다. 카메라맨들이 아무리 정문 안쪽에 진을 친들 그를 촬영할 기회는 전혀 없을 것이다.

그렇다면 이 카메라들은 무엇을 노리고 있는가?

나는 이런 의문을 품은 채 본관 3층으로 올라갔다. 제30호 법정은 이 재판소에서 규모가 가장 커서 방청인을 약 백 명까지 수용할 수 있지만, 예상대로 빈자리는 하나도 없었다. 방청권을 받지 못한 많은 사람들이 복도에 서 있었다. 모토야마의 얼굴을 한 번이라도 보려는 것이겠지만, 이 군중에 두려움을 느낀 서기들은 어떤 코스를 택해야 그를 무사히 법정으로 데리고 들어갈 수 있을지 심각하게 상의하고 있을 정도였다.

애초에 재판소는 이틀째부터는 방청권을 배부할 필요가 없을 거라고 예상했지만, 실제로는 연일 이런 상황이 벌어졌다.

법정은 심상치 않은 열기로 가득 차 있었다. 더위와 습기와 사람들의 열기, 그리고 긴박한 분위기 탓이었을 것이다. 나부터가 흥분을 녹이지 못하고 연방 땀을 훔치고 있었다.

정각 오 분 전이 되자 다카다 히데오 검사와 이토 히로오 변호사가 거의 동시에 입정하여 흡사 결투 전의 의례인 양 가볍게 목례를 나누고 마주 보게 배치된 좌우의 자리로 가서 앉았다.

검사의 얼굴에는 확고한 자신감이 넘치고 변호사의 얼굴에는 체념의 기미조차 엿보였지만, 이것은 당연한 일이었다.

법정에 들어오기 전에 나는 복도에서 사람들이 나누는 이야기를 몇 마디 들었다.

"어쨌든 일본 법률에는 사형이 있잖아. 모토야마가 아니면 누구한테 사형을 언도하겠어?"

국가 권력을 대리하는 검사에게 민중의 목소리로 드러나는 여론의 절대적 지지가 더해진다면 그의 입지는 철벽처럼 강력해진다. 그에 비해 변호사 측에서는 사형 폐지론자로 유명한 마사키 료 변호사조차 "누가 아무리 부탁해도 모토야마 변호만은 맡지 않겠다"라고 단언했다는 것이다.

어느 변호사나 같은 생각이었을 것이다. 나 역시 그를 변호하겠다고 나설 기특한 변호사는 한 명도 없을 거라고 생각했다.

그러나 사형이 예상되는 재판을 변호사 없이 진행할 수는 없다. 수임한 변호사가 없으면 국선 변호사가 지명되는데, 이런 변호사는 왕왕 검사나 다름없는 태도를 취하기도 한다.

최근만 해도 검사의 사형 구형에 대하여 아무런 변론을 하지 않고 "구형 논고는 참으로 지당하며 피고의 행동은 동정의 여지가 전혀 없습니다. 따라서 극형이 지당하다고 봅니다"라는 취지로 발언하여 문제가 된 사례가 두 건이나 된다. 이를 비난하는 사람들은 "아무리 흉악한 범죄라도 서류나 증거를 자세히 검토해 보면 변론의 여지가 없을 리 없다"라고 주장하지만, 모토야마 사건의 경우 어디에서 변호의 여지를 찾아낼 수 있을지 나는 처음부터 큰 의문을 느끼고 있었다.

이 사건을 담당한 형사 제4부의 재판장 아라카와 쇼자부로 판사는 내 친척의 친구여서 나도 십 수 년 동안 가까이 지낸 사람이다.

다카다 히데호 검사는 전에 요코하마 지방 검찰청에서 마약 관계 범죄를 주로 담당하던 시절, 마약 거래 현장으로 나를 데려가 안내해 준 적도 있다.

다만 이토 변호사하고는 일면식도 없었다. 듣기로는 니가타 변호사회의 장로이며 일본 야생 조류회 니가타 지부장을 맡고 있다고 했다. 모토야마의 죽은 부친과는 친구 사이이며, 지금까지 삼십 년 동안 육십 건의 살인 사건을 맡았다고 하지만, 승산이라고는 만에 하나도 안 되고 어떤 변호사나 외면한 이 사건을 맡았다는 것은 변호사로서 훌륭한 자세라고 할 만했다.

정각 10시를 일이 분쯤 지났을 때 이례적으로 다섯 명의 호위가 앞뒤를 경호하는 가운데 피고 모토야마 시게히사가 입정했다.

파란 양복에 노타이셔츠, 짧게 친 스포츠머리를 힘없이 숙이고는 있지만, 가만 보니 그리 수척하지는 않았다. 두 눈은 약간 충혈되고 안색도 수인 특유의 거무스름한 빛을 띠고 있지만 표정의 변화는 느껴지지 않았다.

이 가면 같은 무표정은 재판이 끝날 때까지 몇몇 순간을 제외하면 내내 유지되었다.

그를 맞은 순간, 법정에는 뭐라고 형용하기 어려운 웅성거림이 일어났다. 호위들은 곧 포승을 풀어 주었지만 자신들의 증오를 보여 주려는 것처럼 아라카와 재판장을 선두로 오가와, 가미가키 등 세 판사가 입정할 때까지도 수갑은 풀어 주지 않았다.

모토야마 재판은 이렇게 시작되었다.

귀 기 가   흐 르 는   법 정

피고가 재판장 앞으로 나갔다. 어떤 재판에서나 반드시 모두에 이루어지는 인정 심문 절차였다.

먼저 이름, 나이, 주소, 직업 등을 물었고 모토야마는 사실을 감추려고 하지 않았다. 야마다 쇼고라는 가명을 쓴 것을 인정하고, 주소는 자신이 체포된 후세 시의 직장을 진술하고, 직업은 직공이며 치과 의사 출신이라고 답변했지만, 그의 말투에는 어딘지 냉소적인 울림이 있었다.

지금의 처지를 자조하는 것인지, 아니면 도쿄에 호송되는 열차 안에서 기자단의 질문에 "모든 것은 법정에서 말하겠습니다"라고 대답한 것처럼 드디어 진상을 밝히겠다는 결심이 초조감으로 드러나는 것인지, 나로서는 판단이 서지 않았다.

"검찰관, 기소장을 읽어 주세요."

모토야마가 답변을 마치고 변호사 앞 피고석으로 돌아가자 아라카와 재판장이 말했다.

다카다 검사가 자리에서 일어섰다. 오늘은 역시 조금 흥분한 듯했다. 목소리에도 인간으로서, 그리고 검사로서 격한 분노를 감추지 못하고 있었다.

이 사건은 범죄로서는 차라리 단순한 축이라고 할 수 있다.

5월 13일, 어린이를 유괴하기로 결심한 그는 고리야마에서 숙부가 올라온다는 거짓말로 내연의 처를 그 여동생 집으로 보내 놓고 게이오 유치원으로 찾아갔지만, 그날은 운동회 날이라 아무 짓도 벌이지 못했다. 이튿날인 14일은 대체 휴일이었고, 15일 일요일을 아무 일도 없이 보낸 그는 16일 아침 등교중이던 마사키 군을 메구로 역 근처에서 발견하고 "너희 엄마 부탁으로 왔는데, 이 아저씨랑 같이 병원에 가자"라고 속이고 자신의 르노 차량에 태워 자택으로 데려갔다.

그는 아이에게 점심으로 사과와 소시지를 주고 수면제를 먹인 다음, 11시에 첫 번째 협박 전화를 걸었다.

그 통화에서, 가정부에게 현금 이백만 엔을 들려서 시나노마치 역에서 가이엔을 한 바퀴 돌고 나서 센다가야로 갈 것, 그곳에서 다시 세이부오이즈미 역에서 버스를 타고 도민 농원에 내려 가와고에 가도까지 도보로 왕복하라는 복잡한 코스를 지정했다.

생각지도 못한 전화에 크게 놀란 오제키가는 즉시 학교에 전화하여 마사키 군이 결석한 것을 확인했다. 그리고 점심때는 학교에서 시부야 서에, 집에서 다마가와 서에 각각 신고를 했고, 2시에는 가정부가 신문지를 잘라 만든 가짜 돈뭉치를 들고 지정된 코스를 따라 움직이기 시작했다.

하지만 범인은 나타나지 않았다.

두 번째 협박은 이튿날인 17일 아침에 왔다. 이번에는 신주쿠 가시와기 우편국에서 보낸 전보였는데, 삼백만 엔을 가정부에게 들려서 신주쿠 지큐자 극장 앞에서 기다리게 하라고 지시했다.

가정부는 이번에는 현금 이백만 엔을 들고 1시부터 세 시간 동안 지정된 장소에서 기다렸지만, 이번에도 범인은 나타나지 않았다.

세 번째 협박은 그 직후 전화로 왔다. 밤 8시 반, 오이즈미에서 버스를 타고 오이즈미 풍치 지구에 하차하여 막다른 지점까지 도보로 왕복하라는 지시였다.

이것도 지시대로 실행되었지만, 이때도 범인은 나타나지 않았다.

네 번째 전화는 그날 심야에 오제키가로 왔다. 이렇게 경찰이 따라붙으면 거래를 못 한다. 다시 연락하겠다는 내용이었다.

이때까지 마사키 군은 네 번에 걸쳐 먹은 열두 정의 수면제로 거의 이틀을 깊이 잠들어 있었다. 그리고 이튿날인 18일 아침, 모토야마는 집에 배달된 조간을 보고 사건이 공개된 것을 알았다.

살인은 그 직후에 가스를 사용하여 자행되었고, 사체는 한때 자택 주방 바닥 밑에 숨겨졌다.

그날 중으로 그의 신변으로 경찰의 손길이 뻗어 오고 있다는 것을 알았다. 그래도 그는 여전히 몸값 욕심을 버리지 않았다.

부치지 않은 채 범인이 지니고 있던 편지에는 다음 거래 장소로 고리야마가 지정되어 있었다.

그날 밤 그는 사체를 강에 던져 버릴 생각으로 쌀부대에 돌과 함께 사체를 담아 르노 차량에 싣고 질주하던 중 무면허 운전을 의심한 순찰차의 추격을 받게 되자 크게 당황하여 다카이도 근방의 샛길로 도망쳐 들어갔다.

그곳에서 사체와 함께 차량을 버려 두고 자전거를 훔쳐 타고 도요코 선 히가시하쿠라쿠 근방까지 도주하고, 거기에서 택시를 타고 호도가야 역으로 갔다. 그날 밤은 근처 언덕 위에서 보내고 새벽에 전차로 미시마까지 가서 이발을 하고, 오사카로 도주하여 잠시 항만 노동자로 일했으며, 곧 핸드백용 금속 부품 제조업자의 집에 기숙하며 직공으로 일하다가 체포되었던 것이다.

7월 19일 오후 6시. 사건이 발생하고 약 이 개월이 지나서였다.

이것이 기소장에 적힌 범죄 기록의 요점이다. 그리하여 피고는 영리 유괴, 살인, 사체 유기, 공갈 미수 등 네 개 죄목으로 기소되었다. 도주할 때 자전거를 훔친 절도죄까지는 문제 삼지도 않았다.

이러한 범행 사실은 신문이나 잡지 등을 통해서 누구나 웬만큼은 알고 있었다. 재판관들도 개인적으로 사건에 관심을 갖고 있을 테고 우리와 비슷한 정도의 예비 지식을 가지고 있을 것이다. 하지만 사건을 담당하기로 정해진 만큼 모든 선입견을 배제해야 한다. 기소장과 앞으로 법정에 제출될 증거 외에 아무것도 판단 재료로 삼아서는 안 된다.

모토야마가 다시 재판장 앞으로 나갔다.

"피고는 지금 낭독된 소인으로 기소되었는데, 그 내용에 대해서 어떻게 생각합니까? 피고는 원할 경우 발언을 거부할 수 있습니다. 다만 이 법정에서 피고가 하는 말은 전부 피고에게 불리 혹은 유리한 증거로 채택됩니다."

아라카와 재판장은 묵직한 말투로 말했다.

Are you guilty, or not guilty?

(피고는 자신이 유죄라고 생각합니까? 무죄라고 생각합니까?)

서구 형사 소송법에서 도입된 것으로, 묵비권 행사가 가능하다는 사실과 함께 고하는 말이다.

"기소장 내용은 대체로 사실입니다. 다만 한 가지, 프랑스 자동차왕 푸조의 아들 유괴 사건을 모방했다는 부분만은 사실이 아닙니다."

모토야마가 이렇게 대답했을 때, 법정 안은 술렁거렸다. 기자석에서 몇몇 기자가 메모지를 쥐고 복도로 뛰어나갔다.

피고가 자신의 죄를 인정했다.

서구의 형사 소송법에 따르면 이 순간부터 검사 측은 일체의 증거를 제출할 의무에서 벗어난다. 모토야마 재판은 사실상 개정 십오 분 뒤인 이 순간에 끝난 셈이다.

나는 잠시 눈을 감고 있었다. 그렇게 집요하게 생에 집착하던 모토야마가 이렇게 쉽게 굴복할 줄은 몰랐던 것이다.

무조건 부인하며 버티거나 특정 부분에서 묵비권을 행사할 거라고 나는 예상했었다.

재판은 그대로 속행되었다. 검사 측에서는 잇달아 백 수십 개의 증거를 제출해 나갔다.

그중에는 사체를 담았던 쌀부대도 있었다. 쌀부대를 이십 엔에 팔았다는 쌀집 주인의 증언도 있었다. 그리고 검사가 조심스럽게 제출한 가스 회사의 보고는 범행 당일 모토야마의 집에 가스를 공급했다는 것을 증명해 주었다.

하나하나는 사소하고 무의미해 보이는 증거도 여러 개가 모이면 대단한 무게로 한 사람의 피고를 몰아붙인다. 검사는 초장부터 숨통을 끊으려는 듯이 세 번째와 네 번째 협박 전화를 녹음한 테이프를 법정에서 재생시켰다.

법정에 귀기가 흘러넘쳤다. 한껏 톤이 높아진 오제키 부인의 목소리에는 한 마디 한 마디 분노와 불안과 증오가 넘쳐서 흡사 비명처럼 들렸다.

"아이는 괜찮아요? 정말입니까? 정말이에요? 진짜 맹세할 수 있어요?!"

자식의 목숨을 걱정하는 질문은 몇 번이고 반복되었다. 하지만 대답하는 범인의 목소리는 감정도 없이 침착하기만 했다.

"무사합니다. 건강합니다. 하지만 경찰이 그렇게 미행하면 도저히 거래를 할 수 없습니다."

"경찰이 알아서 따라간 겁니다! 가정부를 혼자 내보내도 집 앞에서부터 따라가는 걸 어떡해요. 우리도 어쩔 수 없습니다!"

절규를 묵살하며 범인은 차가운 목소리로 그날 밤의 코스를 지시했다. 그 한 마디 한 마디에 부인이 항의한 것은 자연스러운 감정이 틀림없지만, 범인의 목소리에는 아무 변화도 없었다.

네 번째 전화에서는 부인의 목소리가 더욱 절망적으로 들렸다.

"나도 이제 어떻게 해야 좋을지 모르겠어요. 남편을 바꿀게요. 남자끼리 얘기해 보세요!"

오제키 씨의 목소리도 극도로 흥분해 있었다. 그 이튿날 증언대에 섰을 때의 목소리와 비교하면 같은 사람이 맞나 싶을 정도였다.

"어디라도 가겠습니다. 어디든 내가 직접 나가겠습니다. 경찰 모르게 집을 빠져나가 돈을 드리겠습니다. 오늘 밤 중으로 받아 주세요!"

"거래 장소와 시간은 나중에 다시 연락하겠소."

테이프가 재생되는 동안 모토야마는 미동도 하지 않았다. 검사 바로 뒤 좌석에 앉아 있던 내 눈에는 창을 등지고 앉아 있는 모토야마의 얼굴이 효수된 모가지처럼 새카맣게 보일 뿐이었다. 그래서 순간순간의 미세한 표정 변화까지는 알 수 없었지만, 오전 재판이 끝나고 끌려 나가는 그의 얼굴은 여전히 무표정했다. 방금 재생된 녹음은 누구 목소리냐는 듯한 표정이었다.

이자가 이미 산송장이 되었나, 모든 감각을 잃고 정신 이상자가 되었나, 하고 생각했을 정도였다.

내가 점심을 먹으려고 건물을 나왔을 때 내 눈앞에서 플래시가 연달아 터졌다. 카메라맨들의 표적은 방청하러 온 오제키가 사람들이었던 것이다…….

이는 언론 종사자로서 당연한 의무일 것이다. 그러나 암담한 표정으로 걸어 나오는 오제키 씨를 촬영한 어느 카메라맨은 방금 사용한 플래시 전구를 공중으로 던져 올렸다가 받으면서 쾌재를 불렀다.

오제키 씨는 분노한 듯 얼굴을 돌렸다. 지금까지 법정에서 피해자의 아비로서 또다시 비통함을 느끼고 나온 이 사람의 마음속 상처는 이 작은 행동으로 인해 다시 아가리를 벌리고 피를 뚝뚝 흘리지 않을까, 하고 나는 생각했다.

죽지 못한 모토야마

내가 이 재판을 처음부터 끝까지 빠짐없이 방청하겠다고 결심한 것은 모토야마 시게히사라는 인물의 진짜 모습을 낱낱이 보고 싶었기 때문이다.

그는 성격이 냉혹하기 짝이 없고 그의 계획은 교묘하고 치밀하다고 알려졌다. 그러나 그가 체포되고 범죄의 전모가 밝혀지자 나는 언론의 그런 단정에 의문을 품기 시작했다.

이 사건은 발생 당시 미국의 린드버그 아기 유괴 사건과 비교되었다. 물론 표면적인 양상이라면 비교해 볼 수도 있을 것이다. 하지만 린드버그 사건에서는 범인은 실제로 거액의 몸값을 받았고, 거의 삼 년간 범죄를 숨긴 채 자유롭게 살았다. 그런데 모토야마 사건에서는 경찰이 사흘 만에 범인의 신변으로 접근했고 나흘째에는 범인의 신원이 일본 전역에 알려졌다. 범죄의 교묘함만 보자면 하늘과 땅만큼이나 차이가 난다고 할 수 있겠다.

그러면 모토야마는 자신이 요구한 몸값을 잠시 동안이라도 차지할 기회가 있었을까?

나는 가능성이 전혀 없다고 생각했다.

아침 11시에 전화를 받고 오후 2시까지 현금 이백만 엔을 마련하는 것은 불가능에 가깝다. 물론 오제키 씨가 대단한 자산가인 것은 틀림없지만, 사업가는 자산을 현금으로 놀려 두지 않는다. 전부 사업 자금, 주식, 부동산 등에 투자하고 은행 예금은 최소한으로 가지고 있는 것이 일본의 사업가들에게 상식과 같은 통념이다. 가령 환금성이 가장 좋은 주식을 평소 거래하는 증권사에 가지고 가더라도 이만한 금액을 그 시간 안에 준비하는 것은 아마 어려울 것이다.

이때 오제키가는 가장이 아타미에 여행중이었다는 사정도 있었지만, 실제로 첫날에는 현금을 미처 준비하지 못했다. 만약 범인이 그날 돈 꾸러미를 받았다고 해도 그것은 가치 없는 신문지 뭉치였다. 그래도 범인이 이 단계에서 체포되었다면 형무소에서 몇 년은 고생해야 했을 것이다.

그래도 실제로 벌어진 결과에 비하면 나았을는지도 모르지만……

오제키가에서도 이튿날 오전에는 이백만 엔을 필사적으로 준비했다고 한다. 하지만 그때 걸려 온 것은 백만 엔이 늘어난 몸값 요구였다. 이 과한 요구에 즉각 응하지 못한 것도 무리는 아니었다. 오제키 씨는 이백만 엔 꾸러미 속에 '일단 이 돈부터 받아 주시고 아이를 무사히 돌려보내 주세요. 잔금은 다시 상의해 보십시다'라는 내용의 편지를 넣어 가정부에게 들려 보냈지만, 이때도 모토야마는 지큐자 극장 맞은편에 있는 그랜드오디온자 극장 2층에서 관찰만 할 뿐 지정된 자리에는 나가려고 하지 않았다.

사실 형사 몇 명이 멀찌감치 거리를 두고 감시하고 있었다. 다만 범인 눈에는 모든 사람이 형사로 보였을 것이다. 누가 보더라도 몸값 수수에 적합한 장소는 아니었다.

당시 나는 이것을 범인의 양동 작전으로 보았다. 오제키가와 경찰을 헛걸음으로 지치게 만들어 놓고 허를 찌르려고 했을 것이라고 해석했다.

그리고 오이즈미에서 있었던 두 번째 접촉 시도에는 또 다른 위험이 우려되었다. 돈을 전하는 순간, 가정부는 범인의 인상착의를 목격하게 된다. 그 순간 새로운 살인이 발생할 우려가 대단히 높았다. 아무리 오제키가 사람들이 아들 목숨을 걱정한다고 해도 아들 때문에 다른 사람 목숨을 위험에 빠뜨리는 것은 인간으로서 도저히 생각할 수 없는 일이었을 것이다. 모토야마가 거름 구덩이에 빠지는 공교로운 사태가 일어나지 않았다고 해도 그가 몸값을 안전하게 건네받았을 가능성은 전무에 가까웠다.

첫째 날 오후에 이루어진 변호인의 모두 진술은 간략했지만 그 행간에 이런 의미가 느껴졌다.

'계획적인 범죄라면 성공할 개연성이 몇 할은 되고, 실패할 경우의 수습책에 대해서도 일정한 고려가 이루어지게 마련입니다. 그런데 이 사건에서는 그런 것을 전혀 찾아볼 수 없습니다. 기소 원인 중 첫 번째 유괴죄에 대해서는 심신 쇠약 상태에서 벌어진 것이고, 두 번째로 살인은 중증 심신 쇠약 상태에서 벌어진 것으로 추정됩니다.'

변호사로서는 당연한 작전이었다. 모토야마가 범죄 사실을 인정한 만큼 그의 목숨을 구하려면 심신 쇠약에 근거한 형 경감을 주장하는 것 말고는 길이 없었다. 하지만 이것을 사실로 증명할 수 있느냐의 여부에 모든 것이 걸려 있었다.

물론 범행 자체는 성공 가능성이 적었다. 르노 차량을 버리고 도주한 것도 그가 절망한 상태였다는 것을 보여 준다.

그러나 그것도 지금이니까 할 수 있는 말이다. 그가 도주한 육십 일 동안 온갖 소문이 나돌았다.

나도 어느 신문에 실린 사건기자와의 인터뷰에서 모토야마 자살설을 주장했다.

"유괴, 살인, 사체 유기. 사건이 이 지경까지 진행된 것은 범인의 이상 심리와 범죄의 연쇄 반응적 발전성을 고려할 때 이해하지 못할 일도 아니다. 그러나 범인은 사체가 있는 르노 차량을 버리는 순간, 자신이 사형을 면할 수 없음을 자각했을 것이다. 자신의 계획대로 진행될 때는 강하지만 궤도를 일탈한 순간 약해지는 것이 인텔리의 공통된 심리이고, 당시 가진 돈도 많지 않았을 테니 벌써 오래전에 자살했을 것이다. 그가 노무자 합숙소 같은 곳에 몸을 숨기고 육체노동으로 생활하기는 힘들 것이다."

이것이 내 주장의 근거였다.

나는 그 직후 장기將棋 모임에서 모토야마에게 맹장 수술을 해 준 나카야마 박사를 만났는데, 박사는 해외 도피설을 주장했다.

"연줄만 제대로 잡으면 삼십만 엔만 있으면 여권이 없어도 외국 화물선을 타고 요코하마에서 홍콩까지 건너갈 수 있다고 합니다. 홍콩에서 무면허 치과 의사의 조수 노릇을 해도 일본 돈으로 십만 엔 정도는 벌 수 있다고 합니다. 모토야마는 일월부터 휴진하면서 요코하마 도박장에도 드나들었다고 하므로 그곳에서 해외 밀항의 연줄을 잡은 것이 아닐까요?"

이것이 박사의 추측이었다.

우리 두 사람의 생각은 완전히 엇나갔다.

내가 알기로는 미즈카미 쓰토무 씨의 추리가 가장 사실에 가까웠는데 나중에 미즈카미 씨는 어느 기자에게 이렇게 말했다고 한다.

"인텔리는 아무리 곤경에 몰려도 어지간해서는 자살을 못 합니다. 내가 고생하던 시절의 경험으로 미루어 그가 여전히 살아 있다고 추리한 겁니다."

추리의 결론은 달라도 우리 세 사람은 모토야마가 인텔리라는 전제에서는 완전히 일치했다.

물론 모토야마는 대학 교육을 마쳤다. 개업중에는 매달 이십만 엔 정도의 수입이 있었다고 한다. 가령 제 경비를 제한 실수입은 그 절반인 십만 엔 정도였다고 해도 생활하는 데는 아무 부족함이 없었을 것이다. 또 개업 자금이니 뭐니 해서 백 수십만 엔을 빚졌다고 하지만 병원의 의료 기기는 차압의 대상이 되지 않는다.

인텔리가 그런 상식을 무시하고 이런 무모한 범죄를 무릅쓰면서까지 돈을 만들려고 한 데는 금전 외에도 뭔가 비밀스러운 이유가 있었던 것은 아닐까?

나는 그렇게 믿고 있었다. 아니, 나뿐만 아니라 이 사건에 관심을 가진 모든 사람들이 어렴풋이 그런 의심을 품고 있었을 것이다. 모토야마와 오제키가의 관계에 대하여 다양한 풍문이 나돌고 있었다. 물론 그 태반은 근거 없는 것이 분명했지만, 모토야마가 법정 증언대에 서서 직접 그렇게 언급하기까지는 여전히 언짢은 저류가 법정에 있는 사람들의 마음을 압박하고 있었다…….

분 노 와 슬 픔 의 증 언

첫날 오후부터 둘째 날 오후 5시까지 검사 측 증인이 속속 증언대에 섰다.

게이오 유치원의 교사, 마사키 군으로 보이는 아이를 보았다고 경찰에 신고한 모토야마의 가정부, 모토야마에게 집을 세준 집주인 등의 증언은 아무런 파란 없이 끝났다.

이 단계에서는 변호사의 반대 신문도 지엽 말단으로 보이는 세세한 점들만 언급했을 뿐이다.

네 번째 증인인 오제키가의 가정부도 돈을 들고 나갔을 때의 상황을 차근차근 들려주었지만, 두 번째 날 오이즈미로 나갔을 때에 대하여 "무서웠습니다"라고 증언할 때는 역시 몸을 떨고 있었다.

이어서 피해자의 할머니가 증언대에 섰을 때부터 법정은 강력한 긴박감에 싸였다.

재판은 흔히 연극에 비유된다. 피고, 검사, 재판관, 변호사, 그리고 증인 한 사람 한 사람이 배우에 해당한다. 다만 여기에는 각본도 없고 연습도 없다. 인간의 살아 있는 적나라한 감정이 날것 그대로 폭로되어 간다. 그 결과는 종종 어디에서도 볼 수 없는 무서운 장면으로 나타난다…….

"증인이 첫 번째 협박 전화를 받았죠. 어떤 내용이었습니까?"

다카다 검사의 심문에 증인은 격렬한 분노를 감춘 카랑카랑한 목소리로 대답했다.

"가장 있느냐, 없으면 부인을 바꿔라, 라고 대뜸 오만하고 서슬 퍼런 낮은 목소리였습니다. 누구십니까, 하고 물어도 대답을 하지 않았습니다. 하는 수 없이 며느리를 바꾸었는데, 며느리는 곧 벌벌 떨면서 메모지에 뭐라고 적었습니다. 마사키가 납치당한 것을 안 것은 그때였습니다……."

오만한 말투, 서슬 퍼런 낮은 목소리는 녹음테이프 목소리의 인상과도 완전히 일치했다. 검사는 잠시 다른 신문을 하다가 마지막으로 물었다.

"18일 밤 늦게 전화가 왔었죠. 그걸 받은 것도 증인입니까?"

"예, 제가 받아서 바로 며느리를 바꿔 주었습니다. 며느리는 곧 수화기를 내던지고 울기 시작했습니다. '이제 돈도 필요 없다, 아이 목숨을 처분했다'라는 전화였습니다."

"그 목소리는 범인이 틀림없었습니까?"

"절대 틀림없습니다."

다카다 검사는 한층 목소리를 높였다.

"그러나 피고는 그 전화만은 절대로 건 적이 없다고 부인하고 있습니다."

"절대, 이 남자의 목소리가 분명합니다."

"그럼 증인은 지금 피고에게 지금 어떤 감정을 품고 있습니까?"

"그럴 수만 있다면 달려들고 싶습니다. 당장 사형에 처해 주세요!"

법정 안은 침묵했다. 재판장은 눈을 끔뻑이고 있었다. 다음 순간 방청석에서는 낮게 흐느끼는 소리가 들렸다. 하지만 이때도 피고석의 모토야마는 미동도 하지 않았다…….

"신문을 마칩니다."

검사는 그대로 착석했고 변호사도 감히 반대 신문을 하려고 하지 않았다.

다음으로 증언대에 선 것은 오제키 씨였다. 상점 주인이라기보다는 학자 같은 인상에 아직도 젊어서 귀한 집안의 자제로 자란 듯한 얼굴이지만, 낮고 차분한 목소리에는 슬픔이 넘쳐나고 있었다.

사건이 발생하던 날, 아타미에 가 있던 오제키 씨는 전화를 받고 급히 상경했는데, 2시까지는 집에 도착하지 못한 듯하다. 이튿날 거래 은행에 사정을 말해 돈을 빌리고 자기 돈을 합쳐서 백삼십만 엔을 준비하고, 나머지 칠십만 엔은 가족과 친척의 돈을 긁어모아 겨우 마련했다고 당시의 고심을 말했다.

범인이 외아들의 목숨을 담보로 막무가내로 요구한 이백만 엔을 단시간 안에 준비하는 것은 이 일가에게도 쉬운 일이 아니었다. 그 금액이나마 용케 마련했던 것이다.

"나는 남자니까 포기도 할 수 있습니다. 그러나 아내의 마음을 생각하면…… 아내는 임신중이었습니다. 자살까지 심각하게 생각한 것 같습니다. 유서까지 썼습니다. 지금은 딸이 새로 태어났지만, 마음의 상처는 영원히 사라지지 않겠지요."

아버지로서는 당연한 감정이 틀림없다. 아니, 용케 이렇게까지 감정을 억제하며 담담하게 증언한다고 생각했을 정도였다.

하지만 이어서 증언대에 선 경시청 수사1과의 사카모토 경위가 증언하

고 있을 때도 오제키 씨는 기자석에 앉아 무언의 울음을 계속하고 있는
듯했다. 어떤 사람의 어떤 위로도 지금의 그에게는 구원이 되지 못할 거
라고 나는 그때 느꼈다.

실 패 한   미 행

이 사건에서 오제키가도, 신문사도, 그리고 경찰도 더 나은 방법을 취할
수는 없었을까, 하는 목소리가 있었던 것도 사실이다.

예를 들면 오제키가에서도 애초에 경찰에 신고하지 말고 범인과 직접
거래했다면 좋았을 거라는 의견인데, 이는 너무나 가혹한 비난일 것이
다.

범인은 여성 경관이 변장하고 나오는 것을 두려워하여 "가정부 얼굴을
알고 있다. 그 가정부에게 돈을 들려서 내보내라"라고 꼭 집어서 지시했
다. 가정부도 남의 집 딸자식인데, 오제키가가 자기 아들을 위해 가정부
에게 목숨을 담보로 할 수는 없다고 판단한 것은 인간적으로 슬픈, 그러
나 훌륭한 결단이 틀림없다.

경찰이 좀 더 적절하게 행동했다면 마사키 군도 살아서 돌아왔을지 모
르고, 적어도 범인을 육십 일 동안이나 도피하게 하는 사태는 없었을 거
라는 목소리도 상당히 강했다.

그러나 사카모토 경위의 증언을 들은 나는 경찰도 한 가지 실수를 제외
하면 대체로 잘 대처했다고 생각했다.

경위가 수사를 지휘하기 시작한 것은 16일 1시경이었다. 오이즈미 부근

지리를 전혀 파악하지 못한 것도 어쩔 수 없는 일이었지만, 경위는 이때 열여섯 명의 형사와 여성 경관을 여덟 개 조로 편성하여 가이엔과 오이즈미에 파견하였다. 오이즈미로 갈 때 형사들은 자동차를 타고 갔다. 여기까지는 최선의 방법을 취했다고 할 수 있다.

하지만 형사들은 도보로 이동하는 가정부 뒤를 자동차로 미행했던 것이다. 버스를 타고 이동하던 모토야마는 유난히 느리게 움직이는 수상한 자동차를 발견하고 접촉을 포기했다고 한다. 만약 형사들이 자동차를 내려서 도보로 미행을 계속했다면……. 아무리 후회해도 안타까운 실수였다고 하지 않을 수 없다.

신문사에서는 16일까지만 해도 경찰의 동향을 눈치채지 못하고 있었던 듯하다. 그러나 17일부터 시부야 서에 기자들이 쇄도하는 바람에 그날 오후에는 서장도 사건 발표를 더 이상 미룰 수 없었다고 한다.

이 언론 보도는 16일에 마사키 군을 목격한 첫 번째 증인이 경찰에 신고하는 계기가 되었고, 모토야마가 살의를 굳히는 계기도 되었다. 나로서는 그 공죄를 논하기 힘들지만, 수면제를 연속 투여한 탓에 마사키 군이 극도로 쇠약해져 있던 것은 분명하고, 언론 보도가 없었다면 '모토야마 시게히사'라는 이름이 수사 선상에 오르는 상황도 한참 늦어지지 않았을까?

내가 들은 바로는 당시 마사키 군으로 보이는 아이를 보았다는 신고가 백 건을 넘었다고 한다. 그리고 이 유일한 진짜배기 정보를 접한 미쓰이라는 순경도 처음에는 "버젓한 치과 의사 선생이 설마……" 하며 웃어넘겼다고 한다.

인원이 많지 않던 수사진이 전보 의뢰서의 필적을 감정해서 그를 유력 용의자로 단정하고 일찌감치 18일에 체포 영장 청구까지 갈 수 있었던 것은, 이때 당연히 투입된 방대한 수고를 함께 생각해 보면 훌륭한 성적이 아닌가, 하고 나는 이 경위의 증언을 들으며 느꼈다.

부 인 의 복 수 - 애 인

이틀째 오후, 모토야마 주변의 여성 두 명이 증언대에 섰을 때, 재판은 뜨겁게 달아올랐다.

부인과 애인. 나는 신문 보도를 접하면서 이 두 여성의 처지를 이렇게 받아들이고 있었다. 이것만으로도 일반적으로는 파란을 예상케 하는 대립이다. 하물며 상대 남자가 사형 판결을 피하기 힘든 살인범이라면 이것은 더할 나위 없이 심상치 않은 상황이었다. 어떤 감정의 폭발이 일어나더라도 결코 이상할 게 없었다.

나는 전에 아라카와 판사에게 이런 이야기를 들은 적이 있다. 그때가 미타카 사건의 제1심 직후여서 아라카와 판사가 검사 측의 증거를 전부 공중누각이라고 판단한 직후였다.

"어떤 재판관이라도 그렇겠지만, 사형 언도는 정말 싫습니다. 어느 선배가 자기는 재임중에 단 한 번도 그런 상황에 놓인 적이 없다. 이것이 가장 큰 행복이었다고 했는데, 나는 아무래도 사형을 언도하지 않을 수 없었던 재판을 맡았던 적이 있습니다. 피고 쪽은 젖혀 두고라도 그 순간

부인의 눈빛만은 잊을 수 없습니다. 평생 잊히지 않겠지요……."

아라카와 재판장은 또다시 비슷한 상황에 직면해야 했다. 모토야마 부인이 지금 증언대에 선 것이다.

부인의 얼굴은 역시 차갑고 딱딱하게 긴장해 있었다.

기록에 따르면 모토야마는 대학 2학년 시절 댄스 교습소에서 조교로 일하던 이 여자를 만나 매일 편지를 건넸다고 한다. 1953년 오월부터 동거에 들어가 시월에 아들을 얻고 55년 정월에는 딸이 태어났다. 그즈음 시모이구사에서 의원을 열었는데, 불화의 씨앗도 동시에 싹텄던 것 같다. 작년 오월 가정 재판소에 이혼 소송이 제기되었지만, 도중에 부인의 반대로 모토야마 측에서 취소한 듯하다.

하지만 이것이 결혼 생활의 개선을 의미하는 것은 아니었다. 모토야마는 56년경부터 다른 여자와 동거하고 있었다. 둘 사이에 아들도 태어났고 이 사실상의 부부 생활은 범행 직전까지 계속되고 있었다.

다카다 검사는 우선 이런 사실들을 재확인하고 나서 물었다.

"증인들의 결혼은 부모가 인정했습니까?"

"저희 부모는 인정했습니다. 피고의 부모는 모릅니다."

법정에는 낮은 웅성거림이 일어났다. 이때는 나도 충격을 받았다.

모토야마 시게히사, 그는 분명 피고가 틀림없다. 다만 다른 사람은 몰라도 부인이라면, 남편에게 애정이 한 조각이라도 남아 있다면, 이 자리에서 그를 피고라고 부를 수는 없다. 거기에는 무한한 분노가 있고 증오가 있고 경멸이 있었다. 설사 법률적으로는 아직 부부라는 끈으로 묶여 있다고 해도 이 여성은 이미 모토야마의 '부인'이 아니었다. 그저 한 명의 '버림받은 여인'이었다.

그 감정은 다른 심문에 대한 답변에도 드러났다.

"피고가 다른 집 아이에게 애정을 보여 준 적이 있습니까?"

"자기 핏줄도 아무렇지도 않게 버린 사람인걸요. 어떻게 남의 집 아이를 귀여워할 수 있겠어요."

그 밖에도 부인의 말 중에는 '목적을 위해서는 수단 방법을 가리지 않는 사람'이니 '피고의 어머니도 아들이 정신병자라고 말한 적이 있다'는 내용도 튀어나왔다.

부부의 애정은 완전히 식은 상태였다. 이유 여하를 막론하고 두 사람은 오래전에 헤어지는 것이 옳았다고 나는 그때 생각했다.

사람은 잘못된 결혼을 할 수도 있다. 다만 장인한테 빌린 구십만 엔을 아직 갚지 못해서, 그리고 자식이 불쌍해서 이혼 소송에 응하지 않은 부인에게도 잘못된 결혼 이상의 실수가 있었는지도 모른다…….

"증인의 아이들은 피고를 어떻게 생각하고 있습니까?"

"죽은 걸로 칩니다."

"증인은 현재 피고에게 어떤 감정을 갖고 있습니까?"

"다 잊고 싶습니다. 그럴 수만 있다면……."

검사가 신문을 마치자 변호인의 신문이 시작되었다. 그의 초점은 피고의 성격이나 애정 문제에 맞춰졌지만 그녀의 대답은 내내 냉랭했다.

마지막으로 변호인은 앞으로의 생계 대책에 대하여 묻고, 경찰의 입회 아래 의료 기기나 전기 제품 등을 팔아서 마련한 돈은 집세나 각종 납부금을 제하고 전부 증인에게 넘어가지 않습니까, 하고 덧붙였다.

"그 돈으로는 어림도 없습니다."

이것이 부인의 대답이었다. 이 말은 개업 당시 아버지의 퇴직금에서 빌린 구십만 엔을 회수하지 못했다는 의미일 것이다. 그러나 나는 그 대답에서도 일말의 쓸쓸함을 느끼지 않을 수 없었다.

변호사의 신문이 끝나자 재판장이 직접 피고에게 물었다.

"피고는 증인에게 하고 싶은 말은 없습니까? 있다면 발언해도 좋습니다."

모토야마의 표정이 그제야 무너졌다. 그는 하얀 이를 보이며 재판장에게 목례했다. 하지만 그의 입에서는 결국 아무 말도 나오지 않았다.

부인이 법정을 떠나고 다음 증인인 모토야마의 내연녀가 들어오기까지는 잠시 시간이 필요했다. 아마 서기들이 이 두 여자가 얼굴을 마주하지 않도록 배려했을 것이다. 그러나 부인은 그 뒤 다시 법정으로 돌아와 방금 전보다 더욱 분노에 불타는 눈초리로 피고와 증인을 쳐다보고 있었다. 이제는 감정을 억누를 필요가 없어진 탓인지 그녀의 얼굴은 무서웠다. 나는 지금까지 이토록 무서운 여자의 얼굴을 본 적이 없다.

새로 증언대에 선 여자의 처지도 참으로 미묘하다고 할 수 있다. 법률적으로는 내연녀이지만 사실상 후처라고 해도 좋을 것이다. 실제로 그녀의 답변 내용과 태도도 훨씬 여성스럽고 아내답게 느껴졌다.

증인은 초혼에 실패하고 어느 중국 요릿집에서 기숙하며 점원으로 일하고 있었다고 한다. 그러다가 손님으로 왔다가 그녀에게 반한 모토미야가 매일처럼 전화를 걸어 가까운 찻집으로 불러내서 애정 어린 말을 속삭였다고 한다.

"저는 첫 결혼에 실패하고 남자 공포증을 갖고 있었습니다. 그런 제가 모토야마 씨를 사랑하게 된 것은 그이의 끈기에 졌기 때문이라고 할까요."

"그럼 처음으로 육체적 관계를 맺은 것은?"

"56년 일월 말이었나요? 이즈의 나가오카에 있는 온천에서……."

"그 뒤에는 내내 센다가야였습니까? 가에데소라는 여관에서 토요일마다 상봉 및 투숙을 한 겁니까?"

여관에서 만나는 거라면 흔히 잠깐 쉬었다 간다느니 묵는다느니 하는 표현을 쓸 것이다. 상봉 및 투숙이라니, 남녀의 애정 행태를 법률적인 용어로 표현하면 아무래도 생경하게 들리고 만다.

"증인은 피고를 남편으로서 어떻게 생각합니까?"

이 질문에 그녀는 결국 얼굴을 손으로 가렸다. 그리고 비록 상반신은 크게 숙인 상태였지만,

"세상에 이렇게 좋은 남편은 없을 거라고 생각합니다."

라고 분명하게 단언했다.

법정은 다시 웅성거렸다. 방금 전 부인이 쏟아 놓은 말들과는 너무나 대조적인 대답이었다.

이 여성도 역시 애정의 대상을 잘못 골랐는지도 모른다. 그러나 이 대답

은 법정에서 모토야마 시게히사에게 던져진 하나의 구원이었으리라는 것은 이 자리에 있던 사람이라면 아무도 부정할 수 없을 것이다.

폐정하고 복도로 나왔을 때 내 앞에 있던 어느 중년 여성이 "모토야마 씨 증언 참 잘하셨어요" 하고 모토야마 부인에게 말을 건넸다. 잘 차려 입은 여성이었다. 그녀가 오제키가의 친척인지 흔히 무슨 무슨 여사라 불리는 활동가 여성인지는 나도 알 수 없었다.

그러나 돌아보는 모토야마 부인의 눈초리는 멍하기만 했다. 방금 전의 증언을 후회하는지, 아니면 마땅히 해야 할 복수를 했다고 생각하는지, 눈동자도 입술도 아무런 대답을 하지 않았다. 어쩌면 피고라는 단어도 가정 재판소 이혼 소송에서 부인 자신이 들었던 것인지도 모른다. 그것 이 무의식적으로 튀어나와 방금 전의 증언이 되었을 수도 있다……. 그 러나 부인은 남편과 연결된 최후의 끈을 제 손으로 끊어 낸 것이다. 그 용기가, 사람들에게 칭송을 받은 그 행동이 그녀를 인생의 새로운 행복 으로 이끌지 마음에 평생 치유되지 않을 상처를 남길지는 나도 알 수 없 는 일이었다.

오 만 엔 때 문 에

공판 사흘째는 피고 본인에 대한 신문이었다. 모토야마는 증인석에 세 번 섰다.

그는 사실을 인정했다. 검사 조서에 대해서도 아무 이의를 제기하지 않 았다.

조서에 따르면 그는 5월 19일 미명에 호도가야 근처 언덕 위에서 자살을 생각했다고 한다.

하지만 지금 여기서 자살하면 모든 죄를 자기 혼자 짊어지게 된다고 생각했다. 자기 혼자 계획하고 실행한 범죄인데도 그는 책임을 누군가에게 전가하고 싶었던 것이다.

그가 요시자와 공범설을 떠올린 것은 그때였다. 그는 푸르스름한 달빛에 의지하여 그 망상을 검은 수첩에 적어 나갔다.

신주쿠에 있는 파친코점에서 우연히 알게 된 요시자와 아무개라는 남자가 뭔가 좋지 못한 목적을 위해 세 평짜리 방과 두 평 남짓한 방 두 칸이 전부인 그의 집을 일류 호텔의 최고급 객실 요금보다 비싼 하루 십만 엔에 빌려 달라고 부탁했다는 이 기록은 자기 자신 말고는 아무도 믿지 못할 어처구니없는 것이었다.

그는 여기서 자살을 꾀하려다 포기하고 추억이 있는 나가오카에서 죽겠다는 생각으로 미시마에 당도한 듯하다. 하지만 그곳에서도 자살하지 못했다. 그리고 대도시가 잠적에 유리할 거라는 생각으로 오사카에 도착했을 때, 그의 마음에는 이미 자살 따위는 깨끗이 사라진 상태였다고 한다.

다만 노트에 기록하던 요시자와 아무개 주범설 기록은 그 후 오사카의 숙소에서도 계속 써 나갔다고 한다. 자신은 살인범이 아니라고 계속 자신을 속이는 것이 유일한 위안이었을 것이다.

조서에 따르면 이 사건의 동기는 순전히 돈이었다는 것이다. 농지 해방

이전에는 매년 소작미를 천육백 석이나 거두는 대지주 집안에서 태어난 그는 금전 감각에 문제가 있었던 것일까?

빚은 모두 백팔십만 엔 정도이지만, 그중에 상환이 급한 돈은 구민세 등을 합쳐 불과 오만 엔이었다고 한다.

이 사실에는 나도 기가 막혔다. 물론 사람마다 사정이 다르겠지만, 그 금액은 그의 수입에 비추면 그리 많은 액수도 아니다. 설령 치질 때문에 휴진이 잦았던 게 사실이라 해도 빚 독촉이 두려워 잘되던 의원을 문 닫고 고향에서 오는 송금에만 의지하며 매일 빈둥거리다가 스스로를 그런 곤경으로 몰아넣었다는 것은 상식적으로 납득하기 힘든 일이다. 검사도 이때만큼은 어이가 없다는 투로 물었다.

"달리 돈을 마련할 길이 없었습니까?"

"지금 생각하면 어떻게든 마련할 수 있었을 것 같습니다. 하지만 그때는 독촉받는 것이 힘들어서 다른 방법은 생각할 수도 없었습니다."

"치질이라면 수술을 하든 의사와 상담을 하든 여러 방법이 있었을 텐데, 의사의 진단도 받아 보지 않았습니까?"

"치질 수술은 많이 아프다고 들었는데, 수술을 권할까 봐 병원에 안 가고 시중에서 파는 약으로 처치하고 있었습니다."

"이 계획이 성공할 거라고 생각했습니까? 실패한다는 생각은 없었나요?"

"돈은 틀림없이 받아 낼 수 있다고 생각했습니다. 그쪽도 아이를 귀하게 생각했다면 두말없이 돈을 내주었겠지요."

"피고는 16일 3시경 아이를 흔들어 깨워서 차량에 태우고 미타카다이역까지 데려갔다고 진술했습니다. 이 전차를 타면 시부야까지 갈 수 있는데, 그다음부터 혼자서 집을 찾아갈 수 있겠느냐고 아이에게 묻고, 못 찾아갈 것 같다고 대답하자 다시 집으로 데리고 돌아왔다고 하는데, 그게 사실입니까?"

"사실입니다."

"아이를 돌려보내면 돈을 받아낼 수 없지 않습니까?"

"가정부가 이미 돈을 가지고 출발했을 것이고, 그 돈을 전달받았을 때는 아이가 집에 도착할 거라고 생각했습니다."

이 문답이 오가는 동안 나는 몇 번이나 한숨을 지었다. 행위의 선악은 젖혀 두고라도 이것은 너무나 충동적인 범죄였다. 범죄자다운 간계를 보여 주는 구석이 하나도 없었다.

충동적인 성격은 살인 상황에 대한 설명에서도 드러났다. 조간신문을 펼쳐 보는 순간 그는 아이를 집으로 돌려보낼 방법을 알 수 없게 되었다고 했다. 깨워도 눈을 뜨지 않고 호흡과 맥박도 약해져서 죽이는 수밖에 없겠다는 생각이 불쑥 들었다는 것이다.

그는 두 평 남짓 되는 방에 누워 있는 아이의 어깨 옆까지 고무 가스관을 끌어다 놓고 주방의 가스 밸브를 틀어 놓고 자신은 옆의 세 평짜리 방에서 이불을 뒤집어쓰고 덜덜 떨고 있었다고 한다.

나도 소설 속에서 꽤 많은 살인 장면을 묘사해 왔다. 그러나 이렇게 겁에 질려서 살인하는 장면은 한 번도 상상해 본 적이 없다.

이것이 인텔리의 범죄란 말인가?

이것이 전화로 그토록 가증스럽게 협박하던 범인과 동일 인물이란 말인가?

이것이 세상을 그토록 경악케 한 살인마의 실상이란 말인가?

내 마음속에서 그에 대한 증오가 점차 옅어져 갔다. 그 자리를 대신한 것은 이런 하찮은 사내의 무모한 계획으로 아무 죄도 없는 아이가 죽어야 했단 말인가, 하는 참담한 심정이었다.

검사의 추궁은 점점 날카로워졌다. 말투도 점점 차가워지고 있었다.

"피고는 사체를 유기하고 자전거를 타고 도주하는 도중에 오제키가에 전화하지 않았습니까?"

"하지 않았습니다, 절대로."

"다카이도에서 요코하마까지 가는 다섯 시간 동안 기회는 얼마든지 있었을 겁니다. 공중전화 박스도 얼마든지 마주쳤을 겁니다."

"하지만 전화는 절대 걸지 않았습니다."

"증인은 피고의 목소리가 맞는다고 했습니다!"

"아닙니다!"

물론 전화를 건 사실이 입증되면 범행의 잔인성은 더욱 심해진다고 할 수 있다. 하지만 범행 사실을 인정한 모토야마는 이것 하나만은 완강하게 부정하고 있었다. 검사는 속이 타는지 이것에 대한 추궁을 접고 다른 문제를 물은 뒤, 마지막으로 116번째 질문을 날카롭게 던졌다.

"피고는 자수할 생각은 해 보지 않았습니까?"

"생각했습니다. 다만 오사카에서는 하고 싶지 않았습니다. 조만간 도쿄로 돌아가 아이 얼굴을 보고 나서 자수할 생각이었습니다."

방청석에서 냉소인지 동정인지 분간하기 힘든 웅성거림이 일어났다.

자식이 울면 이불로 둘둘 말아 벽장에 넣어 버렸다는 그에게, 전혀 관계도 없는 남의 집 자식에게 냉혹한 죽음을 내린 그에게, 아직도 이런 부모의 마음이 남아 있었나, 하는 의아함이 동정도 공감도 아닌 실소가 되어 튀어나왔을 것이다.

"신문을 마칩니다."

웅성거림 속에서 다카다 검사가 단호하게 말했다.

제 3 의 여 성

그날 사흘째 공판은 예정보다 빨리 끝났다. 변호인이 피고에 대한 신문을 증인 조사가 끝날 때까지 유보했기 때문이다.

그날 오후 나는 이 사건을 취재하던 어느 신문 기자와 히비야의 찻집에서 만났다.

"정말 살았습니다, 우리는."

담배에 불을 붙이고 그는 길게 한숨을 지었다.

"왜?"

"이게 우발적인 범죄로 밝혀졌으니까요. 모토야마와 오제키가의 관계에 대해서는 이 재판이 시작될 때까지는 뭔가 석연치 않은 게 있었잖아요. 변호사도 '그 점은 우연이라고 보지만 확신할 수는 없다'라고 하며 골치 아파했잖아요. 그래서 우리도 만에 하나라도 그런 일은 없을 거라고 생각하면서도 한편으로는 오제키가 사람들에게 또 상처를 주게 되지나 않을까 하고 내내 걱정하고 있었거든요. 이를테면 살해된 마사키 군과 모토야마의 아들 이름에서 우연찮게도 '마사雅'라는 한자가 공통되잖아요. 그런 점에도 우리는 상당히 주목하고 있었거든요."

"다행이군. 정말 다행이야."

나도 정말이지 동감이었다. 언론이라는 집단에만 들어가면 무모하고 무신경한 행동도 서슴지 않는 사람들도 저마다는 눈물을 가진 사람의 자식이다.

물론 그 점과 관련해서는 요상한 소문도 다양하게 나돌고 있었다. 원한이다, 치정이라는 등, 삼십 몇 년 전의 정사의 결과라는 등 그럴듯한 이야기에 지느러미가 자라서 뭇사람들 사이를 헤엄치며 돌아다니고 있었다.

그것도 지금에 와서 생각해 보면, 모토야마쯤 되는 인텔리가 오로지 돈 때문에 이런 짓을 저질렀을 리가 없다, 돈은 표면적인 이유일 테고 이면에는 뭔가 심각한 동기가 숨어 있을 것이라는 짐작에서 시작된 것이었다.

하지만 법정에서 그가 내놓은 답변으로 볼 때 그의 정신이 극도로 왜곡되게 발달한 탓이라고밖에 말할 수 없었다. 도덕관은 젖혀 두고라도, 그리고 치과 기술이 어떻든 간에, 사회인으로서의 상식이 거의 어린이 수준이었던 것이다. 그것이 비극의 원인이었다.

"제3의 여인은 어떻게 지내고 있을까요? 이번 공판에는 나왔을까요?"

그것은 나도 대답할 수 없는 질문이었다. 제3의 여인은 S신문이 터뜨린 특종이었다. 모토야마가 마지막으로 사귀던 어느 유부녀였다.

나는 물론 그 여성의 이름도 얼굴도 알지 못한다. 다만 신문사가 조사한 바에 따르면 그녀는 모토야마가 자취를 감춘 뒤, 매일 아침 남편을 출근시키고 나면 어느 극장에 들어갔다가 한 시간 채 못 되어서 나왔다고 한다.

매일 똑같은 영화의 전반부만 보다가 나온다는 것은 보통 사람이라면 납득하기 힘든 일이다. 아마 그녀는 무슨 요일엔가 그 극장에서 그와 밀회했던 것은 아닐까.

그를 한 번만이라도 만나고 싶은 마음에, 한편으로는 설마, 설마, 하면서도 도피중인 그가 혹시 그 극장에서 자신을 기다리고 있는 것은 아닐까, 세상으로부터 완전히 고립되어 자신의 도움을 절실히 필요로 하고 있지는 않을까 하는 생각에, 그녀는 추억의 좌석에 앉아 멍한 눈길로 똑같은 영화의 똑같은 내용을 쳐다보고 있었는지도 모른다.

그녀의 행동은 곧 형사의 눈에 띄어 며칠간 미행을 당하게 되었다. 그녀도 곧 미행을 눈치챘는지 어느 날 극장을 나가는 길로 병원으로 직행해서 그대로 입원해 버렸다고 한다.

"와 봤겠지, 한 번쯤은. 방청석 구석에서 그를 쳐다보고 있었겠지. 더 이상 대화를 나눌 수는 없지만, 뒤에서 남몰래 두 손을 모으고 그가 회개하기를 진심으로 기도하고 있지 않을까?"

나는 그렇게 생각하고 싶었다. 모토야마를 둘러싼 세 여인의 행동으로 드러난 여심의 신비가 가슴을 아릿하게 만들었다.

증 언 대 의   우 정

공판 나흘째인 9월 17일에는 변호인 측 증인이 잇달아 출정했다.

그러나 사실을 증명하여 검사 측의 논증을 뒤집고자 하는 적극적인 다툼은 없었다. 모토야마의 성격을 분석하여 정신 쇠약의 증거를 찾으려고 하는 힘겨운 신문의 연속이었다. 변호사로서도 도 아니면 모의 작전이었다. 만약 도중에 추궁을 늦추면 정신 쇠약은 입증되지 않고 도리어 모토야마가 잔인하고 냉혹한 성격의 소유자라는 것만 증명하게 된다…….

그리고 사실에 대한 증언은 쉬워도 성격에 대한 증언은 어렵다. 검사는 끊임없이 반대 신문으로 허점을 파고들었다. 예를 들어 어느 증인이 고심 끝에 모토야마의 성격에 대해서 진술하면 "그걸 한마디로 요약하면 에고이스트, 이기주의자였다는 말이 되겠군요?" 하고 한마디로 쐐기를 박아 버리는 것이다.

이리하여 변호인 측의 반격은 내가 보기에는 성공적이지 못한 것 같았다.

그날 증언대에 선 일곱 명의 증인은 대체로 모토야마에게 냉담했다. 드물게는 따뜻한 인간성도 기억해 주었지만, 그것도 전체적으로는 차가운 인상 앞에서 그림자를 감추어 버렸다.

이렇게 모토야마가 차갑고 편집증적인 성격을 가진 일종의 성격 파탄자라는 것을 증명하려는 것은 변호사로서 당연한 작전일 것이다. 그러나 그것은 동시에 검사 측이 기다리던 기회라고 할 수도 있었다.

이날 증인 중에 가장 인상적이었던 것은 모토야마의 동창이며 도쿄 치과 의대에서 강사로 있는 다카다의 발언이었다.

그는 이 사건이 발생한 직후, 텔레비전을 통해 모토야마에게 자수를 호소한 사람 가운데 하나였다. 그렇게 호소한 보람도 없이 체포된 동창을 바라보는 것은 아마 한없이 가슴 아픈 일이었을 것이다. 그래도 그의 말에는 따뜻한 우정이 남아 있었다.

"모토야마와 저는 학창시절부터 오늘에 이르기까지 친구입니다. 그가 저지른 죄는 돌이킬 수 없지만, 나는 그가 한 가지 깨달음에 이를 수 있도록 마지막까지 온 힘을 다할 생각입니다."

다카다 강사가 이렇게 단언했을 때, 모토야마의 몸이 조금 떨렸다. 만약 이곳이 법정이 아니었다면 모토야마는 유일한 친구의 손을 잡고 눈물을 흘렸을지도 모른다.

변호인 측에서 신청한 모토야마의 친지와 친구들에 대한 증인 조사를 위해 판사와 검사, 변호사가 구월 하순에 다카다 시로 출장을 갔다.

나도 가 보고 싶었지만 지방에서 실시되는 증인 조사는 비공개라고 해서 도쿄에 남았다.

이럴 경우 피고가 꼭 동행하고 싶다고 신청하면 재판소는 그 요구를 거부할 수 없다고 한다. 하지만 모토야마가 그걸 바라지 않았다. 그 대신

모토야마의 내연의 처가 당일 다카다 재판소에 나타났다고 한다.

아마 그녀는 그곳에 증인으로 출정한 모토야마의 모친에게 "제가 부족해서 이런 일이 벌어졌습니다……" 하며 눈물로 사죄했을 것이다. 망연자실해 있을 모친도 그때 비로소 그녀를 며느리로 인정하고 싶은 마음이 들지 않았을까?

혹은 모토야마가 태어나고 자란 널찍한 시골집에서 모친과 그녀는 행복했던 과거를 회상하고 암담한 장래를 생각하며 눈물로 하룻밤을 보내지 않았을까?

사실 이것은 필자의 작가적 상상일 뿐이지만, 모토야마에게 다하지 못한 애정을 품고 있는 여성은 그 두 사람 말고는 있을 수 없을 것 같았다.

만약 그때

10월 4일, 도쿄에서 재판이 재개되었다. 결심까지 가지는 못하겠지만, 그날로 재판은 결정적 단계에 다다르고 모토야마의 운명도 거의 윤곽이 정해지리라는 것은 누구나 예상할 수 있었다.

심리는 먼저 다카다 재판소에서 이루어진 아홉 명에 대한 증인 심문의 요지를 낭독하면서 시작되었다. 아라카와 재판장이 두터운 조서를 들고 어금니를 문 듯한 말투로 읽어 나가는데, 이렇다 할 만한 새로운 사실은 없었다.

다만 모토야마의 모친인 사요 씨의 증언 중에 의외다 싶은 것이 있었다. 모토야마 부인은 "피고의 모친은 시계히사가 정신병자이며 돈이 떨어지면 무슨 짓을 저지를지 알 수 없다고 말했습니다"라고 증언했지만, 이 모친은 그런 말을 한 기억이 없다고 부정했던 것이다.

완전히 상반된 증언이 나온 만큼, 본인에게 위증 의식이 있는지의 여부는 젖혀 두고라도 한쪽은 거짓말을 한 것이 틀림없다. 그렇다면 누가 거짓말을 했을까?

이것이 재판의 모든 것을, 피고의 운명을 결정할 만한 중대한 증언의 불일치라면 재판관들은 당연히 그 점을 추궁하고 경우에 따라서는 한쪽을 위증죄로 기소할 것이다.

이 경우는 거기까지 가지 않고 끝났지만, 내 판단으로는 아마 모친의 말이 옳을 것이다. '배반당한 아내'의 분노는 여기에서도 폭발했던 것이 틀림없다.

이날은 첫 감정인으로 게이오 대학 의학부 법의학 교실의 후나오 강사가 출정했다. 지난 십 년간 천 구에 이르는 변사체를 해부했고 감정 건수도 사백 건이 넘는 베테랑이다. 마사키의 사체도 이 사람의 집도로 해부되었다.

사인이 가스 중독이라는 데는 의학적으로 의문의 여지가 없었다. 다만 피해자의 몸에 남아 있던 상처는 운반하는 과정에서 쌀부대에 함께 담긴 돌에 의해 생긴 것이라고 여겨졌지만, 적어도 그 가운데 네 군데는 생전에 주먹이나 그 비슷한 것에 의해 생긴 것임이 증명되었다.

다음으로 문제가 된 것은 모토야마가 먹인 수면제 네네신정의 작용이었다. 이틀 동안 열두 번에 걸쳐 연속으로 투여한 것이 아이의 몸에 뭔가 위험한 부작용을 낳지는 않았는가 하는 것인데, 이것은 의학적으로 부정되었다. 물론 절식 탓에 다른 영향이 생기는 것은 피할 수 없지만, 수면제 자체가 위험한 독이 된 것은 아니었다.

7월 22일 오후 3시 50분에 작성된 이 감정서에서 사망 시간은 서른다섯에서 마흔 시간 전으로 추정되었다. 그렇다면 모토야마가 자백한 범행 시간과 약 두 시간의 차이가 나지만, 이것은 법의학 해부에서 종종 생길 수 있는 오차이다. 더구나 후나오 강사는 자신이 집중 연구하는 근육 내 젖산의 산성도 측정에 따르면 사후 서른한 시간 내지 서른다섯 시간으로 추정하는 것이 지당하다고 말했다. 다만 기존의 다른 학설도 참조하여 타협적인 의견을 취한 거라고 설명하여 사람들의 마지막 의혹을 풀어 주었다.

그리고 이날 오후에는 지금까지 유보되었던 피고에 대한 변호인의 신문이 시작되었다. 모토야마는 발언 기회를 네 번 얻었다.

그의 출생과 성장에서 시작된 질문은 모두 백팔십 개. 물론 검사의 질문과 중복되는 것도 있었지만, 모토야마 시게히사라는 인물의 참된 모습은 어느 정도 밝혀졌다고 할 수 있다.

감정 기복이 심한 조모 밑에서 자랐고 충동을 억제하지 못하는 단순한 성격이라는 것이 그의 진술로도 분명해졌다. 결혼하게 된 전말에 대해서도 그는 담담하게 증언했다. 그에 따르면 적극적으로 나온 것은 아내 쪽이었다. 1952년 십이월 말, 그의 하숙집을 찾아온 부인은 고타쓰 앞에 몸을 던지며 "마음대로 해 봐" 하고 그를 유혹했다는 것이다. 그 결과가 이듬해 삼월, 임신 삼 개월로 나타났다. 결혼할 뜻이 없던 모토야마가 인공 유산을 권했지만 부인은 화산 미하라야마 산에 뛰어들겠다면서 거절했고, 그래서 두 사람은 동거 생활을 시작했다. 그리고 팔 년 동안 모토야마는 만족스럽지 않은 결혼 생활을 계속해 왔다고 했다.

물론 이런 문제에서는 한쪽 말만 듣고 사실을 추정하는 것은 위험하다. 그러나 나는 그의 말이 더 사실에 가깝지 않을까 생각했다. 이 마지막 기회에 그가 감히 부부 생활의 속사정을 밝힌 것도 저 분노가 뚝뚝 묻어나던 아내의 증언에 대한 최후의 소소한 저항이 아닐까 하는 생각이 들었다.

변호인의 그 후의 질문과 판사들의 보충 신문에 대한 그의 답변은 자신과 계획의 충동성을 더욱 폭로했을 뿐이다.

3월 19일, 도민세 이만 엔의 납부 기한을 앞둔 그는 17일 스스로 병원 문을 닫고 피해 다니고 있었다. 전화를 팔아서 생활비로 썼다면 그나마 이해할 수 있었다. 하지만 만약 몸값 이백만 엔이 들어오면 빚을 청산하고 의원을 재개할 계획이었다는 것이다.

적어도 일반 사회 상식에 관한 한 그는 초등학교 3, 4년생 정도의 지혜밖에 없을 거라고 나는 판단하지 않을 수 없었다.

이 재판의 초반에 제출되었던 피고에 대한 정신 감정도 이제 와서 생각해 보면 전혀 무의미한 것이라고 할 수도 없었다.

이날 변호사와 검사 사이에는 당연한 일이지만 상당히 격렬한 대결이 있었다. 변호사에게는 전국에서 마흔네 통의 편지가 날아들었다고 했다. 변호사가 그것을 증거로 제출하려고 하자 "그 편지라면 오늘 아침 변호인을 통해 읽어 보았지만, 대부분 피고의 모친에게 동정을 표하는 내용입니다. 그에 반해 검찰청에는 전국의 수많은 시민들로부터 이런 극악한 자는 하루 빨리 극형에 처해야 한다는 투서가 날아들고 있습니다. 그 투서 건수의 차이와 내용을 고려하여 그 편지들을 증거로 받아들이는 데 대해서는 의견을 유보하겠습니다"라고 반대하기도 했다.

그리고 정신 감정 신청에 대해서도 다카다 검사는 강경한 반대 의견을 내놓았다.

"대학 교육까지 받은 피고가 이런 범죄를 저지른 데는 물론 이상 심리도 있었겠지요. 다만 그것이 형법 제39조가 정한 형 경감에 해당하는 정도냐 아니냐는 다른 문제입니다. 피고의 집안을 보면 물론 예전에 방화 혐의로 투옥된 사람은 있었지만, 피고의 과거 경력에는 아무 이상이 없습니다. 시게히사가 정신병자라고 모친이 말했다는 부인의 증언도 모친 본인에 의해 부정되었습니다."

모토야마는 잠깐 눈길을 들었다. 자신도 그 말에는 찬성하는 듯했다.

"경찰에서, 검찰청에서, 그리고 여기 법정에서 피고인의 태도는 매우 자연스러웠습니다. 범행은 계획적인 것이었습니다. 범행 당시 채록된 녹음테이프를 들어 봐도 낮은 목소리로 협박하는 내용은 어휘를 치밀하게 구사했고 아무런 이상도 발견할 수 없었습니다. 또 두 달간 도주하면서 취한 행동도 매우 용의주도했으며, 전국 지명 수배를 교묘하게 피해 다녔습니다. 초등학교, 대학교 시절의 성적은 우수했고, 국가시험에도 합격했으며, 오 년간 무사고 운전을 해 온 피고인인데, 어디에서 심신 쇠약의 증세를 볼 수 있다는 겁니까? 이 단계에서 다시 의사를 개입시켜 피고인의 정신 감정을 실시하는 것은 불필요한 일로 사료됩니다."

그러나 세 명의 판사들은 정신 감정을 실시하기로 합의했다. 제1심에서 신중에 또 신중을 기하고자 하는 결의를 표명한 것이었을 것이다.

감정인으로 출정한 도쿄 치과 의과 대학 정신과의 시마자키 교수가 이 개월의 시간을 요구한 탓에 다음 공판은 12월 13일로 결정되었다.

법정에서 복도로 나온 시마자키 교수는 금세 기자단에 둘러싸였다.

"이런 경우 모든 인간은 세 가지로 분류할 수 있어요. 법률적 무책임자 즉 정신병자, 법률적 책임자 즉 일반인, 그 중간 즉 심신 쇠약자가 그겁니다. 처음부터 모토야마를 정신병자라고 간주하기는 어렵습니다. 이제 문제는 그의 성격을 조사해서 건전한지의 여부를 규명하는 것입니다."

교수는 강의하는 듯한 말투로 담담하게 설명하고 있었다.

"그럼 선생은 기무라를 몇 번 정도나 면회하실 예정입니까?"

"한두 번으로는 부족합니다. 의학과 심리학이란 양방향에서 다양한 테스트를 거듭해서 뭔가 결론을 내게 되겠지요."

"선생은 어떻게 예상하시나요?"

"지금 단계에서는 아무것도 말할 수 없습니다. 그래도 여러분은 소위 감에 따라 이미 어떤 결론을 내리고 있겠지요. 거기에 만인이 수긍할 만한 근거를 주는 것이 과학이고 제 역할이 아니겠습니까."

나는 조용히 기자단 곁을 떠났다. 교수의 말은 명백히 모토야마의 유죄를 시사하고 있는 것처럼 들렸다.

재판은 그 뒤에도 계속되었다. 아마 항소, 상고라는 절차도 취해질 것이다. 그러나 모토야마 시게히사라는 인간의 운명은 이미 결정되었다고 해도 좋았다.

활짝 갠 가을날이었다. 나도 이날은 그의 얼굴을 차분하게 관찰할 수 있었다.

눈초리 근처는 묘하게 붉은 기운을 띠었지만, 그 밖의 부위에는 풀 같은 초록빛마저 띠고 있었다. 그냥 수인의 안색은 아니다. 출혈 과다로 사망한 인간의 낯빛을 연상케 하는 사상_{死相} 같은 게 떠올라 있었다.

재판소 건물을 나와 밝은 햇빛 속으로 발을 내디디면서 나는 생각했다. 머지않아 모토야마 시게후사라는 이름도 일반인들 머리에서 망각될 것이다. 몇 개월 뒤 그의 사형이 집행된다고 해도 그 사실은 신문에도 보도되지 않을 것이다. 사람들이 이 사건을 떠올릴 때는 냉혹한 남자의 잔인한 범죄였다고 생각할 것이다. 어리석은 남자가 저지른 어리석은 범죄였다고 생각하는 사람은 많지 않을 것이다.

다만 오제키가 사람들은 무슨 일이 있을 때마다 이렇게 중얼거리지 않을까?

"만약 그때……."

지금도 여전히 모토야마를 사랑하는 사람들은 무슨 일이 있을 때마다 중얼거릴 것이다.

"만약 그때……."

그리고 모토야마 자신도 잿빛 감옥에서 교수대로 끌려가기 직전까지 똑같은 말을 끝없이 반복하지 않을까.

"만약, 만약에 그때⋯⋯."

《고단 클럽講談俱樂部》1960년 12월

취재
노트
0 2

유괴 – 두 가지 경우

경 찰 의 중 대 한 책 임

요시노부 유괴 사건이 발생하고 벌써 두 달이 지났다. 언론의 모든 통로를 통해서 호소하고 국민 대다수가 협력했지만, 그 보람도 없이 요시노부 군의 소식은 여전히 알 수 없고 범인의 단서도 잡지 못하고 있다. 수사도 지금으로서는 완전히 교착 상태에 빠졌다고 해도 좋을 것이다.

우리는 이쯤에서 다시 한번 지난 사례를 돌아보며 유괴라는 범죄의 본질을 재검토하고 장차 이런 사건이 재발하지 않도록 만전의 주의를 기울일 필요가 있지 않을까? 일본인은 흔히 건망증이 심한 민족이라고들 하지만, 이런 종류의 범죄가 언제 어디서 누구의 자녀에게 닥칠지 알 수 없는 만큼, 우리는 이 고통스럽고 슬픈 경험을 절대로 잊지 말고 장차 이런 종류의 사건을 근절하기 위한 귀중한 교훈으로 삼아야 한다고 생각하기 때문이다.

나는 유괴에 관한 한 내가 구할 수 있는 거의 모든 자료를 구해서 섭렵했다. 그리고 이런 종류의 범죄의 표준 사례가, 해외에서는 린드버그 유괴 살인 사건이고 일본에서는 모토야마 사건이라는 결론에 다다랐다.

전자에 대해서는 논픽션 문학의 모범적 걸작으로 평가되는 G.월러의 『유괴』가 이노우에 이사무 씨의 번역으로 출간되었다. 후자의 재판에서는 나는 연일 공판을 방청하여 그 양상을 상당히 상세하게 소설『유괴』에 짜 넣었다.

전자는, 내 생각으로는 이런 종류의 범죄에 대한 수사 기술이라는 점에서 하나의 모범을 보여 준 것이고, 후자의 경우는 그 재판처럼 유괴범의 심리를 날카롭게 드러낸 사례도 찾기 힘들 것 같다.

이런 범죄가 일어나면 소위 식자라는 사람들은 "영화, 텔레비전, 추리 소설 등이 나쁜 영향을 끼치고 있다"고 하며 쉽게 치부해 버린다. 가령 이번의 요시노부 군 사건도 그 직전에 영화 〈천국과 지옥〉이 크게 히트한 터라 이런 의견도 일단은 설득력이 있어 보이지만, 제일선 경찰관이나 노련한 사건기자들의 의견을 종합해 보면 그것이 꼭 옳은 시각이라고 할 수는 없다.

"이런 종류의 범죄는 경험상 하나가 성공하면 반드시 모방자를 낳게 마련이고, 범인이 체포되면 한동안 그림자를 감추게 마련이다"라는 것이 그들의 일치된 결론인데, 이는 사실에 비추어 보더라도 수긍이 간다.

이번의 요시노부 군 사건 직후에도 각지에서 작은 유괴 사건들이 연발했다. 소위 사야마 사건도 실은 강간 살인 사건으로 의심되었지만 범인은 피해자가 살아 있는 것처럼 속이고 몸값 이십만 엔을 요구했다.

모토야마 사건 직전에도 프랑스에서 자동차왕 푸조의 아들이 유괴되었는데, 범인이 몸값을 받고 종적을 감추어 완벽하게 성공한 범죄처럼 보였다.

재판에서는 처음부터 이것이 큰 문제가 되어, 모토야마는 발언을 허락받자 제일 먼저 "기소장 내용은 대체로 사실입니다. 다만 한 가지, 프랑스 자동차왕 푸조의 아들을 유괴한 사건을 모방했다는 부분만은 사실이 아닙니다"라고 말했다. 그러나 재판에서 드러난 그의 편집광적인 성격으로 볼 때 나는 이 말을 액면 그대로 믿을 수가 없었다.

이런 의미에서 경찰의 책임은 각별히 중대해진다. 이 경우는 다른 범죄에 대한 수사와는 다른 특징이 있어서 경찰의 능력을 뜻대로 활용할 수 없다는 점은 인정하지 않을 수 없지만, 바로 그렇게 때문에 더 치밀한 준비와 만전의 노력이 요구되는 것이다.

세 가지 의혹

판단력이 약한 어린이를 유괴하는 것은 범인 측에서 보자면 그리 어려워 보이지 않는다. 그러나 몸값을 무사히 받아 내는 것은 그보다 훨씬 어렵고 위험한 행동이 된다.

확실하게 돈을 받으려면 범인 측에서 한 명 이상은 지정된 시각과 지정된 장소에 모습을 드러내야 한다. 아무리 경찰에 신고하지 말라고 경고

해도 변장한 경관이 현장 근처에 잠복해 있지 말라는 보장이 없다. 또 돈을 받는 순간에 인상, 풍모, 말투 등이 노출될 위험이 많다. 그것은 나중에 증거가 된다는 것은 범인도 당연히 알 것이다.

한편 피해자 쪽에도 커다란 약점이 있다. 아직 나이 어린 아이가 정체를 알 수 없는 흉악한 범죄자에게 끌려가 생사 소재조차 알 수 없다는 것은 부모나 가족에게 더할 나위 없는 충격일 것이다.

모성애와 부성애를 무섭게 분출하는 부모에게 냉정한 판단이나 행동을 기대하기는 힘들다. 설사 1백 분의 1, 1천 분의 1의 가능성이라도 부모라면 일단 응하려고 할 것이다. 요구받은 금액이 감당할 만한 정도라면 일단 준비할 것이고, 악마니 악귀니 하고 저주를 퍼붓고 싶은 범인이지만 행여 신경을 건드릴까 인간의 의지력을 초월한 주의를 기울이며 몸값을 상대방에게 건네주고 아이를 무사히 되찾으려고 할 것이다. 어떤 경우에는 오히려 피해자가 경찰의 개입을 두려워하며 적극적으로 정보를 숨기려고 하는 경우도 있을 수 있다. 이는 유괴 사건에서만 볼 수 있는 특이성이다.

경찰로서도 아이를 무사히 되찾아야 한다는 것과 범인을 체포해야 한다는, 종종 전혀 상반되기도 하는 두 가지 목표를 좇아야 한다. 이런 사건에서는 범인이 어떤 특정한 인물들, 혹은 일정한 무리로 한정될 가능성은 전무에 가깝다. 몸값을 전하는 순간에 적절한 행동을 취하면 범인 가운데 한 명을 체포할 확률은 높지만, 아이의 목숨을 생각한다면 그것이 과연 최선일지 어떨지는 아무도 쉽게 판단할 수 없다. 그러나 이 결정적 순간을 놓치면 그 뒤에는 장기간에 걸친 지루한 수사에 의지해야 한다. 이러한 딜레마가 유괴 사건의 가장 큰 특징이다. 린드버그 사건을 통해서 그것이 실제로는 어떤 양상으로 나타났는지를 살펴보겠다.

유 괴 범 과 의 대 화

잘 알다시피 린드버그 대령은 대서양 횡단 비행에 최초로 성공한 미국의 국민 영웅이었다. 사건이 일어난 1932년 3월 1일, 린드버그 부부는 생후 이십 개월 된 아들과 셋이서 뉴욕에서 직선거리로 육십 킬로미터쯤 떨어진 뉴저지의 호프웰 부근의 저택에 살고 있었다. 부부가 2층의 아이 방에서 자고 있어야 할 아들이 보이지 않는다는 것을 알게 된 것은 그날 오후 9시가 조금 지나서였다.

방 안에 협박장이 있었지만, 대령은 그것을 뜯어 보지 않고 즉시 경찰에 신고하게 했다. 범인은 외부에 사다리를 놓고 단속이 소홀한 창문을 통해 아이 방으로 침입했고, 다시 같은 경로로 도주했다는 것을 금방 알아냈다. 사다리는 현장에 버려져 있었다.

협박장은 독일 사투리가 섞인 영어로 작성되어 있었고, 이십 달러 지폐로 이만 오천 달러, 십 달러 지폐로 만 오천 달러, 오 달러 지폐로 만 달러 등 총 오만 달러를 준비하라고 요구했다. 경찰에 신고하지 말라는 경고가 있었지만, 이는 이미 돌이킬 수 없는 일이었다. 그리고 범인은 고리 두 개를 겹쳐 놓은 기묘한 무늬와 네모난 구멍 세 개를 자신의 표식으로 지정했다.

자신의 성급한 신고를 후회한 린드버그는 경찰이나 신문사의 개입을 거부하려고 했지만 이미 늦었다. 이튿날 미국의 모든 조간이 이 사건을 톱기사로 다루었다. 이 범죄는 즉시 미국 전역, 아니 전 세계에 알려졌다.

형무소에 수감중이던 알 카포네까지 포함하여 수많은 사람들이 돕겠다고 나섰는데, 그 가운데 포덤 대학에서 교육학을 강의하는 72세의 콘던 박사가 중요한 역할을 맡게 되었다. 박사는 이 사건에 흥분하여 뉴욕의 《브롱크스 홈 뉴스》에 범인에게 보내는 호소문을 기고했는데, 범인이 이에 즉각 반응을 보였다.

린드버그가에서는 박사에게 우송된 편지가 진범의 것임을 확인하고 박사에게 대리인이 되어 달라고 부탁했다. 이는 3월 9일의 일인데, 이때는 몸값 요구액이 칠만 달러로 증액되어 있었다.

박사가 3월 11일자 신문에 광고를 내자 곧 범인의 전화가 왔고, 이어서 택시 운전사가 범인의 편지를 전달했다. 돈을 가지고 당장 나오라는 내용이었지만, 박사는 일단 빈손으로 나가 범인과 대결하기로 결심했다. 그리고 뉴욕 233번가 묘지에서 철책을 사이에 두고 범인과 대화했다.

범인은 존이라 자칭하고 스칸디나비아 출신이라고 했다. 일당은 여섯 명이며 아이는 지금 해상의 배에서 두 여자가 보살피고 있다고 설명하고, 그 증거로 아이의 잠옷을 보내 주기로 약속했다. 두 사람은 그날은 그것으로 헤어졌고, 16일 아침에는 박사 앞으로 잠옷이 도착했다.

그리고 잠시 공백을 두고 난 뒤, 범인은 세인트 레이먼드 묘지에서 4월 2일 밤에 돈을 받겠다고 지정했다.

린드버그는 박사와 함께 차를 타고 현장 근처까지 가서 대기했고, 박사는 오만 달러가 든 상자를 현장으로 가져가 범인에게 건네주었다. 금액을 깎은 것은 박사의 독단적인 행동이었지만, 범인은 잠자코 돈을 받고 봉투 하나를 건네고 사라졌다. 그 안에 든 종이에는 '아이는 넬리라는 배에 있다……. 그 배는 엘리자베스 섬 근처 호스넥 비치와 게이 헤드 사이에 있다'라고 적혀 있었다.

이튿날 아침부터 린드버그는 비행기로 지정된 부근 해역 일대를 수색했지만, 그런 배는 한 척도 보이지 않았다. 범인이 터무니없는 거짓말을 한 것이지만, 그 진상이 밝혀지기까지는 그로부터 한 달이나 걸렸다.

이런 대형 사건의 와중에는 종종 정신병학적으로 자기 현시증에 빠진 것으로 보이는 사람이 나타나 장난을 치는 일이 많은데, 이 사건도 예외는 아니었다. 민스라는 전과자 사립 탐정이 린드버그의 친구이며 억만장자인 매클린 부인에게 십만 달러를 사취하려다 체포되어 십오 년 형을 받았다.

조선회사 사장을 자처한 커티스라는 사람은 피콕이라는 목사와 린드버그의 옛 친구 버리지 제독 등을 움직여 린드버그가의 내부까지 파고들었다.

아이를 납치한 갱들에게 연락해서 아이를 태운 범선에도 타 보았다고 하며 그 배에 탄 사람들의 자잘한 특징까지 자세히 묘사했던 것이다. 지푸라기라도 잡고 싶었던 린드버그는 커티스의 엉터리 지시에 따라 연일 해상을 수색하며 다녔지만 한 달 가까이 수색했음에도 불구하고 그런 배는 당연히 발견할 수 없었다.

그리고 5월 12일, 린드버그 가에서 직선거리로 이 킬로미터쯤 떨어진 산속에서 마침내 사체가 발견되었다. 사인은 외력에 의한 두개골 골절이었다. 사후 이 개월이 경과한 것으로 추정되는 만큼 유괴 직후, 혹은 아무리 길게 봐도 몸값을 받기 전에는 죽어 있던 것이 틀림없었다.

수 배 중 인   지 폐 를   발 견

경찰이 그때까지 탐문을 통해 확보한 단서는 녹색 쿠페를 타는 서른 살쯤 되는 남자가 수상하다는 것뿐이었다. 필적, 지문, 사다리에 대한 과학적 검사 등 다양한 조사가 실시되었지만 결정적인 단서는 좀처럼 확보할 수 없었다.

지폐의 일련번호를 통한 수사는 사건 후 이 년 뒤까지 집요하게 계속되고 있었다. 마침내 1934년 9월 15일 뉴욕 127번지의 주유소에서 문제의 십 달러 지폐 한 장이 발견되고, 그 돈을 지불한 차량을 통해 브롱크스에 사는 리하르트 하웁트만이라는 목수가 체포되었다.

하웁트만은 독일 태생의 삼십오 세로, 도지 승용차를 가지고 있었다. 차량 색깔은 진한 녹색이었던 것을 이태 전에 연녹색으로 다시 도색했다. 가택 수색 결과 차고 작업대의 판자벽 뒤에서 수만 구천 달러 남짓의 지폐 뭉치가 발견되었는데, 그 일련번호가 모두 몸값으로 건네준 것이었다.

하웁트만은 범행을 전혀 인정하지 않은 채 기소되어 이듬해 1월 2일부터 플레밍턴 재판소에서 재판을 받았다.

그는 제일 차 세계 대전 당시 유럽 전선에 종군하다 독가스에 노출되어 십구 세 나이로 고향으로 돌아갔다. 하지만 마땅한 직업을 갖지 못하고 절도범을 거쳐 권총 강도로 전락하여 오 년 형을 선고받고 사 년을 형무소에서 보냈다. 가석방 후 금방 다시 죄를 저지르고 구치소에 수감되었다가 탈주하여 어렵게 미국 밀항에 성공했다.

1925년, 그는 안나라는 여성과 결혼하여 한동안 평온하게 살았지만, 1931년에 시작된 불황으로 생활이 힘들어지기 시작했다. 그런데 이 유괴 사건이 일어난 직후인 1932년 사월 아내에게 자신이 주식 투자에서 반드시 성공하는 방법을 발견했다고 호언했다. 그리고 그 호언대로 호사스럽게 사는 데 충분한 돈다발을 보여 주었다는 것이다······.

그러나 증권사를 조사해 보니 그는 총 구천 달러의 손실을 보았다. 다만 문제의 사월부터 회당 투자액이 갑자기 많아진 것이 기록에 분명히 남아 있었다.

이 돈의 출처에 대하여 하웁트만은 군색한 답변으로 버티고 있었다.

확 실 한 증 거

그는 1932년 삼월경, 역시 독일 태생의 모피상 이지도어 피슈라는 남자와 알게 되었다고 한다.

두 사람은 공동으로 모피 거래와 주식 투자를 했는데, 피시는 건강을 잃고 1933년 12월 6일 뉴욕을 떠나 고향 라이프치히로 돌아갔다가 1934

년 3월 29일 폐결핵으로 사망했다. 그런데 그가 미국을 떠날 때 하웁트만에게 커다란 상자를 맡기고 갔다고 했다. 얼마 후 하웁트만이 그 상자를 열어 보니 거액의 돈다발이 들어 있었다는 것이다. 차고에 숨겨 둔 지폐는 전부 그 상자에서 나온 것이라는 것이 하웁트만의 주장이었다.

그러나 피시는 미국을 출발할 때 여비가 모자라 하웁트만에게 이천 달러를 빌려 갔다고 했다. 이런 거액을 맡기면서 그 5분의 1도 안 되는 돈을 빌려 갔다는 진술을 배심원들은 도저히 납득하지 못했을 것이다. 몸값으로 지불된 지폐가 이미 그 전에도 다수 발견되고 있었기 때문이다.

필적 감정 결과도 협박장의 글씨가 하웁트만의 필적이라고 나왔다. 사다리에 사용된 소나무 발판은 그의 차고 천장에 댄 판자와 연결되는 부분이라는 것이 나이테를 비롯한 몇 가지 증거로 입증되었다. 그의 아파트 문 바로 위에 댄 판자에 SEDC3-7154라고 연필로 갈겨쓴 글씨가 발견되었는데, 이는 콘던 박사의 집 전화번호였다.

하웁트만은 1935년 2월 12일 사형을 언도받고 1936년 4월 3일 전기의자에 앉혀졌다.

물론 이렇게 세간의 주목을 끈 중대한 재판에서는 언제나 무고설이 유포되게 마련이다. 하웁트만이 죄를 인정하지 않고 죽은 친구 피슈에게 모든 책임을 돌린 탓에 그는 무고한 희생자가 아닌가 하는 의견도 간간히 있었다고 한다.

그러나 나는 이 기록을 볼 때 역시 하웁트만이 범인이 맞다고 생각하지 않을 수 없었다.

가령 내가 그때 배심원으로 재판에 참가했다면 전혀 주저하지 않고 유죄에 한 표를 던졌을 것이다.

또 당시 뉴욕 주 지사로 일하던 프랭클린 루스벨트가 대통령에 취임한 것이 이 사건이 한창 수사중일 때였는데, 그는 '린드버그 법'이라 불리는 법률의 강화 수정안을 공포했다.

이 법안에 따라 유괴죄는 연방 범죄가 되었고, 희생자를 무사히 돌려보내지 않은 자에게는 무조건 사형을 언도하게 되었다.

너 희   아 빠 가   입 원 했 단 다

마사키 군 사건이라 불리는 모토야마 시게히사의 범죄는 1960년 오월에 발생했다. 이 사건은 일반의 기억에 여전히 생생할 것으로 짐작되지만, 혹시 그렇지 않은 독자를 위해 개요를 소개하겠다.

모토야마 시게히사는 도쿄 치과 의과 대학을 졸업하고 시모이구사 근처에서 개업한 치과의였다. 다카다 시 인근의 대지주 집안의 자손인데, 농지 해방 이전에는 매년 천육백 석의 소작미를 거두었다고 한다. 예전에 천석지기 지주라면 이웃 마을에 갈 때도 남의 땅을 밟을 일이 없다고 했다고 한다. 물론 종전 후 농지 해방으로 재산을 대부분 내놓아야 했겠지만, 그래도 본인이나 가족 명의로 상당한 부동산이 남아 있었다.

그는 처가에서 개업 자금으로 구십만 엔을 빌린 것을 비롯하여 총 백팔십만 엔의 부채를 지고 있었는데, 그 가운데 몇 할은 당연히 의료 기기로 남아 있었다. 매월 수입도 십오만 엔에서 이십만 엔 선에 달하여 필요 경비를 제하면 그 절반은 자유롭게 쓸 수 있었다고 한다. 이런 재정 상황을 생각한다면 영리 유괴라는 악질적이고 위험한 범죄에 뛰어들 가 능성은 전무하다고 해야 할 정도였다.

물론 가정적으로는 위험한 요소가 없지 않았다. 그는 학생 시절에 결혼 한 아내와 개업 후 몇 년 만에 불화하였고, 곧 아내와 두 자식을 버리고 새 애인과 동거하다가 자식까지 하나 낳은 상태였다.

물론 좋은 이야기는 아니지만, 그 정도 일이라면 세상에 흔하다. 모토야 마로서는 처가에서 빌린 구십만 엔을 깨끗이 갚고 결혼 생활을 청산하 고 싶었겠지만, 그래도 범죄라는 비상수단을 동원해야 할 만큼 절박한 상황이었다고는 보이지 않는다.

그런데 그는 굳이 그런 비상수단을 썼다.

5월 14일, 그는 후쿠시마에서 숙부가 상경한다는 핑계를 대고 내연녀를 아이와 함께 그녀의 여동생 집으로 보내 놓고 게이오 유치원으로 갔는 데, 마침 그날은 운동회가 열려서 자가용이 많이 와 있고 학부형도 많아 서 도저히 그런 범죄를 저지를 수 있을 것 같지가 않았다.

그날과 대체 휴일인 15일을 무위로 보낸 그는 16일 아침에 마침내 범죄 를 단행했다.

그는 메구로 역 부근에서 등교중이던 오제키 마사키 군을 불러 세우고, 아빠가 아파서 입원했으니 이 아저씨와 함께 병원에 가야 한다고 속이 고 자신의 르노 차량에 태워 자기 집으로 데려갔다. 곧 수면제로 아이를 재운 그는 바로 첫 번째 협박 전화를 걸러 밖으로 나갔다.

그런데 그가 집을 비운 사이, 그의 집에서 일하던 가정부가 찾아와 현관이 잠겨 있지 않고 불러도 아무 대답이 없는 것을 이상하게 여기고 근처에 사는 집주인과 함께 집 안으로 들어갔다가, 꾸벅꾸벅 졸면서 텔레비전을 보고 있던 마사키 군을 목격했던 것이다.

다만 그때는 두 사람 모두 전혀 범죄를 상상하지 못했다. 본처 쪽 아들이 놀러 왔나 보다 하고 선의로 해석한 것도 무리가 아니었다. 두 사람은 아이에게 말을 걸어 보았지만 마사키 군은 수면제 때문인지 건성 대답밖에 하지 않았다고 한다.

첫 번째 협박 전화를 받은 오제키가 사람들은 경악했다. 즉시 학교에 확인 전화를 해서 아이가 등교하지 않은 사실을 확인했지만, 몸값 이백만 엔은 금방 마련할 수 없었다.

"가정부에게 현금 이백만 엔을 들려서 오후 2시 시나노초 역에 하차, 가이엔을 한 바퀴 돌고 센다가야 역으로 가라. 거기에서 이케부쿠로로 가서 세이부 선을 타고 오이즈미 역에 하차하여 거기에서 버스를 타고 도민 농원로 가라. 도민 농원에 하차하여 가와고에 가도까지 왕복하라. 가정부 얼굴을 다 알고 있다. 돈을 받으면 두 시간 안에 아이를 돌려보내겠다."

이 통화는 당연히 녹음되지 않았지만, 내용은 대체로 이런 것이었다고 한다.

오제키가에서는 즉시 경찰에 신고하고, 당장 현금 마련이 어렵자 가정부에게 천 엔권 크기로 자른 신문지 이천 매가 담긴 꾸러미를 들려서 범인이 지정한 코스를 따라 움직이게 했다. 가이엔 지구에서는 연인을 가장한 사복형사와 여자 경관 커플 2개 조가 그녀를 뒤에서 도보로 미행하고 있었다. 오이즈미 지구에서는 형사들이 내내 자동차로 미행했는데, 모토야마는 당시 그 도로를 운행하는 버스 안에서 유독 천천히 움직이는 차량 모습에 의심을 품고 접촉을 단념했다고 나중에 진술하였다.

물론 범인에게는 돈을 받는 순간이 가장 위험한 때인데, 돈을 받는 장소를 특정 장소로 지정하지 않고 이렇게 이동하게 해 놓고 도중에 접촉 기회를 노리는 것은 영리한 발상이었다. 당시 언론은 이 한 가지를 강조하면서 『점과 선』 운운하며 대단한 지능범이라고 보도했다.

공 개 수 사 로

그런데 모토야마는 그 직후에 어처구니없는 짓을 하고 말았다. 제 발로 요도바시 전보국에 찾아가 전보 의뢰지에 직접 협박 전문을 써 놓은 것이다.

'내일 오후 1시, 가정부에게 삼백만 엔을 들려서 신주쿠 지큐자 극장 앞에서 기다려라'라는 전보였는데, 그는 돈을 받는 순간 인상착의가 목격된다는 것도, 전보 의뢰지에 남긴 필적이 나중에 자신의 목을 조이는 결정적인 증거가 된다는 것도 전혀 염두에 없었던 것이다. 『점과 선』의 비범한 착상과 이 협박 전보 사이에는 범죄 수법의 교묘함이란 점에서 볼 때 천양지차가 있다.

이 두 번째 계획 역시 성공하지 못했다. 그는 건너편 극장 2층 창가에서 현장을 세심하게 관찰하고 있었다고 하는데, 형사들의 잠복을 의심하고 접촉을 단념했다고 한다. 실제로 형사들은 멀리서 거리를 두고 지켜보는 방식을 취하기로 하고 쉽게 발각되지 않을 만한 위치에서 대기하고 있었지만, 그의 눈에는 그 장소를 오가는 남자들이 모두 사복형사처럼 보였을 것이다.

세 번째 협박 전화는 그날 중으로 걸려 왔는데, 경찰 측에서는 이 두 번째 접촉이 실패로 끝난 직후에 공개 수사를 결정했다. 그러나 모토야마가 이날 중으로 그 사실을 파악한 흔적은 전혀 없다.

세 번째 협박 전화로 지정한 내용은 밤 8시 반, 오이즈미에서 버스를 타고 오이즈미 풍치 지구에서 하차, 도보로 가와고에 가도가 나오는 곳까지를 왕복하라는 것이었다. 범인이 밤 시간을 지정하자 오제키가에서는 가정부까지 위험에 빠뜨릴까 우려하여 적극적으로 경찰의 호위를 의뢰했다. 인간적으로는 참으로 훌륭한 태도였다.

이때 모토야마는 도로 옆 밭을 걸으며 가정부와 접촉할 기회를 노리고 있었지만, 앞을 살피지 못하고 거름구덩이로 굴러떨어진 탓에 계획이 무산되고 만다.

그리고 그는 이튿날 아침 신문을 보고 사건이 공표된 것을 알고 분노하여 마사키 군을 가스로 살해해 사체를 주방 마루 밑에 숨기고, 나아가 다음 접촉 장소로 고리야마로 지정한 협박장을 썼다.

그러나 이 뉴스는 커다란 반향을 불렀다. 그날 중으로 백 건에 가까운 제보가 있었는데, 그중 하나는 범인을 정확히 지목한 것이었다. 경찰 측에서는 저녁때까지 신빙성 있는 제보를 몇 건으로 좁히고 경찰 몇 명은 모토야마 가까이까지 접근하기도 했다.

내연녀의 여동생을 통해 경찰이 찾아왔었다는 소식을 들은 모토야마는 혼비백산하고 말았다. 즉시 쌀부대에 담은 마사키 군의 사체를 자신의 르노 차량에 싣고 어딘가에 유기하려고 달리다가 무면허 운전을 의심한 순찰차에게 추적당하기 시작했다. 다카이도 부근 골목으로 도망쳐 들어가 가까스로 순찰차를 따돌린 그는 더 이상 차량을 운전할 엄두를 내지 못했다. 그는 차량을 사체와 함께 버리고, 가까이 있던 자전거를 훔쳐 타고 호도가야 부근까지 도주하여 철로 옆 언덕 위에서 하룻밤을 보내고, 새벽에 쇼난 전차를 타고 미시마로 가서 역 근처 이발관에서 머리를 깎았다.

그의 고백에 따르면 나가오카까지 가서 자살할 생각이었다고 하지만, 결국 그러지도 못하고 오사카로 도주하여, 후세 시의 가방용 금속 부품 가공업자의 집에 입주하여 일하고 있다가 전국 지명 수배 사진이 힘을 발휘하여 범행 육십 일 만에 체포된 것이다.

방 치 된 정 신 병 자

나는 이 모토야마 사건 재판을 다카다 시에서 실시된 비공개 증인 조사 한 번을 제외하면 전부 방청했다.

유괴 살인범의 심리를 실제 재판을 통해 철저히 파악하고 싶었기 때문이다.

그 결과 내가 다다른 결론은 그가 완전한 편집광이었다는 것이다.

재판에서는 모토야마의 정신 상태가 내내 문제가 되었다. 변호사로서는 피고인이 범죄 사실을 인정한 이상 범죄 사실을 놓고 다툴 여지는 없었지만, 피고인의 심신 쇠약이 인정된다면 죄 1등을 감하여 사형에서 무기로 형 경감을 바랄 수도 있었다. 변호 측으로서는 당연한 작전이지만, 그에 맞서 검사 측은 조금은 이상이 있는지 몰라도 법률적 책임을 면할 만한 상태라고는 생각할 수 없다고 주장했다.

결국 전문의에 의한 정신 감정이 실시되었지만 검사 측에 유리한 결과가 나왔다.

그러나 모토야마는 제1심 종반부터 차차 정신병 발작으로 보이는 행동을 하고 있었다. 현재는 완전한 광란 상태에 빠진 탓에 제2심 재판도 열리지 못하고 있다고 하는데, 그 점에서 변호 측의 주장도 일리가 있었다고는 생각된다.

현재 일본에는 방치된 정신병자가 너무나 많다고 하는데, 모토야마도 그 소질이 다분했던 것은 아닐까?

그 점과 관련하여 우리는 한 가지 뼈아픈 사례를 알고 있다. 역시 정신병원을 퇴원한 청년이 어린이를 유괴하여 살해하고 사체를 토막 내 자택 바닥 밑에 묻어 둔 사건이 몇 년 전에 있었다.

편집증이란 자잘한 점에 집요하게 집착해서 큰 줄기를 잊어버리는 것인데, 그 병적인 특징은 모토야마의 행동에 전형적으로 나타났다.

이를테면 그는 푸조 사건을 모방했다는 말을 극단적으로 싫어했다. 그리고 자전거를 타고 도주하다가 건 전화에서 "아이는 죽었다. 이제 돈도 필요 없다"라고 말했다고 하는데, 그는 그런 전화를 건 사실이 절대로 없다는 주장을 굽히지 않았다. 모든 죄를 인정해 놓고서도 마치 이 두 가지에 자신의 운명이 걸렸다고 믿는 듯한 태도였다.

자신의 단독 범행이면서도 노트에 가공의 인물 요시자와 아무개가 주범이라고 적어 놓고 아무도 믿어 줄 성싶지 않은 종잡을 수 없는 이야기를 지어낸 것은 피슈라는 동료에게 죄를 뒤집어씌운 린드버그 사건의 범인을 연상케 한다.

편집증이 있는 사람은 종종 어떤 한 면에서만 보통 사람이 상상도 못할 천재적 감각을 번뜩일 때가 있다는 사실을 상기한다면 첫 번째 협박과 두 번째 협박 사이에 범인의 인간성이 돌변한 것처럼 보이는 것도 어렵지 않게 설명할 수 있겠다.

그리고 린드버그 사건 기록을 봐도 하우프트만이라는 범인도 역시 편집증적인 성격을 다분히 보여 주었다.

방 어 책 은 있 는 가

아무 저항도 못 하는 아이를 유괴하여 몸값을 요구하고 인질을 살해하는 범죄는 인간성에 가장 반하는 잔인하기 그지없는 행위다.

그것을 편집광적인 인간의 소행이라고 단정해 버리면 그뿐일 것 같지만, 문제는 여전히 남는다. 모토야마 사건의 경과를 보더라도 아이가 울거나 시끄럽게 굴면 곤란하므로 인질에게 계속 수면제를 먹였다. 더구나 그는 인질을 살해한 뒤에도 여전히 몸값을 받아 낼 계획을 세웠다.

이러한 편집광적인 자에게 일반적인 인정을 기대하는 것은 애초에 무리다. 범인이 몸값을 받고도 약속한 시간이 한참 지나도록 아이를 돌려보내지 않을 때는 이쪽에서도 비정하게 나갔어야 했다.

이번의 요시노부 군 사건에서도 경찰의 미숙한 대응이 여러 방면에서 비판을 받고 있다. 그런 비판을 반복해 봐야 이제는 소용없는 일이지만, 린드버그 사건에서는 지폐의 일련번호가 전부 파악되어 있었다는 것, 푸조 사건에서는 범인이 요구한 몸값이 일본 돈으로 환산하여 삼천오백만 엔 정도이며, 더구나 범인들이 일 년 만에 그 돈을 거의 다 탕진하여 세간의 주목을 끈 사실을 아울러 생각해 보면, 지폐의 일련번호를 통한 탐색은 거의 절망적이었을 것이다.

공개수사 문제만 하더라도 사건 자체는 처음부터 신문에 보도되고 있었다. Y신문 하나만 봐도 4월 2일 자 석간, 4일 자 석간, 5일 자 조간, 6일 자 조간, 9일 자 조간 등에 그 사건에 관한 기사가 연속적으로 실렸다. 이래서는 몸값을 주고 난 뒤에 보도 자제 협정을 맺어 본들 별 의미가 있어 보이지 않는다.

이러한 사건에서 제일선 경관들에게 요구되는 마음가짐은 범인 체포와 아이의 생환이란 두 가지 목표를 저울질하며 임기응변으로 조치를 취해야 할 것 같지만, 내 개인적인 의견은 범인 체포에 중점을 두어도 좋지 않은가 하는 것이다.

만약 범인 체포보다 인질의 생환에 중점을 둔다면 사전에 언론의 협조

체제를 만들고 사후 수사 방침 등에 대한 만전의 조치가 필요할 것이다. 린드버그 사건에서는 무고한 여성이 음독자살하는 비극이 뒤따랐다. 이번 사야마 사건에서도 수사하고는 아무 관계도 없는지 모르지만 한 남성이 자살하는 일이 있었다. 경찰의 모호한 태도는 백해무익이다.

여하튼 편집광적인 인간의 범죄는 성공하지 못한다는 것을 사실로 증명하는 것이 우선이다. 그 점에서 이런 죄에 대하여 현행 형법이 정한 형량은 좀 더 무거워져도 좋을 것이다.

형법학자들에 따르면 본래 영리 유괴라는 범죄는 신체 장애아를 납치하여 흥행업자에게 눈요깃거리로 판다든가 여자아이를 납치하여 외국에 팔아넘기는 범죄를 주요 대상으로 했던 것이라고 한다. 그래서 형벌도 십 년 이하의 징역으로 비교적 가벼운 편이지만, '협박 유괴'라고 불러야 마땅한 범죄, 즉 몸값을 노린 아동 유괴에 대해서는 인질이 무사했을 때는 무기, 살해되었을 때는 무조건 사형에 처해야 한다고 본다.

범죄자가 사형을 두려워하는 심리는 보통 사람들의 상상을 뛰어넘는 듯하다. 실제 재판에서는 무기형이나 사형이나 마찬가지일 거라고 넘기지 말고 법률로 분명히 규정해 두는 것이 장차 이런 범죄를 예방하는 데 눈에 보이지 않는 효과를 낳을 것이라고 본다.

그러나 그러한 대책에 모든 것을 기대할 수는 없다. 자식을 키우는 부모 처지에서는 언제 내 자식이 희생자가 될지 모른다는 불안감을 떨치기 힘들다. 이와 관련하여 여배우 고구레 미치요 씨가 택한 방침도 하나의 참고가 될 것이다. 유괴를 주제로 모 신문사가 마련한 대담 석상에서 나는 고구레 씨의 이야기에 고개를 끄덕인 적이 있는데, 모토야마 사건 직후에 고구레 씨 집에서는 부모와 자식들만 아는 암호를 정하고 설사 어머니가 갑자기 병으로 쓰러졌다고 전하는 사람이 있어도 그 암호를 말하지 않으면 사기꾼이나 유괴범으로 의심해 보기로 정했다는 것이다.

소극적인 방어책인 것은 틀림없지만 모든 부모들이 자녀에게 낯선 사람을 함부로 따라가면 안 된다는 것을 단단히 훈계해 두면 유괴 방지에 도움이 될 것이다. 린드버그 사건처럼 폭력이 따른다면 이런 훈계도 소용없겠지만, 이런 범죄에 대해서는 경찰의 대책 강화, 법률 개정을 통한 형벌 강화, 나아가 사회에 방치되어 있는 광의의 정신병자들에 대한 사회의학적 대책을 간절히 바라는 수밖에 없겠다.

《문예춘추》 1963년 7월

후 기

"졸작을 쓰라!"

마감 직전에 갑자기 병상이 악화되어 입원을 앞두고 급히 쓰는 원고이 니 어지러운 문장을 용서하기 바란다.

에도가와 란포 선생에 대하여 하고 싶은 이야기라면 산더미처럼 많지 만, 그중에 추억 한두 가지만 소개한다.

작가로서든 탐정 소설 연구가로서든 선생의 업적은 위대하다는 말밖에 있을 수 없지만, 미즈타니 준 씨가 《신청년》 시절에 대차 편집장이란 평가 를 들은 것처럼 선생 역시 희대의 대 편집장 소질이 있었던 것이 아닐까?

스모나 야구에서는 현역 시절에 대단하게 활약한 스타 선수라고 해서 감독이나 선수단장으로 성공하라는 보장은 없다는 말들을 흔히 하지만, 소설 분야는 애초에 그런 비유조차 통하지 않는다. 창작이란 원칙적으 로 고독한 밀실 작업이고, 기량은 자기만의 것일 뿐 남에게 주입할 수 있는 것이 아니며, 설사 제자가 한 명도 없다고 해도 그것은 약점도 아니고 부끄러움도 아니다.

그런데도 한때 우리들 사이에서는 '에도가와 헤야'이니 '니와 헤야'니 하는 말이 통용된 적이 있다.* 이 분야에서 스모 용어가 튀어나오는 것은 이상하지만, 그것이 자연스럽게 받아들여진 것은 역시 선생이나 니와 후미오 씨가 '우두머리 기질'을 가진 대작가로 널리 인정받고 있었기 때문일 것이다.

그렇지만 적어도 나에 관한 한 선생에게 '기술적 지도'를 받은 적이 한 번도 없다고 해도 좋다. 물론 내가 젊은 시절에 '완성도 높은 작가'였다고 생각할 수는 없다. 그쪽이라면 요코미조 선생에게 알뜰한 보살핌을 받고 있었으니, 요는 두 선생의 성격이 그만큼 달랐다는 것이다.

"다카기에게 란포는 아버지, 세이시는 어머니 같은 존재였지."

라고 어느 선배가 말하던 것을 지금도 나는 고개를 끄덕이며 떠올린다.

선생이 《호세키宝石》를 편집하던 시절, 내가 먼저 『칭기즈 칸의 비밀』 연재를 제안해서 일단 완결한 바가 있는데, 그 뒤 다시 한번 연재를 해 보자는 이야기가 나왔다.

그때만 해도 젊었던 나는, 어떻게든 되겠지, 하고 쉽게 생각하고 냉큼 받아들였지만, 마감이 다 되도록 틀조차 잡지 못하고 있었다.

마음이 급할수록 머리가 굳어 버리는 성격을 타고난지라 다음 호 예고 난에 신규 연재 예고가 실리기를 세 번. 마침내 네 번째가 되자 더 이상 뻔뻔하게 버틸 수 없었다.

선생에게 고개를 숙인 것은 그 직후였다. 웬만한 편집장이라면(하물며 선생은 나의 은사였다) 내 부탁 하나 못 들어주나 하고 화를 냈겠지만, 오히려 선생은 나를 불러 저녁을 사 주시면서 "어때? 졸작을 하나 써 보지 않겠나?"라고 말씀하셨다.

"정말 졸작이라도 괜찮습니까?"

나는 눈을 동그랗게 뜨고 물었다.

"괜찮아, 천하의 일대 졸작이라도⋯⋯."

이런 말까지 듣고 펜을 잡지 않는다면 프로 작가라고 할 수 없을 것이다. 그로부터 몇 날을 불철주야 심사숙고하여 마침내 이탤릭체 he에 상당하는 '그'라는 한 글자로 '범인 찾기'가 가능하지 않을까 하는 단순한 발상을 떠올렸다. 장편 『유괴』의 시작이었다.

다행이 이 작품은 많은 사람들이 '걸작'이라 칭송하는 소설이 되었다. 나는 졸작을 감수하고 허점투성이로 시작을 했으니 그 의미에서는 실패작이라고 할 수 있는지 모르지만, 완결하고 나서 선생에게 그런 말씀을 드리자 "그때는 자네 어깨에 너무 힘이 들어가 있더군" 하고 웃으셨다.

스모 감독보다 야구 감독에 더 어울리는 말씀인지는 모르지만, 역시 선생이 아니면 할 수 없는 한마디였다고 생각한다.

불행하게도 나는 그 뒤로 천하의 대 졸작을 써 달라면서 원고를 의뢰하는 편집자를 한 사람도 알지 못한다.

《겐에이조幻影城》 1975년 7월 증간호

● '헤야'는 '도장' 정도로 해석되는 스모계 용어.

작 가
정 보

다카기 아키미쓰

高木彬光

다카기 아키미쓰는 1920년 일본 아오모리 현에서 태어났다. 4대째 이어져 오던 의사 가문 출신으로 교토 제국 대학 의학부 약학과에 진학했지만 이윽고 공학부로 전과한다. 1943년, 나카지마 비행기에 입사하였고한 달 뒤에 입영하였으나 지병으로 조기 귀향한다.

그는 『문신 살인 사건刺青殺人事件』을 에도가와 란포에게 직접 보내 인정을받으며 화려하게 데뷔한다. 1948년에 데뷔한 이후, 미스터리를 중심으로 약 이백여 권에 달하는 작품을 발표하였으며, 요코미조 세이시와 더불어 일본 본격 미스터리의 거장으로 불린다.

가 미 즈 교 스 케 시 리 즈 와 본 격 미 스 터 리

초기에는 법의학 조교수 가미즈 교스케를 주인공으로 한 본격 미스터리

시리즈를 중심으로 집필 활동을 했다. 탐정 작가 클럽(현재의 추리 작가 협회)의 신년회에서 낭독된 후더닛 중편 소설「요부의 집妖婦の宿」,「그림자 없는 여자影なき女」, 신흥 종교에 얽힌 연쇄 살인 사건의 전말을 그린 장편 소설『주박의 집呪縛の家』등을 문예 잡지《호세키宝石》에 연재해 본격 미스터리 대형 신인으로 강렬한 인상을 남겼다. 1950년에는 작가 자신을 작중 인물로 등장시킨『노멘 살인 사건能面殺人事件』으로 제3회 탐정 작가 클럽상(현재의 추리 작가 협회상)을 수상했고 1955년에는『인형은 왜 살해되는가人形はなぜ殺される』를 발표했다.

사 회 파   미 스 터 리 의   대 두

1957년, 본격 미스터리가 주류를 이루던 일본 미스터리계를 뒤흔든 마쓰모토 세이초의『점과 선点と線』의 연재가 시작된다.『점과 선』은 이듬해 단행본으로 출간되어 베스트셀러가 되었고, 이는 사회파 추리 소설이 대두되는 결과를 낳았다.

같은 해, 다카기는 요코미조 세이시, 시마다 가즈오와 번갈아 가며 한 단편 연재에서 사립 탐정 오마에다 에이사쿠를 처음 선보였으며, 1960년대에 들어서면서『인간 개미人蟻』를 발표해 변호사 탐정 햐쿠타니 센이치로를 데뷔시킨다. 또한 검사 지카마쓰 시게미치 시리즈 첫 번째 작품인「회색으로 보이는 고양이灰色に見える猫」를 연재하고, 64년에는『검사 기리시마 사부로檢事霧島三郎』를 발표함으로써 다카기의 법조가 삼대 탐정을 갖추게 된다. 시리즈들 대다수의 작품은 1959년에 론칭된 고분샤의 갓

파 노벨스로 간행되었다. 갓파 노벨스는 마쓰모토 세이초의 작품 위주로 당시 사회파 추리 소설을 선두에서 이끌었다는 인상이 강한데, 다카기는 이 브랜드에서 발표한 법조가 삼대 탐정 시리즈들을 통해 이후의 본격 미스터리에 대한 방향성을 모색해 나가게 된다.

법조가 삼대 탐정 중 하나인 햐쿠타니 센이치로 변호사 시리즈는 그런 작가의 고민이 잘 드러나 있는 시리즈라 할 수 있다. 특히 시리즈 세 번째 작품인 『유괴誘拐』는 실제 사건을 바탕으로 그려 내 사회파적 성격이 뚜렷한 법정 미스터리에 본격 미스터리 요소를 적절하게 가미한 작품이다. 작가 후기에서 밝혔듯이 본격 미스터리니 사회파 미스터리니 하는 장르적 분류에 의문을 느끼던 그는 『유괴』를 통해 본격 미스터리로서뿐 아니라 사회파 소설로도 논픽션 소설로도 높은 완성도를 자랑하는 범죄 소설을 완성했다.

다카기는 본격 미스터리를 지향하며 시리즈를 중심으로 집필을 했지만, 역사 추리 소설이나 사회파적 성향이 강한 논시리즈로도 많은 호평을 얻었다. 조세핀 테이의 『시간의 딸』에 영향을 받아 쓴 역사 추리 소설 『칭기즈 칸의 비밀成吉思汗の秘密』과 악한을 주인공으로 한 『백주의 사각白晝の死角』 등을 대표작으로 꼽을 수 있다.

신본격 추리 소설과 본격 탐정 소설로의 회귀

이 시기에 본격 미스터리를 둘러싼 동향으로 주목할 만한 것은 '신본격 추리 소설'의 등장이다. 요미우리 신문사에서 출간된 신본격 추리 소설

전집에 수록된 지카마쓰 시리즈 장편『흑백의 미끼黑白の囮』를 통해 다카기는 독자를 향한 도전장을 던진다. 그는 햐쿠타니 시리즈『협박脅迫』에 실은 작가의 말을 통해 "수수께끼 풀이와 논리의 짜임을 기조로 한 이른바 본격 추리 소설에 사회파적인 소재를 더하거나 문학적인 수법을 더해 소설로서 깊이와 재미를 배가시키려 한 새로운 풍조"라고 정의했다. 스릴과 서스펜스를 기조로 한 기리시마 사부로 시리즈 역시 다카기식 신본격 추리 소설로서의 완성도를 잘 보여 주고 있다.

한편으로 밀실 트릭을 다룬『잿빛 여자灰の女』에서 딕슨 카의『황제의 코담뱃갑』을 언급했고, 고전적인 아마추어 탐정 스미노 로진을 주인공으로 한『황금 열쇠黃金の鍵』에서는 오구리 가미노스케의 황금 전설에 얽힌 연쇄 살인 사건의 전말을 그려 본격 탐정 소설로 성공적인 회귀를 한다.

본 격 미 스 터 리 의 부 활

1970년대에 들어서면서 일본 미스터리계는 다시 한번 커다란 변화가 일어난다. 68년부터 전개된 일본 작가 부활 붐에 의한 고전적인 탐정 소설에 대한 수요 증가와 요코미조 세이시 붐으로 말미암은 본격 미스터리의 부활인데, 이로써 다카기 아키미쓰도 다시금 주목을 받게 된다. 그런 와중에 다카기는『대동경 요쓰야 괴담大東京四谷怪談』과 오마에다와 가미즈가 함께 등장하는『고독한 밀실狐の密室』을 정리했지만, 79년에 뇌경색으로 쓰러져 불가피하게 집필을 쉴 수밖에 없었다.

70년대에 시작된 요코미조 세이시 붐은 80년대의 시마다 소지, 아야쓰지 유키토로 이어지는 신본격 운동으로 이어진다.

87년 이후의 신본격 운동하에서 주로 가미즈 교스케 시리즈가 복간되면서 작품 성향이 지나치게 편중된 감은 있지만, 다카기 아키미쓰는 시대의 흐름에 유연하게 대처한 작가였다. 사회파 소설이 주를 이루던 시기에 본격의 고전적인 색을 고집하기보다는 시대의 요구에 맞춰 작품의 색을 바꿔 나가면서도 잊지 않고 본격의 재미를 전해 온 그야말로 진정한 본격 미스터리 작가라 할 수 있다.

사 생 활 은 점 술 과 함 께

다카기 아키미쓰는 미스터리 소설 외에도 교양서나 기행문을 발표하기도 했는데, 대부분이 점술 관련 서적이라는 것이 흥미로운 점이다. 점술가의 권유로 데뷔작인 『문신 살인 사건』을 집필했을 정도였고 집안의 온갖 대소사며, 일이나 여행까지 점을 보고 결정했다고 하니 소설을 쓰기 전부터 점술에 심취해 있었다는 이야기는 어느 정도 사실일 것이다. 심지어 아내와 결혼한 것은 태양선에 반했기 때문이라고 공공연하게 이야기하고 다니기도 했다.

그만큼 집에 드나드는 점술가도 많았고, 집으로 걸려오는 전화나 배달되어 오는 편지들은 그의 소설보다 점술에 관련된 내용이 많았다. 도쿄에 큰 지진이 온다는 점괘 때문에 지반이 단단한 아오우메로 한 달이나 피난했다거나 점괘를 쫓아 금광을 찾아다녔다는 것도 점에 관련된 재미있는 에피소드다.

/

다 카 기   아 키 미 쓰 의   주 요   장 편   목 록

가미즈 교스케 시리즈

刺青殺人事件(1949)

呪縛の家(1949)

魔弾の射手(1950)

地獄の舞姫(1950)

わが一高時代の犯罪(1951)

白妖鬼(1952)

輓歌(1952)

悪魔の嘲笑(1955)

人形はなぜ殺される(1955) − 『인형은 왜 살해되는가』(시공사, 2013)

死を開く扉(1957)

成吉思汗の秘密(1958)

白魔の歌(1958)

火車と死者(1959)

死神の座(1970)

邪馬台国の秘密(1973)

狐の密室(1977)

古代天皇の秘密(1986)

七福神殺人事件(1987)

오마에다 에이사쿠 시리즈

黒魔王(1957)

悪魔の火祭(1958)

断層(1959)

狐の密室(1977)

하쿠타니 센이치로 시리즈

人蟻(1959)

破戒裁判(1961) - 『파계재판』(시공사, 2014)

誘拐(1961)

追跡(1962)

失踪(1963)

法廷の魔女(1963)

脅迫(1964)

지카마쓰 시게미치 시리즈

黒白の虹(1963)

黒白の囮(1967)

霧の罠(1968)

追われる刑事(1969)

기리시마 사부로 시리즈

検事 霧島三郎(1964)

密告者(1965)

ゼロの蜜月(1965)

都会の狼(1966)

炎の女(1967)

灰の女(1970)

幻の悪魔(1974)

스미노 로진 시리즈

黄金の鍵(1970)

一、二、三―死(1974)

大東京四谷怪談(1976)

現代夜討曾我(1987)

仮面よ、さらば(1988)

그 외

能面殺人事件(1949) – 제3회 탐정 작가 클럽 장편상 수상(현 추리 작가 협회상)

神秘の扉(1955)

ハスキル人(1958)

羽衣の女(1958)

樹のごときもの歩く(1958)

白昼の死角(1960)

肌色の仮面(1962)

裂けた視覚(1969)

女か虎か(1970)

連合艦隊ついに勝つ(1971)

帝国の死角(1972)

神曲地獄篇(1973)

●

유괴
誘拐
/

초판 발행 2014년 7월 18일

지은이 다카기 아키미쓰 / **옮긴이** 이규원 / **펴낸이** 강병선

책임편집 지혜림 / **편집** 임지호 / **아트디렉팅** 이혜경 / **본문조판** 이보람 / **그림** 도미솔
저작권 한문숙 박혜연 김지영 / **마케팅** 정민호 한민아 정진아 / **온라인마케팅** 김희숙 김상만 한수진 이천희
제작 강신은 김동욱 임현식 / **제작처** 영신사

펴낸곳 (주)문학동네 / **출판등록** 1993년 10월 22일 제406-2003-000045호 / **임프린트** 엘릭시르

주소 413-120 경기도 파주시 회동길 210
문의 031-955-1901(편집) 031-955-8886(마케팅) 031-955-8855(팩스)
전자우편 editor@elmys.co.kr / **홈페이지** www.elmys.co.kr

ISBN 978-89-546-2522-7 (03830)

엘릭시르는 출판그룹 문학동네의 임프린트입니다.